THE GOODBYE MAN

魔の山

JEFFERY DEAVER

ジェフリー・ディーヴァー

池田真紀子・訳

文藝春秋

ジェーン・デイヴィスに
無限の感謝をこめて

なんたる旅であったことでしょう、なんと多くを見たことでしょう……水の瓶《かめ》と人間の肉をお与えください。黄泉の国から蘇るとき、呼吸する空気と帆をふくらませる風をお与えください。

——『死者の書』（古代エジプトの葬祭文書）

目次

装幀・関口聖司

魔の山

主な登場人物

コルター・ショウ……………本編の主人公　変名カーター・スカイ
マスター・イーライ…………自己啓発団体〈オシリス財団〉の指導者
アーニャ………………………同財団会員　イーライの愛人
ジャーニーマン・スティーヴ……イーライの秘書
ジャーニーマン・ヒュー………同財団〈支援ユニット（ＡＵ）〉責任者
アプレンティス・ヴィクトリア……同財団会員
ゲイリー・ヤン………………強盗に殺害された新聞記者
ハーヴィ・エドワーズ………ヤンを殺害した強盗
エリック・ヤング……………教会襲撃事件の容疑者
アダム・ハーパー……………同右　エリックの友人
ラリー・ヤング………………エリックの父親　ショウの依頼人
エマ・ヤング…………………エリックの母親
スタン・ハーパー……………アダムの父親
ダルトン・クロウ……………懸賞金ハンター　ショウのライバル
アシュトン・ショウ…………コルターの父　変死を遂げる
メアリー・ダヴ・ショウ……コルターの母
ラッセル・ショウ……………同兄　父の死の直後に失踪
ドリオン・ショウ……………同妹
アイリーナ・ブラクストン……アシュトンの遺した秘密を狙う女

第一部　崖の上の男

1

6月11日、午後2時

迷っている暇はない。

左か。右か。

低木の生い茂る急斜面か。それとも、垂直の岩壁にぶつかるせまい路肩か。

左だ。

直感に従った。

コルター・ショウはレンタルした起亜《キア》のセダンのハンドルをぐいと回し、小刻みにブレーキペダルを踏んだ。いま横すべりしたら一巻の終わりだ。そびえ立つ山々のあいだを抜ける道路を時速六十キロで走っていた車は、急斜面から転がり落ちてきて行く手の道路のど真ん中に止まった巨大な石をぎりぎりでよけ、低木の茂みに突っこんだ。重量百キロの大岩が低木をなぎ倒して砂利の上を転がる音は、もっと派手でもよさそうだが、実際にはほとんど無音だった。

左を選んだのは正解だった。

右にハンドルを切っていたら、地表に突き出した巨岩の先端――薄茶色をした背の高い枯れ草に隠れていて見えなかった――に衝突していただろう。

ショウは仕事の上で決断を下す際、不利益が発生する確率を綿密に検討するが、それでもなお、ともかくサイコロを振ってみるしかない場面はある。

エアバッグは開かず、怪我もなくてすんだ。しかし、この状態では車から出られない。左側にはヒイラギメギ、別名オレゴングレープの海が広がっている。無害そうな名前だが、葉に針のように鋭い棘《とげ》があり、その棘は服地をやすやすと貫いて肌を刺す。そちら側には降りられない。右――助手席側のほうがまだ可能性がありそうだ。そちらのドアをふさいでいるのは、六月らしく明るい黄色の花をつけたキジムシロと、柔らかな枝を四方八方に伸ばしたレンギョウだけだった。

右側のドアを何度も開け閉めし、ツル性の植物を押しのけようとした。そうしながら、襲撃した者のタイミングは絶好だったのだと思い知った。〝凶器〟がもう少し早く転がり落ちてきていたら、ブレーキをかけて車を停める時間のゆとりがあっただろう。逆に遅かったら、ショウの車は無事にその地点を通過して走り続けていただろう。

そして、あれは偶然ではなく、やはり〝凶器〟だ。

ワシントン州が地震多発地帯に位置するのは事実だが、周辺ではしばらく地震が起きていない。それに、あれだけの大きさだ。誰かが故意に転がさないかぎり、岩がひとりでに動き出したりはしない。銃を持って逃走中の凶悪犯を追跡中の車の前に、あるいは車の上に、ちょうどよく転がってくることなどありえない。

ショウは茶色い格子縞柄のスポーツコートを脱ぎ、ドアと車体のあいだにできた隙間からなんとか抜け出そうとした。ロッククライミングを趣味としているだけあり、贅肉《ぜいにく》のないしなやかな体つきをしている。だが、隙間はせいぜい三十数センチしかなくて、すり抜けられない。ドアを押し開け、少し閉じ、また押し開ける。それを繰り返して隙間をじりじりと広げた。

上の道路の向こう側から藪《やぶ》をかき分ける音が聞こえた。ショウの車の前に石を落とした男が斜面を下り、鬱蒼《うっそう》とした茂みを抜けて、まだ車のドアと格闘しているショウに近づいてこようとしている。男の手のなかで何かが光を反射した。拳銃だ。

サバイバリストの息子であり、自身もそれなりのサバイバリストであるショウは、死神から逃れる方策を山ほど知っている。一方で、ロッククライマーであり、ダートバイクの熱狂的愛好者であり、自由の身でいるためなら手段を選ばない殺人者や脱走囚と日々対峙《たいじ》するのを職業とする男でもある。どんなときも死は煙のようにショウにつきまとう。だが、恐ろしいのは死ではなかった。死んでしまえば、そこで終わりなのだから。それよりも、背骨に、目に、耳に取り返しのつかない傷を負うほうが、死よりもよほど始末に悪い。ショウにとっては、身体の自由を失うこと、世界が永遠に闇に包まれること、あるいは無音になることのほうが怖かった。

少年時代、ショウはきょうだいのうちの〝じっとしていられない子〟と言われた。〝じっとしていられない男〟に成長したいま、動く自由を奪われれば地獄だ。

ドアの隙間に体を押しこむ。

あと少しで出られる。

がんばれ、もう少しだ……

よし！

いや、だめか。

ようやく出られたと思った瞬間、ブラックジーンズの左の後ろポケットに入れていた財布が引っかかった。

接近してきた襲撃者が立ち止まり、茂みの奥からこちらに身を乗り出して拳銃を構えた。撃鉄を起こす音。リボルバーだ。

しかも大型のリボルバーだった。発砲と同時に銃口から衝撃波が放たれ、緑色の葉が何枚かちぎれ飛んだ。

弾丸は的をはずれ、ショウのすぐそばで土埃が舞い上がった。

もう一つ、かちりという音。

男がふたたび発砲する。

今度の弾は命中した。

2

6月11日、午前8時
――6時間前

ショウは全長十メートル近くあるウィネベーゴのキャンピングカーを運転し、ワシントン州ギグハーバーの曲がりくねった道路を走っていた。

人口七千ほどの町は、美しくもあり、どことなく土臭くもある。その名のとおり港《ハーバー》町で、外海とは半島で隔てられ、ピュージェット湾に通じる細い水路をプレジャーボートや釣り船が行き交っていた。ウィネベーゴは、操業中の工場や廃工場が並んだ一角を通りかかった。造船のほか、船舶関連の部品や装具を製造する会社が集まっていた。船にはなじみのないコルター・ショウには、船の修理をし、外装を磨き、装備を調《ととの》えるだけで一日が終わってしまって、実際に海に出ないまま毎日が過ぎてしまいそうに思えた。

港の真ん中に、聖職者が釣り船を祝福して安全と大漁を祈願する伝統の催しの開催を知らせる看板が立っていた。そこに書かれた日付によると、今月の初めにすでに終わっているようだ。


プレジャーボートも歓迎！　ぜひご参加を！


業界はかつてほど堅調ではないのだろう。主催者は、弁護士や医師、セールスマンの大型モーターボートを漁船の輪《サークル》に——祝福を受けるとき、集まった船が輪をなすのだとして——迎え入れて催しを盛り上げようと目論んだに違いない。

ショウは今回、プロの懸賞金ハンターの仕事でこの町を訪れた。自分の職業を説明するときはいつも〝仕事〟という語を用いる。〝事件〟とは警察が捜査し、検察官が訴追するものだ。数多くの犯罪者を追ってきた経験を考えれば、ショウはおそらく有能な刑事になれるだろうが、フルタイム雇用につきものの制約や規則に縛られたくない。フリーだからこそ、引き受けたい仕事を引き受け、断りたい仕事を断る自由がある。いったん始めた仕事を途中で断念するのだって自由だ。

コルター・ショウにとって、自由は大きな意味を持つ。

この町を訪れるきっかけとなった憎悪犯罪《ヘイトクライム》について考えを巡らせた。この調査のために下ろしたノートの最初のページに、業務サポートを任せている人物から送られてきた詳細を書き留めてあった。

場所：ワシントン州ピアース郡ギグハーバー
懸賞金獲得条件：次の二名の逮捕と有罪判決に結びつく情報
——アダム・ハーパー（27）、タコマ在住
——エリック・ヤング（20）、ギグハーバー在住
概要：ピアース郡では、シナゴーグや黒人教会6カ所に、鉤《かぎ》十字や数字の88（ナチスのシンボル）、66６（悪魔の数字）などの落書きが残される事件が立て続けに発生している。6月7日、ギグハーバー・ブレザレン教会の外壁に落書きされ、前庭で十字架が燃や

される事件が起きた。事件発生直後には教会の建物に放火されたと報じられたが、これは誤りである。管理人と信徒伝道者（ウィリアム・デュボワとロビンソン・エステス）が急いで外に出たところ、二人の容疑者と出くわした。ハーパーが先に拳銃を発砲し、教会側の二人を負傷させた。信徒伝道者はすでに退院。管理人は現在も集中治療室に入院中。容疑者二名は、アダム・ハーパー名義で登録されたトヨタの赤いピックアップトラックで逃走した。

捜査中の警察機関：ピアース郡保安官事務所。アメリカ合衆国司法省も連携し、連邦犯罪として捜査を開始すべきか否かを調査中。

懸賞金提供者と金額：

――懸賞金1：5万ドル。提供者はピアース郡。懸賞金負担者はワシントン州西部全教会会議（5万ドルの大半をマイクロ・エンタープライゼスNA創業者のエド・ジャスパーが提供）。

――懸賞金2：900ドル。提供者はエリック・ヤングの両親および親族。

注意事項：ダルトン・クロウが懸賞金獲得に向けてすでに調査を開始している。

最後の情報は癪《しゃく》に障った。

クロウは不愉快な男だ。年齢は四十代、軍勤務を経て東海岸で警備会社を起業したものの、うまくいかずにまもなく廃業した。現在はフリーのセキュリティコンサルタント兼ボディガード兼パートタイムの懸賞金ハンターだ。二人の仕事の方針は大きく違っている。ダルトン・クロウは行方不明者の捜索には関わらない。乗り出してくるのは、指名手配中の犯罪者や脱走犯の追跡の仕事のときだけだ。合法に所持している銃器を使い、また正当防衛を認められる状況であれば、逃走犯を撃ったとしても懸賞金は獲得でき、刑務所行きもまず避けられる。それがクロウのやりかたであり、ショウの方針とは対極をなす。

今回の仕事を引き受けるべきか否か、ショウはぎりぎりまで迷った。先日、シリコンヴァレーで一仕事終えたあと、ローンチェアで一服した時点では、別件に取りかかるつもりでいた。その別件は私的な性質のもので、父親や過去に埋もれた秘密が関係していた。そして、その秘密を巡ってエビット・ドルーンという風変わりな名の殺し屋と関わり合いになり、ショウは肘と膝をあやうく撃たれそうになった。

しかし身体的な負傷——完全には避けられないリスク——が怖いからといって手を引く気はなく、父親が隠した宝を探したいといまも本心から考えている。

それでも、しばし考えたのち、銃を持って逃走中の、殺人をいとわないネオナチらしき若者二人を捕らえる仕事を優先することにして、この港町にやってきた。

車載ナビの案内に従い、ギグハーバーの起伏の多い曲がりくねった通りをたどった末、目的の家を見つけた。こぢんまりとした平屋建ての家で、灰色の曇り空を背景に、外壁の陽気な黄色が鮮やかだ。ミラーをのぞき、二十分の仮眠で乱れた短い金色の髪をなでつけた。サンフランシスコからここまでの十時間のドライブで、その仮眠だけが唯一の休憩だった。

パソコンバッグを肩にかけて車を降り、玄関のチャイムを鳴らした。

ラリー・ヤングとエマ・ヤングが出迎え、ショウをリビングルームに案内した。夫妻はどちらも四十代なかばと見えた。エリックの父親ラリーの灰色がかった茶色の髪はだいぶ薄くなっている。ベージュのスラックスを穿《は》き、染み一つない真っ白な半袖Tシャツを着ていた。ひげは伸ばしていない。母親のエマは、体形を隠すAラインのピンク色のワンピースを着ていた。来客を前に、化粧をしたらしい。子供が行方不明になると、矢も楯《たて》もたまらず、シャワーを浴びる、身だしなみを整えるといったことがおろそかになりがちだが、この夫妻は例外のようだった。

フロアランプ二台がくつろいだ光を部屋に広げていた。壁紙は黄色と赤茶色の花柄で、深緑色のカーペット床に、ロウかホームデポあたりで購入したような東洋風のラグが敷いてある。質素だが、くつろいだ雰囲気だった。

ドア脇のコートラックに茶色い制服のジャケットがある。生地は厚く、オイル汚れが目立つ。胸に〈ラリー〉の縫い取りがあった。ラリー・ヤングは整備工なのだろう。

二人のほうもショウを値踏みしていた。スポーツコート、ブラックジーンズ、灰色のボタンダウンシャツ。黒いスリップオンの靴。これが――またはこのバリエーションが――ショウの制服だ。

「どうぞ、かけてください」ラリーが促した。

ショウは鮮やかな赤い革張りのふかふかして座り心地のよい肘掛け椅子に腰を下ろした。夫妻は向かい合わせの椅子に座った。「先ほど電話で話して以降、エリックに関して新しいことはわかりましたか」

「いいえ」エマ・ヤングが答えた。

「警察はいまどのように？」

ラリーが言った。「せがれと、もう一人のアダムは、いまもまだ近くにいるようです。担当の刑事は、金をかき集めているのではないかと。借りるとか、ひょっとしたら盗むとか――」

「そんなことをするような子じゃありません」エマがさえぎった。

「そう警察から言われたという話だ」ラリーが説明する。

「警察からどう聞いているかという話をしているだけだよ」

エマがごくりと喉を鳴らした。「あの子は……そんなことしない。だって……」そこまで言って泣き出した――またしても。ショウが来たとき、涙は乾いていたが、目は赤く腫れていた。

パソコンバッグからノートとデルタの万年筆ティタニオ・ガラシアを取り出した。黒軸のペン先側にオレンジ色のリングが三つ。万年筆を使うのは、格好つけでも贅沢でもない。メモ魔のショウは、仕事中に大量の文字を書く。万年筆のほうが手の疲れが少なくていい。それに、書く行為がささやかな楽しみになる。

ノートに日付と二人の名前を書いた。それから顔を上げて、息子エリックのふだんの生活ぶりを尋ねた。大学生で、アルバイトをしている。いまは夏休みで帰省中だった。

「過去にネオナチなど過激派グループに関わっていたことは」

「まったくありませんよ」ラリーは何度も同じ質問をされてうんざりしているといった風につぶやいた。

「何かの間違いに決まってます」エマが言う。「いい子なんです。もちろん、人並みにトラブルは起こしましたよ。ドラッグとか――でも、あんなことがあったあとですから、わからないでもありません。ちょっと試してみた程度ですし。学校から連絡がありました。警察のお世話にはなっていません。大学は穏便にすませてくれました」

　ラリーが苦い顔で言った。「ここはピアース郡ですからね。この州のドラッグの中心地だ。新聞を読んでみてください。ワシントン州内で製造されるメス（メタンフェタミンの俗称）の四〇パーセントはこの郡で造られている」

　ショウはうなずいた。「エリックがやったのもメスでしたか」

「いや、オキシ（オピオイド系の鎮痛剤オキシコドンの俗称）です。一時期だけですよ。抗鬱剤《こううつざい》ものんでいました。いまもです」

「〝あんなことがあったあと〟とおっしゃいましたね。何があったんですか」

　二人は顔を見合わせた。「一年半くらい前、下の息子を亡くしました」

「ドラッグですか」

　エマは膝に置いていた手でワンピースの生地をつかんで握り締めた。「いいえ。自転車に乗っていて、酔っ払い運転の車にぶつかられたんです。つらいできごとでした。泣くしかなかった。でも、誰よりショックを受けたのはエリックです。あれを境に変わってしまいました。弟と本当に仲がよかったから」

　兄弟か。その関係からどれほど複雑な感情が生まれるか、ショウは痛いほど知っている。

　ラリーが言った。「それでも、あの子が他人《ひと》様《さま》を傷つけるようなことをするわけがない。悪さをするような子じゃないんです。これまで一度もしたことがない。教会の落書きならまだしも」

　エマが鋭い調子で言った。「それだってあの子じゃないわよ。あなただってわかってるくせに」

　ショウは言った。「目撃者の証言によれば、発砲したのはアダムです。銃の持ち主の情報はまだありません。エリックは銃を持っていましたか。身近に銃はありましたか」

「いいえ」

「とすると、銃は友達のアダムのものということになりそうですね」

　ラリーが言った。「友達？　アダムは友達ではありませんでしたよ。エリックからその名前は聞いたことがない」

　エマの赤らんだ指はワンピースの裾をねじるようにしていた。「十字架に放火したのも、そのアダムに決まってるわ。癖らしい。落書きも。全部！　エリックはアダムに誘拐されたんです。そうに決まってる。銃を持っていたのはアダムで、それで脅してあの子を連れていったんです。あの子の車を奪って。お金や何かも奪って」

「二人はアダムのトラックで逃走しました。エリックのではなく」

「こういうことじゃないかしら」エマが早口に言った。「エリックは勇気を出して抵抗して、車のキーを遠くに投げた」

「エリックは自分の銀行口座を持っていましたか」

　ラリーが答える。「はい」

　とすると、エリックが金を下ろしたとしても父母にはわからない。警察なら、どの支店で引き出したかなどの情報を手に入れられる。すでに情報を持っているかもしれない。

「口座にいくらくらい入っていたかご存じですか。遠くに行けそうな額でしょうか」

「おそらく二、三千ドル」

　ショウはさりげなくリビングルームを観察していた。主にヤング家の二人の息子の写真に注目した。エリックは整った顔立ちをした若者だ。もじゃもじゃした茶色の髪、人なつっこい笑顔。ショウは懸賞金の告知に掲載されていたアダム・ハーパーの顔写真も見ていた。警察が逮捕時に撮影する顔写真ではなかったが、どの写真のアダムも、用心深い目をカメラに向けていた。クルーカットにした金髪にはブルーのハイライトが入っていて、体つきは痩せていた。

「捜索を引き受けましょう。息子さんを捜してみます」

　ラリーが言った。「よかった。ぜひお願いします。あなたはもう一人の大柄な人とは大違いだ」

「あんな人、こっちから願い下げよ」エマがつぶやいた。

「ダルトン・クロウですか」

「そう、そんな名前でした。途中で帰ってもらいました。あなたにお金なんか払いたくないと言ったら、あの人、笑って、好きにするといいと言いました。初めから金額の多いほうを狙うつもりだったからって——郡が出している五万ドルのほう」

「クロウはいつ来ましたか」

「おとといです」

ショウは、ダルトン・クロウのイニシャルを使ってノートに書き留めた――〈DC、提供者の家を訪問。6月9日〉。

「捜索をどのように進めるか、説明させてください。エリックを発見できるまで、お金はいっさいいただきません。経費も請求しません。エリックの居場所がわかったら、その時点で九百ドルをいただきます」

ラリーが誇らしげに言った。「懸賞金は一千と六十ドルになりました。いとこが金を出してくれたんです。もっとお支払いできればいいんですが、それがせいいっぱいで……」

「居場所がわかったなら、連れ戻すところまでやってくれとおっしゃるかもしれません。しかし、それは私の仕事ではありません。エリックは逃走中の犯罪者です。捕まえて連れ戻すと、私は法を犯すことになってしまいます」

「現場幇助《ほうじょ》の容疑」エマが言った。「私、犯罪ドラマ好きで」

ふだんのコルター・ショウはめったに笑わないが、懸賞金提供者の前では空気をほぐすために笑うことがある。

「私は逮捕はしません。情報を集めるだけで、市民逮捕はしない。息子さんを発見した場合、本人や周囲の人間に危険が及ぶ可能性がないと確認できるまで、警察には通報しません。ところで、息子さんが戻ったら、弁護士が必要になります。知り合いの弁護士はいますか」

二人はまた顔を見合わせた。「家を売買したとき契約を任せた人なら」

「いや、刑事専門の弁護士でないと。よさそうな人を紹介しましょう」

「そんな金は……いや、家を担保にいくらか借りられるかな」

「捻出《ねんしゅつ》していただくしかありません。息子さんには優秀な弁護士が必要になるでしょうから」

ショウは書き留めたメモを点検した。ショウの書く文字は小さく、バレエのようと評した者がいたくらい、優雅で美しい。ノートは無地のものだ。ショウに罫線はいらない。どの行も完璧に水平だった。

それから二十分ほど質問を重ね、夫妻が答えた。やりとりを通じて、エリックは無実だと二人が言い張るのはどうやら主観にすぎないとわかった。自分たちが知る息子がこんな罪を犯したとは認めたくない、それだけだ。そんなことは考えただけで途方に暮れてしまう。悪いのはアダム・ハーパー一人だとしか思えないのだ。

これだけ情報があれば充分だろうと納得したところで万年筆とノートをしまい、ショウは玄関に向かった。警察から新しい情報が入りしだい、あるいはエリックから金や助けを求める連絡があったという友人や親戚が出てきしだい、ショウにも連絡すると夫妻は約束した。

「ありがとうございます」玄関まで見送りに出たエマは、ショウを抱擁すべきか迷っている様子だったが、結局やめた。

涙で声を詰まらせたのは夫のラリーのほうだった。何か言おうとして口ごもり、無言でショウの手を握り締めた。そして涙の最初の一粒があふれる前に家のなかに戻っていった。

ウィネベーゴのほうに歩きながら、ショウはエマとラリーには言わなかったことを頭のなかで反復した。捜索の結果、行方不明だった息子がすでに死んでいると判明した場合、懸賞金は受け取らないというのがショウのいつもの方針だ。エリックは用済みだとアダムが判断した瞬間、夫妻の残された息子はおそらく殺されただろうとショウは思っていたが、いまあえてそんな話をする必要はない。

3

「あんたと話をする義理はないな」その男性はあざけるように鼻を鳴らした。

アダム・ハーパーの父親、色褪せてひび割れた茶色の革ジャケットにジーンズとブーツという出で立ちのスタン・ハーパーは、モーターオイルの箱を船着き場に積み上げる作業を続けた。船具商と装身具商を営むハーパーは、配達ボートが岸壁に戻ってくるまでのあいだに次の注文の品を用意しているらしい。

港には、マツの樹液と海を漂うごみとガソリンのにおいが充満していた。

「私はエリック・ヤングのご両親の手伝いで、エリックを捜しています。警察が把握している最後の目撃情報によれば、エリックとアダムは一緒に行動しています」

「どうせ懸賞金目当てなんだろ」

「ええ、そのとおりです。アダムについて、何か参考になりそうなお話を聞かせていただけませんか。立ち寄り先とか。あとはアダムが行けば泊めてくれそうな友達や親戚の名前とか」

「しまってくれないか」ショウが持っているノートと万年筆に顎をしゃくる。

ショウは二つともポケットにしまった。

「見当もつかないね」スタン・ハーパーは大木のようにがっしりとした体格で、砂色の髪に赤ら顔をしている。鼻は頬よりもさらに赤みが強かった。

エリックの家族は、罪を犯して逃走中の息子を捜すために懸賞金を設けた。スタン・ハーパーは何もしていない。ひょっとしたら、息子が法の手を逃れてくれれば好都合とでも思っているのかもしれない。それならショウと話をする理由はないだろう。かといって、協力を拒む気でいるわけでもなさそうだ。少なくとも完全には。モーターオイルの箱をさらに三つ積んだあと、ハーパーはこちらに向き直った。「昔から扱いにくい子供でね。気分が変わりやすくて。いつも近くでハチの群れが飛び回っているみたいな感じなんだと言っていた。こっちも振り回されてばかりだったよ。本人は気づいていないようだったが。電話を取れば、あいつの話だ。学校で問題を起こして、スクールカウンセラーからしじゅう連絡があった。息子とは喧嘩もした」ショウを一瞥《いちべつ》する。「しかし、父親と息子なんてそんなものだろう。どこの家族だって同じだ。あいつが学校をやめて働くようになって、親は少し楽になった。ほとんどは日雇い労働だった。どこかの正社員にもぐりこめても、いつも一日ともたずに首になる」

ショウは次の質問を控えめに持ち出そうと考えた。差別意識は、髪の色や心臓の病気などと同様、親から子へ伝わる例が少なくない。人種差別主義者をそう呼ぶことに抵抗は感じないが、目下の任務は情報収集だ。「今回起きた教会の事件ですが。十字架に放火、壁に落書き。アダムからそういった話を聞いたことはありますか」

「一度もないね。しかしまあ、あいつとはまともに話をしたことがない。ケリーが――女房が死んで、あいつはそれまで以上に扱いにくくなった。よほどショックだったんだろう。前々からわかっていたんだよ。そう長く持たないと。だから俺は心の準備を整えておこうとした。だがアダムは……母親が死ぬなんて考えられなかったんだろう……否定していたと言えばいいのかな」

「白人至上主義グループに友人がいたりは？　その手の団体のメンバーだったとか」

「あんたはあれか、賞金稼ぎか」

「人を捜して生計を立てています」

　ハーパーはその返答に納得したのか、あるいはかえってわからなくなったのか、表情からは判然としなかった。ハーパーは重そうな箱を二つ、軽々と持ち上げた。合わせて三十キロ近くありそうだ。

　ショウはネオナチに関する質問を繰り返した。

「そういう話は聞いたことがないな……他人《ひと》の影響を受けやすいたちでね。いつだったか、ミュージシャンの知り合いができたことがあって、それから一年くらいは自分も音楽をやると言って聞かなかった。ヘビーメタルのスターになるんだとか何とか。あのころは音楽以外は何も見えていなかった。そのうち音楽はあきらめた。次はスケートボードを造って売ると言い出した。それも実現しなかった。高校時代は悪い友達とつきあって、万引きやらドラッグやらをやったりした。友達に誘われると何でもやった。

　今度の教会の事件で警察から電話があったときも、そう驚かなかったよ。〝うちの子がまさか〟みたいな驚きはなかった。ついに来たかと思った。前々からそんな予感がしていたんだ。あの子の母親が死んだときからずっと」

　ハーパーは桟橋の突端まで行ってつばを吐き、手の甲で口もとを拭った。

「もう一人のほう、エリックって子も調べたほうがいいんじゃないのか」

　ショウは答えた。「白人至上主義者との接点はなさそうです。ヘイトクライムの前歴もありません」

　ハーパーは険しい目つきをした。「少し前、アダムがしばらく家を空けた期間があった。三週間か、一月《ひとつき》か。ケリーが死んだあとだ。黙って消えて、別人みたいになって戻ってきたよ。前より気分が安定していた。どこに行っていたのかと訊いた。するとその話はできないと言われた。そういう連中と関わり合いになったとすれば、あのときかな」

「どこで？」

「さあね」

「話を聞けそうな友達の名前を教えていただけませんか」

ハーパーは肩をすくめた。「友達のことは知らないね。もう子供じゃなかったから。自分の世界があった。母親とは電話で話したりしていたようだが、俺とはそんなこともなかったし」携帯電話にメッセージが届いて、ハーパーはそれに返信した。港の穏やかな海面を見つめる。

それからまた箱を積む作業に戻った。

「異性愛者《ストレート》でしたか」ショウは訊いた。

「それは……ゲイじゃないって意味の〝ストレート〟？」

ショウはうなずいた。

「どうしてそんなことを知りたい？」

「集められるかぎりの情報を集めておきたいからです」

「女の子といるところしか見たことがないね。長く続いたことはなかったようだが」溜め息。「ありとあらゆる手を試したよ。カウンセリングも受けさせた。何の役にも立たなかったがね。薬をのませたこともある。いつだって一番値の張る薬を処方されたよ。そのうえケリーの医療費もあった。医者やら病院やら」ハーパーはそう言って、ハーパー船舶サービスの社屋たる掘っ立て小屋に顎をしゃくった。「お高い健康保険に入る余裕があるように見えるか」

「アダムにはどれも効果がなかったんですね」

「効果らしい効果はなかった。そのあと、三週間か四週間、家を離れた。どこに行ったのかは知らないが」最後の箱がてっぺんに載せられた。「十字架の燃やしかたやら教会への落書きのしかたやらをおもしろおかしく教わっていたのかもしれないな。誰にもわからない。さて、書類仕事があるから、そろそろ」

ショウは連絡先を書いた名刺を渡した。「息子さんから連絡があったら」

ハーパーは名刺を後ろポケットに入れ、冷ややかな笑みを浮かべた。その笑みはこう言っていた――あんたが懸賞金をぶんどる手伝いをしろって？

「ミスター・ハーパー。私は二人を無事に連れ戻したいんです」

　ハーパーは小屋に向かって歩き出したが、途中で立ち止まった。

「息子を見ていると、焦《じ》れったくてたまらなかったよ。肩をつかんで揺さぶってこう言いたくなることもあった。〝しっかりしろよ。誰だってつらいことの一つや二つは抱えている。抱えたまま生きていくしかないんだよ〟ってな」


　ウィネベーゴに戻り、ホンジュラス産の香り高い豆でコーヒーを淹《い》れ、ミルクを少しだけ足してテーブルについた。

　それから半時間ほどかけてヤング家の親戚の何人かに連絡を取った。誰もが心を痛めていたが、捜索の役に立つ情報はなかった。次にエリックの友人に電話をかけた。何人かが快く話をしてくれたが、エリックが行きそうな場所を知っている者はおらず、エリックがヘイトクライムに関わったとは信じられないと口をそろえた。しかし同級生の一人は、弟が死んで以来、エリックは「何と言うのか……前とはすっかり変わってしまったように思いました」と言った。

　ショウはトム・ペッパーにも連絡した。ペッパーは元FBI捜査官で、たまにショウと連れだってロッククライミングに出かける友人でもある。すでにFBIを退職しているが、現役時代と変わらず警察機関にコネがあり、現在も機密事項を取り扱う職に就く資格を維持していた。事件捜査に貢献するのを本人も楽しんでおり、ショウはときおりペッパーに助力を求めた。今回はピアース郡保安官事務所とFBI地元支局の担当者の名前を調べてもらった。

　懸賞金ハンターと警察との関係は複雑だ。警察は、たとえば〈クライムウォッチ〉のように、特定の事件について広く市民から情報を募っている団体から寄せられた情報なら、抵抗なく受け取る。一方で、ショウのように能動的に調査を行う人物を進んで支援することはない。情報提供者とは違い、懸賞金ハンターは、警察の捜査をかえって混乱させたり、場合によっては逮捕寸前だった容疑者を取り逃がす結果をもたらしたりもするからだ。

懸賞金ハンターが負傷したり死亡したりすることもあり、そうなるとただでさえ忙しい警察官の仕事はますます増えることになる。

それでもペッパーの名にはいまも威力があり、そのペッパーがコルター・ショウは警察の捜査の邪魔になるどころか有用な貢献ができるだろうと請《う》け合えば、その言葉は大いに説得力を持つ。ピアース郡保安官事務所の担当刑事チャド・ジョンソンは十分かけて事件の詳細を説明し、ショウはその話をメモに取った。またジョンソンは、アダム・ハーパーの背景情報を詳しく話して父親のスタンの証言を補ってくれた。

ジョンソンとの電話を終えると、ショウは新しくコーヒーを淹れ直し、ノートのページをめくった。


6月7日。午後6時30分ごろ、エリック・ヤングはギグハーバーのマーティンズヴィル・ロード沿いにあるフォレストヒルズ墓地に出かけた。この墓地には一年半ほど前に死んだ弟マークの墓がある。ふだんからよく墓参に訪れていた。

まもなく墓地内でアダム・ハーパーと一緒にいるエリックが目撃された。アダムとは初対面と思われる。

午後7時30分ごろ、ブレザレン教会で発砲事件発生の通報を受けた警察が現場に駆けつけた。被害者（信徒伝道者と管理人）は、二人組の犯人（のちにアダムとエリックと判明）が教会の前に十字架を置いて放火したと証言。そのほかに、教会の壁にナチスの鉤十字やわいせつな言葉の落書きが残されていた。

信徒伝道者と管理人は容疑者を取り押さえて警察に引き渡すつもりで前庭に飛び出したが、アダムが銃を抜いて発砲、二人に弾が当たった。

容疑者二名は、ワシントン州で登録されたアダム所有のトヨタの十年ものの赤いピックアップで逃走。エリックの車は墓地近くの駐車場で発見された。

エリックの各ソーシャルメディアの投稿から人種差別的傾向はうかがえない。アダムはフェイスブック、ツイッター、インスタグラムいずれのアカウントも持っていない。

二人ともゲイではなく、性的関係があったとは考えにくい。

エリックは家族や友人の誰にも連絡していない。また、両親や友人に、エリックの逃走先の心当たりはない。

ブレザレン教会の落書きを当局が分析した結果、過去一年半にピアース郡のほかの宗教施設で見つかった落書きと同一犯によるものである可能性が高い。

容疑者二名は現在もタコマ周辺にとどまっていると考えられる。その根拠は、アダムとエリックのいずれもここ数日以内に銀行口座の全額を引き出していること、二台の監視カメラ映像にアダムのピックアップトラックがとらえられていること。長距離の逃走に備えて資金を集めていると考えられる。

エリック・ヤングは非行青少年向けリハビリ施設に非常勤の職員として勤務する一方、学士号取得を目指して近隣のコミュニティカレッジに通学していた。数学と歴史、生物学で優秀な成績を収めている。弟の死を境にふさぎこむ日が増え、成績が低下。欠勤も増えて問題になっていた。気分の波が原因でガールフレンドとも別れている。両親は〝繊細で傷つきやすい〟と表現。

アダム・ハーパーは、もとより鬱など情緒的な問題を抱えていた。一つところに落ち着けないタイプ。コミュニティカレッジに通学していたことがあるが、卒業はしていない。社会に出てからは主として日雇い労働に就いている。

万引きと違法薬物所持の前科あり。白人至上主義や人種差別主義団体との明らかなつながりはないが、父親によると、三週間から四週間、町を離れていた時期がある。そのときにどこか団体と関わりを持ったか？

アダムには友人が少なく、警察が接触した友人、家族、親戚は、いずれも逃走中に頼れそうな知人や行き先の心当たりがなかった。

アダムの住まい、タコマ東部の小さなアパートは捜索済み。過激派グループとのつながりを裏づける証拠は発見されなかった。

事件で使用された銃はスミス&ウェッソン38口径ポリススペシャル。登録名義はアダムの父スタン・ハーパー。容疑者の携帯電話はいずれも電源が切られている。二人ともパスポートを持っているが、エリックのものは実家に残されている。

両替所の監視カメラ映像に、サングラスをかけてフード付きのパーカを着た男の二人組が500米ドルをカナダドルに交換する姿がとらえられている。容疑者二名の体格とおおよそ一致している。

ショウはメモを読み返し、深く座り直して目を閉じ、その内容を反芻《はんすう》したのち、事件とそれに関わった人物それぞれについて結論を下した。

電話が鳴った。チャド・ジョンソンからだった。

「ジョンソン刑事？」

「二人が見つかりましたよ、ミスター・ショウ」

仕事の最速記録だ。ただし懸賞金は受け取れない。それでも、父が残した謎を解くという、もう一つの仕事を再開できると思えばありがたかった。

やまびこ山……

「負傷者は？　二人は抵抗しましたか」

一瞬の間。「あーいや、身柄の確保はこれからです。居場所がわかったんですよ。アダムのトラックで移動中のようです。州間高速五号線を北に向かっているとの目撃情報が入りました。そこから一般道に下りて、さらに北に向かっているようです。やはりカナダに逃げるつもりでしょうね。逮捕に向けて対策チームを組織しました。十名《パーソン》のチームです」

最後の〝十名〟のところで言葉がもつれた。ジョンソン刑事はおそらく、〝マン〟を〝パーソン〟に言い換えるなど、可能なかぎり性別を限定しない表現を用いるべしとの研修を受けたばかりなのだろう。

「一時間もあれば確保できるでしょう」

「それはよかった」

「懸賞金については残念ですが」

本気で残念と思っているようには聞こえなかった。全教会会議とハイテク業界の若き成功者エド・ジャスパーが懸賞金の大半を負担する意向を示していたとはいえ、不足分は市警の予算から捻出するしかなかっただろう。

ショウは礼を言って電話を切り、コーヒーを飲んで少し考えてから、在ワシントンDCの調査のエキスパート、マック・マッケンジーにメールを送り、三件の調査を依頼した。調査能力に定評のあるマックらしく、まもなく三つのすべてについて万全な答えが返ってきた。

ショウは返信に丹念に目を通し、地図を確かめてからウィネベーゴのエンジンをかけた。ハーパーの会社近くの駐車場から車を出し、周辺の車両——行き交う車はもちろん、駐車してあるものも——にざっと目を走らせたあと、起伏の多い道路を走り出した。ギグハーバー市街地を出て東に向かい、車載ナビの指示に従って近隣のＲＶパークを目指した。そこにウィネベーゴを駐め、Ｕｂｅｒを呼んでレンタカー営業所に行き、セダンかＳＵＶを借りるつもりだった。パトロールカーに停止を命じられないよう祈りながら、制限速度をだいぶ超えたスピードでウィネベーゴを走らせた。

わずかの遅れも許されない。時間との勝負だ。

一時間後、ショウはレンタルした起亜《キア》車を運転し、タコマの東八十キロほどの山間を縫うルートをたどってレーニア山国立公園の方角に向かっていた。曲がりくねった道、壮大な風景、青々とした森、濡れた骨のように光り輝く小さな穴だらけの岩石の層。

上りのヘアピンカーブを抜け、右手が斜面になった直線道路が開けたところで、速度を上げた。

そのとき、視界の隅で影が動いた。

巨大な石が斜面を勢いよく転がってきて、行く手の道路をふさごうとしていた。

迷っている暇はない。

左か。それとも右か。

4

6月11日、午後2時
――現在

今度の弾は命中した……

イヌワシが一羽、谷間にこだました甲高い銃声に驚いて飛び立ち、風格を漂わせつつも、大急ぎで人間同士のトラブルと距離を置いた。

コルター・ショウは下を見た。車の右のフロントタイヤに相当な大きさの穴が開いていた。

やっとのことで車から脱出したショウはレンギョウの茂みに身を隠し、道路のほうをうかがった。発砲した人物が服の袖やジーンズについた花粉や植物のいがを払いながら、道路を渡って近づいてこようとしていた。

口ひげとあごひげをたくわえたダルトン・クロウは、身長百八十センチちょうどのショウより五センチほど上背がある。黒と赤の格子縞柄のネルシャツに覆われた肩幅は広く、胸板は厚い。カモフラージュ柄の胸当てつきズボンを穿《は》いている。彫刻が施されたベルトはほどよく使いこまれて光沢を帯び、まだらに色が濃くなっていた。銃身の長い拳銃を収めたホルスターはカウボーイスタイルで、茶色の艶やかな革にクロームの鋲《びょう》が打たれている。

二人の体にはそれぞれ相手がつけた傷が残っていた。傷の数も、長さも、深さも、だいたい釣り合っている。痣《あざ》はとうに消えた。過去に何度も対決したが、殺し合うためではなく、懸賞金のかかった犯罪者を自分が先に見つけるため、相手の捜索を妨害しようとしたにすぎない。たとえばある仕事では、クロウは脱走犯にかけられた懸賞金を独り占めせんとショウの邪魔をし、ショウは逃げ場を失った丸腰の逃亡犯を銃殺しかねないクロウの足を引っ張ろうとした。

クロウはのんびりと道路を渡ってきてタイヤを見つめた。「ふむ」

「私のいるほうに向けて発砲したな」ショウは言った。ただ相手をとがめるだけの口調だった。身の危険はさほど感じなかった。岩を道路に落としたのも発砲したのもクロウで、いま追いかけている二人組、アダム・ハーパーやエリック・ヤングではないと確信していた。

クロウはバイカーギャング風の装束が似合いそうな巨漢だが、声は素《す》っ頓狂《とんきょう》に甲高《かんだか》い。「よしてくれ、ショウ。それは誤解だ。俺はあんたをヘビから救ってやったんだぜ」アラバマ州バーミンガム出身らしい訛のある話し方だ。「シンリンガラガラヘビだ。バカでかかった」

ショウは地面を見た。「どこにもいないが」

「だから、追い払おうとして撃ったんだって。いないのはそのおかげだ。神が造りたもうた生き物はどれも好きだよ。ガラガラヘビだって好きだ。タイヤのことは謝るよ」

ショウは巨岩に目をやった。道路を完全にふさいでいる。

クロウはその言い訳は省いた。

「いいか、ショウ。二人組は俺のもんだ。アダムにエリック。俺が見つけて連れ戻す。ギグハーバーに先に来たのは俺なんだ。あんたはとっとと家に帰るんだな」

「私の居場所がどうしてわかった？」ショウは訊いた。

「それはだな、俺は人捜しにかけちゃダントツだからだよ」クロウは銃をホルスターに収めた。こいつは映画のガンマンのように人さし指でくるくる回したりしないのだろうか。いつだったか、それをやって自分の腋《わき》に弾丸を撃ちこんだ奴がいた。人間とはどこまでも愚かな生き物だ。

「俺の言いたいことはそれだけだ。さてと、黄色のフォルクスワーゲンを追いかけるとするかな」

ショウは額に皺を寄せた。「どうしてそれを知って……」口がすべった風を装って言葉を濁し、クロウが一〇〇パーセントの確信を持てずにいたはずの事実を裏づけた。

「ははは。ほら、タイヤの交換でもしろよ。ロードサービスを呼ぶもよし、自分でジャッキアップするもよし」クロウは振り返って巨岩を見たあと、ショウに向き直った。「こんなところをそんなやわな車で走ると……とんでもない災難に遭いかねないぜ。災難てのは俺のことじゃないぞ。俺はヘビを退治してやっただけだ。あんたを狙って撃つ奴がいるかもしれないって話だ。万が一のことがあると、俺も寝覚めが悪いしな」

その脅しめいた言葉を残してクロウは向きを変え、通りを渡って低木の茂みの奥に消えた。ほどなく、巨岩の向こう側に銀色のＳＵＶが現れ、ショウや岩と反対の方角に走り出した。運転席側のウィンドウから手が伸びた。ただ手を振っただけとも見えたが、侮辱のしぐさをしていたのかもしれない。

ショウは九一一に連絡し、巨岩が道路をふさいでいることを州警察に伝えた。巨岩があるのは直線道路のなかほどで、どちらの方角から来ても五十メートル手前から確認できる。それでも、コルター・ショウは、たとえ災難に巻きこまれた原因が本人の不注意にあったとしても、人を救うように生まれついている。運転しながら携帯電話でメッセージを送るのに気を取られていた人物は、エアバッグに顔をはたかれるくらいの罰を受けて当然だ。しかしその人物の子供に罪はない。

ショウは数分かけてタイヤを確認したあと、カミソリのように鋭い葉の茂みからバックで車を出した。車は大揺れし、タイヤは空転したが、どうにか道路上に戻った。

アスファルトの路面に駐め、タイヤを交換し、タイヤハウスを手探りした。クロウがそこに隠したＧＰＳ追跡装置が見つかった。スイッチをオフにしてからバックパックにしまった。

　それから方向転換し、元来た方角に――ダルトン・クロウが向かったのと正反対の方角に走り出した。地図を確認する。三十分以内にエリック・ヤングとアダム・ハーパーに追いつけるだろう。

5

　ダルトン・クロウという障害を排除するのに、いくらかの手間と時間がかかった。

　クロウの自己評価――〝人捜しにかけちゃダントツ〟――は、どう考えても過大だ。捜索のプロとして、クロウはそこそこ使えるレベルではあるが、決して有能ではなく、監視のスキルはお粗末そのものだ。ショウはギグハーバーに到着した瞬間から、クロウの尾行を察知していた。ヤング家を訪問したとき、数軒先の家――前庭の芝生に〈競売物件〉の札が立てられた家の前の歩道際に銀色のSUVが駐まっていた。そのときはそこまで警戒しなかった。SUVが駐まっている事実を頭のなかのメモ帳に書きつけておいたにすぎない。

　ヤング家を辞去したあと、そのSUVの横を通り過ぎると、ドライバーはグローブボックスのほうにかがみこんでいた。顔を見られまいとしているかに見えた。そのあとSUVは歩道際を離れ、船着き場にあるアダムの父親の会社までずっとショウのウィネベーゴを追ってきた。

　ダルトン・クロウであるのは明らかだった。まだ周辺地域にとどまっているとされるエリックが実家に戻ってくるかもしれないと考え、ギグハーバーに来て以来ずっとヤング家の前で張っていたのだろう。

　それを境に、ショウの仕事は倍に増えた。アダムとエリックを捜す前に、まずクロウを振り払わなくてはならない。

　そこで、その二つを一度に片づける計画を立てた。ピアース郡保安官事務所は、両替所の監視カメラ映像をもとに、二人組はタコマから北に向かい、そのままカナダに逃れると見ていた。

　しかしショウはこう考えた――アダムとエリックは、八〇パーセントの確率で、赤いピックアップトラックで移動していない。

そして二人の今後の動きを論理的に推測したうえで、マックにメールを送った。調査を依頼した事項は三つ。

1　タコマ市内でギャングがもっとも活発な地域は？
2　その地域または周辺の最大のバス発着場は？
3　シアトルからタコマ一帯で自動車をバラすなら、どのスクラップ場に持ちこむ？

マックの返答は順に――マニトゥー地区、エヴァンズ・ストリートのウェスタン・エクスプレス・バスの発着場、一カ所に絞るのは難しいが、シアトル南部にスクラップ場や解体工場が密集した地域がある。

二人は外見を変えているだろう、また米ドルをカナダドルに両替したのは、北に向かうつもりでいると警察に思わせるためだろうとショウは考えた。だが、それだけではまだ安心できない。警察の目をアダムのトラックに引きつけておく必要がある。非行青少年向けの施設で働いているエリックは、ピアース郡の裏社会の知識が多少なりともあるはずだ。どこにトラックを放置すれば――キーはもちろん、前部シートの下かタイヤハウスに〝隠す〟――地元のギャングが即座に盗み、シアトル南部に持っていってパーツにバラすかも知っているだろう。

そのうえでアダムとエリックは歩いてすぐのエヴァンズ・ストリートのバス発着場に行き、切符を買って、街を出る。

港のスタン・ハーパーの事務所を出たあと、ショウはウィネベーゴでタコマに向かい、市内東部のＲＶパークに駐めた。そこからＵｂｅｒで最寄りのレンタカー営業所に行き、起亜《キア》のセダンを借りてマニトゥー地区へと走らせた。クロウは下手くそな尾行でついてきた。

ショウはエルマーノス兄弟商店の前で車を駐めた。店に入り、必要のない食料品一袋分を購入した上で二十ドルの袖の下を渡し、裏口から抜け出す権利を買い取った。

裏口からバス発着場に行った。そこでは賭け金が一気に跳ね上がり、二人組が買った切符の行き先を聞き出すのに五百ドルの出費を強いられた。二人はタコマの東南百三十キロほど、レーニア山国立公園近くのホープスコーナーという小さな町に向かうつもりらしい。

これはよいニュースだ。二人とも無事に生きている。

ショウは商店前に駐めた車に戻り、買い物の袋をトランクに放りこんだ。車に乗って走り出すと、クロウのSUVがさほど間隔を開けずについてきた。クロウがGPS追跡装置を仕掛けたのは、ショウの車が商店の前に駐まっていたあいだのことだろう。

ここからお楽しみが始まった。

ショウはおおよそホープスコーナーの方角に向かいつつ、あえて遠回りをして、ざっと二十キロごとに車を駐め、飲料水やコーヒー、軽食を買ったり、必要のない道路地図を購入したりした。そのたびに店員や居合わせた客に同じ質問をした。

「すみません、黄色いフォルクスワーゲン・ビートルが先に通りませんでしたか。私の友人が二人乗っているんですが。ウィキナフ《Wuikinuxf》フォールズで釣りをする約束でしてね。予定が変わったので連絡しているんですが、電話に出なくて困っているんです」

二人組の移動手段と目的地に関して誤った情報をクロウに与えるためだった。巨石を使ってライバルを排除したいま、クロウはありもしない派手な色の車を追い、発音が難儀で、綴るとなるとさらに難儀な町へと一直線に突っ走っている。その町は、二人組が本当に向かっているホープスコーナーとは正反対の方角にある。

コルター・ショウはホープスコーナーの〈ようこそ〉の看板を悠然と過ぎ、町の探索を開始した。メインストリートに面して、ダイナーと自動車修理工場、雑貨店が一軒ずつ、ガソリンスタンドが二軒。ガソリンスタンドの一方はバスの停車場も兼ねていた。二人組もそこで降りただろう。

小さな町には展望台もあり、そこから州の最高峰レーニア山の雄大な姿が望めた。世界でもっとも危険な火山の一つとして防災十年火山に指定されている活火山だ。ショウがそれを知っているのは、以前、トム・ペッパーと登攀《とうはん》を検討したことがあったからだ。取りやめたのは、噴火が怖かったからではなく、地表の状態が理由だった。山の大部分は氷河と雪に覆われており、特別なテクニックがなくては登れない。二人にはそのテクニックを習得するほどの意欲はなかった。

ショウは車を大きなガソリンスタンドの給油エリアに乗り入れてガソリンを入れ、巨石を避けた際に負ったダメージを確かめた。ボディに傷がついた程度ですんでいた。修理代はむろん高くつくだろう。しかし心配はいらない。車を借りるときはかならず盗難・車両保険に加入することにしている。給油を終え、雑貨店前の目立たないスペースに車を駐めた。降りてトランクを開け、周囲に視線を巡らせたあと、携帯許可を取得済みの拳銃を取り出した。ブラックホークのホルスターに入った三八口径単列弾倉《シングルスタック》のグロック42。一発を薬室に装填し、ホルスターを右腰のウェストバンドにはさみ、フックがベルトにしっかり嚙んでいるかどうか確認した。ホルスターが一緒についてきてしまっては、銃を抜くのがどれだけ速かろうと意味がない。

さて、容疑者二人組の現在地を突き止めよう。

タイミングを考える。予定どおりなら、バスは三十分前にホープスコーナーに到着したはずだ。徒歩で町を出ただろうか。それとも、この近くで友人か何かと待ち合わせていたのだろうか。

アダムとエリックはどちらもネオナチ組織とは無縁のようだが、もしも隠れネオナチだったのだとしたら？ ピアース郡では一年以上前から汚損行為や人種差別的な落書きが続いている一方で、誰も逮捕されていないのだ。ついに身元を特定され、指名手配されたため、この町に逃れてきた可能性も否定できない。西海岸で何度か人捜しをした経験から、ワシントン州では、人種差別主義や白人至上主義の嘆かわしい伝統が脈々と受け継がれていることをショウは知っている。ク《K》ー・ク《K》ラックス・ク
ラ《K》ンの支部二つを含め、州内に活動中の過激派グループが二十近くもある。

展望台から大パノラマを見渡す。このどこかに民兵組織《ミリシア》の拠点があったとしてもおかしくない。

あるいはこういうことだろうか。教会の銃撃事件のあとパニック状態になった二人組は、金の続くかぎり遠くへ逃げようと考えた。それとも、匿《かくま》ってくれそうな友人――地元の誰も知らない友人――の家に身を寄せようとしたか？

一つずつ確率を見積もってみよう――ショウは自分を促した。

この町でバスを降りてすぐ、山林地帯に向けて歩き出した可能性が一つ。この確率は一五パーセント程度か。この原野を踏破するには本格的な装備と相当の体力、大自然で生き延びる知識が必要だろうが、二人組が備えて

いるとは思えない。

ホープスコーナーから東西に延びる交差道路のいずれかでヒッチハイクをした可能性が二つ目。ありえないことではないが、難しいだろう。どちらの道路も交通量はゼロに等しい。この確率は二〇パーセント。

友人の住居に身を寄せている可能性は？　一五パーセントくらいだろう。

考えられる可能性はもう一つあった。この町に――ホープスコーナーのどこかにまだとどまっているかもしれない。

ショウは茶色のスポーツコートを着た。人目につかないように携帯した銃が本当に人目につかないよう、シャツの裾を外に出す。ショウが持っている銃器の携帯許可証はワシントン州でも有効だとはいえ、誰かに拳銃のグリップを見られれば、いらぬ注意を引いてしまう。

二人を捜して抜かりなく視線を配りながら、通りを歩き出した。

二軒あるガソリンスタンドのどちらにもいなかった。

次は雑貨店だ。手を銃のそばにやり、真ん中がたわんだ低めのポーチに上ってドアを押し開ける。エリックはいない。アダムもいない。

トイレものぞいた。どのみち必要があった。二人の姿はなかった。

店は雑貨店とレストランを兼ねており、端の欠けたリノリウムのカウンター席に五、六人の客がいた。ショウはパンク修理剤のスプレーを棚から取った。スペアタイヤがもうないから、これがあれば安心だ。それからスツールに座り、ターキーサンドイッチとLサイズのコーヒーを持ち帰りでと注文した。紙袋に入った注文品を受け取り、スプレー缶と一緒にレジに持っていった。ベージュのポリエステル地に鎖の模様が刺繍されたシャツを着た中年の男性店員に伝票を渡す。

それから、百ドル札をカウンターに置いた。

店員が顔をしかめる。「お客さん、悪いが両替はお断りなんだ」

「釣りはいりません」

店員の目が用心深くなった。

「友人の息子が家出をしましてね。捜す手伝いをしているんですよ。二人連れです。さっきタコマから到着したバスに乗っていたんじゃないかと思うんですが」

ショウが仕事にかかる前にかならずひげを剃り、靴を磨き、スポーツコートとアイロンの利いたシャツに着替えるのは、ちゃんとした人物であると印象づけるためだ。息子を捜す友人に協力を申し出そうな人物。テレビ俳優のような笑みをもう一つ店員に向けた。

「その子の写真です」エリックの写真を差し出す。エリックはフットボールのユニフォーム姿だ。

この店員はタコマのローカルニュースを気にして見ているたちだろうか。教会で起きた銃撃事件を知っているだろうか。どうやら知らないらしく、こう訊き返しただけだった。「ポジションは」

「レシーバー」ショウは即興で答えた。「パスを片手で受け取れる」

「それは嘘だな」

「本当ですよ」

「なんで家出したって？」

ショウは肩をすくめた。「世の中を知らないから、かな」

百ドル札が店員のポケットに消えた。「見たよ。二人で来た。三十分くらい前かな。食い物と水を買っていった。プリペイド携帯も。あとは追加のプリペイドカード」

「どこに行くか、話しているのが聞こえたりは」

「しなかった」

「ここから徒歩で行くとしたら、どこでしょうね」

店員はさあねと言いたげに肩をすくめた。「山麓《さんろく》に山小屋が一ダースくらいある」そう言ってもう一度肩をすくめた。今度はこう言っていた――〝ま、幸運を祈ってるよ〟。

「徒歩で行ける距離にほかの町はありますか」

「誰が歩くかによるな。山を越えることになるが、若いもんなら一日で行けそうな距離に一つ。スノーコルミーギャップって町でね。昔はクラークスギャップといった。ルイス・クラーク探検隊（十九世紀初頭にアメリカ西部を探検して地図を作成した探検隊）にちなんで。それがスノーコルミーに変わった。先住民族の言葉だそうだ。〝勇猛果敢な部族〟って意味らしい。町名が変わって、住民の一部は怒った。政治的な正しさとやらもいいが、何でもかんでもとなると、な」そう話す前に、店員はショウをまじまじと観察した。〝白人〟であることを確かめ、不平がましいことを言っても大丈夫そうだと思ったのだろう。しかし実のところ、ショウはネイティブアメリカンの血を引いている。「ま、どっちもどっちって話だけどな」

　何がどっちもどっちなのかわからず、ショウは黙って首を振った。

「ルイス・クラーク探検隊はここまでは来なかったし、スノーコルミー川だってずいぶん離れてる。つまりだ、ニューヨークやロサンゼルスって呼んだって同じだし、いっそ僻地《ポーダンク》って名前にしても何も変わらないってことだよ。その二人はあの町に行こうとしてるんじゃないかな」そう言ってから軽く眉根を寄せた。「ああ、それともあれか。町はずれ――スノーコルミーギャップのはずれに、何とかいうところがあった。ときどき行き方を訊かれる」

「何とかいうところ？」

「修養センターみたいな施設だ」

「分離主義団体の施設とか？　ネオナチ？」

「そういう類じゃないと思うね。何やらニューエイジっぽい施設だ。ヒッピーが集まりそうな。あんたは若いからぴんと来ないだろうが」

　ショウはサンフランシスコ湾岸地域で生まれたが、サンフランシスコを中心とするフラワーチルドレンや一九六七年のサマー・オブ・ラブといったヒッピー・ムーブメントはそのころすでに遠い過去のものになっていた。しかし、だからといってヒッピー文化を知らないわけではない。

　ショウは壁の地図の前に立った。スノーコルミーギャップは、ホープスコーナーから十五キロほど離れた小さな町だ。そこまでのあいだには起伏の激しい丘陵地帯が横たわっている。

「その施設はどこに？」

　店員は地図に目をこらした。「ここだな」大きな湖に面した山間の谷を指さした。「スノーコルミーギャップから八キロ、あるいは十キロくらいの距離だろうか。州道を経由し、ハービンジャー（前兆）・ロードという怪しげな名前の細道を進んだ奥だ。

　エリックとアダムが徒歩でそこを目指しているとすれば、スノーコルミーギャップまで三時間から四時間、施設まではさらに三時間といったところだろう。

「ここに来る途中ではほかの車をほとんど見かけません

でした。スノーコルミーギャップに行くとして、ヒッチハイクはできそうですか」

「それは人によるね。ただし、あの二人には無理だ」

「なぜです？」

「あんたの友達の息子。俺なら絶対に拾わない。あの目を見たら」

ショウは礼を言って出口に向かった。

「あーちょっと、お客さん」

ショウは振り返った。

店員は困り顔で言った。「精算を忘れてる」伝票を確かめて付け加えた。「十一ドルと二十八セント」

6

十分後、コルター・ショウの仕事は完了した。

オールドミル・ロードでアダム・ハーパーとエリック・ヤングを発見した。ホープスコーナーから三キロほど、隣町のスノーコルミーギャップにはまだまだ遠い地点だった。

ショウはせまい路肩に車を停め、左手斜面を見下ろした。めまいがしそうな急勾配《きゅうこうばい》ゆえのヘアピンカーブが連続する区間だった。斜面を下りきった谷底には青と銀色にきらめく川が流れている。その向こうにはまた急な上り坂が延びていた。

二人組は、ショウがいる地点から二十メートルほど下にいて、週末の山歩きを楽しむ大学生といった風情で歩いていた。それぞれバックパックを背負っている。アダムは水が入った再利用可能な大型ボトルを持っていた。

川に架かる橋を渡った先の急坂をエリックが指さした。アダムが何か言い、エリックがうなずいた。

のんびりとした足取り。緊張感などかけらもない。

ショウは二人を注意深く観察した。ポケットに注目する。拳銃の輪郭が浮かんでいるとか、グリップが突き出しているといったことはなかった。

エリックがバックパックのポケットからビニール袋を取り出した。ビーフジャーキーだろう。一口かじったあと、アダムに差し出したが、アダムは首を振った。道路の直線部分が終わり、ヘアピンカーブの入口が来て、二人は道なりに左に折れて消えた。まもなくヘアピンカーブの出口にまた現れた。次の直線区間の真ん中あたり、路肩が広くなっているところで立ち止まった。足もとの断崖の落差は相当なもので、縁《へり》に沿って大きな岩が並んでガードレールの役割を果たしていた。二人は公園のベンチほどの大きさの岩に腰を下ろした。エリックはビーフジャーキーをまだ食べている。アダムはどこかへ電話をかけた。

ショウは持参したランドマクナリー地図を確かめた。ここはハモンド郡のようだ。ハモンド郡の保安官事務所に電話をかけた。保安官その人が応答した。ウェルズという男性だ。ショウは保安官に、ピアース郡で発生した事件の概要を説明し、その容疑者二名を発見したことを伝えた。保安官は一瞬無言になって情報を咀嚼《そしやく》したあと、ショウの現在地を尋ねた。

「州道六四号線とオールドミル・ロードの交差点で待っています」

「わかった。まずは情報を確認してから向かうよ」

ショウは車の向きを変え、オールドミル・ロードを一キロほど戻った。警察とは、エリックとアダムがいる地点から離れた場所で話をしたかった。ここの保安官事務所の規則や流儀がどのようなものかわからない。サイレンをやかましく響かせながら登場し、容疑者を力で圧倒するようなやり方をされたら、二人がパニックを起こして発砲するかもしれない。あるいは、鬱蒼とした森へ飛びこんで逃走するかもしれない。そうなると追跡は困難をきわめるだろう。二手に分かれられたりしたら、なおさらだ。それにこの一帯は危険が多い。落差のある崖に急斜面、激流の川。谷底の川は透き通っている。一月の野外に放置された金属のように冷たいだろうし、流れは時速四十キロくらいありそうだ。

ショウがオールドミル・ロードと州道の交差点に車を駐めた直後、保安官事務所の車両三台と自家用車一台――泥はねだらけのSUV――がやってきた。どちらも車から降りた。保安官事務所側は五人。二十代の若者から中年まで、年齢はさまざまだった。保安官のウェルズは五十がらみと見え、丸々と太っていた。髪の色は金だが、目の色は使いこんだ革のような濃い茶色で、髪とは不似合いだった。

四人は灰色の制服姿だが、一番背の高い一人、痩せて骨張った体つきをしたひげ面の男だけは緑と黒の迷彩模様の上下を着て、濃い黄褐色の野球帽を後ろ前にかぶっていた。いかにも元軍人といった雰囲気で、年齢は四十代初め、退役したのはおそらくつい最近だろう。二十年務めてお役御免。ジャケットの色褪せたネームタグはかたむいていた。軍服から切り取って狩猟用の服に縫いつけたようだ。〈J・ドッド〉。SUVに乗ってきたのはこの男だ。民間人のようだが、ニッサン・パスファインダーのダッシュボードには青い回転灯が据えつけられている。ほかの四人はショウのスポーツコートや、アウトドアには向かないスリップオンの靴を物珍しげに見ていたが、ドッドの目は無表情だった。

ウェルズが近づいてきた。ごつい手でショウの手を握る。「あんた、BEAかな」

「違います」

賞金稼《BEA》ぎをやろうかと考えたことは一度もなかった。賞金稼ぎの主な業務は、専門業者から借りた保釈保証金を踏み倒して逃亡した被疑者を捜して連れ戻すことだ。そういった被疑者はたいがい、実家やガールフレンドの家に隠れるような愚かな真似をする。

ショウは今回の懸賞金の件を説明した。

何人かが驚いたように眉を吊り上げた。

次の質問は〝いくら？〟だろうと思った。しかし誰もそれは尋ねず、ウェルズ保安官がこう訊いた。「自分で捕まえて突き出すわけじゃないのか。どうして俺たちを呼んだ？」体格と二重顎に似合った、遠い雷鳴のような声だった。

「私は身柄の確保まではしません。居場所を突き止めるだけです。そのあとどうするかは、懸賞金を提供した個人や組織、あるいはその土地の警察機関しだいです」

保安官が言った。「ずいぶんとまた形式張った話だな」

「ねえ、保安官。俺らももらえるんですかね」若手の一人が訊いた。

「何をだ？」

「懸賞金ですよ」

「あのな、ボー。おまえが見つけたわけじゃないだろう」

「どうなのかなと思っただけです」

「まあいい」保安官はショウに向き直った。「あんた、銃は？」

「持っています。許可証があります」ショウはゆっくりとした動作で財布を取り出し、ユタ州発行の隠匿携帯許可証を提示した。そのままワシントン州でも有効だ。

「一つ頼みがある。その銃はしまっておくこと」

「わかりました。私の仕事は終わったも同然ですし」

　別の保安官補が訊いた。「はるばるギグハーバーから追っかけてきたわけですか」

「そうです」

　ウェルズ保安官が言った。「ピアース郡の保安官に問い合わせた。二人は確かに逃走犯で、懸賞金も出てるって話だったが、あんたのことは知らなかったぞ」

「私が話をしたのは保安官ではなく、刑事の一人でした。チャド・ジョンソン刑事」

「連中は〝神の子〟を撃って、教会に放火したと聞いた」

「部分的には合っています。燃やしたのは十字架です。教会に落書きはしましたが、建物に火災の被害は及んでいません。管理員と信徒伝道者が負傷しました」

「白人至上主義者《スキンヘッド》とか、ネオナチとか、その類か」

「違うようです。主犯と目されているのはアダム・ハーパー、年齢は二十代後半です。エリックの役回りはまだわかりません。まだ二十歳です」

「細かい話はいいとして」ウェルズ保安官はつぶやき、しつこい蚊を手で払った。「二人とも指名手配されてるな」

「はい」

「ここに来る途中で何かやらかしたりは？」

「私が見聞きしたかぎりでは何も」

「どうしてこっちに逃げてきた」

「わかりません。友人と合流するのかもしれない。スノーコルミーギャップに何か修養センターのような施設があるそうですね」

　ウェルズ保安官は少し考えてから言った。「ああ、あそこか。詳しくは知らんが。郡が違う。うちの管轄じゃない。誰か何か知ってるか」

　保安官補の誰も知らなかった。

　ウェルズ保安官は続けた。「教会の施設だったら、そこでも銃をぶっ放す気でいるのかもしれないな」

　保安官補の一人が言った。「トンプソンヴィルまで行くつもりかもしれませんよ。教会が二つある。歩いたら遠いですけど、ヒッチハイクはできるだろうし」

保安官は物思わしげな顔をした。「トンプソンヴィルね。ありえるな。あそこを狙ってるってことも考えられる」舌をちっちっと鳴らす。「キリストを汚す連中か。簡単には治らない。性根が腐ってるんだ。よし、おしゃべりの時間はここまでだ、ミスター・ショウ。二人は銃を持っていると言ったね」

「持っていると想定したほうが無難です。三八口径のポリススペシャル」

「すごいの持ってるな」誰かが言った。

「で、どこにいるって？」保安官が訊く。

「最後に見たときは休憩中でした。ここから二キロくらい先の谷に向かう途中のようでした」

「谷？」

保安官がドッドと視線を交わした。ドッドがかすかにうなずいた。

ショウは言った。「地図があれば、正確な地点を教えられますが」

保安官は一番若い保安官補に言った。「グローブボックスにある」

保安官補はひとつうなずき、急ぎ足で保安官のパトロールカーに近づき、なかに消えた。まもなく戻ってきて地図を保安官に渡した。保安官が手近な車のボンネットに地図を広げた。ボンネットの下でエンジンが冷えていくかちり、かちりという音が聞こえていた。

地図愛好者であり、コレクターでもあるショウは、広げられた地図をじっくりと見た。皺や汚れは一つもなかった。保安官はもちろん、保安官補たちにしても、この辺りに来ることはほとんどないのだろう。地形の険しいこの一帯は、郡保安官事務所の管轄内にはあっても、面積の大部分を州立公園が占めている。さらに、周辺には国有林が郡の境界線をまたぎながら広がっていた。

ショウは地図を確かめ、ある地点を指さした。「二人がいたのはここです。水を飲んだり軽食を食べたりしていました。いつまで休憩する気でいるかわかりませんが、あれからまた歩き出しているとしても、まだ北に一キロ以内のどこかにいると思います」また別の地点を指さす。「一番遠くてもこの辺りにいるかと」

保安官は部下に向き直った。「よし、こうしよう。連中は北に向かっている。一台は、大急ぎでアボットフォードに先回りしろ。そこから南に戻ってくる。ＴＪとＢ。おまえたちが行け」

「了解、保安官」

「私とジミーは北に向かう」

保安官補の一人が意気込んだ様子で言った。「はさみ撃ち作戦ですね」

保安官の説明を聞くかぎりは、はさみ撃ちとは言いがたかった。

「そのとおりだ」

保安官はひょろりと背の高くて無表情のドッドのほうを向いた。「おまえはスキャターバックへ行け。尾根で待機だ。見晴らしのいい地点を探せ。援護を頼む」

「了解」痩せて無口なドッドはショウに尋ねた。「容疑者は長銃を持っているのか」

「いいえ」

ドッドはうなずいた。

保安官は地図をたたんだ。「ご協力に感謝しますよ、ミスター・ショウ。懸賞金に値する働きをしてくれた」

そう言って小さく笑った。「ま、どうせ他人事《ひとごと》だがね。小切手を切るのは私じゃない」それから真顔に戻って部下を見回した。「いいか、ここからは真剣勝負だ。何としても捕まえる。タコマの署長によれば、教会の被害者は二人とも黒人らしいが、神の子であることには変わりない。さあ、仕事にかかれ」

ショウはレンタカーに戻った。〝懸賞金〟と誰かが言うのが聞こえた。何人かの含み笑いも。運転席に乗りこみ、それぞれの車に戻っていく保安官や保安官補を目で追った。まもなく四台は芥子《からし》色の土埃の雲を残して猛スピードで走り去った。

ドッドだけがその場に残った。悠然と歩いて私用のＳＵＶに戻り、テールゲートを開けて、ウィンチェスターの大口径ライフルをケースから取り出した。メイヴンのライフルスコープが取りつけてある。高価なモデルだ。おそらくここの保安官補の誰かの月給くらいする。ドッドは次にスチールの弾丸ケースを開け、一箱抜き取った。三〇八ウィンチェスター弾。大型獣の狩猟に使う弾だ。

手足がひょろ長い男は、あいかわらずにこりともしないまま弾をマガジンにこめた。ついさっきまで死んだようだった目は、細長く威力のある弾を一つ押しこむごとに生気を帯びて輝いた。

7

最後にエリックとアダムを見た地点に向けてオールドミル・ロードを猛スピードで走りながら、ショウは考えた。

よくも悪くも、宗教の持つ力を侮るべからず。

これは父親が定めた規則の一つではない。懸賞金ハンターとしての十年を超えるキャリアを経てショウ自身が新たに設けた規則だった（父アシュトンの死後、ショウは父の〝べからず集〟を大幅改訂した。いまから何年か前の話だ）。

J・ウェルズ保安官の頭にどのような〝神を守る計画〟が描かれているか、ショウは察していた。保安官ともう一人の車が道路の南側をふさぎ、もう一台は北側をふさいで、アダムとエリックの進路をふさぐ。高所に配置されたドッドは、〝援護せよ〟との指示は、事実上〝容疑者を射殺せよ〟という意味だと理解しているはずだ。

警察に気づいたとき、アダムは驚いて手を上げるだろう。

次の瞬間、ドッドが大口径のライフルでアダムを倒す。〝地上にいる保安官たちが銃撃される恐れがあると考え、対処した〟

エリックは？

撃たれて倒れたアダムのほうにとっさに向き直るだろう。

また一つ銃声が響く。

〝もう一人の容疑者が、死んだほうの銃を取り、近くにいる保安官たちに向けて発砲する恐れがあると判断した〟

ボディカメラを装着している者も、目撃者もいない。事実はそうではなかったと証明する術《すべ》はない。

ドッドとウェルズ保安官が交わした視線に気づいて二人の考えを察したショウは、最後に二人を確認した場所を地図上で指さしたとき、実際に二人がいたオールドミル・ロード沿いの路肩ではなく、そこから何キロも離れた別の地点を示した。

エリックとアダムを発見したあとどうするかはまだわからない。それでも、ウェルズ保安官とキリスト教徒の部下たちから二人を守ってやらなくてはならないことは確かだ。

最初に二人を発見した丘まで戻り、道路脇に密に茂ったマツとツゲの木ともつれ合った藪の陰にレンタカーを隠した。いわゆる多目的車《SUV》ではないが、四輪駆動だ。ぬかるみでもないかぎり、出られなくなることはない。

ジャケットを置いて車を降り、茂みを整えて車を覆い隠したあと、道路の縁から下をのぞいた。草の生い茂った急斜面を下りきったところ、三十メートルほど先の路肩に二人の姿がある。ショウは腰のホルスターに収めたグロックが抜きやすいよう、シャツの裾をたくしこんだ。

エリックとアダムを観察する。さっきと変わらず、路肩に並んだ岩の一つに座っていた。背後の壮大な景色――岩だらけの谷、十階建てのビルほど高さのある崖、谷底の急流――ではなく、道路とその先の上り斜面のほうを向いている。アダムが体の向きを変えたとき、銃がちらりと見えた。座っているせいで、タイトなジーンズのポケットからグリップがわずかにのぞいていた。ショウには好都合だった。スミス&ウェッソンには撃鉄がある。すばやく抜こうとすると服に引っかかりがちなことで悪名高い。

二人は何かしゃべっている。やがて初期設定のままの着信音が鳴り出して、会話が途切れた。アダムが携帯電話を取り出して応答した。方角を確かめるように周囲を見回し、オールドミル・ロードから分岐する道に視線を注いだ。その方角から迎えの車が来るのだろうか。ランドマクナリー地図は車に置きっぱなしだ。ショウは携帯電話の地図アプリを起動した。ハイランド・バイパス。細いが、スノーコルミーギャップに行くには近道だ。

事態はややこしくなった。誰が迎えに来るのか。何人来るのか。二人は過激派グループの隠れたメンバーではないかというショウの仮説が当たっているとするなら、迎えにくるのは銃で武装した過激派なのか。

彼らはあとどのくらいで来るのか。

二人組が罠をすり抜けたとウェルズ保安官や部下たちが気づくまで――あるいはショウが何らかの理由で嘘をついたと悟るまで、どれだけ時間があるだろう。せいぜい三十分といったところか。

急がなくては。二人に接近し、アダムの銃を取り上げ、ナイロン手錠で二人の手を拘束する。それからレンタカーに二人を乗せて、ハモンド郡から脱出する。

情報を集めるだけで、市民逮捕はしない……

今回は例外だ。

足の置き場を慎重に選びながら、下の道路を目指して斜面を下った。二人は道路の広くなった路肩に座っている。木の陰から二人のいるほうを確かめた。道路を渡るにせよ、路肩伝いに行くにせよ、最短距離で二人に近づくには最後に開けた一角を横切ることになり、撃たれかねない。少し離れた位置から降伏を呼びかけるにしても、それがきっかけになってアダムが銃を抜き、撃ってこないともかぎらない。射撃の腕前はショウのほうが上だろうが、絶対とは言いきれないし、銃撃戦はできるかぎり避けたい。

接近を試みた場合に成功する確率――三〇パーセント。充分とは言えない。

物陰から降伏を呼びかけるか。

だめだ。撃たれるか、逃げられるかだろう。悪くすればその両方だ。銃声は保安官たちの耳にも届き、彼らは銃を抜いて駆けつけてくるだろう。ドッドは狙撃に向いた地点に移動し、大口径のライフルで狙うだろう。

この戦術が成功する確率は一〇パーセントしかない。

背後から不意を突くか。

それが最善だろう。

むろん、この戦略にも問題はある。この場合〝背後〟は、落差三十メートルの崖で、その下には岩だらけの谷底が待ち構えている。

二人がそろって反対の方角に顔を向けた隙に、ショウは腰をかがめて道路を渡り、道路際から下をのぞいた。岩壁は、垂直に切り立ったなめらかな一枚岩ではなかった。四十五度から五十度くらいのゆるい傾斜で谷底の岩場までつながっている。足の幅くらいに張り出した岩棚や岩の凹凸《おうとつ》がところどころに見えた。

子供のころに読んだ本を思い出す。敵対するネイティブアメリカンの部族の物語だ。山岳地帯で暮らす人々のあいだでは、崖から投げ落として敵を始末するのが一般的なやり方だった。とどめを刺す役割を重力に任せ、矢と体力を温存する。着地した地面に多少なりとも弾力がある場合、人の体は時速五十キロから六十キロくらいでぶつかった衝撃には耐えられる。人体は、十から二十メートルの自由落下でこの速度に達する。落差がそれより大きく、しかも落とした先が岩場なら、相手はまず間違いなく死ぬ。

落下中は体に力を入れるべからず。

父アシュトンは、子供たちが高さ二メートル半の岩棚から地面に飛び降りる前に、かならずこの規則を復唱した。まるでぼろ人形のように体のどこにも力が入っていなければ、衝突のダメージははるかに軽くすむ。懸賞金のかかった誘拐犯を捜索したとき、犯人が屋上から屋上へ飛び移ってショウの追跡を振り切ろうとしたことがある。やがて十メートルの高さから落下したが、下は芝生の地面だった。容疑者は小指を一本折っただけですんだ。ほぼ無傷ですんだのは体がリラックスしていたおかげだろうと救急隊員は話していた。容疑者は捕り物劇の直前にウォッカを一瓶飲んでいた。

ここで万が一足を踏み外した場合、ショウは高さ三十メートルの崖の表面を転がり落ちることになる。致命傷を負う可能性はゼロではないが、おそらくは骨折程度ですむだろう。ただ、背骨や首の骨を折るくらいなら――さすらいの生活をあきらめて椅子に縛りつけられるくらいなら――死んだほうがましだ。

崖の縁からぶら下がり、ロープなしのフリーソロで三メートルほど下降してから水平に移動し、二人組の真下に来たところで登ろうと決めた。すばやく距離を詰めて銃を取り上げ、使い捨てのナイロン手錠で互いの手首を拘束させる。

それでいこう――音を聞かれずにすめば。気づかれずにすめば。

それにもう一つ、転落せずにすめば。

すべり止めのチョークも、ロッククライミング専用の靴もない。裸足《はだし》で登るスキルはあるが、今回はエコーの靴を脱ぐわけにはいかない。砂利の浮いた道路を走って追跡する羽目になった場合、靴が必要だ。

このアプローチが成功する確率を七五パーセントと見積もった。残り二五パーセントには、単に二人組を捕まえそこねるという確率のほかに、谷底に転落し、死は免れたとしても重い障害を負うことになる確率も含まれている。

だが、ほかに選択肢はない。

だったらさっさと取りかかろう。

迷っている暇はない。

8

ショウは崖の際に立って下をのぞき、岩壁をよくよく観察した。アダムとエリックを背後から不意打ちするには、この危険な岩壁を渡るしかない。

豊富な突起《ホールド》に岩隙《クラック》――ロッククライマー魂が奮い立つような岩壁だ。ショウは、どのロッククライマーも最初にすることから始めた。ルートの検討だ。次に腹ばいになり、足から先に縁ににじり寄って、先に視認して記憶に刻みつけておいた出っ張りを爪先で探った。どんな場合でも、崖の縁から体を下ろすのは、崖に這い上るより難しい。手や足をかけようとしている出っ張りに土や砂が乗っていても、手でどけたり吹き払ったりがいっさいできないからだ。すべり止めのチョークがないと、うっすら土が乗っているだけでも命取りになりかねない。崖を下りるなら、いつもは素手ではなく、ロープを使って懸垂《けんすい》下降する。

下降を始めた。足を下に伸ばし、もっと伸ばして、体重を支えられそうなホールドを探す。靴がすべった場合に備えて、両手は岩や木の枝をしっかりとつかんでおく。ようやく下を向いて足もとが確かめられるところまで下り、ひとまず安堵《あんど》の息を吐いた。そこからさらに二・五メートルほど下の岩棚《レッジ》を目指し、岩の凹凸や幅五センチから八センチほどのクラック、ちょうどよく配置された頑丈な木の枝を頼りながら下りた。

次に横に移動して、二人組の真下と見当をつけた地点まで行った。進むにつれてレッジは下降し、二人が座っている岩との高低差は六メートルほどまで広がった。上を見て、ルートを確認する。手を伸ばし、次に狙いをつけたホールドにたまった土を払い、そこに手をかけて体を引き上げる。腰を岩壁から離さないようにした。そうすると自然に肩も岩壁に沿い、体全体が垂直に保たれる。クライミングの理想的な姿勢だ。足を少しずつ移動し、クラックに手を差し入れて指と掌を広げる。片膝を引き上げ、足をホールドにかけ、膝を伸ばす。そうやって一度に三十センチずつ登っていった。

急いではいけない。急げば音がする。急げばミスを誘う。急げば、登り切ったところで黒い銃口が待っている。

岩壁のつるりとした部分にさしかかった。一・五メートル四方にホールドらしいホールドが一つもない。ふだんなら、〝スメアリング〟というテクニックを使う。靴のソールの摩擦を利用する方法で、踵《かかと》を落とし、ゴムのソールを岩壁にぴたりと押しつける。これにはしっかりしたホールドが必要で、うってつけの出っ張りは見つかったが、街歩き用の靴のソールでは充分な摩擦が得られない。そこで、サイドプルで横に移動してそのなめらかな一角を迂回し、凹凸の多い荒れた斜面を登ったあと、今度は逆方向のサイドプルで元の位置に戻った。

頂上まであと一メートルほどだ。短時間の休憩を取って息を整え、次の困難に備えた。〝マントル〟――両肘を直角に張り出して崖の上に這い上がる動きだ。左手でクラックをつかみ、まず左足を、次に右足を、肘とほぼ同じ高さのこぶにかけた。次に右手をかけるホールドとして崖の上端近くに突き出した岩に狙いを定めておいて、しゃがんだ状態から両脚を伸ばし、右手で狙いの岩をつかんだ。

崖の上にそろそろと首を突き出す。アダムが銃をこちらに向けているだろうとなかば覚悟した。

しかし、二人組は三メートルほど離れた岩の上に、あいかわらず向こうを向いて座っていた。

アダム――「どのくらいかな。あと二十分くらい？向こうもわからないみたいだった」

「うちの親、きっと心配してるだろうな」

「何度も言ってるだろ。絶対後悔しないって」

「せめてメールくらい送っておきたいよ」

「教会であんなことがあったんだぜ、やめとけ」

ショウは左手を伸ばし、しっかりと根を張ったカシの若木をつかみ、崖の上に体を引き上げた。息は荒かったが、できるだけ音を立てないようにした。なかなか骨が折れた。

地面にしゃがんだ姿勢で腰のホルスターに軽く触れ、銃の位置を手に覚えさせた。それから、アダムの両手と目の前の地面を交互に見て音を立てずにすみそうなところに足を置きながら、前進を始めた。

二・五メートル。二・二メートル。二メートル。二人が顔の向きを変えて道路の先のほうを見た。ショウは動きを止めた。

　ネオナチの車が来たのか？

　それとも、ウェルズ保安官と仲間たちか？

　いまは気にするな。

　クライミングのルートを頭の中で組み立てたように、逮捕の手順を組み立てた。

　そして実行した。

　グロックは抜かずにアダムの背後に近づき、すばやく確かな動きでずんぐりしたリボルバーをつかむと、撃鉄が引っかからないよう全体をいったん下に押してから抜き取った。

「何だ？」アダムが立ち上がって振り向いた。殴りかかってくる隙を与えず、ショウはアダムの腹にパンチを叩きこんだ。アダムは低くうめいて膝を折り、両手で腹を押さえた。

　ショウはリボルバーをポケットに入れ、自分のグロックを抜いた。が、銃口はエリックからそらしておいた。

「撃つな……やめろ！」エリックが目を見開いた。「誰――」

「うげぇ」アダムが言った。「吐きそうだ」

「吐くならさっさと吐いてすっきりしておけ。時間がない。二人とも危険だ」

「自分で殴っておいて、何が危険だよ」

　エリックがかすれた声で言った。「誰だよ？　何――」

　ショウはいつも持ち歩いているナイロン手錠を後ろポケットから取り出してエリックに差し出した。「アダムにかけろ。手は体の前で。そのあと自分にもかけるんだ。早く」

　エリックは大きく目を見開いたまま、オフホワイトのナイロン手錠を受け取った。ざっと眺めて仕組みを確かめている。

　アダムがうめいた。「警察なら、先に身分を告げなくちゃいけないんだろ。それをすっ飛ばして逮捕したら違法だ」

「そんなことはないさ。私は警察官ではないからね」ショウはアダムに答えたあと、エリックに向き直った。「きみの両親に頼まれて来た」

「うちの？　ママやパパに？」

　ショウはナイロン手錠を指さした。「早くやれ。二度と言わせるな。きみたちを殺したがっている連中がすぐ近くにいる。私なら助けられる。早くやれ」

エリックはアダムを見た。ゆっくりと立ち上がったアダムは無言だったが、いまにも吐きそうで、しかも憤《いきどお》っていた。

「どこの誰なのか――」

「手錠。早く！」

エリックはアダムにナイロン手錠をかけてから自分の手をショウに差し出した。

「自分でやれ」

エリックはナイロン手錠に手を通し、ショウは端を引っ張って締めた。体の後ろではなく前で手錠をかけるのでは完全には安心できないが、レンタカーを駐めたところまで急な斜面を二十メートルほど登らせることを考えると、このほうが安全だ。

アダムが懇願するような声で言った。「なあ、頼むよ。逃がしてくれ。頼むから！　何かの間違いなんだよ。あんたにはわかってない」

「話はあとで聞いてやる。急げ。早く！」二人を道路のほうに押しやった。「あの斜面を登るぞ」

三人は小走りで斜面に向かった。逃げようとしたら腕をつかむか足を引っかけるかしようと、ショウは二人の様子に目を光らせた。

エリックが小声で言った。「うちの親から頼まれたって？」

「懸賞金を出してきみを捜している」

エリックの視線が泳いだ。「電話しようかとは思った。でも、警察が盗聴してるだろうから」そう言ってアダムのほうに小さくうなずく。盗聴云々《うんぬん》を吹きこんだのはアダムなのだろう。

「あの斜面の上に車を駐めてある」ショウは指さした。

「急いで登るぞ」

「僕らを殺したい連中って、誰？」エリックが聞いた。

「この郡の保安官たちだ。きみたちを逮捕して、タコマの刑事が引き受けに来るまで留置するだろうと思っていたが、どうやらきみたちを殺してしまおうとしているようだ」

「どうして」

「話はまたあとで。車に乗ってからだ」

三人はショウの車を駐めた真下あたりまで来ていた。

ショウは言った。「さっき電話をかけていたな。ここに迎えに来てもらおうとしていたんだろう。誰だ？」

「誰も来ないよ」

嘘だ――アダムの声の調子から、そして、来ないはずの誰かの車がそろそろやってくるはずのハイランド・バイパスの方角を見やった視線から、嘘をついているのは明らかだった。

ショウはエリックを一瞥したが、エリックはこう言っただけだった。「その……誰も来ません」

まあいい。どのみちあと数分で二人ともこの郡を脱出するのだから。

少し前にショウが下ってきた傾斜がもっともゆるやかな一角の下に来て、ショウは二人をいったん立ち止まらせ、斜面の上のほうを指さした。「あそこだ。気をつけて登れ。草ですべりやすい」

エリックは上をちらりと確かめてから登り始めた。両手を前に伸ばし、草が密集したところをつかみ、体重を引き上げる。数メートル登ったところで足をすべらせた。ショウはエリックに追いついて助け起こした。

それからアダムのほうを振り返った。「きみもだ。急げ」

アダムはあたりを見回していた。死に物狂いに走って道沿いに逃げるつもりだろうか。ショウはいつでも追跡を開始できるよう身がまえた。

「エリック！」アダムが大声で呼んだ。エリックが振り向く。「俺の話、忘れるなよ。おまえの弟のことや何か。大丈夫、何とかなる。絶対だ」そう言って優しい笑みを見せた。続いて、何ごとか小声でつぶやいた。〝さよなら〟と言ったのはショウにもわかったが、ほかはよく聞き取れなかった。

次の瞬間、アダムは走り出した――斜面の上にではなく、崖の縁に向かって、全速力で。

「アダム、よせ！」

エリックが叫んだ。「アダム、何するんだよ！」

ショウはアダムを追って走った。

アダムはためらわなかった。全速力のまま崖の縁を蹴って空中に飛び出した。

ショウは崖のすぐ手前で止まり、走ったせいで、そして衝撃のせいで息をはずませたまま、アダムが回転しながら死へと落ちていくのを見つめた。

9

ウェルズ保安官の車がオールドミル・ロードをやってきて、少し前に容疑者二人が座っていた大きな石の前で停まった。

三十メートル下にアダムの無残な死体がうつ伏せに横たわっていた。一方の足がおぞましい角度にねじれている。周囲に広がった血だまりが陽射しを受けて、すぐそばの川と競うようにきらめいていた。

保安官が車から降りた。助手席のドアからもう一人も降りてきた。スナイパーのドッドだ。あいかわらず無表情だった。いや、そうだろうか？　異端者を狙撃する機会を逸した失望をかすかに浮かべてはいないか。

二人は同時にズボンのベルトを引き上げた。それがハモンド郡の公用車から降りる際の手続の一つだとでもいうようだった。それからショウがいるほうに歩き出した。保安官の靴がアスファルトの路面にこすれる音が聞こえた。ドッドはゴム底のハンティングブーツを履いていた。足音はいっさい聞こえない。

崖の縁に立った二人も谷底を見下ろした。保安官補たちも流れの速い川にかかった橋のそばに車を駐めていた。アダムの遺体を毛布か何かで覆うだろうとショウは思ったが、誰もそうしない。まもなくショウは悟った。隠す必要がそもそもない。通りかかる市民など一人もいないのだから。それに、毛布は自撮り写真の邪魔になる。写真を撮っている保安官補たちを見て、ショウは嫌悪を催した。

わけがわからない。なぜ自殺など？　ピアース郡に帰れば公正な裁判を受けられるとわかっていただろうに。ショウから逃げる機会を待ってもよかったはずだ。両手を拘束されたにすぎず、乗せられるのは護送車ではなくふつうのセダンだったのだから。

なぜあきらめた？　なぜあれほどあっさり崖から身を投げた？

自分に猛烈に腹が立った。アダムの情緒は不安定だと知っていた。目を離してはいけなかった。だが、まさか崖に向かっていきなり駆け出すとは。

ウェルズ保安官が言った。「なるほどね。二人は、きみが私たちに教えたのとは別の場所にいたようだな」

保安官からいつ尋ねられるだろう――二人にナイロン手錠をかけたのはなぜか、市民逮捕するつもりはないと断言しておきながら二人の身柄を確保したのはなぜか。ショウ自身がハモンド郡の留置場行きになるだろうか。

ドッドが訊いた。「もう一人は」

「アダムが飛び降りたあとエリックのところに戻ったんですが、そのときにはもういなくなっていました」ショウは森の奥へ続く小道を指さした。「あの方角に逃げたようです」

「もう一人にもナイロン手錠をかけていたのかね」ウェルズ保安官が尋ねた。

「ええ」

保安官は路肩や崖をざっと調べた。「ここから飛び降りたか」

「そうです」

「事故ではないんだな?」

「違います。崖からは離れていました。アダムは崖に向かって走っていきました。理由はまったくわかりません」

「所持していた銃は」

「私が二人を見つけたときには持っていませんでした」

ショウは嘘をついた。

三人はしばし無言で谷底を見下ろした。やがて保安官は、ショウが指さした小道、エリックが逃走した方角を見やった。「あっちに逃げたってのは確かだな?」

暗黙の問い――また嘘をついていないだろうな。

「確かです」

保安官はショウの言い分を信じたようだった。「いいだろう」ベルトから無線機を取る。「ジミー?」

雑音。「はい、保安官」

「誰かと二人でモーガン・ロードに急行しろ。もう一人は三十分もすればあの道に出るはずだ。材木の搬出路に逃げこんだらしい。拘束具がかかったままだ」

「足に?」

「足のわけがないだろう。それともあれか、ウサギみたいにぴょんぴょん跳ねてるとでも思うのか」

「そっか。了解、保安官。急行します」

保安官は無線機をユーティリティベルトに戻した。

「もう一人はこっちで捕まえる。あわてることはない。途中で怖じ気づいてどこかに隠れたとしても、ギグハーバーから来た若造に土地勘があるとは思えない。いつかは腹を減らして道路に出てくる。そこを捕まえる」

それから保安官は低い声で付け加えた。「すっかりだまされたよ、ミスター・ショウ」

おっと、来たぞ。

しかしウェルズは皮肉めいた笑みをショウに向けた。

「ま、心配はいらんよ。あとは引き受ける」

ドッドがうなずき、笑みらしきものを顔に浮かべた。不慣れなのだろう、いかにもぎこちない表情だった。

ウェルズ保安官が手を差し出す。

わけがわからないまま、ショウはその手を握った。

「よくやった」ドッドが横から言った。

「え？　何をです？」

「そうだよな、すっとぼけるしかないよな」保安官が心得顔でにやりとした。「たしかに、初めは疑ったよ。私らを見当違いの方角に行かせておいて、ガキどもをかっさらう気でいるんだろうとね。それでもって、慈善家ぶった人権派弁護士のところに連れていくつもりだろうと」

「目障りな連中さ」ドッドが言った。

近くにひそんだスパイや記者を警戒するかのように、保安官はさらに声をひそめて続けた。「あんたは実に知恵の回るお人だ。私らにあの二人組がこの郡に来ているとわざわざ知らせたうえで、見当違いの場所に行かせるとはね」ぱちんと指を鳴らして続ける。「体裁を整えたわけだ」

ドッドが言った。「抜け目ない」

保安官は眉をひそめた。「そりゃな、私だって自分でやれたほうがよかったさ。だが、みんなが望んでいたとおりの結果になったわけだ。そうだろう？」そう言って崖のほうにうなずく。

ようやくショウにも話がのみこめた。保安官や部下たちは、すべてショウの計画だったと考えているのだ。自殺に見せかけてアダムを殺し、教会を銃撃した犯人に私的な制裁を果たしたと。

吐き気を催しかけたが、ショウはしたり顔で笑みを作った。「いやまあ、私の口からは何も言えませんが」

「口外はしない」

スナイパーのドッドが言った。「ミスター・ショウ、俺もあの不信心者の息の根を自分の手で止めてやりたかったとは思いますよ。けど、俺がやってたら、一瞬で終わっちまってたわけだ」

弾丸の飛ぶスピードは秒速およそ一千メートルに近い。「しかし、あんたがやってくれたおかげで、あの人間のくずは、あんたに突き飛ばされてから地面にぶつかるまでのあいだ、恐怖に打ち震えたわけさ」

ショウは困惑したように眉根を寄せた。「私が突き飛ばしたと思っているようですね。そんなことはしていませんよ。自分で飛び降りたんです」

ウェルズ保安官は言った。「むろん、うちの報告書には自分で飛び降りたと書くさ。こうなっても懸賞金はまだもらえるんだね？」

「ええ」

「それはよかった。それに見合う働きはしたんだから。二人がそろって飛び降りたなら、なおよかったんだが。死ぬときは一緒だ、みたいに。そういう事件もたまに起きる」

ショウは言った。「念のため。教会で発砲したのはアダムです。エリックではなく」

「忘れずにそう書いておくよ」ウェルズ保安官は口もとをゆるめながら首を振った。「実に知恵の回る人だ。もう一人をわざと逃がしたんだろうな、アダムを始末する前に。それなら目撃者はいない。もう一人は無傷で確保する。ただし、うちの〝スイートルーム〟で最上級のもてなしをさせてもらうよ。約束する。いや、あんたを誤解してたよ、ミスター・ショウ。初めはね。だって、そんなしゃれたなりをしてるし。よそから来る者のなかには、私らの顔をまともに見もしないような輩《やから》もいる。田舎者と思って馬鹿にするんだよ」

「いやな連中だ」ショウは期待されているとおりの返事をした。

「あんたもそういうよそ者の一人なんだろうと思ったんだ。そこの得物《えもの》には気づいていたが」保安官は、グロックのホルスターが下がったショウのウェストバンドに顎をしゃくった。「しかしどうやら、こっち側の人間だったらしいな」

人は聞きたいことだけを聞き、見たいものだけを見る。

「あんた、教派は？」

「ファーストバプテスト教会に通っています」ショウは答えた。「もう何年もずっとそうです。家内と一緒に」

その教派を選んだのは、万が一ウェルズが確認しようと思い立ったとしても、バプテスト教会なら全国に数千は存在するからだ。

ついでに、教会に通う善良な男には、かならず〝家内〟がいると相場が決まっている。

ウェルズ保安官はドッドにうなずいた。ドッドが反応しないのを見て、自分の両手を持ち上げた。

「おっといけねえ」ドッドはポケットから紙ナプキンを取り出してショウに渡した。開くと、血まみれのナイロン手錠が出てきた。アダムの遺体から回収したものだ。

保安官が言った。「それがないほうが説得力があるだろうと思ってね。ナイロン手錠をかけられていたからといって崖から飛び降りられないわけじゃないだろうが……」陽に焼けた顔に刻まれた皺がいっそう深くなる。「疑われるようなものはないほうがいい。検死審問はこの郡で開かれるだろう。好都合だ。検視官もこっち側の人間だから。ポーカー仲間でもある。うまいこと片づくさ。心配はいらない」

「安心しました」

皮肉な話だ。保安官と検視官の〝もみ消し〟報告書には、真実が記載されることになるのだから。

「さてと。もう一人の捜索にかかるとするか。きっと向こうから出てくるだろう。この季節は虫が多いからね。ヘビも出る。あれにやられると決して楽な死に方じゃない。嘘だと思うなら、私の前任者のJ・P・ギボンズに訊くといい。一月《ひとつき》も苦しんだんだ。もちろん、訊きたくてももう訊けないわけだが」

「その前任者も神の子だったんですか」ショウは尋ねた。

「死に方を思うと、信心が足りなかったようだがね。じゃあまたな、ミスター・ショウ」

10

保安官のパトロールカーは、ぼろぼろのアスファルトを踏んでがたごとと揺れながら遠ざかっていった。

ショウは崖の縁に戻り、谷底を見下ろした。見るにつらい光景だった。アダムの死体は、落下した地点にむき出しのまま横たわっている。保安官補たちは近くでぶらぶらしながら検視官の到着を待っていた。二人はパトロールカーのボンネットでカードゲームに興じていた。

ショウは急斜面を登った。ちょうどレンタカーを駐めた地点に戻ったところで、ハイランド・バイパスのほう、迎えの車はそちらから来るとアダムが思っていたらしい方角から車が近づいてくる音がした。迎えのことをショウはすっかり忘れていた。

武装したネオナチ集団か？

もしそうなら、ウェルズ保安官に連絡しなくてはならない。いくら保安官や部下たちが不愉快な人間であろうと、奇襲のおそれがあると知っていて黙っているわけにはいかない。この道路の路肩からなら、谷底の保安官補たちを撃ち放題だ。

アダムのスミス＆ウェッソンを確かめた。五発入るシリンダーに四発の使用済み薬莢が残っていた。実弾の残りは一発だ。ショウは拳銃をポケットに戻した。グロックには、薬室に一発とシングルスタックのマガジンに六発が入っている。ショウは茂みに身を隠し、いつでもウェルズ保安官に連絡できるよう携帯電話を手に持って待った。

黒いバンが現れ、アダムとエリックが座っていた岩がある路肩で停まった。脇腹に数学の無限記号が描かれている。何かのロゴらしい。ドアが開き、男女が二人ずつ降りてきた。

ネオナチではなさそうだ。

過激派グループというより……アーミッシュを連想させた（キリスト教メノナイト派の一派の人々。電気や自動車などを使用しない質素な生活様式で知られる）。

制服なのか、全員が同じ服装だ。黒っぽいスラックスまたはスカートに、パウダーブルーのシャツやブラウス、紐やバックルのついていない黒い靴。異なるのは一点だけ――男性二人はロゴなしの野球帽をかぶり、一人はオレンジ色のサングラスをかけていた。みなネックレスを着けているようだ。十字架だろうかと思ったが、別のモチーフのようだった。この距離からではよく見えない。

おそらく、アダムとエリックが行こうとしていた、スノーコルミーギャップのはずれにあるという修養センターから来たのだろう。

続いてドライバーも降りてきた。背は高くないが肩幅が広く、レスラーのようにたくましい。といっても、ショウが大学時代にレスリングの試合で対戦していたようないい、体脂肪率ゼロパーセントまで絞りこまれたしなやかな体とは違う。リーダー格と思《おぼ》しきドライバーは、もどかしげに周囲に視線を巡らせ、大きな声で命令を下した。ほかの三人が散らばった。

小さな悲鳴が聞こえた。女の一方が崖の下をのぞいていた。谷底のアダムの死体を見たのだろう。女は小柄で、細かなウェーブのかかった濃い茶色《ブルネット》の髪をしていた。腰は張っているが、全体の印象は華奢《きやしや》だ。魅惑的な顔立ちをしている。モデル風ではなく、芸術志向の映画への出演を好む才気にあふれた女優といった雰囲気だった。淡い色の瞳をしているようだが、何色なのかは遠くて見分けられない。肌の色は赤みがかっていた。

ドライバーと別の男、それにもう一人別の女が来て、崖下を見下ろした。ブルネットの女とは違い、死体を目にしても平然としている。日常茶飯事といった風だ。ドライバーに至っては、無駄足だったとわかって腹が立ったのか、わずかに顔をしかめ、ほかの三人をバンのほうに追い立てた。しかしブルネットの女は、そこに立ったまま涙を拭った。ドライバーが近づき、荒っぽい手つきで腕をつかんだ。怒った顔で何ごとかささやく。険悪な表情をしていた。女はうつむいて恭順の意を表し、小さくうなずいた。叱責《しつせき》。理由は何だ？　誰かの死を目《ま》の当たりにして感情を露《あらわ》にしたからか。女はアダムと親しかったのだろうか。過去に何らかのつながりがあったのかもしれない。

ドライバーはまだ何か小声で言っている。女がまたうなずく。ドライバーはバンのほうを一瞥し、ほかの二人が見ていないことを確かめたあと、女の腕をつかんでいた手を離し、手の甲側で女の首筋をなぞった。その手は首もとへとすべり、鎖か、そこに下がったアミュレットに触れたように見えた。手はそのまま胸もとに下りた。女が唐突に向きを変えてバンのほうに歩き出した。ドライバーは眉を寄せ、女の背中に何か言った。「……さもないと罰点……」というところだけショウにも聞き取れた。

女は悄然《しようぜん》とした様子で立ち止まったが、また車のほうに歩き出した。

横柄な男はもう一度あたりに視線を走らせたあと、保安官補たちの耳を気にしてのことだろう、さっきより少し小さな声でまた何か言った。ショウには人名と思しき二語だけが聞き取れた。一つはおそらく〝ジェレミー〟。もう一つは〝フレデリック〟で間違いないだろう。

そう遠くないところから草や小枝を踏む音が聞こえて、オレンジ色のサングラスの男が斜面を下ってきた。その辺を歩き回ってアダムとエリックを捜していたが、アダムが死んだと聞いて戻ってきたのだろう。ショウの存在に気づいただろうか。気づいていないとは言いきれない。男はバンのそばで立ち止まって振り向いた。ショウは身を低くした。男はバンに乗りこんだ。エンジンが始動し、奇妙な五人組を乗せたバンは慎重に三点ターンをして向きを変え、元来た方角へ走り去った。

ショウはレンタカーに乗ってエンジンをかけた。オールドミル・ロードを元来たほうへゆっくりと走り出す。ホープスコーナーを通り過ぎ、さらに八キロほど走り続けた。

ハモンド郡を出たところで路肩に停めて車を降りた。

後部に回り、リモコンでトランクの蓋を開けた。エリック・ヤングが青空のまぶしさにまばたきを繰り返した。

ショウは言った。「もう大丈夫だ。出てきていいぞ」

11

車はスピードを上げて走っていた。といっても、制限速度を数キロ超えた程度だ。ウェルズ保安官その人から、そう、〝祝福〟を与えられているとはいえ、彼の同僚たちに停止を命じられたくない。まめにバックミラーを確かめた。いまのところ追われてはいないようだ。

さっき見たブルネットの女を思い出す。一緒に現れたほかの四人とは違い、あの一人だけがアダムの死体を見て驚き、激しく動揺した。

あの女は誰なのか。ほかの四人は何なのか。彼らは、何度か話に出た修養センターから来たのか。

ヒッピー……

助手席のエリックがささやくような声で言った。「どうして自殺なんか？」ウィンドウの向こうを凝視している。あれから背中でナイロン手錠をかけ直してあった。

ショウはまだ銃を持っている。自棄《やけ》を起こしたエリックが銃を奪おうとしないともかぎらない。あるいは、走行中の車から飛び降りるかもしれない。

保安官事務所の面々からエリック・ヤングを救うのは危険な賭けだったが、ウェルズ保安官に見つかって逮捕されたらと思うと、放っておけなかった。

「私と一緒に来い」アダムが飛び降りた直後、ショウはエリックを呼び寄せた。「急げ」呆然としているエリックに手を貸して斜面を登り、車のトランクを開けた。「ここで静かにしていろ。一緒に帰るんだ。ギグハーバーに送り届けてやるから。両親のところに帰してやる。弁護士も探そう」

「はい」エリックは蚊の鳴くような声で答えた。

ハモンド郡の隣の郡も通り過ぎると、ショウは肩の力をいくらか抜いた。車載ナビを確かめる。ピアース郡まで一時間半。ガソリンはまだたっぷりあるし、二人分の水もある。食料はいらない。用を足す必要が生じたら、道路脇の茂みですませればいい。警察のバッジがあるわけでもないのに同乗者が手錠をかけられている理由を、ガソリンスタンドの店員にきちんと説明できない。

「僕らは殺されるって言ってましたよね。警察に殺されるって」

「言った。あの郡の保安官たちは、きみをただ逮捕するだけでは足りないと考えていた」

「あなたは誰なんですか」

ショウは、エリックの家族が懸賞金を設けたこと、郡も懸賞金を出したことを改めて説明した。

「うちのママやパパから頼まれたってことですか。僕を捕まえてくれって」

「ご両親は、きみを無事に連れ戻したいと思っているんだよ。銃を持った指名手配犯と一緒に逃げるなんて、どうかしているぞ」

「でも……一緒に行くしかなかったんです」

「どうして」

「行くしかなかったから」ウィンドウの外を飛び去っていくマツ林を見つめる。「アダムはどうして自殺なんか？」またそう訊く。

「もしかしたら、刑務所に行きたくなかったのかもしれないな」

「僕らはやってないのに」

世界でもっともありふれた言い訳。ショウは訊いた。

「やっていないというのは、どの部分だ?」

「全部です。いや、その、アダムはあの人たちに向かって銃を撃ちました。だけど、あれは正当防衛です」

最後の一言がショウの注意を引きつけた。「詳しく話してくれ」

「僕がよく行く墓地があって。その……去年、弟が死んで」

「マークだね。聞いたよ。気の毒に」

「よく弟と話に行くっていうか」エリックは決まり悪そうに言った。「馬鹿みたいに聞こえると思いますけど」

ショウの脳裏を兄のラッセルの顔がよぎった。「馬鹿みたいなんてことはないさ」

「弟の墓のそばで、あの……泣いてたっていうか」エリックがショウのほうをうかがった。ショウの顔は理解を示していた。「アダムもたまたま墓地に来てたみたいで。それで僕のほうに来たんです。アダムが……変わった人だってことは知ってました。でも、僕を心配してくれたらしくて、大丈夫かって訊かれました。それでマークのことを話したんです。アダムは黙って聞いてましたけど、そのうち近くの墓を指さしました。お母さんのお墓です。お母さんが死んで、自分はおかしくなったんだって言ってました。

それから、いいグループがあるって話を始めて。山奥に施設があるとか。そこに行ってすごく気持ちが楽になったそうです。一緒にそこに行くのもいいなって話になって。三週間だか一月《ひとつき》だかそこで暮らすらしいです。セラピーみたいなものだと思うんですけど」

ショウはアダムの父親から聞いた話を思い出した。しばらくタコマを離れていた時期があり、帰ってきたときには落ち着いた様子だったと話していた。あれはこのことだったのかもしれない。

「それで、ダメ元で行ってみようと思いました。何を試しても効果がなかったから。お金がかかるってアダムは言ってましたけど、貯金を下ろすから大丈夫って言いました。大学はもう夏休みだし、アルバイトも休めます。だから、行くよって答えました。そこで教会であんなことが起きて」エリックの息遣いは速くなっていた。「どうしてあんな……」

「先を聞かせてくれ、エリック」

「駐車場のほうに歩きながら、いつ出発しようか相談していたら、火が見えました。何だろうってそっちのほうに行ったんです」

「教会の前庭で十字架が燃えていたわけだね」

「そうです。ＫＫＫみたいだと思いました。そこに教会から男の人が二人飛び出してきて、一人が――管理人でウィリアムという人だってあとで聞きました――銃を持ってて、僕らを狙って撃ち始めました」

ショウは眉をひそめた。「管理人が先に発砲したのか」

「そうです。僕は地面に伏せました。アダムは〝撃つな、俺たちじゃない！〟みたいなことを叫びました。でもウィリアムは撃つのをやめなくて。それでアダムは自分の銃を――いまあなたが持ってるやつを抜いて、反撃しました。それから二人で逃げました。あとでニュースを見たんですけど、向こうが先に撃ったって話はまったく出ていなくて」

エリックの話が事実なら、管理人は重罪を犯したことになる。威嚇《いかく》的ではない侵入者に発砲すれば、それは犯罪だ。相手に凶器の使用を思いとどまらせるのが目的である場合をのぞき、発砲すればもちろん、銃を見せただけでも罪になる。管理人はおそらく、自分が撃たれたあと、信徒伝道者に銃を預け、どこかに隠してくれと頼んだのではないか。未登録の銃なのだろう。

ショウは聞いた。「アダムが話していたグループというのは？」

「何とか財団。この近くの山のなかにあるらしくて、そこに行く途中でした。そこの人たちが迎えに来ることになってました。さっきあなたに訊かれたとき、嘘をついちゃいました。だけど、アダムが先に誰も来ないって言ったから、ほかに答えようがなくて」

「セラピーのようなものだと言ったね」

「そう聞きました。すごく高くて、しかも前払いしなくちゃいけないらしいです。事件のあと、タコマ周辺でぐずぐずしてたのはそのせいです。お金をかき集めてました。初めは詐欺《さぎ》じゃないのかなって思いました。でも、あれは本物だってアダムが言うから。そのおかげでお母さんの死を乗り越えられたし、お父さんとの問題も少し解決したそうです。僕を立ち直らせたいんだって真剣に言ってくれました。アダムにとってとても大事なことだったんです」エリックの声が潤んだ。泣いていた。ショウはいったん車を停め、銃とホルスターをトランクの鍵のかかる箱に入れたあと、エリックに手を貸して車から降ろした。手錠を体の前でかけ直し、軽食を買ったときついてきた紙ナプキンを手渡した。

ふたたび車を出す。

何キロか走ったころ、エリックがようやく口を開いた。

「もしかしたらインチキなのかもしれない。でも、試してみたかったんです。どうしても受け入れられなくて。弟のことですけど。そういう気持ちになったことはありますか、ミスター・ショウ」

ショウは答えなかった。スピード違反取り締まり区域にさしかかって速度を落とし、時速五十キロでエヴァンズヴィル市街を通り抜けた。

ふたたび速度を上げ、時速百キロで流した。

ブルネットの女のことや、彼女が示した反応を思い返す。羊のようにうつろな目で崖下の死体を見つめていたほかの三人のことも。ショウは尋ねた。「アダムが迎えを頼んだ男女の話だが、アダムはあれがどういう人たちなのか言っていたか」

「言ってたかな。覚えてません。アダムが電話で話してるときも、内容まで聞いてたわけじゃないので」エリックは唇を結んだ。「僕、刑務所に行くことになるんですよね」そう言ってまた目もとを拭った。

コルター・ショウには弁護士を志した時期があった。身の安全のためにサンフランシスコのベイエリアを離れ、一家でカリフォルニア東部に移ったとき、引っ越しの荷物には父親の蔵書も大量に含まれていた。大半は法律関連の本だった。コルター少年はそれをむさぼるように読んだ。なかでも判例集が好きだった。まるで短編小説を読むようだった。

ショウの刑法の知識に照らし合わせれば、たとえいまの話が事実だとしても、エリックが何らかの罪に問われるのは間違いない。最低でも逃走、司法妨害、現場幇助。それでも、無罪となる可能性、あるいは執行猶予《ゆうよ》がつく可能性は充分にある。アダムのスミス&ウェッソンにエリックの指紋は付着していないだろう。警察の捜査で教会管理人の銃が発見され、アダムとエリックが立っていた周辺の地面にめりこんだ銃弾が回収される可能性もある。警察による取り調べの末に、管理人（生還すればだが）や信徒伝道者がそれまでの供述を撤回し、事実を打ち明けるかもしれない。エリックの主張を裏づける目撃者が現れることも考えられる。

ショウは言った。「法廷できみの主張を述べる機会がある」

「弁護士って高いんですよね」

「そうだな、優秀な弁護士は高い」

そう聞いてエリックは意気消沈したようだった。「あとどのくらいで着きますか」

「一時間かかるかどうか」

「少し寝ておいていいですか」

「手錠はきつくないか」

「大丈夫です」

「はずすわけにはいかないんだ」

「わかってます」エリックは目をつむった。

12

ショウはポケットから携帯電話を取り出し、一瞬だけためらったあと、ある番号にかけた。

「もしもし」

「ミスター・ハーパー？」

「そうだが」

「コルター・ショウです。息子さんの件で午前中にうかがった」

「ああ、覚えてる」

仕事柄、同じような会話をした経験が何度かある。相手に衝撃を与えずに伝える方法はない。「ミスター・ハーパー……たいへん残念なお知らせがあります。アダムが亡くなりました。一時間ほど前です」

返事はなかった。

「自ら命を絶ちました」

「何だって？」息をのむ気配。

「アダムとエリックを連れ戻して警察に引き渡すつもりでした」

「しかしあんた、自分で言っていたよな……」スタン・ハーパーの声は次第に小さくなって消えた。

「ええ。残念です」

私は二人を無事に連れ戻したいんです……

「あの子は、銃で――？」自分の銃を使って息子が命を絶ったと思うと耐えがたいのだろう。

「いいえ、崖から飛び下りました」

「飛び下りた？」そう訊き返した声は、いまひとつ話がのみこめないと言っていた。

「警察から連絡が行くと思います。いろいろ手配があるでしょうし」スタン・ハーパーの反応はなかった。ショウは続けた。「ミスター・ハーパー。たったいま、エリック・ヤングと話をしました。二人は罪を犯していないのかもしれません」

「十字架を燃やさなかったし、誰も撃たなかった？」

「アダムが発砲したのは事実です。ただ、正当防衛だった可能性があります」

「じゃあ、裁判になれば無罪だっただろうと？」

「ええ。微罪では有罪になったかもしれませんが」

「だったらなんでうちの息子は自殺なんかしたんだ」

「それはわかりません」

沈黙がのしかかった。電話越しに、船の汽笛やカモメのやかましい鳴き声が聞こえた。

「ミスター・ハーパー？」

沈黙がさらに五秒ほど続いたあと、電話は切れた。

そういう気持ちになったことはありますか、ミスター・ショウ……

車を運転しながら、ショウは胸のうちでエリック・ヤングに答えた――あるよ、何度も。

コルター・ショウとエリック・ヤングには共通点があった。二人ともきょうだいを失っている。エリックは弟を亡くした。ショウの兄ラッセルは消息を絶った。生死はわからない。

アシュトンとメアリー・ダヴの三人の子供は、それぞれはっきりとした個性を備えていた。末の妹ドリオンは利発。真ん中のコルターはじっとしていられない。長兄のラッセルは一匹狼だった。

父アシュトンは何年も前に死んだ。アダム・ハーパーと同じように転落して。現場は、皮肉にも、やまびこ山という〝繰り返し〟を連想させる名がついた山だ。ただしアシュトンの場合は自殺でないことは明らかだった。

父の葬儀からまもなくラッセルは姿を消した。コルター・ショウの生業《なりわい》は人捜しであり、それにかけてはきわめて有能だ。そのショウにもラッセルの消息はまったくつかめない。ラッセルは、母や妹にも一度も連絡していなかった。

父親の死は子供にとって大きな喪失だ。不審な状況で死んだとなればなおさらだろう。ただ、アシュトンは晩年にかけて精神の安定を崩し、過度の猜疑心《さいぎしん》にとらわれるようになっていた。そのころ十代だったショウは、父が心の安定を失い、危険な状態に近づいていった時期を覚えている。父の死は、早すぎたかもしれないが、最晩年の錯乱ぶりを考えれば当然の帰結とも思えた。

ショウにはラッセルの失踪のほうがこたえた。兄がいないだけでも心が痛んだが、いくつかの疑問ゆえに、その痛みはなおも鋭くなった。第一に、ラッセルは生きているのか、死んでいるのかという疑問がある。その答えによって、喪失の悲しみは種類が変わる。

そしてもう一つ、ラッセルが家族との連絡を絶った理由は何なのかという、本人以外には答えの出せない疑問がある。

ショウは、兄はもう永遠に戻らないのだとあきらめ、その悲しい事実に対処しようと努めてきた。〝何とか財団〟の話をしたときのエリックの声には希望があふれていた。そこでセラピーを受ければ喪失の痛みは軽くなると期待していた。だが、コルター・ショウが求めているのは、その種のセラピーではない。

ワシントン州の広大な自然のなかに人捜しに出向いたのをきっかけとして、いまとはまったく違った暮らし、まったく違った時代に根ざした記憶や感情が呼び覚まされるとは。

ああ、ラッセル……どこに行ってしまったんだ？　いまこの瞬間、いったい何をしている？

何かしているのか――そもそも生きているのか？

眠るエリックを隣のシートに乗せて、ショウはすべるように距離を稼ぐ車を西に向けた。

タコマまで、あと四十五分。

その四十五分のあいだ、ショウの思考を占めていたのは、兄と父だった。

そこにときおり、別のイメージが入りこんだ。青と黒の服を着た奇妙な男女のグループ。

なかでも、あのブルネットの女。居丈高《いたけだか》な大男との小さな衝突。

それにもちろん、アダム・ハーパーのイメージも。

その死は、コルター・ショウの足もとにどっかりと腰を据えて動かなかった。

13

エリック・ヤングをまっすぐピアース郡保安官事務所に連れていき、自首させるのが一番だろう。

その前に家族と再会させ、そのあと当局に連絡しようかとも考えたが、事件のシナリオや登場人物が一変する可能性があることを考え、計画を変更した。それでもエリックの両親には前もって連絡を入れてエリックは無事だと知らせ、保安官事務所で待っていてほしいと伝えておいた。

また調査員のマックに頼み、地域のベテラン刑事弁護士を探して電話番号を送ってもらってあった。ショウはその弁護士に電話をかけ、事件の概要や、車中でエリックから聞いた話を伝えた。教会ではエリックの説明どおりのことが起きたのだろうとショウは思っている。

「ほほう、意外な展開になったね」その弁護士、ボブ・タナーは、いかにも法廷向きの朗々とした声で言った。

ショウはエリックの自首について、両親や当局との調整を弁護士に一任した。いま、保安官事務所まであと数ブロックの距離まで来たところで、ショウの携帯に着信があった。

「ミスター・ショウ？」弁護士のタナーだった。

「はい」

「いま保安官事務所の裏に来ている。エリックの両親も一緒だ。あなたが話をしたっていうジョンソン刑事。彼が手続を担当する。彼とは顔見知りでね、信用できる人物だ。わざとマスコミの前を歩かせて容疑者の写真を撮らせるようなことはしない。マスコミはまだ嗅ぎつけていないよ」

「あと五分ほどで着きます」ショウはそう告げて電話を切った。「エリック、覚悟はいいな」

エリックは昔ながらのダイナーを眺めていた。アクメのチリ＆サンドイッチ。「マークとこの店に来たことがあるんです。二度かな。ブラウン・カウ・フロートを頼んだ。何だか知ってます？」

「いや」

「ルートビアにアイスクリームを浮かべた飲み物です。なんだか子供に返ったみたいだった。それにポテトフライ。はい、覚悟はできてます」

ほどなく、ショウのレンタカーは古びた赤煉瓦《れんが》の建物の裏手に乗り入れた。〝二十世紀初頭の警察署〟という建築様式があるとするなら、その典型だ。エリックの両親のほかに、少し年配の男性が二人待っていた。どちらも大柄でむっつり顔をし、ダークスーツをまとっていた。弁護士のタナーのスーツのほうが派手といえば派手だが、ジョンソン刑事のベルトには光り輝く金色のバッジが下がっている。

ショウは先に車を降り、エリックに手を貸して車から降ろした。ナイロン手錠に気づいて、ジョンソンは驚いたように眉を吊り上げた。ショウはナイロン手錠を切断してはずした。すぐに本物の手錠が取って代わり、エリックの両手は背後で拘束された。ジョンソンがエリックの母親にうなずく。ハグくらいならと、あらかじめ打ち合わせがすんでいたのだろう。母親は息子を抱き締めた。父親も来て、二人をまとめて抱擁した。

「ごめんね、ママ。ほんとに……ごめん」エリックの目に涙があふれかけた。

エマ・ヤングはやはり涙を流しながら息子の頬をそっとなでた。

チャド・ジョンソン刑事は四十代の落ち着いた雰囲気の男性だった。「手続に入ります。罪状認否のあと、保釈金審理が行われます。どこかの時点でご両親に電話する許可が出るはずです」

ショウは車のトランクを開け、アダムのスミス&ウェッソンを収めた紙袋を取り出した。「ジョンソン刑事」

「はい？」

「事件で使われた銃です」

ジョンソンは紙袋を受け取った。

「除外のために私の指紋が必要ですよね」

「いや、もうありますから、ミスター・ショウ」

隠匿携帯許可証を取得するには指紋を登録する必要があり、そのデータは全国版のデータベースと共有される。ジョンソン刑事が手回しよくそのデータを取得していたとは意外だった。

ショウは付け加えた。「私が預かってからは一度も発砲していません」

「先に教えていただいて手間が省けました。ほかに、アダム・ハーパーについて事情聴取をお願いすることになると思います」

「いつでもどうぞ」

ジョンソン刑事とエリック、それに弁護士のタナーはそろって建物に向かいかけたが、エリックは立ち止まって振り返った。「ミスター・ショウ。ありがとうございました。命の恩人です」ショウの返事を待たず、エリックは刑事に付き添われて建物のなかに消えた。

ショウはエリックの父母のところに戻った。「どういう結果になるかは私にもわかりません。エリックの話は、事件の概要として知らされていたのとはだいぶ違っていますから」

「ミスター・タナーから聞きました。こちらでも調べましたよ。優秀な弁護士のようですね。一流の弁護士だ」

マックの一流のコネのおかげだ。

「十字架に放火したのはあの子じゃなかった」エマが決然とした表情で言った。「最初からそうだと思ってたわ。それに、気の毒なアダム。彼も無実だったんでしょう。正当防衛なんだから。なのに自殺してしまった。いったいどうして」

本当に、いったいどうしてなのだろう。

ショウの心のスクリーンに、崖から飛び降りる瞬間が描き出された。崖を蹴る。弧を描いて飛ぶ。そして地面に激突した。

その直前、アダムの顔には笑みが浮かんでいた。

保安官事務所の正面側の通りから大きな声が聞こえた。

「彼はどこだ？　きっとここに来ているんだろう」

声の主は、でっぷりとした背の低い男性だった。ピンストライプの入った黒っぽいスーツを着ている。年齢は五十がらみ。もう一人、女性もいて、ピンクと黄色の花柄のワンピースに、黒いコットンのコートという出で立ちだった。コートは丈が短く、ワンピースの四分の三くらいしか隠していない。年齢は男性とだいたい同じと見えた。

「ミスター・ショウ。あなたがミスター・ショウだね」

男性はエリックの両親の横を素通りしてショウに近づいてきた。

「そうですが」

男女はそろって笑顔だった。目は何やら一途《いちず》な情熱を感じさせた。

「ワシントン州西部全教会会議常務理事のルーカス・スラーです」そう言って手を差し出し、二人は握手を交わした。「こちらは理事長のキティ・マクレガー」女性もショウと握手を交わす。スラーに負けない力強い手は、スラーより情熱にあふれていた。二人はヤング夫妻に軽く会釈をしたが、名前さえ尋ねなかった。この場面の主人公は、あくまでもショウなのだ。

「キティ、お渡ししてくれ」

女性はベージュの大きなバッグから封筒を取り出した。

「ミスター・ショウ、ハモンド郡に正式に確認しました。あなたはアダム・ハーパーを逮捕なさいましたね」

「ええ、アダムを見つけたのは確かです」

スラーがあとを引き継いだ。「ピアース郡保安官事務所の広報部によれば、エリック・ヤングを自首させたのもあなただ」

キティ・マクレガーが言った。「私どもが設けた懸賞金の条件では、恐ろしい罪を犯した容疑者の一方が死亡した場合でも懸賞金を受け取れることになっています。彼が死んだのはあなたの落ち度ではありません」

それは違う——ショウは思った。一〇〇パーセント、私の責任だ。

「ワシントン州西部の全教会を代表して贈呈いたします」

ショウは封筒を受け取って開いた。十センチ×十五センチほどの大きさのパーチメント紙で作った表彰状が入っていた。真ん中に、光り輝く十字架とキリスト像。真剣で思いやり深いまなざしをしたキリストは金髪碧眼《へきがん》で、明らかにアーリア人として描かれていた。

コルター・ショウ殿
私たちの救い主イエス・キリストの
大義のために戦った勇気をたたえて

五万ドルの小切手も入っていた。

契約法では、契約締結の申し入れと受諾があれば、たとえ口約束しかなくても契約が成立する。たとえば、フレッドが金を貸そうとサムに約束し、サムはかならず返すと約束すれば、それで契約は成立し、履行の義務が双方に発生する。

　ただし、懸賞金は特別な種類の契約だ。片務的な契約──すなわち、懸賞金を求める側が条件を満たした場合に初めて法的拘束力が生じる。ショウはアダムとエリックを捜す義務を負ったわけではないが、それに成功した瞬間、契約は魔法のごとく成立し、ショウに懸賞金を受け取る権利が与えられる。

　今後の裁判で、ワシントン州西部全教会会議は間違った人物に懸賞金をかけたと判明することだろうが、それでもショウには懸賞金を受け取る権利がある。全教会会議はアダムとエリックの名を挙げ、ショウはその二人を見つけたからだ。ショウは年間三百件ほどの懸賞金を受け取っているが、罪を犯していない容疑者を見つけて金を受け取るのはおそらく初めてだ。事情が違えば返上しただろう。少なくとも一部は返すところだ。しかし今日は黙って受け取った。

　スラーが訊く。「いかが思われますかな。アダムは人生最後の瞬間に罪を悔いたでしょうか」

　悔いたとは思えない。なぜなら、アダムはそもそも罪を犯していなかったのだから。「そう願うしかありません」

「ええ、そのとおりですね」キティ・マクレガーが言った。二人はショウともう一度握手を交わしてから、路地に消えた。

　ショウがヤング夫妻に向き直ったとき、別の声が轟き渡った。「おい、おまえ！」

　身構える間もなく後ろから突き飛ばされた。転びはしなかったが、あやういところだった。

　ショウは振り向いた。目の前に、ダルトン・クロウの怒りに燃えた顔があった。

14

「おいきみ、何をする」ラリー・ヤングが言った。

　ダルトン・クロウの前に立ちはだかるべきかと迷っている様子だったが、ラリーは体重でクロウに五十キロほど負けている。クロウは〝威圧感〟を絵に描いたような男だ。陽に焼けた巨漢クロウに凄みのきいた一瞥を向けられ、ラリーは引き下がった。

　ショウは冷静にクロウを観察した。ショウを少しばかり痛い目に合わせる以上のことはしないはずだ。何と言ってもここは保安官事務所のすぐ裏なのだから。

　平手打ちや怒鳴り声、鬼気迫る形相を前にしてもショウが平然としているのを見て、ヤング夫妻もいくらか緊張をゆるめた。

「やあ、ダルトン」ショウは朗らかな声で言った。「わざと的外れな情報《ワイルド・グース・チェイス》をつかませたな」

　ワイルド・グース・チェイス……『ロミオとジュリエット』で、不運だが機知に富んだマキューシオが初めて使ったフレーズ。ショウ一家が暮らしていた〝コンパウンド〟にテレビはなく、子供たちはその分、片端から本を読んだ。戯曲を三人で演じたりもした。ショウのおはこは『ヘンリー五世』だった。

　クロウが続けた。「黄色いフォルクスワーゲン・ビートルはおまえのでっち上げだ。ずるしやがって。よこせよ」ショウが持っている小切手に顎をしゃくる。「俺の金だ」

手を伸ばして小切手を奪おうとした。ショウはクロウに顔を近づけ、冷静な――不気味なほど冷静な――目でクロウの視線を受け止めた。クロウがわずかにのけぞった。

　本当ならもう少しあとにするつもりだった――ホテルの部屋や自分のウィネベーゴ、あるいはヤング夫妻の家のリビングルームなど、三人だけになるのを待って。しかし、アダム・ハーパーが自分の監視下で命を落とし、エリック・ヤングは留置場でネズミのように怯え、さっきクロウにはたかれた肩はまだ痛む。そう考えると、これこそ理想的なタイミングと思えた。ショウはジャケットのポケットに差していた愛用の万年筆を手に取った。ヤング夫妻を見る。「銀行口座は共同名義ですか」

「え……？」

「当座預金口座です。お二人の共同名義ですか」

「ええ」エマが当惑顔で答えた。「そうですけど。どうして――」

　クロウが低い声で言った。「何の話だ」

　ショウはヤング夫妻に譲渡する旨を小切手の裏に書き、ラリーに手渡した。懸賞金を返上しなかった理由はこれだった。

「おい、何のつもりだ」クロウが嚙みつくように言った。

ショウは夫妻に言った。「タナーの弁護士費用は決して安くない」

エマは言った。「知ってます。でも、銀行に貸してもらいますから。これは受け取れません」

クロウ――「そりゃそうだ」

「もうすんだ話だ」ショウは言った。

クロウは鼻の穴をふくらませたが、勝ち目のない争いだと悟ったのだろう。人さし指をショウに突きつけて言った。「覚えてろよ」そして路地のほうに消えた。

ラリーは小切手を振り回しながら言った。「全部使わなかったら――」

「残金はエリックのために使ってください。前よりいいセラピストをつけるとか」

「そうします」エマがうわずった声で言った。

急に居心地が悪くなった。ショウはヤング夫妻に別れを告げ、レンタカーに戻った。耳の奥に、少し前にスタン・ハーパーと交わしたやりとりが聞こえた。

だったらなんでうちの息子は自殺なんかしたんだ。

それはわかりません。

ショウは自分の答えにこう付け加えた。〝いまはまだ〟

15

ショウはフロントウィンドウ越しに保安官事務所の赤煉瓦の壁を見つめた。それからルーターとパソコンの電源を入れてネットに接続し、マックにメールを送った。

車を出し、路地から表通りに出た。

まずはレンタカーの営業所に寄り、酷使された起亜《キア》車を謝罪の言葉とともに返却した。申し訳ない気持ちに偽りはなかったが、車両保険に加入していたから、良心はさして痛まずにすんだ。塗装費用は会社持ちだ。対応した係員は眉一つ上げなかった。三十分後にはショウはタコマのRVパークに戻っていた。

我が家同然のウィネベーゴに乗りこみ、これからのことを考えた。つい先日、シリコンヴァレーのRVパークでローンチェアにゆったりと座り、二つの任務のどちらを先に遂行するか、慎重に検討した。エリックとアダムの懸賞金を狙うか。シエラネヴァダ山麓のコンパウンドに帰り、亡父が遺した謎に挑むか。

　大学教授であり、アマチュア科学者――政治科学と自然科学の両方――でもあった父アシュトン・ショウは、ある発見をした。それは重大かつ議論を呼ぶ種類の何かで、そのために父ばかりか同僚研究者の命まで危険にさらされた。父は同僚に警告を発し、妻と三人の子供を連れてシエラネヴァダ山麓に居を移した。そこでサバイバルのスキルを身につけ、子供にも同じ特殊技能を叩きこんだ。

　アシュトンは表向き、謎の追究をあきらめたかに見えたが、実際にはその後もひそかに続けていた。誰にも行き先を告げずにしばらく姿を消すことがたびたびあった。発見したものが何だったにせよ、それにまつわる情報を集めていたのだろう。

　あのまま何もなければ、父の不安や謎めいた行動は、いよいよ現実から遊離し始めていたせいだったとショウも納得していたはずだ。だが、まずはアシュトンが早すぎる死を遂げ、数人の同僚も相次いで死亡した。加えてつい先週、一連の死に関与したと思われる者たちにショウ自身が狙われた。ブラクストンという名の冷酷な女と、その女の指示で動く、ドルーンという名のプロの殺し屋。さっき思い出していたのはこの殺し屋のことだった。ショウはこの二人を出し抜き、父が発見した何かは、一家が暮らしていた地所のどこかに――アシュトンの死の現場に近いやまびこ山に隠されていることを突き止めた（『ネヴァー・ゲーム』）。

　父の秘密を何としても先に見つけなくてはならない。いったい何なのだろう。政府の不正行為を暴く情報か。何らかの犯罪の証拠？　あるいは発明品――大手製薬会社を倒産させかねない新薬とか？　軍の秘密？

　あまり先走らないよう自分を戒めた。

充分な事実が集まるまでは憶測を許すべからず……

　納得のいく規則だった。父が作った規則のうちの一つだ。ショウはたいがいの場合、これに厳密に従った。

　この謎解きこそ喫緊《きっきん》の問題であり、ワシントン州での懸賞金の仕事も片づいたいま、明日の朝一番に探求を再開するはずだった。

　はずだった。

また少し延期することになりそうだ。計画は書き換えられた。

なぜなら、コルター・ショウの心にあるイメージが焼きつけられて消えずにいるからだ。崖から永遠へと飛び下りた瞬間の、アダム・ハーパーの不気味なほど穏やかな表情が。

携帯電話がメールの着信を知らせた。ショウは自分がマック宛に送ったメールから始まったスレッドに目を通した。

To: MMack333@dcserversystem.net
From: ColterShawReward@gmail.com
件名：調査依頼
〝○○財団〟という名称の自己啓発団体に関する情報を集めてくれ。ロゴは無限大記号。ワシントン州スノーコルミーギャップ近郊に施設があるようだ。

To: ColterShawReward@gmail.com
From: MMack333@dcserversystem.net
件名：調査依頼
おそらくオシリス財団。カリフォルニア州のC株式会社（すなわち営利企業。あまり聞かない例。こういった組織はふつう、内国歳入法501(C)(3)に基づく非営利団体を選択する）。財団の公式サイトは下記リンク参照。自助グループ的な組織と推測。クリアネット（ダークウェブに対する通常のインターネット）上の情報はわずか。ダークウェブにはいっさいの情報なし。ウィキペディアにも項目なし。フェイスブック、ツイッター、ユーチューブなど、ソーシャルメディアのアカウントも見つからず。これも異例。複数のウェブサイトで広告を確認。死別、末期疾患や重病、鬱状態や不安などに悩む人々に手を差し伸べる内容。対外イメージをコントロールするため、外部の専門業者を雇って財団に関する情報を削除している模様。

ショウは一番下までスクロールして、リンクをクリックした。財団の公式サイトのトップページが表示された。

∞

オシリス財団
あなたの昨日は、よりよい今日、最高の明日の扉を開く鍵™

気分がふさいでいませんか？　愛する家族を失った悲しみ、不安、悩み、孤独、ストレス、後悔の念、過去の誤った決断に、押しつぶされそうになっていませんか？

もしかしたら、あなたが探しているのは、私たちオシリス財団かもしれません。人生観を一新する方法を、私たちは知っています。私たちは、幸福、充足感、安らぎを手に入れる方法をあなたに教えます。もう二度と思い悩まずにすむのです。

私たちのプログラム〈プロセス〉™は、ワシントン州の美しい山々に抱かれた私たちのキャンプで行われる3週間の集中コース。昔ながらのスピリチュアルな教えと最先端の医学および心理学的メソッドを融合した成果が〈プロセス〉™です。これまでに数千の会員が満ち足りた幸福な人生を取り戻すお手伝いをしてきました。

〈プロセス〉™修了生の体験談はこちら　↓体験談

入会ご希望の方はこちら　↓申し込みページ

財団について

オシリス財団は四年前、導師《マスター》イーライによって創設されました。幼くして両親を亡くしたマスター・イーライは、名門校を卒業後、ビジネスの世界に成功を求めました。しかし、社会にあふれる苦しみや不満を放っておくことはできませんでした。あまりにも多くの人が職場で、私生活で、悩んでいたのです。マスター・イーライは事業を畳み、世界中を旅しながら哲学、神学、医学、科学を学び、その知識をもとに〈プロセス〉™を開発しました。マスター・イーライは、毎年5月から9月までオシリス財団キャンプにて研修生の指導に当たり、秋から冬にかけては極東の国々を巡って瞑想を行い、著名な宗教指導者のもとで修養を積んでいます。

ショウはマックのメールの本文に戻った。

この〝イーライ〟は、おそらくデヴィッド・エリス（41）という人物。この人物に関するネット上の情報は、やはり大部分が削除されている模様。ウェブサイトやソーシャルメディア上の痕跡をいっさい確認できず。ただし納税記録を見ると、財団に出資した複数の有限責任会社の役員の一人として記載されている。過去にフロリダ州とカリフォルニア州で不動産開発会社と証券会社を経営していたが、オシリス財団創設後は納税書類を提出していない。犯罪歴なし。

ショウはウェブサイトをもう一度ながめ、アダムの死の現場に現れたバンに乗っていた男女の制服じみた格好を思い浮かべた。カルト教団のにおいがぷんぷん漂っている。

マックがもう一つ添付したリンク──『サンフランシスコ・デイリー・タイムズ』の記事──は、ショウの疑念を裏づけていた。金とセックスを目的に弱者を食い物にする、あるいは権力に飢えた指導者が信者に賛美と服従を要求するカルト教団についての記事だった。

記事は長く、数多くのカルト教団が取り上げられていた。オシリス財団もその一つではあったが、触れているのは次の一カ所だけだった。

カリスマ的な指導者を持ち、絶対服従を求め、スピリチュアルまたはメンタル的な成長を教え、多額の金銭を要求するなど、カルトと誰の目にも明らかな組織もある。一方で、秘密主義のベールに包まれ、外からはその実態が見えにくい組織も存在する──心が弱っていて信じやすい人々を食い物にするカルトなのか、それとも健全な自己実現グループなのか。カリフォルニア州のウェイフォーワードやトンプソン・プログラム、ワシントン州のオシリス財団などがこれに当たる。

ショウはこの記事を書いたジャーナリスト、ゲイリー・ヤンに連絡してみようと思い立った。財団についてもう少し詳しい話が聞けるかもしれない。しかしマックのメールをさらにスクロールすると、こう書かれていた。

ゲイリー・ヤンは、サンフランシスコのミッション地区にある自宅タウンハウス前で強盗に殺害された。

強盗事件が起きたのは、記事の掲載から一週間後だ。

偶然を単なる偶然と鵜呑みにするべからず。

ショウはジャーナリストの死と記事が関連している確率を四〇パーセントと見積もった。調査に値する高い確率だ。

インターネットに接続し、強盗事件の記事を検索した。ヤンを殺害したのはハーヴィ・エドワーズという男で、財布を奪って射殺し、逃走した。その後、警察と銃撃戦を演じて射殺されている。事件当時のエドワーズは日雇い労働者で、傷害、不法侵入、違法薬物所持の前科があった。

表面上は、典型的な強盗殺人事件に見える。だが、ショウは疑いを抱いた。被害者は要求どおり財布を渡したのに、なぜ射殺した？　また少しネット検索をした。エドワーズに関する情報は皆無に等しかった。ソーシャルメディアに数年前投稿したらしい写真が何枚かあるだけだ。エドワーズの風貌は、ショウが想像したのとは違っていた。不機嫌そうでも小ずるそうでもなかった。猜疑と怒りの目をカメラに向けていたりもしなかった。整った顔立ちにスポーツ選手のような体つきと朗らかな表情をしていた。いずれもどこかのビーチで撮った写真で、太陽がまぶしそうに目を細め、笑っている。隣には魅力的なブロンドの女性がいた。

ログオフしようとして、ショウは凍りついた。

写真のハーヴィ・エドワーズはネックレスをしていた。黒い繊細なコード。そこに下がったアミュレットは――紫色の無限大記号。

オシリス財団のロゴと同じモチーフだ。

16

「もしもし、トム？」

ショウはウィネベーゴのベンチシートに座り、友人で元FBI捜査官のトム・ペッパーに電話をかけた。

トムが応じた。「トゥー・ウルヴス・フェースに登る約束はまだ有効だよな？　よほど天気が崩れないかぎり」

「天気だって？　心配するな」ショウは切り返した。

「傘なら持っていってやるから」

「ふん」

シエラネヴァダ山脈にある高さ百メートルの岩壁トゥー・ウルヴス・フェースは、二人のフリークライミングのToDoリストにしばらく前から載ったままになっており、八月には行こうと約束していた。

ショウは言った。「また別の刑事の名前を知りたい」

「タコマ市警か」

「いや、今度はサンフランシスコ」

「サンフランシスコ市警か。殺人事件が山ほど起きる。刑事も山ほどいる。しかしだ、サンフランシスコ湾や橋、ギラデリ広場、ジェリー・ガルシアを歌う元ヒッピーたち。こんなきれいで平和な街で殺人事件なんか起きるわけがないと世間には思われている」

ショウはジャーナリストの殺害事件について話した。

ペッパーはうめき声を漏らした。「許しがたい事件だな。言論の自由はいまのまま自由でなくちゃならない。自由を殺しちゃだめだ」

「担当の刑事の名前が知りたい」

「五分くれ」

待つあいだにコーヒーを淹れた。ショウは昔ながらの手順を守っている。フィルターに粉を入れ、沸騰した湯を注ぐ。カプセル式のコーヒーメーカーは好まない。利便を優先すれば何かが犠牲になる。ミルクを少しだけ加えた。一口飲む。もう一口。ペッパーから折り返しの電話があり、ショウは刑事の名前と電話番号をメモしてペッパーに礼を言った。また一口コーヒーを飲んでから、聞いたばかりの番号をタップした。

「エトワールです」豊かで張りのあるバリトンの声だった。この声なら、十二語発する前に容疑者から自白を引き出せそうだ。

「コルター・ショウです」

「ああ、ミスター・ショウ。ご同僚のトム・ペッパー捜査官から少し前に電話をもらいました」

〝ご同僚〟。完全な間違いとは言えない。ショウは正さずにおいた。

「ゲイリー・ヤンの殺害事件について何かお聞きになりたいとか」

「ええ」

「ミスター・ペッパーは、あなたは私立探偵とおっしゃってましたが」

これもまあ、はずれではない。ショウは懸賞金ビジネスには触れずにおいた。

「まず、事件の詳細を教えていただけますか」

「単純な強盗事件と言っていいでしょう。目撃者も大勢いました。犯人は被害者が住むタウンハウス前で接近し、財布を奪って射殺したあと、逃走しました。通報を受けて駆けつけた警察官に追跡され、コンビニエンスストアに逃げこんで、投降を拒絶した。銃撃戦になって犯人は射殺されました。ほかの負傷者はいません」

「エドワーズには暴力事件の前科はなかったわけですか」

「暴力事件で逮捕された、または有罪宣告を受けたことは一度もありません」エトワールは正確に言い直した。

「ヤンはカルト教団に関する記事を書いていました。言及した団体のなかに、ワシントン州のオシリス財団があります。ハーヴィ・エドワーズはその関係者だったようです」

短い沈黙が返ってきた。「つまり、強盗に見せかけた殺人事件で、ほかにも関与した人物がいるということですか」

「捜査の過程で、オシリス財団に関連した証拠は見つかりましたか。本とか。無限大記号をあしらった品物とか」

「数字の8を横に倒したようなマーク？」

「そうです。オシリス財団のロゴです」

「記憶にありませんね。ただ、エドワーズの自宅のガサ……えーと、捜索は簡単にすませましたから。徹底的にやる理由がなかった。事件の概要はお話ししましたね。単純明快な強盗殺人事件です。ヤンが取材中だった記事を調べて動機を探したかどうかをお知りになりたいんでしょうけど」

ショウは言った。「刑事さんのほうからその話題を持ち出したということは、調べていないということですね」

「ええ。単純明快な事件でしたから。その、オシリス財団でしたっけ？　どういう団体なんでしょう。マンソン・ファミリーみたいなものかな」

「それとは違うようです。自助グループを標榜《ひょうぼう》していますす」

「事件のどのようなことを知りたいんでしょう、ミスター・ショウ？」

「その団体の信奉者の一人が自殺しました。アダム・ハーパーです。詳細はピアース郡保安官事務所が把握しています。もう一人、別の信奉者を見かけたんですが、その女性の扱われ方が気になって」

「その女性の名前は」

「わかりません」

これに対しても沈黙が返ってきた。

「その団体の関係者にまた死者が出るような事態を防ぎたいだけです」

「お話を聞いていると、警察機関で働いた経験がおありのようですね。それなら、上層部は解決した事件を嚙み終わったチューインガムのように扱うこともご存じでは」

「ええ、想像がつきます」

「ちょっと調べてみますよ。そちらの番号を教えてください」

ショウは電話番号を伝えて礼を言った。

そして通話を終えた。

またコーヒーを飲む。マックがもう一つ送ってきたリンクをクリックしてウェブページを開いた。ページの一番下に〈お問い合わせ先〉のメールアドレスがある。ショウは短いメールをしたためて送信した。おそらく返事は期待できないだろう。

だが、三分で返信が届いた。

17

「オシリス財団？　初めて聞く名前ね」スカイプの画面越しにショウを見つめ返している人物は、凛々《りり》しいビジネスウーマンといった風だった。髪は短めに整えられ、エレガントなブラウスに金のチェーンを垂らしている。年齢は中年から初老といったところだろうか。「私が知らない団体はないと言っていいくらいなんだけれど」

　アン・デステファーノは、アメリカで一、二を争うカルト研究の専門家だ。心理学の博士号を持っており、カルト教団に関して法執行機関に助言し、専門家証人として法廷に立つこともあれば、カルト教団を始め威圧的な組織や個人から逃れてきた信者の〝洗脳を解く〟カウンセリングをすることもある。

「その財団はどんなところ？」デステファーノは、ロサンゼルスにある自分のオフィスにいた。背後の壁に、さまざまな学会や教育機関が発行した証書が半ダースほど並んでいるのが見えた。

「パソコンはもう一台ありますか」ショウは尋ねた。

「ある。デスクトップ機が」デステファーノの目が左に動く。「メールでも送った？」

「いえ。ウェブサイトを見ていただきたいんです」

「グーグル検索するわよ」

「検索エンジンやソーシャルメディアのサイトから自分たちの名前を消して回っているようなので」

　デステファーノは眉を吊り上げた。「より破壊的なカルトがよく使うテクニックね。ＵＲＬを教えて」

　ショウはＵＲＬを読み上げ、デステファーノは向きを変えて別のキーボードを叩いた。

　左手に表示された財団のホームページを読む。「うーん。これだけでは何とも言えないわね。正真正銘のカルトはたいがい、信者に一生涯の忠誠を求めるの。でも、三週間の研修でしょう？　都会っ子向けのアウトドア体験キャンプとか、ヨガ合宿とか、その程度のものにも思える。大自然のなかで楽しく過ごしましょう、講演もありますよ、夜は焚き火を囲んで『クンバヤ』（もとは黒人霊歌とされる。その後キャンプファイアを囲んで歌う定番になった）をみんなで歌います、みたいな。最悪でも、時間とお金が無駄になるだけ。ただ、〝オシリス〟ってキーワードは気になるわね。エジプトのテーマを持ち出しているあたりが。ここにちょっとオカルト味を感じる。それに〝導師《マスター》イーライ〟。カルト教団の指導者はだいたいこの類の肩書きを使うの。この人物について何かわかってることはある？」

「ほとんどありません。やはり情報が削除されているようで。数年前まで会社を経営していましたが、事業を売却して財団を創設しています。信奉者を何人か見たんですが、全員がそろいの服を着ていました」

「ああ、そうなると、いわゆる自助グループではなさそうね。だからといってカルトで決まりというわけでもない」

「カルトの厳密な定義は？」ショウは尋ねた。

デステファーノは肩を揺らして笑った。「こんな定義をした人がいたわ。〝カルトとは、話し手が気に入らない宗教や社会運動を指す〟」

ショウは微笑んだ。

「何がカルトか。何はカルトではないか」デステファーノは思案顔で言った。「例の最高裁の判事に同意するしかなさそう。その判事はこう言ったの――〝ポルノを定義するのは困難だが、ポルノを見ればポルノだとわかる〟。共通の関心と目標をもった人々が集まること自体は、何も異常なことではないでしょう。カリスマ性を持った監督が率いるスポーツチームだってカルトと呼べないことはない。カトリック教会だってそう。シュライン会（フリーメーソン内の団体）やライオンズ・クラブ（社会奉仕団体）、フリーメーソンも同じこと。私が定義するなら、そうね――カルトとは、そのメンバーや外部の人々に身体的・精神的な損害が及ぶ危険をはらんだ集団、とでも言うかしら。

この基準は、マーガレット・シンガーの『ひとごとではないカルト』から借りたもの。この本によればカルトの条件は六つ。信者の生活環境を支配すること、報酬と罰の制度を持つこと、信者に無力感を抱かせること、恐怖を支配の手段とすること、指導者や集団に依存させること、信者の行動の矯正を目的に掲げていること。

共通の要素はまだあるわ。ほぼすべてのカルトは、一人の支配的な指導者が率いている。彼は――指導者はたいてい男性よ――強烈な自尊心の持ち主で、敵を攻撃し、怒りを周囲にぶつけ、自分は正しいと信じて疑わず、助言や批判には耳を貸さず、猜疑心が異様に強く、崇拝と賛美を求める」

　デステファーノはまた左側にあるもう一台のパソコンをちらりと見た。「このオシリス財団はどうか」肩をすくめる。「これだけの情報では判断がつかない。ひとまずは自己啓発・自己変革系のカルトに分類できそうね――これは有害度がもっとも低いカテゴリー。信奉者には、いまの仕事にうんざりしている人、思うような恋愛ができずにいる人が多いわ。指導者は催眠術や瞑想、夢診断、エンカウンターグループ（集団心理療法の一種）を使う。ただ、ソーシャルメディアに情報がないのは気になる。何か隠したいことがあるってことかしら」

「いま、カルトのカテゴリーとおっしゃいましたね。どんなカテゴリーがあるんでしょう」

　デステファーノは椅子の背にもたれた。「大多数は宗教に分類できる。一般的な宗教から派生したセクトだったり、ハイブリッドだったり、まったくのでっち上げだったり。政治的カルトもある。８ｃｈａｎ（匿名掲示板サイト）やインターネットの普及で生まれたものね。あとはビジネス系のカルト。〝簡単に儲ける方法を教えます〟の類。そして、いまから挙げるのは本当に有害なタイプよ。ＫＫＫやアーリア民族軍のような人種差別集団。戦闘的分離主義、白人至上主義。精神を病んだ人物が率いるカルト――マンソン・ファミリーが代表例ね。黒魔術、悪魔崇拝、動物や人間の生け贄《にえ》。想像を超えるようなカルトがたくさんあるのよ」

　デステファーノは身を乗り出してショウをまじまじと見た。「一つ訊いていい？　カルトに興味を持ったのはなぜ？」

　ショウはジャーナリストのゲイリー・ヤンが殺害された事件を説明し、犯人はオシリス財団の一員と思われることを付け加えた。

　それを聞いてデステファーノは眉をひそめた。「ヤンは暴露記事を書いたの？」

「暴露記事というほどのものでも。記事のなかでたった一度、財団に言及しただけです。ただ、オシリス財団はカルトかもしれないとほのめかした。ヤンは記事の公開から一週間後に殺された――財団のメンバーと思われる人物の手で」

「とすると、記事に対する報復か、ヤンがまた記事を書くかもしれない、次は何か秘密を暴露するかもしれないと恐れたか」

「私もそう思いました」

デステファーノは少し考えてから言った。「〝例外的な異分子〟という現象があってね。どんな組織でも起きうることよ。人々を救うことを目的としている善意の団体、たとえば超越瞑想法を教えるグループがあるとしましょうか。指導者や教師は、権力を求めるタイプではなく、本心から人々の人生を向上させたいと望んでいて、虐待は行われていないし、料金も順当で、講座も精神を高揚させるような、前向きで効果的なもの。会員に服従を要求することはない。毎週火曜の夜に集まって、講座が終わったらみんなでココアを飲みに出かけたりするようなグループ。

ただ、このグループを構成しているのは、程度の差こそあれ、何らかのトラブルを抱えた人なのよ。悩みも何もいっさいないなら、このグループに参加する必要もないわけだから。そうでしょう？　つまりこのグループの構成員には、負の感情を行動に表す傾向のある人、場合によっては暴力に訴えるような人が初めから多く含まれているということになる。それはそのカルト集団のそもそもの目的に反するものだけれど、彼らは気にしない。そういった人が〝例外的な異分子〟。まったく無害な集団でも見たことがある。何も問題がなさそうなのに……あるとき突然、ぷつんと切れて、同じ集団のメンバーや外部の人を攻撃し、ときには殺してしまう」

「メンバーの一人が死亡する事件もありました。自殺したんです」

デステファーノの眉間に皺《しわ》が刻まれた。「理由は？」

「鬱傾向はあったようです。最近、母親が亡くなっています。逮捕される直前でしたが、どのみち容疑は取り下げられることになったと思います。本人もそれを知っていたはずです。なのに、自ら命を絶ってしまった」

「カルトのなかには、不安定な構成員に厳しく当たるところがある。自己変革系のグループではとくにそう。このオシリス財団もそれに当てはまりそうね。エンカウンターグループが組織的ないじめも同然になることがある」

その言葉で思い出した。ショウはブルネットの女がバンのドライバーから手荒な扱いを受けていたことを話した。

　デステファーノはしばし黙りこんだ。「ミスター・ショウ、心配する気持ちはわかります。でも、まずは私の意見を聞いて――大勢が誰か一人のコントロール下に置かれると、ありえないようなことが起きてしまう。人民寺院の教祖ジム・ジョーンズは、九百人の信者を説得して、何百人もの子供を殺させ、毒入りのフルーツパンチで自殺させた。ちなみに、世間ではクールエイドだったことになっているけれど、別のブランドのフルーツパンチよ。9・11の同時多発テロが起きるまで、自然災害ではない一つの事件によるアメリカ人死者として最多だった。

　チャールズ・マンソンは、ファミリーの四人に、想像を絶する陰惨なやり方で赤の他人を殺せと命じたけれど、その四人はいっさいの疑問を抱くことなく命令を実行した。ブランチ・ダヴィディアンの教祖デヴィッド・コレシュは、FBIと最後まで戦い抜こうと信者を説得した。その結果、七十五名の死者が出た。ウォーレン・ジェフズが率いる末日聖徒イエス・キリスト教会原理派の例もある。一夫多妻制を掲げて、十二歳の子供まで結婚させていた。ジェフズには八十七人の妻がいた。いまは終身刑で服役中よ。

　カルトは人を洗脳する。洗脳には別の言い方があって、私はこちらのほうが本質を言い当てていると思うの。〝頭脳殺滅《メンティサイド》〟よ。思考や人格を殺すということ」画面には映っていない左側のパソコンを手で指し示す。「オシリス財団が宣伝しているこの〈プロセス〉は、メンバーを暴力的にするのかもしれない。殺人にも抵抗を感じないくらい暴力的にね。表向きは有益な団体と見えて、実は例外的な異分子の温床という場合もあるということ。

　世の中には反カルト組織も何百と存在する。反カルト組織はカルトを攻撃し、カルトはそれに反撃する。カルト同士も争う。ほかのカルトを蹴落とそうとする。生き残りをかけた戦いよ。負傷者や死者が出ることもあるわ。

　というわけで、ミスター・ショウ。カルトの世界はどっちを向いても危険だらけ」デステファーノは両手を持ち上げた。「一つアドバイスをさせて。個人的な利害がないなら、近づかないことよ。これは冗談ではないわ。絶対に関わってはだめ」

第二部　そして最高の未来の扉が開く

18

6月15日

コルター・ショウはピックアップトラックで砂利の私道をたどっていた。やがて控えめなプレートが見えてきた。白地に紫の文字でこうあった。

∞

オシリス財団

そこを通り過ぎ、高さ十五メートルの岩層にはさまれた細い私道を通ってメインエントランスに向かった。子供のころ読んだ『指輪物語』の一シーンのようだった。古代の王国の、人を拒むような門が思い浮かぶ。土砂くずれが――自然に、あるいは人工的に――発生したら、出入りできる唯一の道は事実上閉ざされるだろう。出発前に、この周辺の地図を舐めるように見ておいた。財団のキャンプに入る道はこれ一本しかない。古い材木搬出路さえ周囲に一つもなかった。

切り通しを抜けると、高さ二メートルほどの金網のフェンスが見えてきた。電動式のゲートと並んだ警備小屋に近づく。小屋は奥行きと幅が三メートルほどの大きさだった。煙突が突き出しているところを見ると、ゲートは二十四時間体制で監視されているのだろう。夏季でも、山間《やまあい》の谷は夜になれば肌寒い。財団のウェブサイトによれば、秋から冬にかけてこのキャンプは閉鎖される。雪の季節にはハービンジャー・ロードは通行不能になるのだろう。

黒いスラックスに、奇妙な形の灰色のシャツ――もものなかほどまでの丈のチュニックのような上着――を着た屈強な男がショウの車のウィンドウに近づいてきた。セキュリティ要員やテレビのキャスターのようにイヤホンのカールコードを垂らし、腰に無線機を下げている。

いつもの癖でショウはそのユニフォーム――これがユニフォームなのだとして――に目を走らせたが、ゆったりしたデザインのため銃の輪郭は確認できなかった。胸に〈支援ユニット〉のワッペンがある。

「こんにちは」門衛が人なつこい笑みをショウに向けた。

「こんにちは」ショウは応じた。「面談の予約をしています」

「お名前は」

「カーター・スカイ」

男はタブレット端末に目を落とし、タッチスクリーンに触れた。ショウの偽名が確認できたようだ。

「ようこそ、ミスター・スカイ。武器やアルコール類、ドラッグをお持ちではありませんか。車に積んでいませんか」

「いいえ。荷物は着替えと洗面用具くらいです」

またタッチスクリーンに触れる。

名前はともかく、所持品については正直に申告した。嘘をつかないで正解だった。駐車場の奥のほうに似たようなユニフォームを着た男が二人いて、そこに駐まったSUVを念入りに捜索していた。一人は長い柄のついた鏡を使って車体の下側を点検している。治安部隊が爆弾を、麻薬取締局が規制薬物を捜索するときと同じやり方だ。

門衛はショウが乗ってきたシボレー・シルヴァラードの後ろに回り、封筒に何か書きつけた。おそらくナンバーと車種だろう。万が一調べられたとしても――調べる理由はとくにないだろうが――このピックアップトラックは会社名義でリースされている。それならこちらの正体は隠しながらも、怪しまれずにすむ。門衛は封筒を差し出した。「お好きな場所に駐めて、キーをこの封筒に入れたら、メインゲートからなかへどうぞ。案内の者がお待ちしています。申込書を手もとに用意しておいてください」

「わかりました」

タブレット端末をまたタップする。かすかな音とともにゲートが開いた。

車を駐めて降り、バックパックから申込書を引っ張り出してぼろぼろのウィンドブレーカーの内ポケットに入れた。今日のショウは、よれた白いTシャツ、色褪せたジーンズ、すり傷だらけの焦げ茶色のナコナのブーツという服装だった。荷物を持って入口に向かった。オシリス財団のキャンプを守っているのは金網のフェンス一つではなかった。先のとがった加圧注入材を並べた防御柵もそびえている。この防御策に設けられたゲートは黒いスチール製で、その上に錬鉄の文字がアーチ形に掲げられていた。

YESTERDAY, TODAY, TOMORROW

それぞれ幅一・八メートルほどある両開きのゲートは開放されていた。その奥で、門衛ときょうだいのようにそっくりな男が待っていてショウに微笑みかけ、車のキーが入った封筒と荷物を受け取り、金属探知器を通るよう促した。

金属探知器を通り抜け、ショウは第二の門衛のほうを振り返った。門衛は歩行者通路を指して言った。「道なりに進んでください。事務棟は左手の三番目の建物です」

ショウはバックパックとスポーツバッグを受け取ろうと手を伸ばした。

「こちらはお預かりします」

「自分で持っておきたい」不信の念をほんのわずか露にした。カーター・スカイはやや血の気の多い人物という設定だ。

「お預かりいたします」またも笑み——らしき表情。絶対に渡す気がないらしい。ショウはためらった。結局、預かり証を受け取ってよしとした。

門衛はタブレット端末をタップした。

ショウは小道を歩き出した。両側の林はマツやユーカリヤジャスミンの香りを漂わせていた。三十メートルほど進んだところで立ち止まり、目の前に開けた風景をながめた。

オシリス財団のキャンプは野原と森に覆われた谷間にあり、敷地面積は合計で三十エーカーほどだ。三方を岩の絶壁に囲まれ、ショウから見て左側――東側――に林が広がっている。林には散策路が縦横に走っていた。林の向こうはほぼ垂直の崖だ。ここからは見えないが、来る前に確かめておいた地図によれば、崖は大きな湖に面している。木々を透かして、雄大な山並みがかなたに横たわっているのが見えた。

敷地内にたくさんの建物があり、ほとんどは平屋建てだった。しかし南側に立つ一棟だけは、ほかよりもはるかに大きい。三階建てで、屋上に八角形のガラスの見晴台がある。この一棟は敷地の南端、ゲートから一番遠い位置に建っていた。そこの主《あるじ》が誰なのか、ショウにも見当がついた。

雪の重みから建物を守るためだろう、どの屋根も急勾配がついている。いずれもログキャビン風だが、敷地にもともと生えていた木を切って建てたのではなさそうだ。太さがそろいすぎ、隙間がなさすぎる。おそらくプレハブ住宅キットの寄せ集めだ。ショウはその工程を知っていた。この規模なら、全体の建設に一月《ひとつき》もかかったかどうか。その分、費用は相当な額になったはずだ。

ショウはこの施設を〝キャンプ〟と考えていた。申込書と一緒に送られてきた資料にそう書かれていたからだ。今月の初めにシリコンヴァレーで一仕事終えたばかりとあって、興味深い用語だと感じた。シリコンヴァレーの大半のIT企業は、自社の敷地を〝キャンパス〟と呼ぶ。それは大学を連想させる。〝キャンプ〟はまた別の連想を呼んだ。ぱっと思い浮かぶのはサマーキャンプだろうが、軍の新兵訓練所《ブートキャンプ》や、政治犯や難民のキャンプも想起させた。

そう考えたとき、また別の連想が湧いて、背筋がぞくりとした。入口のゲートの上に掲げられていた、ゆるやかな弧を描く錬鉄の文字。あれは二十世紀の悪名高き絶滅収容所を彷彿《ほうふつ》とさせた。

このキャンプは美しくもあり、不穏な気配を漂わせてもいる。カルトの専門家アン・デステファーノからは、関わらないほうがいいと忠告された。だが、来ないわけにはいかなかった。デステファーノには話さなかったが、個人的な利害があるからだ。

アダム・ハーパーは、エリック・ヤングの悲しみをやわらげるためにあらゆるリスクを冒した末、ショウの行動をきっかけに命を絶った。

その後、アダムが死を選んだのは、教会の事件を悔やんだ結果ではありえないとわかった。教会での行為は正当防衛だったのだから。

誰だってつらいことの一つや二つは抱えている。抱えたまま生きていくしかないんだよ……

アダムの父スタンの皮肉のこもった言葉。しかし、抱えたままでは生きていけない場合もある。なぜわかってやれなかったのだろう。

アダムはなぜ死んだのか。どうしても知らずにいられない。

ショウが振り払えずにいるイメージはもう一つあった。ブルネットの女。あの崖に来たなかでたった一人、アダムの死を深く悲しんでいた女。それにバンを運転してきたたくましい男の容赦ない声……何らかの叱責と聞こえた。あの男に無用に触れられて、女は嫌悪に身を縮めた。

アダムと同じように、財団の何かが理由で、彼女にも命の危険が迫っているのだろうか。

ほかの信奉者も危険にさらされているのか？

懸賞金ハンターの仕事の――いや、コルター・ショウの存在そのものの――目標はサバイバルだ。誰かの命を救うこと。誘拐事件の被害者、自力では身を守れない家出人、店員や女子大学生をつけ狙う連続殺人者を見つけること。なのに、今回は失敗した。アダムは死んだ。その理由を知らずにはすませられない。危険に直面している者がほかにもいるなら、それも知らずにすませられない。

今回の〝仕事〟は、ふだんの仕事と何も変わらないと思っている。懸賞金がないだけだ。ここには調査に来た。救出すべき人々がいるなら、救出する。見過ごせない虐待が行われているなら、それを暴く。

「事務棟をお探しですか、ミスター・スカイ」背後から声が聞こえた。今度の男もやはり灰色のチュニックを着ていた。やはり笑みを浮かべている。そしてやはり、落ち着き払った用心深い目をしていた。ついさっき金属探知器を通過し、武器は隠していないと確認されたばかりなのに、男の目はショウの〝衣装〟を注意深く観察した。だいたい、なぜ名前を知っているのか。

ああ、例のタブレット端末か。男は端末を小型のショルダーバッグにしまった。

ショウは言った。「事務棟は見つけたよ。ちょっと見とれていただけだ。いい眺めだから」

「ええ」男は無表情に応じた。

ショウはその意を察し——警察官が野次馬に〝見ていないでさっさと行け〟と言うのと同じだ——小道をふたたび歩き出した。〈私物保管棟〉とある建物と、そのとなりの少し大きな〈支援ユニット棟〉の前を通り過ぎた。

その奥が事務棟だった。たったいま通り過ぎた二棟よりも大きい。埃一つないがらんとしたロビーに入ると、受付デスクに茶色い髪の女がいた。三十代初めくらいか。ハイランド・バイパス沿いにアダムとエリックを迎えにきたバンに乗っていた女たちと同じ服装だった。パウダーブルーのブラウスと黒いスカート。

ネックレスもしていた。紫色の無限大記号のアミュレットが下がったネックレス——サンフランシスコでのジャーナリストを殺害した犯人、ハーヴィ・エドワーズがしていたのと同じものだ。エドワーズは財団の関係者なのかという疑問には、これで答えが出たと思ってよさそうだ。バンに乗っていた一団がしていたのもおそらくこれだろう。あのときは遠くてはっきり見えなかったが。

受付デスクの後ろに長い廊下が延び、〈入会手続〉〈ビジネス〉〈プランニング〉〈メディア〉のドアが並んでいた。部屋はほかにもあるようだったが、廊下は薄暗く、ショウがいる位置からはプレートの文字が読み取れなかった。

受付の女もまたタブレット端末を確認した。「ミスター・スカイ。どうぞお入りください」そう言って〈入会手続〉のドアのほうにうなずいた。

ロビーと同じように埃一つない部屋で、幅も奥行きも十二メートルほどの広さだった。真っ白な壁に、夕陽や朝焼けの陳腐な写真が並んでいる。奥の壁にステンシルで刷り出された黒インクの文字がある。

オシリス財団
あなたの昨日がよりよい今日、最高の明日を開く™

横の壁にはこうあった。

そして最高の未来の扉が開く

入口の近くのカウンターにまた別の女が座り、受話器を耳に当てていた。金髪で、二十代後半と見えた。ショウに微笑みかけ、人さし指を立てて〝少しだけお待ちくださいね〟と伝えてきた。奥の壁の前に同じようなデスクが三つ並び、うち二つはやはり若い女が座ってそれぞれタブレット端末を見ていた。端末はスタンドに取りつけられ、パソコンのモニターのように見られるようになっている。どの女もパウダーブルーと黒の服を着て、無限大記号のアミュレットを着けていた。三人の違いはマニキュアの色とアクセサリーだけだ。この部屋にいる三人はみな美しく、輝くばかりの笑顔と冷静な目の持ち主だ。この三人を含め、ここでショウが会った全員が白人だった。

ショウのほかにも入会希望者が何人かいた。左側のデスクで受付係の質問に答えているのは、ビジネススーツを着た髪の薄くなりかけた男だ。真ん中のデスクには夫婦らしき男女がいた。二人とも中年で、少しばつの悪そうな顔をしていた。この二人も質問に答えているところで、受付係はその答えをタブレット端末に入力している。右奥にももう一つデスクがあるが、これは無人だ。タブレット端末は伏せてデスクの上に置いてあった。

カウンターで電話中だった一人が受話器を置いた。

「ようこそ、ミスター・スカイ」それからタブレット端末を一瞥してためらった。駐車場から事務棟まで、ふつうより時間がかかったことに気づいたのだろう。途中で立ち止まって敷地を値踏みしていたせいだ。

「入会手続きの担当者が席を外しております。すぐに戻ります。外にベンチがございます。今日はお天気に恵まれましたし、そちらでお待ちいただけますか。担当者が戻りましたらすぐにお声がけいたしますので」

そうするしかなさそうだった。〈入会手続〉の部屋にも事務棟のロビーにも、椅子は一つもない。

「そうしよう。ここはいつオープンしたのかな。建物はどれも新しいようだが」

「私も正確には知りません。担当者は十分ほどで戻ると思いますので」ここの全員に共通するあの笑み。

ショウは部屋を出た。ロビーの受付係に小さくうなずく。受付係も笑みを返した。ショウに見えないよう、タブレット端末の向きを微妙に変えた。

ポーチに出ると、マツの樹液の湿った香りがまた鼻をくすぐった。その香りを嗅ぐと、ショウはいつも少年時代に連れ戻される。今日、脳裏に閃《ひらめ》いたのは、ベルトを引き抜き、それを幹に回してスリング代わりにして木に登った記憶だった。クマに追われていた。クマも木登りは得意だが、よほど腹が減っているときをのぞいて、この世のあらゆる生物と同じように面倒くさがりだ。そのときのクマはショウを見上げて迷っているようだった。走るのと木登りの両方ができる——しかもすばやく——獲物がいるとは知らなかったらしい。ひょっとして新種の捕食動物か？　手を出さないほうがおそらく無難だ。クマはそのまま立ち去った。

キャンプに短い音色が響いた。ベートーヴェン交響曲第九番『歓喜の歌』の有名な始まりの十五音。シンセサイザーでキーを下げて演奏した音だ。最後の一音が長く伸び、フェイドアウトした。それから低くて聴き心地のよい女性の声がスピーカーから告げた。「時刻は午後四時三十分です」

ポーチの丸太のベンチに腰を下ろそうとしたとき、事務棟の裏から切羽《せっぱ》詰まった声が聞こえて、ショウは動きを止めた。男の声だった。かすれて苦しげだ。何を言っているのか、初めは聞き取れなかった。やがて声はいっそう大きくなった。

「やめろ！　やめてくれ！」それから小さな悲鳴が聞こえた。誰かが苦痛にあえいでいる。

19

ショウは辺りを見回した。近くには誰もいない。こちらに向いた監視カメラもなかった。少なくとも視認できるかぎりでは。

建物の側面に沿って歩く。窓の前を通るときは腰をかがめた。よく茂ったヒメツルニチニチソウと満開の赤い花をつけたツバキの陰にしゃがんだ。

二つの棟と、キャンプの東側に広がる林のあいだには芝生が敷かれた細長い一角がある。そこに薄茶色のスラックスにブレザー、Tシャツという服装の痩せた金髪の男がいた。ほかにも二人、灰色のチュニックを着た大柄な男がいる。どちらも胸に〈支援ユニット〉のワッペンを着けていた。ユニフォームの二人が私服の男の腕をつかんで押さえている。そこに三人目が現れた。

アダムとエリックを迎えに来たバンを運転していた男、ブルネットの女を叱責し、体をまさぐろうとしたあの男だった。

やはりチュニックを着たその男は、身長は百七十センチに届くかといったところで、茶色の髪は薄くなりかけていた。胸板が厚く、肌は浅黒い。表情は穏やかで落ち着き払っている。この男のチュニックにはワッペンが二種類ついていた。〈支援ユニット〉ともう一つ、〈チーフ〉。これまでショウが見た〈支援ユニット〉の人員とは違い、この男は無限大記号のアミュレットを着けていた。色は紫ではなく銀だ。

その場にはさらにもう一人いた。〈入会手続〉の部屋にいた女たちと背格好も年齢も似ており、服装はまったく同じだった。三つ目のデスクはこの女の席で、ショウの手続の担当者もこの女なのだろう。

しかし、部屋にいた女と一つだけ違うところがある。この女は微笑んでいない。黒い点のような目は冷たく鋭かった。

チーフの男が進み出る。タブレット端末を確かめ、〈支援ユニット〉の二人にうなずいた。二人が私服の男の腕を放す。私服の男は肩を丸め、腕をさすった。「いったい何なんだ？　この二人に暴力を振るわれたぞ！」

チーフは私服の男を眺め回した。「ミスター・クライン。私はジャーニーマン・ヒューです。〈支援ユニット〉のチーフをしている」落ち着いた声だった。一本調子といってもいい。「あんたは財団に不法侵入を試みた。あなたが署名した申込書にも書いてある——身元を偽っての入会は禁じる、これに違反した場合は不法侵入と見なす」

身元を偽っての入会？——ショウはその情報を頭にしまいこんだ。

「何かの間違いだよ。私の名前はブリッグスだ。身分証明書を見ただろう。別の誰かと混同してるんじゃないのか。不愉快な話だ。不愉快どころじゃない、猛烈に腹が立つ。乱暴を働くな。人権侵害だ」

ヒューは女のほうにうなずいた。「ジャーニーマン・アデルが聞き取りをしているあいだに顔認識システムの照合が終わって、あんたの正体がわかった」

くそ。顔認識システムが導入されているとは知らなかった。

アデルが言った。「二重に照合しました」

ヒューが言った。「あんたの本名はジョナサン・クライン。『ニュースサークル』所属の調査報道記者。うちのは六十の検出ポイントを比較するシステムでね。間違った結果をはじき出すことはまずない。それでも念のため、おたくの新聞社に問い合わせた。あんたは一週間の予定で取材に出ていると言われた。自宅に電話したら――」

クラインは息をのんだ。「自宅に？　でも、どうして番号を――」

「あんたの奥さんが出て、取材で一週間、ワシントン州の山岳地帯に行っていると言われた。宿泊先は知らないそうだ」

「そこまでするか」クラインは拳を握ってヒューのほうに身を乗り出した。

チュニックを着た大柄な二人が指示を求めてヒューを見た。ヒューは首を振った。「この財団では、さまざまな問題を抱えた人々のための自助治療を提供している。いずれもきわめて繊細な問題だ。あんたの新聞を読んだよ。メディアはどこもそうだが、あんたの新聞もやはり事実の一部を切り取ってふくらませ、歪めている。うちで預かっている人々の治療をだいなしにする気か。ちっぽけな広告料のために？　そんなことを許すわけにはいかないんだよ」

クラインは嘲《あざけ》るように鼻を鳴らした。「そんな詭弁《きべん》が通用すると思うのか」

「あんたの今後について話そうか、ミスター・クライン。あんたはそもそもここには来なかった。車でここを出てホープスコーナーに向かい、そこからさらに三十キロ走ったところでUターンし、この方角に少し走ったところで、運転を誤って道をはずれる」

クラインは驚いて目をしばたたいた。「おい、ちょっと待てよ」

「本物らしくやれよ。事故の部分をな。退院したら仕事に戻って別の取材を始めろ。財団の取材を思い立つ同僚がいたら、全力で止めることだ。どうやって止めるかは、自分で考えるんだな」

「退院?」

ヒューはタブレット端末をアデルに渡した。次の瞬間、大きく前に踏み出した。そして身を守ろうと腕を上げる暇さえ与えず、掌の付け根をクラインの鼻に叩きつけた。クラインが低い悲鳴を漏らした。ヒューは次にクラインの口を指さし、〈支援ユニット〉の一人に目配せした。その一人はクラインの背後に回って口をふさいだ。ヒューはクラインに近づき、左手首をつかんでひねった――大学時代、レスリング選手だったショウには、次に何が起きるか予想がついた。肩が外れる音は聞こえなかった。関節がはずれる音は、本人の耳には大きく聞こえるが、周囲には聞こえない。クラインは今度は甲高い叫び声を上げたが、口をふさいだ力強い手がその声を封じこめた。クラインの体から力が抜けた。

ヒューの合図で背後の男は手を放し、指を濡らしたクラインの血をティッシュペーパーで拭った。ヒューは足を踏み換え、精神を統一するようにほんの一瞬動きを止めたあと、稲妻のごときスピードでクラインの頬に痛烈なパンチを放った。今回は骨の折れる音がショウにも聞こえた。

クラインが失神しかけた。〈支援ユニット〉の二人が支えてまっすぐに立たせた。

ヒューが顔を近づける。「聞こえるか、ミスター・クライン?」

「どう……どうして」血を吐き出す。泣いていた。「もうやめてくれ。頼むよ、頼むから……」

「聞こえるか」

クラインは腕を上げて鼻や口から流れている血を拭おうとして、また悲鳴を上げた。肩が外れたほうの腕を使おうとしていた。

ヒューは顔をしかめた。大きな声を出されていらだっている。「言いたいことはわかったか」

「記事は書かない」

「警察にも何も話さない。事故を通報するだけだ。それ以上のことを話したら」――クラインのめちゃくちゃになった顔を指さす――「その程度じゃすまないと思え」

「わかった。だからもうやめてくれ」鼻をぐずぐず言わせる。「何でもするから」

ヒューがほかの二人にうなずいた。

二人は足もとのおぼつかないクラインを両側から抱えて事務棟の裏手の林に入っていった。三人が左に折れ、駐車場の方角に向かうのが見えた。林の奥に南北に通る道があるらしい。そのルートなら、キャンプにいる人々に見られずに駐車場に出られる。ショウは低木の茂みに身を隠しながら事務棟の表側に戻った。

事情は一変した。

ヒューとほかの三人は、デステファーノが話していた〝例外的な異分子〟とも考えられる。ヒューは新聞記者の侵入を自分個人に対する攻撃と受け止めているようだったし、あのサディスト的な反応はいくらなんでも行きすぎだ。ヒュー以外の者はみな、人のためを思うプロフェッショナルなのかもしれない。しかし、警察を呼んで不法侵入者を突き出せばすむような場面であそこまでの暴力に訴える人間がひとりでもいるのなら、ここは、心が弱り、自殺さえ頭をよぎるような人々が来るべき場所ではない。

アダム・ハーパーを守ってやらなくてはならなかったのに、ショウは失敗した。ここにいるほかのメンバーがどれほどの危険にさらされているのか、ぜひとも確かめなくてはならない。

ところが、大問題が発生した。

顔認識システム……

オシリス財団の入会申込書には顔写真を添付する必要があった。実際にやってきた人物の本人確認のためと思えば筋が通っている。しかしわざわざ顔認識ソフトを導入し、公開の——おそらくそれに加えて非公開の——データベースと照合して、記者や競合団体から送りこまれたスパイなどの好ましからざる人物を排除し、侵入者を洗い出しているのだ。

顔認識システムに偽名を見抜かれずにすんだら、当初の計画どおりに進めよう。〈プロセス〉に参加してこの財団の正体を見きわめる——アダムは脅されていたのか、だから警察に捕まるくらいなら自殺したほうがましだと考えたのか、それを突き止める。

もしも顔認証システムに〝カーター・スカイ〟は実はコルター・ショウであると見抜かれたら、全速力でゲートへ走ろう。周辺の森で野営しながら、この財団を偵察すればいい。

　荷物はあきらめる。パソコンは惜しいが、なくすのは初めてではない。

　身の安全より無生物を優先するべからず。

　ピックアップトラックは捨て、ただ全速力で駐車場を走り抜けて金網のフェンスを跳び越え、林に逃げこもう。ハービンジャー・ロード経由でスノーコルミーギャップに行く。マックに電話して、送金を頼む。必要な物資を調達し、徒歩でこの谷に戻り、近くに陣を張って、偵察を開始する。

　それもできないほどこっぴどくぶちのめされた場合は別だが。

　事務棟の正面入口が開いた。ロビーの受付にいた女だった。ショウはベンチに座らずに立ったままでいた。

「どうぞお入りください、ミスター・スカイ」

　ショウは駐車場に戻る小道の方角を見ていた。さっき見た〈支援ユニット〉の〝兵隊〟が三人、建物の前で輪になって立っていた。兵隊は全部で何人いるのだろう。そのうちの何人が、ボスの暴力による秩序維持に同調しているのだろう。

「大丈夫ですか、ミスター・スカイ」

「ああ。大丈夫だ」

「こちらへどうぞ」

　案内されたのはやはり三つ目のデスクだった。ショウは椅子に座った。きっと少し前までこの椅子には、あの重傷を負った調査報道記者が座っていたのだろう。ピンホールカメラの存在を探し当てるのに少々時間がかかった。ショウの顔を撮影しているカメラは、三番目のデスクの真後ろの壁にステンシルで描かれた文字のなか、〈最高の明日《TOMORROW》〉のMに隠されていた。

　奥のドアが開き、外で見た金髪の女が入ってきた。

　女はデスクにつき、タブレット端末をスタンドに置いて画面にタッチし、スリープを解除した。唇が笑みを描く。黒い点のような目はあいかわらず鋭く、二つ並んだ銃口のようにショウを見つめた。

「ミスター・スカイ。私はジャーニーマン・アデルです。手続を始めましょう」

20

ショウはダウンロードして記入しておいた入会申込書を手渡した。そのとき、アデルの青いブラウスの右脇のすぐ下に小さな血の染みが三つ並んでいるのが目に入った。ヒューがクラインの鼻に叩きつけた一撃は強烈で、かなりの血しぶきが飛んだ。

この部屋の受付係が電話を取った。それからほかの三人に言った。「いまから三十分ほどゲートを閉鎖するそうです」

アデルは言った。「知ってる」

ショウは無遠慮に訊いた。「ゲートを閉鎖するって？　何かあったのか？」

アデルが怪訝《けげん》そうな視線をショウに向けた――なぜ知りたがる？　「いいえ、何でもありませんよ」笑みをにじませ、タブレット端末のキーボードをタップした。

さしあたりは芝居を続けようとショウは思った。これまでのところ肩の関節も頬骨も無事だし、アデルは笑顔を崩さずにいる――化粧と同じくらい薄っぺらな笑みであるとしても。

アデルはショウの申込書をデスクに置き、情報をタブレット端末に入力し始めた。

事前のオンライン仮登録はすませていた。カーター・スカイは、顔写真と、オシリス財団の三週間の〈入門コース〉に参加を希望する理由を簡単に書いたものを送った。

ショウは、サンフランシスコのジャーナリストを殺害した犯人ハーヴィ・エドワーズとアダム・ハーパーの二人をベースにしてカーター・スカイの人物像を作り上げた。スカイの過去は鬱と怒りに彩られている。数度の逮捕歴あり。違法薬物、たまに喧嘩。精神医学でいう〝スペクトラム〟のどこかに位置している――強迫性障害、注意欠陥障害《ADD》、アスペルガー症候群の疑い、怒りの感情を制御できない問題。恋愛は長続きせず、現在交際中の女性との別れも近いのではないかと思っている（キャラクター設定のこの部分を考えたときショウの頭にあったのは、ハーヴィやアダムではなく、マーゴという女性で、おおよそノンフィクションと言える）。スカイは――大学卒業直後のショウと同じく――林業に従事している。測量士だ。ショウもスカイも、一人きりでできる仕事であるところが気に入っていて、短期の仕事を請け負いながら、各地を転々としている。他人の下ではうまくやっていけない。

オンライン仮登録の翌日、入会問い合わせ窓口から返信が届いた。翌月曜から始まるコースに参加を希望する場合、添付の入会申込書に必要事項を記入してキャンプに持参すること、その際、手数料一千ドル（返金不可）を用意することと書かれていた。コースに参加する場合、費用は計七千五百ドルになる。

アデルがいくつか質問をし、ショウはそれに答えた。スカイの人物設定は何から何まで頭に叩きこんである。

Mの文字に隠されたカメラはちっぽけだったが、スナイパーのスコープに狙われているような心地だった。初めのうちは顔を伏せていたが、よけいに怪しまれると思ってやめた。いまさら遅い。超高解像度のレンズだろうし、細部まで鮮明な画像をすでに一ダースは撮られているだろう。いまごろはもう、何一つ見逃さないソフトウェアがあちこちのデータベースと突き合せているに決まっている。ソフトウェアに眉があるなら、ミスター・コルター・ショウというそっくりさんを見つけ、おやおやと眉を吊り上げているかもしれない。

もし偽名がばれたら何が起きるだろう。さっきの芝生の一角に連れ出され、潜入を試みた記者と同じように暴行を受け、放り出されるに違いない。弁解を試みよう。偽名を使ったのは事実だが、こういった団体に助力を求めたことを周囲に知られたくなかったからだと言い訳する。反撃はしない。連中は油断するだろう。その隙を狙い、最初にヒューを倒す。あの男は東洋の武術に秀でているようだが、ショウ家の三人の子供はみな格闘のスキルを父から教えこまれているし、ショウは大学時代にレスリングをやっていた。油断を突いてヒューを押し倒し、武器を奪う。うまくいけば銃が手に入るかもしれない。ほかの二人に銃を向けておいて、自分は林に駆けこもう。

自然と体に力が入っていた。

そこで父親の〝べからず〟の一つを思い出した。

次の手を敵に悟られるべからず。

肩の力を抜き、椅子の背にもたれた。

格闘すべきときは格闘し、逃げるべきときは逃げる。顔認識ソフトがカーター・スカイにお墨付きを与えるようなら、芝居を続行する。さしあたっては役に徹しよう。生きづらさを抱えている三十代の男。焦りを感じ、即効薬を求めている。

アデルの爪は、黒っぽく乾いた三つの血の染みと同じ色に塗られていた。今夜、血の染みに気づいたとき、彼女はどんな反応を示すだろう。暴行の場面がありありと蘇って顔をしかめるだろうか。それとも、あれも仕事のうちと割り切るだろうか。

アデルは情報を入力し終え、申込書を抽斗《ひきだし》にしまった。

「面談後、〈入門コース〉に参加される場合、料金の支払いについては面談の担当者と相談していただきますが、手数料はいまお支払いいただきます。お支払いの方法は?」

一千ドルを現金で支払えば、それだけで怪しまれるだろう。9・11後の世界では、匿名クレジットカードはまず手に入らない。発行会社や国土安全保障省が絶えず目を光らせている。小切手なら? 身元を隠すのは比較的簡単だ。ショウは名宛人としてあらかじめ財団の名を書きこんでおいた一千ドルの小切手を財布から取り出して渡した。振出口座はショウの会社の名義だが、調査員のマックが無地の小切手を取り寄せ、カーター・スカイの名と私書箱番号を印刷してくれていた。

アデルは小切手も抽斗にしまい、タブレット端末の項目の一つにまたチェックマークを入れた。それからショウに向き直ろうとしたが、はっとしたように視線をタブレット端末に戻し、そのまま凍りついた。

詮索好きの顔認識ソフトが警告のメッセージを返してきたのだろうか――〈この男の本名はコルター・ショウ、フロリダ州オカチー市ヴィスタトレール・ロード七八三二番地在住、職業は懸賞金ハンター〉。

アデルは気を取り直したようにタブレット端末を何度かタップしたあと、定められた手順に従い、記者の暴行に立ち会いに外に出たときと同じようにタブレット端末を伏せてデスクに置いた。ショウの手続はこれで終わりらしい。しかし、四十分前には手続を始めていたほかの二組は、いまもまだ椅子に座ったままだ。

「少々お待ちいただけますか」

ショウは肩をすくめた。

アデルは奥のドアの向こうに消えた。ドアが完全に閉まる前に誰かと話し始めた声が聞こえた。

ショウは受付のデスクを振り返った。受付係はいなかった。手続担当の一人――アデルのデスクの隣の一人――がショウのほうを盗み見たあと、いまもタブレット端末をはさんで手続き中の夫婦に視線を戻す。さっきはぎこちない態度だった夫婦はいくらかくつろいだ様子だった。一番奥のデスクの禿頭の男はあいかわらず陰気な顔をしていた。

よからぬ動機があって偽名を使ったのではないと言い張る戦略は、再検討の必要がありそうだ。顔認識ソフトに正体を暴かれたとするなら、ヒューはすでに〝懸賞金ハンター〟は私立探偵や傭兵《ようへい》と同類と判断しているだろう。競合する団体に雇われている恐れも考慮しているはずだ。カルトの専門家アン・デステファーノも、激しい競争があると言っていた。ショウはさっきの新聞記者以上の脅威と見なされるかもしれない。

まもなく奥のドアが開いた。そこから現れたのは、ブラウスに血の染みをつけたアデルではなく、ヒューその人だった。こうして近くで見ると、美男とは言いがたかった。顔はあばただらけで、鼻はずいぶん前に骨折したあとろくな治療を受けなかったらしく、曲がっている。それでも、揺らがぬ自信を防弾チョッキのようにまとっていた。さっき見た印象よりも肩が広く、ももは太く、手は肉づきがよかった。

「こんにちは」穏やかそのものの明るい声だった。

ショウは小さくうなずいて立ち上がった。

敵よりも低い位置から戦うべからず。

「ジャーニーマン・ヒューです」

「俺はカーター・スカイ」

握手を交わす。ヒューの手はたこだらけだった。多くの武術家は、米や砂利を入れたボウルを何時間も殴ったり蹴ったりして手や足の打撃部位の皮膚を鍛える。「ちょっとこちらに来ていただけますか、ミスター・スカイ」ヒューはそう言って奥のドアに顎をしゃくった。新聞記者のクラインもきっと、あのドアを抜けた先で悲惨な運命に遭ったのだろう。

ショウは表側のドアを一瞥した。距離は六メートル。

いや、戦略どおりにやろう。

ぎりぎりまで知らぬ存ぜぬを押し通し、ヒューとほかの二人が油断したところで不意を打つ。林に逃げる。彼らは追ってくるだろう。かまわない。大自然こそショウの舞台だ。

奥のドアの前でショウは足を止め、〝お先にどうぞ〟と目で先を譲った。

敵に背後を取られるべからず。

ヒューはどちらが前を歩くかという些末な問題にはこだわらなかった。一撃必殺の手を持っているし、いざとなればいくらでも応援を呼べる。ヒューは先に行き、ショウはそのあとに続いた。

そこは事務棟のロビーからも見えた、建物の奥に伸びる薄暗い廊下だった。ロビーを経由せずに出る近道だったらしい。

ヒューは廊下の突き当たりの無印のドアまで来ると、ドア脇のパッドに暗証番号を打ちこみ、ランプが緑色に変わるのを待った。それからまた別の暗証番号を入力した。初めて見るタイプのロックだ。ヒューはドアを押し開け、ショウに道を譲った。ショウは今回は先に行くことにした。ヒューを追い越すとき、ヒューの右腰にさりげなく触れて銃の有無を確かめた。銃はなかった。ヒューは右利きだ。銃の扱いに慣れた者なら利き手側にホルスターを装着するはずだ。

利き手と逆側に銃を携帯するべからず。

なかに入って室内に視線を巡らせた。〈入会手続〉の内装とは似ても似つかなかった。壁は紫色で、浅浮彫りのレリーフや絵画、飾り板が並んでいる。モチーフはエジプトだ。大半に、神——おそらくオシリスだろう——が描かれていた。ショウは高校の歴史の授業で学んだエジプト文明の知識を呼び覚まそうとした。ほとんど何も思い出せなかった。

部屋の片側に大きな木のデスクがあり、その奥に焦げ茶色の艶やかな革を真鍮のボタンでフレームに留めたハイバックの椅子が見えた。それと向かい合わせに、やや小ぶりだが同じ焦げ茶色の革を張った椅子が二脚並び、そのあいだに丸テーブルがあった。右手の壁際に同じ革張りのソファが一脚とコーヒーテーブルが並んでいた。家具の脚の先端はいずれも、金属のボールを握った鉤爪《かぎづめ》だ。

ショウは低くうなるように言った。「すごいな」

「どうぞかけてください」

ヒューがまだショウの本名を口にしないのが意外なくらいだった。

　ショウはデスクの手前の椅子の一つに座った。

　さっきの新聞記者は、ここで事前の〝面談〟を受けたのだろうか。尋問向きの部屋とは思えない。規模は小さいが利益を上げている診療所やオフィス用品販売会社の、エジプト・オタクのＣＥＯの事務室といった雰囲気だ。

　ドアが開いて、太った男が入ってきた。ここの男性向けユニフォーム姿だった――パウダーブルーのシャツに黒いスラックス。無限大記号のアミュレットは、ヒューのものと同じく銀色だ。顔は満月のように丸く、後ろにとかしつけた乏しくなりかけの髪が頭の丸みを際立たせている。かけている眼鏡のレンズも丸く、球体の印象をさらに強めていた。ぽっちゃりした手にやはりタブレット端末を持っている。その画面を見つめたままデスクの向こう側に回った。

　そこで初めてショウに視線を向け、全身を眺め回した。

「さてと、いくつか話さなくてはならないことがある」

21

　ショウは立ち上がり、足を開いて重心を前に移し、戦いのスタンスを取った。

「まあまあ。いいから座って」

　一瞬ためらったあと、ショウは座ったが、いつでも立ち上がれるよう重心を前にかけておいた。

「美しい部屋でしょう。優雅で美しい。ただし、せまくて気が滅入る。〝閉所恐怖《claustrophobia》〟の語源は知っているかな」

　ショウは黙って男を見つめた。

「ラテン語の〝claustro〟は、ボルトという意味でね。ドアに鍵《ボルト》をかける意味のボルトだよ。〝phobia〟は誰でも知っているとおり(恐怖症、病的嫌悪)。『ジェパディ！』なんかのクイズ番組でもよく出題されているね。『ジェパディ！』は見ていますか」

「いいや」

「そうだろうね。そんな暇はないに決まっている。毎日忙しい！　こんな」――男は両手を広げた――「窓もない部屋で申し訳ない。マスター・イーライはセキュリティ第一主義でね。誰もがそうあるべきとおっしゃる。きみも、私も、すべての神の子が。ここでは毎日、〈支援ユニット〉が盗聴器の有無を確認している。いまどきはなんと、アマゾンで高性能の盗聴装置を売っているらしいね。しかも四分と十七秒以内のご注文で明日お届けだ」

ショウは用心深く男を観察した。権威を信用しない男カーター・スカイなら、密室に閉じこめられればそうするはずだからだ。

男の陽気さは芝居ではないらしい。だが、ショウはこう考えた――こちらを懐柔しようという作戦だ。背後のドアにも注意を配った。ヒューはスタンガンで撃とうとするだろうか。首に腕を回して締め上げるだろうか。首のどこを圧迫すべきか心得ていれば、六秒で失神させられる。殺す気でも九十秒とかからない。

ショウは室内の装飾に感心しているように視線を巡らせた。ヒューはいつの間にかいなくなっていた。

どういうことだろう。

男の太った指がタブレット端末をタップする。それから顔を上げてショウを見た。「私はジャーニーマン・サミュエル」

ショウは武器になりそうなものを探した。椅子。タブレット。ペン。どれも武器にはなる。ただし威力は期待できない。

それにまたしても〝ジャーニーマン〟だ。熟練の職人《ジャーニーマン》？　名前ではなく肩書きらしいが――何を指す言葉なのか。

サミュエルはふたたびタブレット端末に目を走らせた。「入会希望者の一部にマスター・イーライが特別の関心を示すことがありましてね、ミスター・スカイ」

〝ミスター・スカイ〟。正体はばれていないようだ。

ショウは心のなかでマック・マッケンジーに感謝した。過去にも偽名を使った経験は何度かある。他人に迷惑がかからないかぎり、民間人に対して偽名を使っても法的な問題はない。マックの書類偽造の腕は一流だ。運転免許証、有効ではないが本物らしいクレジットカード、社員証、保険証、店のポイントカード、ロードサービスの会員証。

だが、真の問題は書類ではない。インターネットだ。相手が申告どおりの人物かどうか確認したいとき、誰もが最初に頼る手段。

顔認識ソフトウェアを導入しているのは予想外だったが、身元調査そのものは想定内で、マックはあらかじめ可能なかぎりの手を打った。ショウが財団に潜入すると決めるなり、マックは馴染みのスペシャリストの一人に電話をかけた。スペシャリスト当人は〝データ改竄師《かいざん》〟を名乗っている。データ改竄師のボット・プログラムは、クリアネットとダークウェブの両方を巡回し、クライアントに関する情報を残らず削除するか、ネットの奥底に埋葬する。ショウの懸賞金ビジネス用のウェブサイトは一時的に閉鎖され、ショウに言及したニュース記事は削除されたか、ボットがデジタルなおもりをたっぷりと引っかけ、グーグルやビング、ヤフーの検索順位の底の底に沈めてある。

同時に、同じボットがネット上やソーシャルメディアに〝カーター・スカイ〟の情報をあふれさせた。本物のショウの写真やフォトショップで加工したもの——休暇旅行先での写真、ニュース記事の写真（昨今のネットにはフェイクニュースがあふれている。捏造した記事をまぎれこませるのはあっけないほど簡単だ）——に加え、雇用履歴、学歴、ブログ、ツイッター、フェイスブック、インスタグラム、スナップチャット。ボットは妊娠した蜘蛛のように、カーター・スカイの卵をデジタルな世界に大量に放出した。

アダム・ハーパーと同様、スカイの経歴にはちょっとした汚点——軽微な罪での逮捕歴が複数ある。そしてハーヴィ・エドワーズと同様、暴力犯罪を起こしている。一件では銃を使用した。

サミュエルは、おじいちゃんが孫を見るような目でショウを見つめた。「きみのような人は、まさにオシリス財団向きだ。なかなか華麗な過去の持ち主のようだね、きみは」

「前科って意味で？」ショウは顔をしかめた。「半分は濡れ衣だ。警察ってのはそういうもんだろう。我慢ならん連中だ」

「まあまあ、そうむきにならないで。遊び半分で来る人もなかにはいてね。身を入れてやろうとしない。だが、きみはじっくり腰を据えて真剣に取り組みそうなタイプだ。自分を変えたいと望んでいる。見ればわかるんだ。財団としても大歓迎だよ。それに」――サミュエルは声をひそめた――「マスター・イーライは、その……人前に出しても恥ずかしくないメンバーを喜ぶ。きみは、ミスター・スカイ、なかなかいい男だ」

そう言ったサミュエルの声には、性的な誘いが含まれているようにも聞こえた。ショウはそっけなく一つうなずき、表の意味を了解したと伝えると同時に、隠れた誘いをやんわり拒絶した。

一件落着、被害なし。

「というわけで、うれしいニュースをお伝えしよう。もし入門コースへの参加に同意すれば、きみは特待生として迎えられる。我が財団にとって価値ある人材になりそうだとの判断だ」

「え?……驚いたな。まあ、断る理由はないか」まだ警戒は解かない。

「それはよかった。では、いざ本題に入るとしようか」

有能なセールスマンのような表情で、ジャーニーマン・サミュエルは目の前のカモに全神経を集中した。タブレット端末を置き、ショウをまっすぐに見つめる。「〈プロセス〉の受講料は確かに高額だが――」

「――高いだけのことはある」

「そう、そのとおり! マスター・イーライは、希望する誰もが〈プロセス〉に参加できるようにと願って、料金システムに工夫を凝らした。たしかに、ITP――〈入門コース〉は高額に設定されている。申込書にあるように、七千五百ドルだ。おいそれとは出せない金額だということはマスター・イーライもご存じだが、それだけ出せば誰でも本気になる。七千五百ドルも出したんだから、途中で放り出すわけにはいかないと誰だって思う。スポーツクラブの会員権を考えてみるといい。朝五時起きで通うのは、胸の筋肉を鍛えたいからじゃない。会員権二千ドルの元を取りたいからだ。そうだろう?」

サミュエルはショウの返事を待たずに話を先へ進めた。

「さて、〈プロセス〉の効果に納得がいったら、修了生向けに一週間のオプション・コースが用意されている。大半の修了生が年に二度から三度は受講する」

「その料金は?」

「一週間で二千ドル。しかし、終生プランも選べる。死亡時の資産の五パーセント相当を財団に遺贈するよう遺言書を書き換えれば、わずかな経費を負担するだけで——一回につき数百ドル——何度でも好きなだけ参加できる。おすすめはこのプランだ。みなだいたいこちらを選ぶよ」

ショウは自嘲するように笑った。「考えてみてもいい。ただ、俺には資産なんかない。今回の七千五百ドルをかき集めたらすっからかんだ。遺言書なんか作ってもいない」

「事務手続はこちらでやるよ」

「二〇〇六年型のピックアップトラックとCDコレクションの五パーセントがどうしてもほしいっていうなら、俺はかまわないがね。ただ……この〈プロセス〉には、効果の保証みたいなものはついてるのかな」

サミュエルの丸顔が愉快そうにほころんだ。「実際問題、保証のしようがない。しかし〈プロセス〉を修了すれば、効果を実感できるはずだ。鬱、孤独、不安……そういった問題とはさようならだ」

「薬の類はごめんだ。それで面倒に巻きこまれたことがある」

「心配いらない。きみの病を治すのに必要なものは、きみのなかにすでにあるのだから。マスター・イーライが教えるのは、悪いところを自分で治すスキルだ。これがまた、本当に効く。驚くべき効果だよ。というわけで、ミスター・スカイ、きみは〈入門コース〉を受講する基準をすべて満たしたようだ。私としてもぜひ参加してもらいたい。ただ、その前に……」

サミュエルは一番上の抽斗から書類を一枚取り出した。「規則を了解してもらわなくてはならない。マスター・イーライは、〈プロセス〉が最大の効果を発揮する土台は規律ある生活だと考えている。あるいは、規律でがんじがらめの生活と言うべきかな。実際にそのどちらなのかは、想像に任せるよ」サミュエルは声を立てずに笑った。

次の瞬間、丸顔から笑みはかき消え、サミュエルは真剣な表情で続けた。「あらかじめ言っておく。規則に違反すると、ただではすまない」そう言って書類をショウの前にすべらせた。

22

ようこそ、新コンパニオンのみなさん！

これから始まる〈プロセス〉™を支える最大の特徴は、完全没入型の体験であることです。マスター・イーライは、当キャンプで最大限に充実した日々を送っていただけるよう、簡単な規則を作りました。次に挙げる規則につねに従うようにしてください。

規則

1　3週間の〈入門コース〉期間中は、いかなる理由があってもキャンプ外に出ないこと。キャンプ内には、ほぼすべての病気や事故に対応できる医療チームが常時待機している。必要な場合は近隣の一流病院に紹介する。

2　〈入門コース〉期間中は、電話や電子メールの送受信を禁止する。携帯電話やパソコンなど電子機器は支援ユニット棟に預けること。家族に緊急事態が発生したなど急を要する場合は、特例として連絡を認める。

3　支給の衣類とアミュレットをつねに身につけること。

支給の衣類？　アミュレットをいつも着けておけ？　自分はいったい何に首を突っこんでしまったのか。

4　処方薬を除き、アルコール類や薬物の摂取はしないこと。

5　オシリス財団において、我々は〝会員〟や〝信者〟ではない。スタッフ、指導員、研修生はすべて〝コンパニオン〟と呼ばれる。他者を呼ぶときは、ファーストネームのみを使い、コンパニオンの等級をその前につける。等級は次のとおり。見習生《ノーヴィス》、実習生《アプレンティス》、熟練生《ジャーニーマン》。幹部《インナーサークル》に属する者は〝ジャーニーマン〟と呼ばれる。これらの呼称を用いるのは、男女、性的指向、民族、国籍の平等を謳う財団の哲学ゆえである。

6　ほかのコンパニオンやスタッフと親密な関係を結ぶことを禁じる。

7　〈自己省察〉の瞑想と振り返りの時間は、グループではなく単独で過ごすこと。

8　午後十時から翌朝午前六時までは宿舎の自室から外出しないこと。野生動物のリスクがあるため。

ショウは愉快な想像をした。夜の九時四十五分、腹を空かせたオオカミが腹立たしげに時計をにらみつけている図。夕飯はあと十五分おあずけだ。

そのあとの何項目かは飛ばした。

13　研修の修了後、外部の第三者に財団の利点を語るのはかまわないが、〈プロセス〉の内容や研修の詳細を話してはならない。インターネットへの投稿で財団やスタッフ、キャンプでの経験に言及してはならない。

14　マスター・イーライ、スタッフ、財団、〈プロセス〉の品格を貶《おとし》めるような行為をしてはならない。

十戒に、〝わたしのほかに神があってはならない〟〝主の名をみだりに唱えてはならない〟という項目がなかったか？

規則の紙を指先で叩きながら、ショウは訊いた。「この〝コンパニオン〟ってのは？」

「マスター・イーライは、この語が財団の精神をもっとも的確にとらえていると考えている。仲間意識と平等の両方の意を含んでいるから」

ペットの犬を仲間《コンパニオン》と呼ぶ者も世の中にはいる。ショウの妹ドリオンがそうだった。同じ語の別の使い方も頭に浮かんだ。ある売春婦の十代の娘が行方不明になったとき、地元警察は捜索にまったく関心を示さず、ショウが見つけて救出したことがあった。娘を誘拐した犯人に心当たりはないかと尋ねると、母親の売春婦は、客の男たちを〝お客さん《コンパニオン》〟と呼んだ。

ショウは規則にもう一度目を通した。

「外出禁止？」眉をひそめる。

「マスター・イーライは、〈プロセス〉だけに集中することで効果を最大限にできると考えている」

「電話禁止？」

「家族など大切な相手に一度だけ連絡が許される。これから三週間、誰とも連絡が取れなくなることを知らせるために。それ以降は——マスター・イーライが好む表現を借りるなら——キャンプに滞在しているあいだは財団がきみの家族になる。それに、きみは独身で、お子さんもいないだろう」サミュエルは魔法の石版《タブレット》を確かめずにそう言った。「さて、心は決まったかな。きみなら、こちらは大歓迎だ」

サミュエルは場数を踏んだセールスマンだ。それ以上は何も言わなかった。押し売りは逆効果とわきまえている。眼鏡を外し、ティッシュペーパーできれいに拭った。眼鏡をかけ直し、わずかに首をかしげてショウを見つめた。

さも迷っているかのように、ショウはデスクに視線を落とした。うねうねと走る木目が上下逆さまの富士山に見えてきた。眉根を寄せた。利口なやり方だと思った。入会希望者はすでに返金不可の手数料を納めているのだ。当然、正式に契約する。十分のセールストークを聞くだけで帰るのは、一千ドルをどぶに捨てるのと同じだ。

「わかった。契約するよ。さっきの遺言書の件。復習コースが無料になるっていう話。あれも考えておく」

サミュエルが破顔する。「考える時間はたっぷりある。料金の支払い方法は？　クレジットカード？　小切手？」

ショウは財布から二枚目の小切手を抜き出し、名宛人と金額を記入して渡した。

サミュエルはタブレット端末をショウに向け、サイン欄を示してここにサインをと言った。

ショウは端末に指紋を採取する機能が搭載されていないことを祈りつつ、サインをした。

「では、さっき話した電話をどうぞ。さっそく研修を始めよう！」サミュエルは一枚のカードをショウのほうにすべらせた。「伝言サービスの番号だ。二十四時間、いつでも受け付けている。誰かにこの番号を伝えておくといい。緊急の場合には、ここに電話して伝言を残してもらってくれ。何かあれば〈支援ユニット〉からきみに連絡が行く」

ショウはマックの使い捨て携帯の番号の一つに電話をかけた。そこに電話をしてもマック本人は絶対に出ない。応答メッセージは初期設定のままだ。名乗らず、番号だけを読み上げる。こういう場面では安心だ。ヒューや誰かが盗聴していないともかぎらない。ショウは〝母さん〟宛てにメッセージを残した。ちょっと助けが必要になって、今日から三週間、ある施設に滞在する。その間《かん》は連絡が取れない。財団の伝言サービスの番号を告げ、最後に「愛してるよ」と付け加えた。

サミュエルが手を差し出してショウのｉＰｈｏｎｅを受け取り、電源を切ってから封筒に入れ、封をした。

「ほかに電子機器は？　腕時計——スマートウォッチはもちろん、アナログ時計も預かることになっている。タブレット、パソコンは？……きっとそのうち、〝ｉ爪楊枝〟も発明されるんだろうね」サミュエルはそう冗談を言って苦笑した。

「ノートパソコンだけだ。バックパックに入れたままになっている。電源は切っておいた」

「それならいい」サミュエルは続けた。「滞在中、私物は専用の倉庫で保管される。ここでの生活に必要なものはすべて支給される」

通信デバイスを取り上げられるのも腹立たしいが、着るものまで押しつけられると思うと、同じくらいいやな気持ちになった。

サミュエルはまた別の封筒を取り出した。携帯電話を入れたものと似ていた。「財布、クレジットカード、現金も預からせてもらうよ」そう言って赤い線入りの封印紙を見せた。「これで封をするから、盗難の心配はない」

封筒ごと盗もうなどと考える奴はいないとでも？

「納得がいかないだろうし、信用していいのかと思っているだろうね。コンパニオンのなかには、きみのように独立心旺盛で、束縛や支配を嫌う人もいる。マスター・イーライは、どうするのがすべてのコンパニオンにとって最善か、時間をかけて検討した。その末に、キャンプ外での生活を思い出させる品物は、集中の邪魔になると考えた。ここで何より必要なのは集中だ。というわけで、これは責任を持ってきみのバックパックかスポーツバッグに入れておく」

　バックパックとスポーツバッグを持ってきたと知っているわけだ。それにサミュエルは、車のキーも預けろとは言わなかった。車がロックされていないことも知っているのだろう。

「このキャンプの創設から四年、盗難事件は一つも起きていない。さて！　知りたくてうずうずしているのではないかね？　明日からのことをざっくり説明しておこう。〈入門コース〉の概要をね。研修生それぞれに一人、指導員《トレーナー》がつく。第一週は私が担当する」

　トレーナー。犬の調教か。

　アン・デステファーノはカルトをどう定義した？

　信者の行動の矯正を目的に掲げていること……

「〈プロセス〉は三つのレベルに分かれている。最初のレベルは〈見習生《ノーヴィス》〉だ」サミュエルはアミュレットを差し出した。黒い革のストラップに、薄い金属でできた青色の無限大記号が下がっている。「ここにいるあいだはつねに身につけておくこと」

　ショウはネックレスをしたことがない。それどころか、いっさいの装身具を着けたことがなかった。一度、指輪をすることになりかけた。マーゴがらみで。だが最終的に、ショウの薬指は貴金属フリーのまま、いまに至っている。

「規則3」ショウは規則の紙を確かめずに言った。

「すごいな！　覚えがいい。誰もがノーヴィスとして〈プロセス〉を開始する。次のレベルに昇進するタイミングは指導員が判断する。次は〈実習生《アプレンティス》〉で、赤のアミュレットになる。だいたい五日か六日で昇進だ。それより早い人もいれば、長くかかる人もいる。アプレンティスの次が最終レベルで、〈熟練生《ジャーニーマン》〉だ。

　きみのような特待生だと、〈入門コース〉修了後に上級コースの受講を検討する人が多いよ。上級コースを修了するとさらに次のレベルに進める。〈幹部生《インナーサークル》〉だ」サミュエルは自分の銀色の無限大記号を指し示した。

　どうせまた七千五百ドル取られるのだろう。いや、もっとかもしれない。

　サミュエルは立ち上がった。ショウも立ち上がった。

「もう一つだけ。ここでは握手はしない。ハグもしない」

サミュエルは右手を開いて左肩に当てた。「これが私たちの挨拶だ。さよならにも使える。握手やハグより簡単だし、ずっと敬意がこもっているだろう？　相手は女性だから頬にキスをするべきかとか、この男性にはハグをしたほうがいいのか、それとも相手の骨が折れるくらい力強い握手をするほうがいいのかと迷わずにすむ」サミュエルは改めて右手を肩に当てた。ショウも真似をした。

「いいね！　生まれたときからやっているみたいにこなれている。オシリス財団へようこそ、ノーヴィス・カーター」

ショウはふうと息を吐き出した。今回は自分が詐欺の被害に遭いかけているのではと不安にとらわれた元犯罪者のように。「うまくいくといいが」

背後のドアが開いてアデルが入ってきた。すぐ外で待機していたのだろう。

「ジャーニーマン・アデルがきみの部屋に案内してくれる」

なぜジャーニーウーマンではないのだ？

「着替えをして、顔を洗ってさっぱりして、少しゆっくりするといい。夕食は七時ちょうどから八時まで。かならず出席すること」

アデルに従って部屋を出ようとしたところで、ショウは立ち止まって振り向いた。「一つ訊いても？」

「どうぞ」サミュエルが促す。

「おたくのウェブサイトにはいっさいの説明がなかった。〈プロセス〉とやらはいったい何をするものなんだ？」

芝居がかった厳《おごそ》かな声で、サミュエルは答えた。「きみの人生を一変させるものだよ……それも永遠に」

23

ショウはアデルの案内でキャンプ内の砂利道をたどった。いまとなっては軍の基地のように見える。ただし、十九世紀のそれだ。

のどかな時間が流れる敷地内で十数人を見かけたが、みなノートを持っていた。中年の男女、一人で行動している男たち。後者はみな四十代から五十代くらいで、ビジネスマン風だった。二十代と思しき女の三人組もいた。練習帰りのチアリーダーのように見えるのは、青と黒のユニフォームのせいもあるだろう。スカートは膝上丈と短めだった。灰色のチュニックを着た〈支援ユニット〉の男も見かけた。そろってたくましい体をしていた。

シャツやハイネックセーターが淡い水色であるのはなぜか。キャンプ周辺の森や野原で見分けやすい色だからだろう。オレンジほど目立たないとはいえ、追跡の場面では好都合だ。勘ぐりすぎかもしれないが……ついさっき目撃した容赦ない暴力行為を思えばあながち的はずれではなさそうだ。

銀色のアミュレットを着けた男女も見かけた。チュニックを着たアミュレットなしの男も。〈支援ユニット〉には、ヒューと部下二人のような者が何人くらいいるのか。大半はおそらくサミュエルのように、知性とユーモアのセンスを備え、新入会員が日々の苦悩を乗り越える力になりたいと心底思っている人々なのだろう。先日のシリコンヴァレーの事件で知り合ったインターネット会社の人々と何ら変わらないのかもしれない。

そこまで考えて、自分の間違いに気づいた。ヒューと部下二人だけではない。あの場にはもう一人いた。

いまショウと並んで歩いている人物が。

ゴルフカートが追い越していった。構内で唯一、動力のついた移動手段がそれだった。見ると、何台か走っている。運転しているのは、チュニック姿の〈支援ユニット〉のメンバーだったり、水色と黒のユニフォーム姿の信奉者だったりとまちまちだ。

「きみはいつから財団に？」ショウはアデルに尋ねた。

沈黙。

「数年です」

「フルタイムの従業員みたいなものか」

「ここのスタッフです」

「気に入っているわけだ」

「マスター・イーライは、誰もが直面する問題に最適な解決法を提示する天才です。そのお手伝いができることを誇りに思っています」

アデルはどのような私生活を送っているのだろう。財団のスタッフだから、夏のあいだはずっとこのキャンプにいるはずだ。規則の第六項はあっても、フルタイムのスタッフも決まった相手がいるか、少なくとも恋愛くらいはするだろう。なかには結婚しているスタッフもいるのではないか。アダムが自殺した現場で見たブルネットの女はどうだろう。親密な相手はいるのか。

関連する情報を収集する機会を見逃すべからず。情報はしばしば、ハンマーや銃よりも有用な道具や武器になる。

「誰も外出しないんだって？　町に数時間出かけるようなこともないのか」

アデルの答え――「規則がありますから」

ショウは敷地内に注意深い視線を走らせ、出入口を探し、〈支援ユニット〉の兵隊を数えた。

オレンジ色のサングラスの男の姿も探した。アダムの死の現場で、レンタルの起亜《キア》車のそばに隠れているショウを見ていたかもしれない男。あのとき、ショウは断片的に聞こえた単語を男の名前だと解釈した。ジェレミー・フレデリック。だが、いまは聞き違いだったとわかる。あれはおそらく〝ジャーニーマン・フレデリック〟だったのだ。

「ノーヴィス・カーター？」

「ん？」

「キャンプが気に入ったようですね」

「きれいなところだ」

偵察していると見抜かれたか？

それはなさそうだ。アデルは得意げに続けた。「マスター・イーライがご自分で設計したんですよ。建築の専門知識もあって」

「へえ、それは知らなかったな」ショウはいくつも並んだ急傾斜の屋根をまた見やった。「冬は開いていないそうだね」

「ええ。もっと暖かい地域にあったとしても、秋から春にかけて財団はお休みだったと思います。マスター・イーライはそのお休みを利用して毎年、極東を旅していますから。つねに新しいものを見て学び、〈プロセス〉の改良を続けているんです。永遠に完成しないだろうとおっしゃってます。マスター・イーライに本当に救われました。世界一頭がよくて思いやり深い人です。私は二年前に赤ちゃんを亡くしたんです」

ショウは電気が走ったような衝撃を感じた。その悲痛な事実を明かしたとき、アデルの顔にはかすかな笑みさえ浮かんでいて、そのコントラストが衝撃をなおいっそう大きなものにした。

「それは……気の毒に」

「いえ、もう平気なんです。マスター・イーライのおかげで平気になりました。ここがあなたの部屋のある棟です」

　返す言葉が浮かばないまま、ショウはアデルと並んでC棟に向かった。何棟もある宿舎はいずれも奥に細長く、これといって特徴のない建物で、二段ある階段から玄関前の屋根付きポーチに上るようになっていた。ほかの建物と同じく、見かけはログキャビン風だ。色褪せて灰色になったチーク材のロッキングチェアが四脚、外に向けて並んでいた。ショウはアデルの案内で、鍵のかかっていない玄関からなかに入った。廊下の両側に四つずつドアがある。事務棟と同じで、廊下の壁に装飾品はない。ショウの部屋は左手の一番奥だった。アデルが鍵を開けた。錠前は単純な構造で、ピッキングは簡単だろう。とはいえ、それは参考程度の情報にすぎない。財団のスタッフならいつでも鍵を開けて入るだろう。それ以外の人々は心配するまでもない。盗むに値する貴重品をこの部屋に持ちこむことはそもそもできないのだから。

　アデルが鍵を差し出した。「なかに着替えがあります。サイズはうちで見繕いました。ふつうはそのまま着られますけど、もしもサイズが合わなければ、事務棟に知らせてください。交換します」

うち《they》で……

「なかに袋がありますから」アデルはショウの上半身を曖昧に指し示した。「服を入れてドアの前に出しておいてください」

「手もとに置いておけないのか」答えはわかりきっていたが、それでもショウは尋ねた。

「ええ。これも〈プロセス〉の一環なんです。マスター・イーライは、過去につながるものはすべて手放すのがいいとおっしゃいます。いま着ている服は洗濯して、お帰りの際にお返しします」

「わかった」

　ベートーヴェンの一節がまた聞こえて、ショウは窓のほうを向いた。どこかのスピーカーから女の声が流れた。

「時刻は午後五時三十分です」

　アデルが言った。「午前六時から午後十時まで、十五分ごとに時報が流れます。マスター・イーライは、時刻は十五分刻みでわかれば充分だと考えています。企業や政府は人を時間でがんじがらめにしているとおっしゃいます。彼ら《they》は時間まで一秒刻みで管理していると」

文脈は違うが、またも〝they〟……

ショウは言った。「ここの時計も充分、人を管理しているという気がするが」

アデルはこれには答えず、一瞬の間をおいて食堂への道順を説明したあと、付け加えた。「明日の予定は、部屋のデスクの抽斗にあります」ここでふいに鋭い目をして続けた。「ここは特別です、ノーヴィス・カーター。あなたが馴染んでいる外の生活とはまったく違います。人生にマイナスがたくさんあって、あなたは助けてもらいたいと思っているでしょうけど、最初はやはり抵抗を感じるでしょう。それは自然な反応です。でも、早いうちに手放せば、〈プロセス〉をそれだけ早く受け入れられて、すべてがうまくいきます」

アデルの声は穏やかではあったが、飼い犬の綱を引くのに似た意図があることは確実だ。ショウ自身が招いた結果だろう。時間に関する発言が、財団を見下しているように受け取られたのかもしれない。今後はカーター・スカイらしからぬ発言に用心しなくては。

ショウは小さく溜め息をついた――ストリートを生き抜いてきたカーター・スカイにとっては、それが精いっぱいの謝罪だ。「こういうところは……こういうことは初めてだから」

アデルの表情が和らいだ。「心配はいりません。マスター・イーライは、私たち全員に手を差し伸べてくださいますから。いまはあなたも〝私たち〟の一員です」アデルはそう言ってショウのアミュレットに目をやってうなずいた。そういって出ていこうとしたが、立ち止まって振り返った。「規則をよく読んでおいてください。ここでは規則を重んじていますから」

ショウはアデルを送り出してドアを閉め、室内を見回した。刑務所に行った経験はない――拘置された経験は数え切れないほどあるが、服役するために行ったことは一度もない――が、空手形を振り出したとか、インサイダー取引で数百万ドルの利益を上げたといった程度の犯罪者が収容される軽警備刑務所の独房はきっとこんな感じなのではないか。

簡素なベッド――一段高くなったところに布団《フトン》が敷い

てあるだけのもの——とデスク、椅子。そろいの安手の電気スタンドがいくつか。バスルームはせまく、小さな棚に最低限の洗面用具が並んでいた。石鹼、個装の歯ブラシ、使い捨てのカミソリ、ひげそりに必要なローションと石鹼とクリーム。薄っぺらなタオル。部屋の棚にコーヒーメーカーと、ノーブランドのコーヒーや紅茶や砂糖、コーヒーメイトのパックが載ったトレー。電子レンジもあった。栄養補給バーやクッキー、ナッツが盛られたバスケット。小型冷蔵庫には水のボトルが並んでいた。

ショウは顔と手を洗い、ぺらぺらのタオルで水気を拭い、室内をもう一度、さっきよりも注意深く観察した。懸賞金ビジネスでたまに監視機器を使うことがあり、自分がカメラを隠すならどこがいいか、逆にカメラを探すならどこを確認すべきか、ひととおり知っている。だが、この部屋にカメラは仕掛けられていないだろう。シャワーから素っ裸で出てくるところをウェブカメラで盗撮していたと発覚したら？　かなり長いあいだ刑務所で暮らすことになる。盗聴器はないとは言いきれない。しかしショウが確認したかぎりでは一つもなさそうだった。とはいえ、壁に埋めこまれていたら目では確認できないし、有線のマイクであれば、たとえ検知機があったとしても反応しない。

この部屋で口にしたことはすべて聞かれている前提で行動するとしよう。

デスクの上にユニフォームが用意されていた。下着まである。どれもサイズのタグがついたメーカーのビニール袋に入ったままだった。洗濯した使い回しではなく、新品だ。ここを出るとき、土産に持ち帰れるのだろうかなどと馬鹿げた考えが頭をよぎった——〝カルトで過ごした一月《ひとつき》〟の記念品として。

着替えをした。着心地は快適で、サイズも完璧だった。〝うち《they》〟の人々は、靴のサイズまでぴたり言い当てていた。ユニフォームにはふつうと違うところが一つあった。ポケットが一つもついていない。どのような意図でそうなっているのだろう。

実際的な理由は一つとして思い浮かばない。財団のメンバー統制の一環としてこうなっているのだろう。

これまで着ていた服を洗濯用の袋に入れて廊下に出した。

デスクにレターサイズより一回り小型の螺旋綴じのノ

ートが四冊置いてあった。表紙に〈The Process™〉と印刷されている。その横にはペンが六本。ショウはノートを開いた。長々とした論文や三週間分の時間割表だろうと思った。

ところが違った。どのページも白紙だった。講義のノートを取るため、あるいは〝日記を書く《ジャーナル》〟──名詞の〝ジャーナル〟が動詞として使われているのは気に入らない──ためのノートのようだ。

デスクの上にはほかに書類が三枚あった。一枚は規則集だ。別の一枚は予定表だった。

第1日の予定（ノーヴィス・カーター）

午前8時　朝食
午前9時　マスター・イーライの第1の講話
午前10時　自己省察
午前11時　7号棟で指導
正午　昼食
午後1時　自己省察
午後2時　マスター・イーライの第2の講話
午後3時　自己省察
午後7時　夕食
午後8時　自己省察
午後10時　消灯（以降外出禁止）

三枚目はほかよりも小さく、新入り向けの注意事項が並んでいた。

オシリス財団の〝コンパニオン〟の種別について
ノーヴィス（アミュレットの色：青）
アプレンティス（赤）
ジャーニーマン（紫）
〈インナーサークル〉──〝IC〟（銀）
灰色のユニフォームは〈支援ユニット〉のメンバー──〝AU〟。コンパニオンを支援し、安全を守るためのスタッフです
ほかのコンパニオンを呼ぶときは、等級＋ファーストネームの形で（ミスター、ミセス、ミズ、ドクターなどの敬称は使わない）

ショウは文言を頭に入れてこの紙を置き、明日の予定表をもう一度ながめた。規則にはたしか、自己省察の時間は一人で過ごすこととあった。一カ所に集められていない時間帯――イーライとその取り巻きの監視が行き届かない時間帯――に、メンバー同士が接点を持たないようにするのが狙いだろうか。

統制。きっとそれだ。

目的がなんであれ、ショウには好都合だった。キャンプ内を歩き回って調査をする自由な時間がほしい。いまこの瞬間のショウの次の予定はまさにそれだった。

24

馴染みのない、いつ非友好的に変わるかわからない場所では――

脱出ルートの確保を怠るべからず。

武器の確保を怠るべからず。

これは父アシュトンが定めたもっとも基本的なルールの一部だ。

ここは〝馴染みのない〟という条件を間違いなく満たしている。〝非友好的〟はどうだ？　これも満たしているとの前提で考えたほうがよさそうだな、ジャーニーマン・ヒュー？

ショウが最初に取りかかったのは、脱出計画の策定だった。入学したての大学一年生のごとき無邪気な好奇心を装い、キャンプを隅から隅まで見て回った。キャンプは完全に整地されているわけではなかった。草深い敷地のところどころに雑木林や鬱蒼とした茂みが自然のまま残されている。面積の大半は野原で、事務棟そばのタープテントの下に保管されている幅広の乗用芝刈り機で雑草を短く刈っただけだ。花壇や装飾的な植え込みはいっさいない。

濃い青色に翳《かげ》った夕方の空に、綿のようにふわふわした雲が浮かんでいる。太陽は西にそびえる絶壁に隠れ、冷たくなり始めた空気はマツの香りや湖のヘドロと沼気の臭いをさせていた。

〈AU〉に行動を逐一見張られているだろうと思ったが、そうでもないらしい。少なくとも、ショウを目で追っている者はいないようだった。

敷地内を監視しているカメラにも目を配ったが、どうやら一台もないようだ。いまどき珍しい。だが、すぐに思い直した。見張るべき信者は全員、フェンスの内側にいて、しかも一番近い町からは何キロメートルも離れているのだ。高価なうえに維持管理が面倒な監視カメラをわざわざ設置する必要はない。しかもその信者たちは、マスター・イーライという名の神が定めた規則に違反するのは何よりも重大な罪であると信じている――あるいは、いまはまだ信じていなくても、やがてそう信じるようになる――のだ。

規則第十四項……

監視カメラを設置しない理由はもう一つ考えられる。当の組織が証拠を残したくないできごともデジタル映像として記録してしまうからだ。たとえばヒューは、侵入者に対する即決の刑罰を秘密にしておきたいだろう。

バックパックやスポーツバッグ、財布、携帯電話を取り返すのに、どの程度の手間がかかるだろうか。私物が保管されている建物は閉め切られ、なかは真っ暗になっていた。表と裏の出入口に警報装置はなさそうだが、そこから忍びこむ場合は要注意だ。支援ユニット棟の前や横に誰かいれば、気づかれる。私物の保管棟には、脇と裏に窓がある。そこから侵入するのがよさそうだ。

車のキーはどこだ？

のんびりとした足取りで〈YESTERDAY, TODAY, TOMORROW〉のゲートの方角へ向かう途中、支援ユニット棟の横手で立ち止まった。煌々《こうこう》と明かりが灯った実用一本槍の警察署のような建物のなかに錠付きの箱がある。いまは扉が開いていて、キーを入れた封筒が立てて並べられているのが見えた。分厚い鋼鉄の扉についた錠前は頑丈そうだ。それでも、バールやハンマーがあればこじ開けられそうだった。しかし〈AU〉が三人、デスクに座っている。この建物にはおそらく二十四時間体制で人がいるのだろう。

ピックアップトラックで脱出するのは無理そうだ。

キャンプの境界線に沿って歩きながら建物をさりげなく観察し、ありとあらゆる詳細を頭に入れた。ショウの部屋があるのと同じような宿舎が何棟もあり、そのほかの建物には教室らしき部屋が並んでいた。ほとんどの部屋に財団のメンバー――おっといけない、コンパニオンだ——がいて、輪になって座り、ショウにも支給された螺旋綴じのノートにメモを取っていた。
食堂のすぐ南側に一つ建物がある。宿舎よりも大きく、窓は塗料で塗りつぶされ、鉄格子で守られている。建物の前に札が立っていた。

14号棟
関係者以外立入禁止

灰色のチュニックの男が二人、表側のポーチに無言で座り、前を通る人々をじっと目で追っていた。ショウにも無表情な視線を向けた。ショウは一度も立ち止まらず、まっすぐ前を向いて通り過ぎた。監禁施設か？ 機密データでも保管されているのか？ あるいは危険物とか？

たとえば武器。荒野のただなかにある施設はたいがい、野生動物の侵入に備えてライフルの一丁くらいは用意しているものだが、それ以上の武器があるのかもしれない。

ショウは散策路をさらに進み、ポーチの〈AU〉の死角に入ったところで旋回して建物の裏に向かった。14号棟にもやはり裏口があり、その前一帯の芝生にはゴルフカートの轍《わだち》や人の通った跡が残っていた。おそらく荷物の受け渡しのためにスタッフが出入りするのだろう。ノブを回してみた。施錠されていてびくともしない。単純な構造で、ピッキングできそうだが、それには時間がかかる。

窓にはまった頑丈な鉄格子は窓枠にねじ止めされており、ねじの頭はやすりで削られていて、ドライバーでははずせない。窓ガラスの塗料は厚く、なかはまったく見えなかった。

14号棟の謎はすぐには解けそうにない。

ショウはキャンプのさらに南側へと歩き、敷地内で最大の建物があるあたりにさしかかった。すれ違う大半が赤いアミュレットを着けていた。〈プロセス〉の第二の等級、アプレンティスの人々だ。青いアミュレットのノーヴィスもちらほらいた。

ここまでに二十数人を見かけた。その全員が白人だった。規則の第五項から逸脱しているが、驚くには値しない。

ときおりほかのコンパニオンが純粋無垢な笑顔をショウに向け、例の奇妙な敬礼——右の掌を左肩に当てる挨拶をした。ショウもかならず同じ挨拶を返すようにした。

イーライの住居と思われる建物の裏側に回り、敷地の境界線にそびえる高さ二十五メートルほどの岩壁を見上げた。充分すぎるほどの数の岩隙《クラック》や突起《ホールド》がある。フリークライミング――登るためではなく落下に備えてロープを使うテクニック――なら楽勝だろう。その気になればフリーソロ――こちらはロープをいっさい使わない――でもいけそうだが、ショウにその気はなかった。フリーソロ・クライミングは、ショウの人生を支える哲学、〝サバイバル〟と相容《あいい》れない。

敷地の南側には条件にかなった脱出ルートはなさそうだ。

西側も同じだ。やはり岩壁でふさがれている。ハービンジャー・ロードから財団の入口に至る私道の左右に迫る、『指輪物語』の天を突く絶壁。

北の境界線は防御柵と駐車場、金網のフェンスでふさがれている。たとえ高さ二・五メートル柵でも、乗り越えるのは不可能ではない。しかしここの柵は三メートルを優に超えている。はしごがなければ上るのは難しいだろうが、はしごはどこにもない。ゲートには門衛がいる。おそらく二十四時間体制だ。となると、北側も絶望的だ。

キャンプの東側には林があり、その向こうは断崖絶壁、そのさらに向こうには湖がある。断崖の手前の開けた野原には十五メートル間隔でベンチがあり、そこから美しい山並みをながめられる。事前にグーグルマップやランドマクナリー地図を見て、東方向に三キロほど行けば州道に出られるとショウは知っていた。ざっと十五キロおきにガソリンスタンドが見つかるようなハイウェイだから、そこそこの交通量があるはずだ。ヒッチハイクも一つの手だし、ガソリンスタンドまで徒歩で行ってマックに連絡し、迎えをよこしてもらってもいい。

問題は、どうやってキャンプから出るかだ。ショウは崖の縁を歩いてみたが、岩壁はつるりとしていて、そこを伝い下りるのは無理だ。黄みがかった白い岩の壁を見つめていると、まさにこういう崖から転落して死んだ二人をどうしても思い出してしまう。ホープスコーナーで死んだアダム・ハーパー。そしてやまびこ山で死んだショウの父アシュトン。父は〝敵〟と見なしていた者たち――ブラクストンという名の女とその部下エビット・ドルーン、そしてその仲間に殺された。父の死から、ショウはさらに自分の任務を連想した。父を殺した連中の捜索を後回しにせざるをえないのが腹立たしかった。だが、しかたがない。アダムと同じ理由から、また死者が出ないともかぎらないのだから。父の死の真相解明は、この件が片づいてからだ。

絶壁沿いに、北へ、キャンプの表玄関側へとさらに歩いた。あの不吉なゲートとそびえ立つ防御柵に突き当たり、それに沿って東に向かった。防御柵は林のなかまで伸びていた。急斜面の手前から柵は金網のフェンスに変わり、フェンスははるか下の岩場まで続いていた。

イーライは本当に誰一人逃がしたくないらしい。あるいは、外部からの侵入を防ぎたいのか。

金網のフェンスの途中に南京錠のかかったゲートがある。ショウは迷った。南京錠は錆びている。ゲートには植物の蔓がからみつき、周辺の地面や草むらに足跡は一つもない。何カ月も誰も通っていないのだろう。石を拾って南京錠を叩くと、五回か六回めで壊れた。ゲートは音もなく開いた。

二十分も走ればハイウェイに出られるだろう。

よし、脱出ルートは確保できた。

次は武器だ。

ベートーヴェンのメロディがキャンプに響き渡った。

「時刻は午後六時四十五分です。あと十五分で夕食が始まります」

ショウは宿舎に戻り、ポーチに座ってキャンプの地図を描いた。

ノートを検閲された場合に備えて、サミュエルとの最初の面談の内容も書きこんだ。これで真剣に取り組んでいるように見えるだろう。それがすむと地図をざっとながめ、宿舎、中央広場とステージ、支援ユニット棟、14号棟、三階建ての住居棟、それにもちろん、敷地東側の脱出ルートの位置関係を把握した。

ノートを自室に置きに戻ろうとして、規則の一つを思い出した。

ノートとペンをつねに携帯すること……

食堂に行き、列に並んで、ほかのコンパニオンと挨拶を交わし、世間話をした。その間もフレデリックの姿を目で探した。オレンジ色のサングラスの男、アダムの死の現場でショウを目撃したかもしれない男。気がかりなのは、サングラスと野球帽という特徴的な小物がなけれ

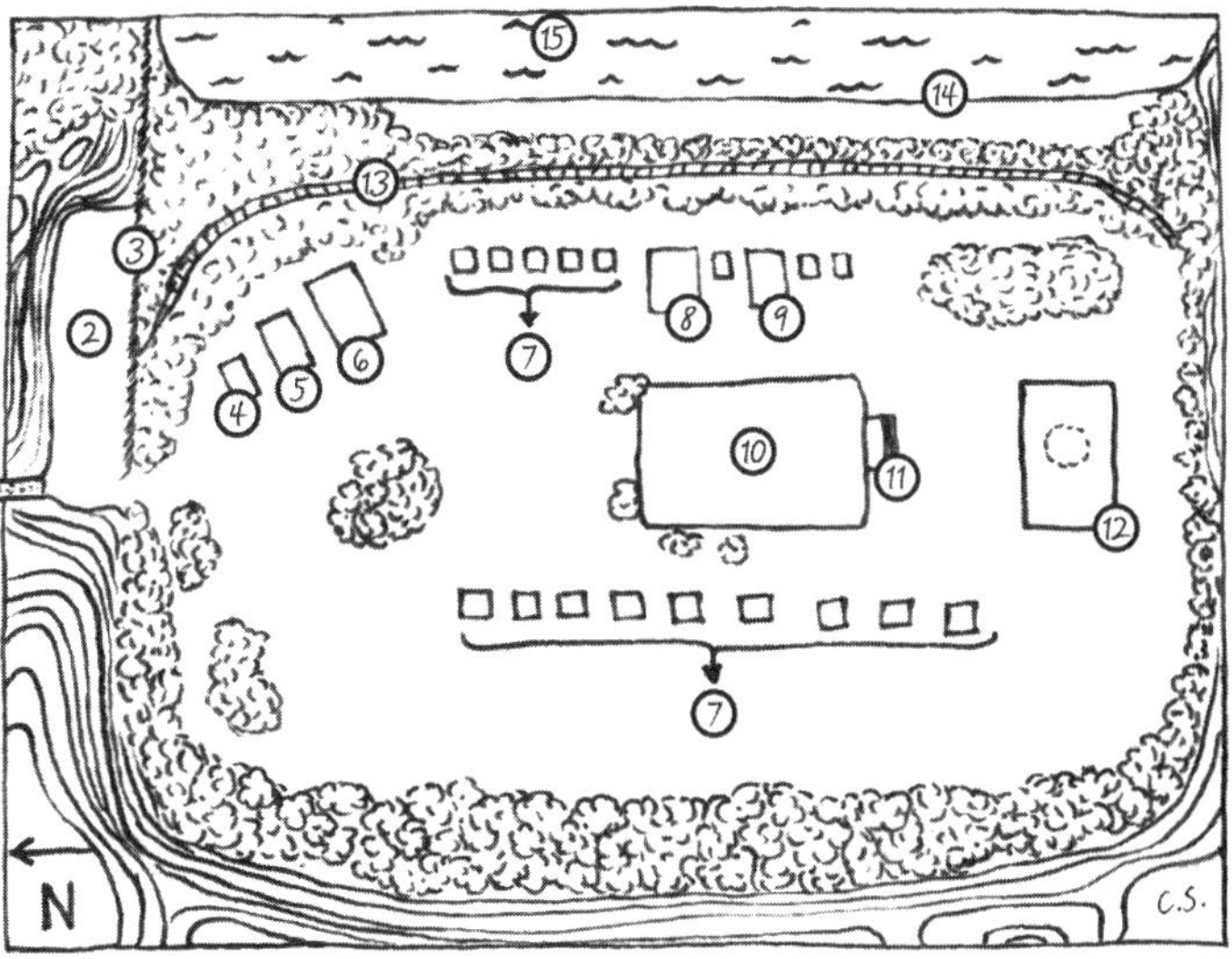

オシリス財団

①　私道（至ハービンジャー・ロード）	⑧　食堂
②　駐車場	⑨　14号棟
③　木製の防御柵	⑩　中央広場
④　私物保管棟	⑪　ステージ
⑤　支援ユニット棟	⑫　イーライの住居
⑥　事務棟	⑬　散策路
⑦　宿舎／教室棟	⑭　崖／ベンチ
	⑮　湖

ばフレデリックを見分けられないかもしれないことだった。

　ブルネットの女のことも探した。

　いない。

　財団を離れたのか？

　もしそうなら、ショウの調査には打撃だ。アダムの自殺を知ったときの反応から考えるに、彼女とアダムに何らかの接点があったのだろう。アダムの死を巡って、彼女なら点と点を結びつけられたかもしれない。その反面、彼女はもう安全だと思えば安心できる。

　可能性はもう一つある。誘いを拒んだために、ヒューから制裁を受けたのだろうか。あのとき、ヒューは怒りで顔を歪めたあと、離れていく彼女に向かって意地の悪い笑みを向け、罰点がつくぞと脅しめいた言葉を口にした。それにもう一つ、頬骨が折れるような強烈なパンチを記者の顔に叩きこんだとき、ヒューの顔にはサディスティックな喜びがありありと浮かんでいた。ブルネットの女は暴行を受けたのだろうか。まさか殺されたとか？14号棟はもしかしたら死体安置所で、ヒューの報復が取り返しのつかない事態を招いて、ブルネットの死体はあそこに安置されているのだろうか。

　ほかの場所なら、ほかのときなら、そんな大げさなと一蹴できただろう。だが、ここは別だ。オシリス財団の牙城《がじょう》では、外の常識は通用しない。

　謎に包まれた窓のない建物は、死者の家であってもおかしくない。しかしまもなく、あのブルネットの女はスタッフではないとわかった。当人が現れ、うつむいたままショウのすぐ横を通り過ぎ、食堂前にできた列の最後尾に並んだ。誰とも挨拶を交わすことなくノートを開くと、びっしりと書きこまれたページに何か書き始めた。

25

　耳が不自由だったドイツの天才作曲家の象徴的な十五音のメロディが、ひんやりと湿った夜の空気を震わせた。

「時刻は午後七時です。夕食が始まります。コンパニオンのみなさんは食堂に集合してください」

　食堂のドアが開放され、七十名ほどがぞろぞろとなかに入った。明るく照らされた食堂は、どこの学校のカフェテリアとも変わらない。こんがりと焼けた肉のにおい。そこにライゾール消毒薬のにおいがかすかに混じっていた。

入ってすぐに大きなボードが掲げられていた。座席表だ。全員が――ノーヴィス、アプレンティス、ジャーニーマンの全コンパニオンが――その前で立ち止まって確かめているところを見ると、毎回席順が変わるのだろう。何か意図があるのだろうか。指導員と触れ合う機会を新入りに与えようという配慮かもしれない。

あるいは、トラブルを起こしそうな者同士を引き離しておくためか。

あるいは、これもまた単にマスター・イーライの権威を誇示するためのことか。

三十代、四十代、五十代の男性がコンパニオンの大半を占め、同年代の妻を同伴している者も少なくなかった。次に多いのは二十代から三十代の若い女性だ。きっとヒッピーが――現代風ヒッピーが――多いだろうとショウは思っていたが、予想は裏切られた。ラテン系、アジア系、アフリカ系もちらほらいるようだ。といっても全部合わせて五人だけだったが。

ショウはボードを見て自分の席を探した。四番テーブルだ。入口に近い側、厨房に近い奥の壁際に並ぶビュッフェテーブルから遠い側だった。すぐには席につかず、入口でぐずぐずして、ブルネットの女が席に着くのを待った。

彼女は七番テーブルに向かった。ショウのテーブルとはいくつか離れている。ノートに目を落としたまま席につく。ノートのページは、彼女の手や空気の湿り気、インクを吸ってよれていた。ほとんど全ページが文字で埋まっているようだ。

等級でテーブルが分けられているらしく、七番テーブルのほぼ全員がアプレンティスの赤いアミュレットを着けていた。ジャーニーマンのテーブルが三つ、ノーヴィスのテーブルは二つ。銀のアミュレットを下げた〈インナーサークル〉のコンパニオンは座らず、片側の壁際に立って雑談を交わしている。

ほかのコンパニオンがだいたい席についたところで、ショウは七番テーブルに近づき、ブルネットの女から席を一つ空けて腰を下ろした。テーブルを囲んだ面々に小さくうなずく。年配の男が一人、背が高く痩せた男が一人、二十代後半から三十代初めくらいの女が二人。みな高級レストランの個室に迷いこんだ見知らぬ人物を見るような、困惑と遠慮が入り交じった目をショウに向けた。

ショウはブルネットに顔を向けた。「ノーヴィス・カーターです、よろしく」

彼女は顔を上げ、驚いたように目をしばたたいた。ショウの青いアミュレットに気づき、戸惑ったように淡い灰色の目を見開いた。とっさに言葉が出ないようだった。

「調子はどう?」ショウは肩に右手をやる敬礼をして言った。それから食堂を見回した。「今日のメニューは何だろうな。いいにおいだ。昨日今日と温かいものを食べていなくてね。まあ、ビッグマックが温かい食事にカウントされるなら別だが」それから声をひそめた。「ビールでも飲みたいところだが、バーテンダーは休暇を取っているようだね。それも無期の休暇を」自分のつまらない冗談に笑った。

「あの……ここはアプレンティスのテーブルですよ」ブルネットの女は自分の赤い無限大記号を指さした。その目はほんの一瞬ショウの視線をとらえたが、すぐに逃げるようにテーブルクロスを見た。

「え?」

女が口ごもりながら繰り返す。「アプレンティスのテーブルなの」

「あ」ショウは当惑顔を装って腕を下ろした。

「何かトラブルですか、アプレンティス・ヴィクトリア」

聞き覚えのある声だった。アデルだ。ブラウスを替えたようだ。血の染みはない。「ノーヴィス・カーター」

「どうも、ジャーニーマン・アデル」ショウは眉をひそめた。「何かいけなかったかな」

ヴィクトリアが言った。「すみません。この人が――」

アデルがさえぎった。「席は決められているんですよ、ノーヴィス・カーター」

「そうなのか?」

「座席表があったでしょう」アデルがボードを指さす。

「あれか。しまった。うっかりしたな」

アデルはたしなめるように言った。「規則の一つですよ」

規則をよく読んでおいてください。ここでは規則を重

んじていますから……

「それから、アプレンティス・ヴィクトリア、規則違反に気づいたら、すぐにAUかICに報告してください」

ショウは頭のなかのカンニングペーパーを確かめた。ICは〈インナーサークル〉。〈AU〉は〈支援《アシスタンス》ユニット〉。

アデルは、厳しくはないがきっぱりとした声でヴィクトリアに向かって続けた。「すぐに報告しないと……」

「それも規則違反になる。それはわかっています！」ヴィクトリアは目を伏せた。「ちょっと気を取られていたんです。ジャーナルしてたので……」

「小さな違反ですから、ジャーニーマン・ヒューに判断を仰《あお》ぐほどのことではないでしょう」

「ありがとうございます、マアム」

くそ。ショウのちょっとした策略のせいで、彼女があやうくヒューから罰を食らうところだった。彼女をヒューから守りたくてしたことなのに。これからはもっと慎重にやらなくては。

ヴィクトリアがはっとしたように続けた。「〝マアム〟〝サー〟も使わないようにします（マアムは目上の女性に対する敬称）」

そうだ、そういう規則もあった。

「その規則違反は以前にもありましたね。重大な違反ではありませんが、今後は気をつけるように」アデルはわずかに首をかしげた。「彼に伝えるまでのことではなさそうです」

敬意をこめて〝彼〟を強調したのは、この〝彼〟はイーライを指しているからだろう。

「ありがとうございます、ジャーニーマン・アデル」

ヴィクトリアの卑屈ともいえそうな態度は見ていられない。アデルよりヴィクトリアのほうが何歳か年長と見えるからなおさらだ。

ヴィクトリアはノートに向き直った。手が震えていた。

アデルに促されて、ショウは座席表のところに戻った。

「ここです、ノーヴィス・カーター。四番テーブル」アデルが言った。

「あとで規則をもう一度確認しておきますよ」

アデルは一つうなずき、ジャーニーマンのテーブルに向かった。

ショウは四番テーブルの指定された席に座った。安っぽい金属のカトラリーと紙ナプキンがセットされたテーブルには、水とアイスティーがピッチャーで用意されていた。ほかのテーブルもそうだが、濃い紫色のテーブルクロスがかかっている。ここで初めてショウは気づいた。下の二等級の色、青と赤を混ぜると、ジャーニーマンのアミュレットの紫色になる。古代エジプトでは紫という色が何か重要な意味を持っていたのだろう。だが、そこにオシリスがどう関係しているのかはよくわからない。もしかしたら紫は、イーライに関わる神話を象徴する色なのかもしれない。

ショウは同じテーブルのノーヴィスたちに一とおり挨拶をした。ウォルターとサリーという六十代の夫婦が一組。今日、入会手続で見かけた頭の薄くなりかけた男もいて、ヘンリーと名乗った。鍛えられた体格をして、握手も——規則で禁じられているのを二人とも忘れ、うっかり握手を交わした——力強かった。

ショウは小さな声で訊いた。「こういうのには前にも——？」

「初めてだよ。思っていたのとちょっと雰囲気が違うな。あんた、地元の人かい？　ワシントン州出身？」

「いや、カリフォルニアから。仕事であちこち回っていて。測量士でしてね。森林測量士」

「私は東海岸に住んでいる」ヘンリーは食堂を見回し、昼間見た気難しげな表情に戻った。「効くといいんだがね」それから黙りこんだ。

四番テーブルにはほかに、トッドというクルーカットに細身の体つきの三十代初めの陰気な男もいた。両腕全体にタトゥーが入っているようだが、見えるのは手首からのぞいている三センチ分だけで、あとはユニフォームの袖で隠れていた。きれいな顔立ちに黒っぽい髪をしたアビーは、暗い表情をして落ち着きがない。せいぜい十九歳か二十歳くらいにしか見えなかった。二十代後半くらいのよく陽に焼けた巻き毛の男がもう一人、セットされた食器の上に背を丸めていた。名前はジョンだ。

七時十分、〈インナーサークル〉のコンパニオン——男女同数だ——が壁際を離れて食堂内に散り、それぞれ別のテーブルについた。各テーブルの世話役なのだろう。

あるいは見張り役か。

スパイという見方もできそうだとショウは思った。

四番テーブルを担当する〈インナーサークル〉のコンパニオンがぎこちない歩き方で近づいてきた。三十代なかばの男で、髪を短く切りそろえてジェルで固めていることもあり、銀行員や会計士のような印象だった。直立してテーブルの面々を見回す。それから、気味が悪いほど愛想のよい、リハーサル済みといった声で言った。

「こんばんは、ノーヴィス諸君。私はジャーニーマン・クイン。今夜、みなさんのテーブルのホスト役を務めさせていただきます」最近はあまり見かけなくなったデザインの眼鏡をかけている――レンズの高さが通常の半分くらいしかないメタルフレームのものだ。

　クインは左肩に右手を当てた。くだらないと思いながらもショウは同じ敬礼をし、控えめな笑みを顔に張りつけた。新入りではあるが、ファミリーの一員として迎えられて誇らしいというような。

　クインは水とアイスティーのピッチャーを左右の手に持ち、それぞれの肩越しにかがみこんで好みを尋ねた。

「どちらを？」

　ショウはアイスティーを選んだ。クインは全員に飲み物を注いで回ったあと、自分も席についた。

　頭上のスピーカーから声が流れた。「食前の感謝を捧げましょう」大半のコンパニオンは祈りの文句をそらんじており、一緒に唱えた。「食事をいただけますことを感謝します、マスター・イーライ。我らに教えてくださったこと、教えてくださっていること、これから教えてくださることに感謝を捧げます。昨日からよりよい今日へ。今日から理想の明日へ」

　ショウとヘンリーは、ついていけるところだけ口を動かした。クインの視線を感じた。二人がせめて努力をしているかどうかを見ているのだろう。スピーカーの声は最後にひときわ大きな声で言った。「そして最高の未来の扉が開かれるでしょう！」

　満場の拍手が起きた。といっても、コンサートの終わりに巻き起こるような拍手ではない。〈インナーサークル〉の数人が手を軽く丸め、タイミングを合わせてゆっくりとしたリズムで拍手を始めた。きっかり一秒に一回のリズム。それに全員が合わせる。三十秒ほど続いた。ひどく長い三十秒に思えた。

「では、ジャーニーマンのみなさん、ビュッフェテーブルへどうぞ」

　ジャーニーマンのコンパニオンが立ち上がった。その全員が皿に料理を取り分けて自席に戻ったところで、アプレンティスに許可が出された。最後がノーヴィスだ。

統制……

予想どおりのメニューが並んでいた。スチームテーブルで保温された牛肉、鶏肉、ミートボール、ベジタリアン向けラザニア、サラダ、付け合わせ各種。テーブルロールにバター。このキャンプまでの移動と急ぎ足の構内探索で空腹だったショウは、皿にうずたかく料理を盛りつけた。

料理を口に運びながら、何度かヴィクトリアのほうをうかがった。二つに分けて編み込みにした焦げ茶色の髪を背中に垂らしている。先端の赤いリボンは無造作な蝶結びだ。顔の輪郭は楕円形で、青いユニフォームのブラウスの上に青いベストを重ねている。結婚指輪はしておらず、ほかの装身具も一つも着けていなかった。ショウは食堂に視線を走らせた。どうやらみな装身具は着けていないようだ。なかには結婚している者もいるだろう。携帯電話と同じく、結婚指輪も預かると言われたのだろうか。外の世界を思い出させる品物は手放せと。ヴィクトリアが化粧をしているかどうかはわからなかった。数日前は、肌がほんのり赤みがかって見えた記憶がある。陽に焼けているのかもしれない。

ショウの視線を察知したのか、ヴィクトリアが目を上げてこちらを見ようとした。ショウはすばやく目をそらし、同じテーブルの面々と会話を始めた。このなかではショウとヘンリーだけが今日入会したばかりのノーヴィスだった。アビーはキャンプに来て十日になるという。ジョンとサリー、ウォルター、トッドは一週間。ウォルターとサリーの夫妻のうち、話をするのはウォルターだけであることにショウは気づいた。サリーは遠慮がちで自信がなさそうだ。アビーは一瞬たりともじっとしていられず、トッドは人間不信、ジョンは人生を憂《うれ》えている。

一同がメイン料理を食べ終え、デザートのすかすかのチョコレートケーキをフォークの先でもてあそび始めたころ、クインが口もとを拭ってナプキンをテーブルに置いた。

そして爬虫類の冷たい視線をテーブルに巡らせた。それから言った。「よし、告白タイムといこう」

26

「私はウォルターで、こちらはサリーです」

　クインが小さく首をかしげた。飼い犬自身に間違いを気づかせようとする飼い主。

「ああ、しまった。ノーヴィス・ウォルターとノーヴィス・サリーです。すみません」

　薄くなった白髪、腹はやや出ているかもしれないが痩せた体つき。ウォルターはいかにも成功した元ビジネスマンといった落ち着きを感じさせた。本人の説明もそのとおりの内容だった。「シカゴから来ました。もう引退してはいますが、以前はパーツ製造会社を経営していました。デトロイトに運ばれて、自動車のどこかに消える種類のパーツです。これからは〝馬なし馬車〟の時代だと政府が宣言していなければ自動車パーツなんか作ろうと思わなかったでしょうが、おかげさまで、子供たちを大学に行かせることができました」

〈インナーサークル〉のクインの言う〝告白タイム〟とは、財団に来た理由や何を変えたいと思っているかをみなの前で話すことだった。そうやって言葉にすると〝〈プロセス〉が円滑になる〟らしい。

　ウォルターが続けた。「その後、コンサルティングなどしていまして、まあ、知ったかぶってべらべらしゃべるのがいまの仕事ですね。妻のサリーは園芸が得意でして、緑の親指どころか、全部の指が緑色なのではないかと（植物の栽培が上手な人を英語で〝緑の親指〟と表現する）」

　自分の名前が出ると、サリーは微笑んだ。灰色の髪にハート形の顔をしたサリーもやはり痩せている。ただ、顎の下の皮膚が少したついているのは、最近、急激に体重が減ったせいかもしれない。癌《がん》かなとショウは思ったが、肌の色艶はよかった。

　ウォルターは話を続けた。サリーに口をはさむ隙を与えないようにしているのだろうか。「足の指まで緑色だと言いたいところですが、あまり美しい想像図ではなさそうなのでやめておきます。結婚して四十二年で、三人の子供と四人の孫がいます」

　ウォルターの手に重ねていた自分の左手を見下ろして、

サリーが表情を曇らせた。指輪のはまっていない薬指を凝視したあと、怯えた顔であちこちに視線をやった。指輪をなくしてしまったとあわてているのだろう。ウォルターはそれに気づいていない。

なるほど、二人がここに来た理由はそれか。

ショウの理解を裏づけるように、ウォルターが言った。

「日常生活に支障が出るような健康上の問題に悩みまして、少しでも改善できる方法がないかと調べていてこちらの財団にたどりつきました。〈プロセス〉で人生がうまくいくようになったという体験談を見たのがきっかけです。人生がうまくいったら困る人はいませんよね。それで思いきって来てみたわけです」

サリーが左手を持ち上げ、ウォルターに小声で何か言った。ウォルターは優しく微笑んで何か答えた。婚約指輪と結婚指輪をなくしたわけではないと安心したのだろう、サリーが落ち着きを取り戻す。

アルツハイマー病か……。

クインが言った。「ありがとう、ノーヴィス・ウォルター。では次、ノーヴィス・トッド」

「俺か」トッドは短く刈った髪を手でなでつけた。目は茶色で、肌の色は浅黒い。おそらくラテン系だろう。軍隊経験があるのは間違いない。

「出身はサンディエゴ。エンシニタスって海沿いの町で育った。二度、海外勤務を経験した。それ自体は別にどうってこともなかったんだが、同僚が二人、海外で死んだ。帰国してから、こう、何一つうまくやれなくなって」トッドはシャツの袖のボタンをはずした。タトゥーが露になった。腕全体に彫られているわけではなく、ナイフと〈前進あるのみ〉というブラックレター体の文字だった。「復員軍人向けのカウンセリングは受けた。個人でも医者に相談した。何をやってもだめだった」トッドは肩をすくめた。「悲嘆療法《グリーフセラピー》グループでこの何とかいうやつの噂を聞いた。ダメ元で試してみようと思った」

「よく話してくれたね、ノーヴィス・トッド。ただ……」

「ああ、うっかりした。すまない。〝何とかいうやつ〟じゃなく、この〝財団〟の噂を聞いた」

「じきに慣れるよ」

「薬は効かなかった。医者も。〈プロセス〉ならいけるんじゃないかと期待してる」

「手応えはどうかな、ノーヴィス・トッド」クインは顎を持ち上げ、下半分しかないレンズ越しにトッドを見た。「いけそうかい?」

「ああ。今度はいけるんじゃないかな」

　トッドの声には躊躇《ちゅうちょ》が感じられた。ショウが気づいたのだから、クインも気づいただろう。

「それなら安心だ。さて」クインはショウの隣の痩せた禿頭の男に目を移した。「どうぞ」

「ヘンリーです。あっと、ノーヴィス・ヘンリー」決まり悪そうに言い直す。「今日、入会したばかりで」

「ようこそ、ノーヴィス・ヘンリー」

「RTP——ノースカロライナ州ローリー郊外のリサー《R》チ・トライ《T》アングル・パ《P》ークにある医薬品会社で研究員をやっています」一つ深々と息を吸いこむ。「八……八カ月前に妻を亡くしました」声が震えかけたが持ち直してそう言った。狼狽《ろうばい》した様子で少し黙りこんだあと、うつろな笑い声を漏らした。「会社では癌の治療薬を研究しているんですよ。化学療法の薬。カレンは癌でした。私の専門とは別種でしたが。すみません、関係ない話でしたね。皮肉なものだと思って、つい」クインに視線をやる。

　クインは、人を包みこむようにも突き放すようにも見える、ここのスタッフ独特の笑顔をヘンリーに向けて先を促した。

　ヘンリーの喉仏が上下した。「どうしても折り合えなくて。毎日がつらいんです。それで……どうにか乗り越えられたらいいと思っています。家族と死別した人の自助グループにも通ったし、カウンセリングも薬も試しました。どれも期待したほどの効果がなかった。今度こそ効くかもしれない。明日はもっとよくなる。そう謳《うた》ってますから」

「ありがとう、ノーヴィス・ヘンリー。次はきみかな、ノーヴィス・アビー」

「ノーヴィス・アビーです。えっと……ここに来て二週目に入りました。新しいことは何もありません。同じ話ばかりでみんなうんざりしてるでしょ」怒ったようなとげとげしい口調だった。皿の上の食べ物を無意味につついている。ほとんど食べていないようだった。

「来たばかりのノーヴィスには初めての話だ」クインは平板な調子で言った。「きみの話を聞かせてくれないか、ノーヴィス・アビー」

アビーは下を向き、甘皮に爪の先を食いこませた。

「いろいろ、です」

「いいから話してくれ。忘れてはいけないよ。マイナスから逃げてはいけない。大丈夫、やれるよ。マスター・イーライも、きみは大きく前進したとおっしゃっていた」

アビーはわずかに目を見開いた。財団の指導者が自分のことを何か言っていたと知って感激したらしい。

「さあ、話して」クインが促した。

「えっと、大学生で、専攻はコミュニケーション学です」誰とも目を合わせようとしない。「で、家にいるのがいやでいやで。できるだけ家に帰らないようにしてるの。友達と一緒に住んでます。みんないい人なんだけど。だいたいいい人なんだけど――その、みんなオキシなんかのドラッグをやってたりして」アビーはふいに口をつぐんだ。

クインが早撃ちガンマンのように間髪を入れずに笑みを浮かべた。「かまわない。思ったように話していいんだよ」

「それで、あたしもはまっちゃって。ひととおりやりました。でも、いまはクリーンです。やめるのはすごくたいへんだったけど。油断するとまた戻っちゃいそうで怖くて。あっとその、また依存しちゃうんじゃないかってことです。友達とお母さんがここに来たことがあって、すごく役に立ったって聞きました。それで申込書を送ったら、審査を通って」アビーは肩をすくめ、椅子の上で背を丸めた。「来てみたらほんとによかった。マスター・イーライって最強です」

「ありがとう、ノーヴィス・アビー。次は、ノーヴィス・カーター」

ショウは架空の苦労話を披露した。仕事が続かないこと、情緒的な問題。アダム・ハーパーとハーヴィ・エドワーズをモデルとして、そこに懸賞金ビジネスで過去に追跡して手こずった逃走犯数人の要素を織り交ぜた。犯罪歴には触れなかった理由は主に、スカイの経歴のその部分についてはあまり詳細なシナリオを用意していないからだった。

カーター・スカイの家族には鬱をわずらう者が多い。女ドラッグや怒りのコントロールの問題を抱えている。

性とつきあうたび、今度こそといつも期待するが、まもなく――ここでショウは親指を下に向けてみせた――仕事で別の土地に移り、女性とはそれきりになる。「俺はたぶん、いやなことから逃げようとしてるんだろうな。逃げきれるときもあれば、だめなときもある」

「ありがとう」クインが言った。「正直に話してくれて」

二十代後半のジョンは、仕事は順調だと話した。有能なプログラマー兼SEで、ロサンゼルスに住んでいる。仕事は楽しい。能力も充分だ。そこまで話して、ジョンの声は一段小さくなった。「去年、PCHを――パシフィック・コースト・ハイウェイを走りました。友達を隣に乗せて。大の親友です。ポルシェでかっ飛ばしてました」声を詰まらせる。「運転を誤って道路から飛び出して、木に突っこみました。親友は死んじまったのに、僕はかすり傷一つなかった……かすり傷一つなかったんです。いまもデールの死を乗り越えようとしてます。簡単にはいかない。ここの指導員は、きっと乗り越えられるって励ましてくれます。マスター・イーライもです。そのうち立ち直れると言ってくれます。いつか立ち直れるって。その言葉を信じてます」

「そう、信じることだよ」クインが言った。「マスター・イーライがきみを見守っていてくださるんだから。何も心配はいらない」

クインが一同を見回す。ショウは思った――ヒトの背筋はあれ以上にまっすぐ伸びるものだろうか。

「告白タイムはここまで」クインは言った。「大丈夫だ、〈プロセス〉がかならず安らぎをもたらしてくれる。飲み物のおかわりは、ノーヴィス・カーター」

ショウのアイスティーは半分空になっていた。

「いや、もうけっこうです。ありがとう、ジャーニーマン・クイン」

テーブルでおしゃべりが再開した――が、それも一時《いっとき》のことだった。食堂はしだいに静かになり、誰かが小さな声で一言二言話すのがときおり聞こえるだけになった。いつしか全員の目が食堂の入口に集まっていた。窓を透かして、食堂前の小道で何か動きがあるのが見えた。外は暗くて何の騒ぎかわからない。道沿いに外灯はあるが、ランプの光は控えめで黄みを帯びている。そのせいで、十九世紀かと思うような雰囲気がいっそう強まっていた。

誰かのささやき声。「あれがそう？　ここに来るのかな」

「たまに夕食に顔を出すらしいよ」

「今日がそうだといいな」

「あ、来たぞ！」

〈ＡＵ〉の二人がドアを開け、数人から成る一団が入ってきた。先頭の男は純白のチュニック姿だった。食堂のなかへとゆっくり歩を進めた。さっきと同じ緩慢なリズムの拍手がどこからともなく始まった。

マスター・イーライは立ち止まり、会衆に向けて大きな笑顔を作ると、肩に右手を当てる敬礼をした。

27

マックのリサーチ結果によればマスター・イーライは四十一歳だが、それよりも若く見えた。長身ではないものの、スポーツマンらしいバランスの取れたたくましい体格をしている。歩くときの背筋はまっすぐに伸びていた。

幅の広い端整な顔はよく陽に焼けている。瞳の色は射るようなブルーだ。ショウの目の色に似ているがいくらか明るく、空のように透き通っている。上まぶたがやや重たげな目は、世間でときおり言われる〝誘うようなまなざし〟を放っていた。豊かな黒髪は丁寧に切りそろえられ、横分けにされている。政治家のようなヘアスタイルだ。無限大記号のアミュレットは金色だった。

ショウは取り巻きを観察した。最初にドアを開けた〈ＡＵ〉の二人は目つきが鋭い。ボディガードだろう。ほかに赤褐色の髪をした四十代なかばくらいの女が一人。やはり純白のチュニックを着ていて、アミュレットは紫だ。

しんがりは、生え際が後退しかけた小柄な若い男だった。背丈はイーライと同じくらいで、一般のコンパニオンと同じ青いユニフォーム姿だ。アミュレットはやはり紫で、分厚いノートを手にしていた。コンパニオンに支給されるものとは違い、革装だ。男はペンを手にノートのページに何か書きつけた。ウサギのようにすばしこい目をしていた。

ショウは食堂を埋めた会衆を見た。財団の指導者を見つめるそれぞれの反応の違いは興味深かった。ノーヴィスの大半は、自分が七千五百ドルを支払った男に興味津々《しんしん》だ。紫や赤のアミュレットを着けた人々は一様に崇拝の視線を注ぎ、なかには背筋を伸ばし、肩を怒らせて、指導者の目にとまろうとしている者もいた。銀のアミュレットの〈インナーサークル〉の人々はイーライをまったく見ようとせず、それぞれの反応を採点するような視線をコンパニオンたちに向けていた。

　ショウはボディガードをじっくりと観察した。肩幅が広く肌が浅黒いほうは、さほど背が高くない。もう一人は骨張った体つきで、身長は百八十センチを優に超え、灰色の髪は軍の教練指導教官を思わせるクルーカットにしている。この二人が笑うところは想像がつかない。ショウはずんぐり《スクワット》と灰色《グレー》とニックネームをつけた。〈支援ユニット〉のほかのメンバーと同様、この二人も灰色のチュニック姿で、アミュレットは着けていない。

　なぜ用心棒が必要なのだろう。ゲートには金属探知器がある。荷物はすべて預かり、車は捜索し、顔認識ソフトまで導入している。自助グループの指導者にどれほどの危険があるというのか。

　イーライは食堂を一巡りした。にこやかに微笑み、ときおりテーブルのそばで足を止めて一部のコンパニオンと言葉を交わした。一度は愉快そうに笑ったりもした。やがて女性アプレンティスの一人が持っていたノートを受け取り、一ページにざっと目を通した。そのアプレンティスは頬を赤らめていた。

　イーライがまた歩き出す。何か質問されて答えている声が聞こえた。「考えたのは私だよ！　本当さ。すべて自分で一から考えた」また何か訊かれて——「ほかの誰にも編み出せなかった。簡単ではなかったが、私はやってのけた」

　イーライが目を留めたコンパニオンの多くは肩に手を当てる敬礼をした。イーライはたまに敬礼を返したが、ほとんどはただうなずくだけだった。軍の将校が下士官の敬礼に応えたり応えなかったりするのに似ていた。ショウの受けた印象では、食堂は〝営業時間外〟エリアで、日中ほど儀礼にうるさくないようだった。

　イーライに付き従っている赤褐色の髪の女は魅力的な顔立ちをしていた。頬骨が高く、眉毛はきれいに整えられている。紫色の口紅を塗り、薄化粧を施していた。背筋がすっと伸びており、足の運び方が丁寧だ。元モデルかもしれない。

　イーライはときおり彼女に何かささやいた。彼女は微笑むか、短く答えるかした。

　ショウの耳もとでささやく声がした。ウォルターだ。

「あれはアーニャだ」

「イーライの奥さん？」

「関係はわからない。ここでは誰もそういう話をしないんだ。どういう関係にせよ、この土地を見つけたのはアーニャらしいね」

「あの頭の禿げかけた若いのは？」

「ジャーニーマン・スティーヴ。専属秘書だね。詳細をすべて記録している。いつ見てもあのノートを抱えてるよ。母親が赤ん坊を片時も離さないみたいに」

　用心しろ――ショウは自分に言い聞かせた。ウォルターに好感を抱いているせいで、つい芝居を忘れてしまいそうだ。うっかり口をすべらせないようにしなくては。

　イーライがヴィクトリアのテーブルに近づき、彼女は舞い上がって落ち着きをなくした。人が変わったように陶然と顔を輝かせた。イーライを見ても一瞬でまた目をそらす。息さえできないといった様子だ。頬が紅潮している。どちらかと言えば口数が少ないタイプと見えるのに、イーライの前では一方的にしゃべり続けている。まるで一瞬でも口をつぐめば彼が逃げてしまうと恐れているようだった。

　スティーヴが小声で話しかけたが、イーライは手を振ってスティーヴを黙らせ、ヴィクトリアとの会話を続けた。ヴィクトリアは書いたものを見せようとノートをイーライに向けた。イーライはそのページを黙読したあと、腰をかがめてヴィクトリアの耳もとで何かささやいた。ヴィクトリアは晴れやかな笑顔で右手を肩に当てた。イーライも敬礼を返す。ヴィクトリアはいたく感激した様子だった。遠ざかるイーライの背中を崇拝の目で追いかけている。

洗脳には別の言い方があって、私はこちらのほうが本質を言い当てていると思うの。〝頭脳殺滅〟よ………

　やがてイーライはショウのテーブルに来た。

「こんばんは、ノーヴィス・ウォルターにサリー、アビー、ジョン、トッド。それから、ノーヴィス・ヘンリーにカーター――ようこそ財団へ」

みごとだ――全員の名前を覚えている。

みなが思い思いの挨拶で応じた。ショウが肩に手を当てる敬礼をすると、イーライは微笑んだ。「ノーヴィス・カーターだね。特待生の」

「そのとおりです、マスター・イーライ。驚きですよ。学校の成績は褒められたもんじゃなかったから。ここでは心を入れ替えてがんばりますよ。約束します」

「〈プロセス〉を考案したとき、見込みのあるコンパニオンには特別の配慮をすべきだと考えた。きみならりっぱにやれると信じている」

近くのテーブルがざわめいた。大勢が振り返ってショウを見ている。感心して励ますような視線もちらほら交じっていたが、嫉妬も間違いなくあるだろう。

ショウは注目を浴びて困惑した。目立つのはまずい。ヴィクトリアもショウのほうを見ていた。

イーライは空の皿が残ったテーブルを見て言った。「みなの口に合ったようで何よりだ。ただし、我が財団がきみたちに保証するのは情緒的、心理的な充足であって、美食ではない」何人かが控えめに笑った。「せいぜい学習に励んでくれ。また明日会おう。私が用意しているものをきっと気に入ってもらえるだろう」

一行が動き出す。

近くのテーブルから赤毛の若い女が声を上げた。「ありがとうございます、マスター・イーライ。何もかもに感謝しています。ここに来てから私……」感極まったように言葉に詰まった。

「アプレンティス・アンディだったね？」

「はい……」赤毛の女は感激で息さえできずにいる。

「きみを財団のファミリーに迎えられて、こちらこそ礼を言わなくては」

ショウはウォルターにささやいた。「全員の名前を覚えているんだな」

「そうでもないよ」ウォルターが言った。「お付きの者が後ろから教えてるんだ」スティーヴのほうに小さく顎をしゃくる。

イーライと取り巻きが脇のドアから退場するなり、食堂はふたたび話し声であふれた。多くは、イーライが誰に何を言ったかを分析していた。

ショウはヴィクトリアのほうをうかがった。ヴィクトリアは顔を伏せ、ノートにせっせとメモをしていた。

食堂の照明が暗くなり、それと同時に屋外のスピーカーからメロディが流れ、時報代わりの歌うような声が告げた。「時刻は午後八時です。夕食は終わりました」

　コンパニオン一同は立ち上がり、自分が使った皿を灰色の容器に返してぞろぞろと出口に向かった。ショウも周囲にならった。

　日没が過ぎ、空は玉虫色を帯びてかすかに青く輝いていた。満天の星がまばゆい。外灯の光が控えめだからこそ見える星空だ。マツの樹液と薪の煙のにおいをさせた空気はすがすがしかった。

　ショウは食堂を出てすぐに立ち止まり、方角を確かめているように周囲を見回した。もちろん、自分の宿舎の方角は正確にわかっている。そうやってヴィクトリアの姿を探した。自分の規則違反のせいで彼女に迷惑をかけたことを謝りたいという口実で話しかけるつもりだった。

　数分が過ぎた。食堂にはもう後かたづけのスタッフしか残っていない。だが、ヴィクトリアはショウの前をまだ通り過ぎていなかった。

　まもなく、ようやくヴィクトリアを見つけた。ショウの宿舎とは中央広場をはさんで反対側の宿舎の階段を上っていくところだった。いつの間に？　イーライと取り巻きが使った脇のドアから出たとしか考えられないが、宿舎があそこなら、そちらから出ると遠回りだ。意図的にショウを避けたとしか思えなかった。

28

6月16日

翌日の朝食後、ショウはまばゆい陽光にあふれたキャンプを散策した。

　本当は急いで朝食をすませ、そのあとヴィクトリアに話しかける計画だった。しかし食堂に行くのが遅れた。ノートを忘れ、宿舎に取りに戻ったからだ。手ぶらでいるのを〈支援ユニット〉の一人に見とがめられ、規則どおりつねにノートを持ち歩くことと注意された。「いつ何時《なんどき》、すばらしい洞察に恵まれないともかぎらない」いつどこで金の延べ棒が詰まった宝箱に出くわすかわからないとでもいうようだった。

　食堂に戻ったときにはヴィクトリアはもういなかった。たった十分で食事をすませたのか？　温かい料理はパスして——気持ちはわかる——ジュースやコーヒー、紅茶など飲み物だけですませたのかもしれない。

『歓喜の歌』がキャンプの隅々に流れた。

　天使のような声が告げる。「時刻は午前九時です。ノーヴィスは全員、中央広場に集まってください。マスター・イーライの第一の講話が始まります」

　ほとんど命令だなとショウは思った。言葉つきは丁寧だが。

　一拍の間があって、アナウンスはさらに続いた。「マスター・イーライの講話をお聞きになりたいほかのコンパニオンもお集まりください」

　中央広場は、五十メートル×百メートルほどの開けた一角で、キャンプ内のイーライの住居に近い側にある。南側に広いステージがあり、そこに掲げられた横断幕には濃い金色の文字が並んでいた——〈YESTERDAY, TODAY, TOMORROW〉。ゲートの上の錬鉄のアーチにあったのと同じフレーズだ。真ん中の〝TODAY〟の上に、やはり金色の大きな無限大記号が描かれていた。

　ステージは幅九メートルほどで、右奥に肘掛け椅子が三脚並んでいる以外は何もなかった。肘掛け椅子にアーニャとスティーヴが座っていた。ステージの中央に近い一脚だけ座面が高い。まるで玉座だ。

　ショウはヴィクトリアを目で探した。すでに集まっている八十人から九十人のなかには見つからなかった。コンパニオンのなかにはおしゃべりをしている者もいれば、無言のまま真剣な面持ちで待っている者、笑顔の者もいた。広場を囲むように〈インナーサークル〉のコンパニオンが立っている。二十数人いそうだ。呼び名のとおり円《サークル》を描いていた。

　参加が必須とされるのはノーヴィスだけだが、キャンプにいる全員がここに集結しているようだった。

　まもなくシンセサイザーの音楽が大音量で流れ始めた。今回はベートーヴェン交響曲第九番『歓喜の歌』が初めから終わりまで流れた。やはり最後まで聴くと気分が浮き立つし、ほかのクラシック音楽にはない〝歓喜〟に満ちた曲だ。〈インナーサークル〉のコンパニオンが音楽に合わせて手拍子を始めた。前夜の拍手のゆっくりとしたリズムはこれだったかとショウは気づいた。ショウを含め、その場の全員が手拍子を取った。

谷間に音色がこだましたが、一分ほどで音楽は唐突にやんだ。しかし手拍子はやまなかった。〈インナーサークル〉が手拍子を続け、ほかの全員に続けるよう促した――というより、ほかの全員も続けるしかなかった。やがてマスター・イーライが満を持してステージに登場した。両手を高々と上げ、満面の笑みを浮かべていた。アーニャとスティーヴは立ち上がり、満場の手拍子に合わせて手を叩いていた。

ただし、〈インナーサークル〉の一部は手を叩いていなかった。何人かはタブレット端末を持っていて、ふと思いついたように何かメモしたり、イーライと会場の動画を撮ったりしている。

聴衆のなかから何人かが叫ぶ。「マスター・イーライ！」歓声や熱のこもった悲鳴のような声も上がったが、あまりの騒ぎに何を言っているのかまでは聞き取れない。イーライはときおり聴衆の誰かを指さして微笑んだり、肩に手を当てる敬礼を送ったりした。

それから、全員に向けて言った。「おはよう、親愛なるコンパニオンたち！」

何人かが声を張り上げてそれに応えた。〈インナーサークル〉の面々が「イーーライ、イーーライ！」四分の四拍子のリズムに合わせて腕を突き上げ、あるいは手を叩く。そのコールに全コンパニオンが唱和するよう、聴衆のなかに突っこんでいって煽り立てそうな勢いだった。その政治集会のような熱狂ぶりにショウは逃げ出したくなったが、作り笑いを顔に張りつけ、周囲に合わせて同じコールを繰り返した。

ようやく手拍子とコールがやんだ。

「実に最高だよ、諸君は！　最高だ！」イーライはステージの前端まで進み出た。ステージは高さ二メートル近くある。必要以上のかさ上げだ。イーライは背が高くはないが、この半分の高さのステージであっても、そこに立てば広場の一番後ろから余裕で見えるだろう。

「私の講話へようこそ。第一《ファースト》の講話だ。どんな話も初め《ファー》て《スト》聞くときが一番おもしろい。そうだろう？　きっと気に入ってもらえると思う。請け合ってもいい。集まってくれたノーヴィス諸君……かならず気に入ってもらえるはずだ」ステージのすぐ前に陣取ったジャーニーマン数人に目を向ける。「なあ、きみたちもそう思うだろう？」その数人は、大勢のなかから選ばれ話しかけられたことに興奮した様子でうなずき、笑顔を見せた。

「そうだろう。な？　私の言ったとおりだ」

拍手。ショウの両手はすでにじんじん痛み始めていた。この調子ではたこができそうだ。ジョンと目が合った。ジョンは口もとにかすかな笑みを浮かべ、痛いよなと言いたげに手をぱたぱた振った。ショウはうなずいた。

　ウォルターとサリーが近づいてきた。サリーから「おはよう、ノーヴィス・カーター」と言われてショウは驚いた。妻がショウの名前を覚えていたことに気づいて、ウォルターはうれしそうだった。

「何の話が始まる？」ショウはステージにちらりと目をやって尋ねた。

　ウォルターが答えた。「財団と〈プロセス〉の紹介だね。マスターの紹介も兼ねてる。新入り向けだが、まあ、あのとおり、イーライは大勢の前で話すのが好きだ。彼ら《they》は誰が出席したかしなかったかいちいち控えてるって聞いた」

　またも彼ら《they》。

「といっても、何回か繰り返し聞くのも悪くないよ。〈プロセス〉は……すぐにはぴんとこないところがあるから」

「なるほど」

　イーライはステージの左から右へとゆっくり移動した。全員の視線がそれを追う。最後にステージの中央に戻った。イーライには日が当たっていないのに、顔とチュニックは白い輝きを発していた。ステージ上にライトはないが、後ろを振り返ると、数個のハロゲンライトが木々のあいだに隠されていた。音響や照明の調整室はない。ハロゲンライトは、ステージ上のイーライをコンピューター制御で自動追尾しているようだった。

　イーライが低く心地よい声で話し始めた。「我々が生きている〈今日〉とははかないものだ。宇宙の時間枠に照らし合わせれば、ほんの一瞬で過ぎる。まばたき一つで終わってしまう。これで」イーライは指を鳴らした。「もうおしまいだ。うっかりすると見逃す。来たと思ったら、次の瞬間には過ぎている。そう考えると、一秒も無駄にはできない。たった一秒であれ、後悔や不幸せ、悲しみ、不安、鬱、悲嘆に無駄に費やしてはならない。

たったの一秒でもだ。私たちの心を毒する〝悪《あ》しきもの〟に費やしている時間はない」

同意のつぶやき。

「完全な免疫など誰も持たない。悪しきものに冒された経験は私にもある。私にも、苦難に見舞われた経験がある」イーライはゆっくりと繰り返した。「悪しきものに苦しんだ。私の過去の経験を話そう。若いころの話だ。私が何を乗り越えてきたか。あれほどの苦難に見舞われて乗り越えたのは私くらいだろうね。諸君はおそらく、私の背景をあらかじめ調べただろう。私の名前をググった。そうだろう？　していないとは言わせない！」

グーグル検索しても無駄だけどな。手下があんたの存在をネット上からきれいに消しているんだから。

イーライは聴衆を指さした。「諸君は賢い。世の中の誰よりも賢い！　きみたちは最高だ！」

「あなたこそ最高です、マスター・イーライ！」

拍手に歓声。イーライは微笑み、じゃれついてくる犬を落ち着かせるように掌を下に向けた。

「〝ググった〟！　ひどい言葉だ。私の若いころは、〝誰々を百科事典った〟などとは言わなかったよ。〝図書館った〟とも言わなかった」

聴衆から笑い声が上がった。ハイテク機器のない家庭で育ったコルター・ショウは、イーライと自分の意見が一致することがらが初めて見つかったなと思った。

「コンパニオン諸君、なかでもグーグル検索を知らない人々のために、マスター・イーライについて簡単に説明するとしよう。私は幼いころ両親を亡くし、里親家庭をたらい回しにされて育った。つらい時期だった。悲惨だった。虐待、貧困。路上生活。殴られたこともあった。暴力で持ち物を奪われたこともあった」

低い同情のうめきが会場に広がった。

「いまの私からは信じがたい話かもしれないが、そのころの私はひどい有様だった。それに――諸君は私の友人だから打ち明けられるし、ぜひ知っておいてもらいたいとさえ思う。正直な話、よからぬ連中につけこまれたりもした。よくないおとなだ。極悪人だよ。無理に酒を飲ませたり、ドラッグをやらせたり。もちろん、すぐにやめた。自分のためにならないとわかっていた。やろうと思えばやれたし、やめようと思えばやめられた。やめるには強い意志が必要だが、ほかに何もなくてもそれだけは持っていた。私は驚くべき強さを持っている。

　強い人間は、見ればわかる。強いかそうでないか、その人を見るだけでわかる。きみたちも強い人間だね。そうだろう？　私にはわかる。私はよくない習慣を意志の力で断ち切った。ある朝目覚めて思った。〝このままじゃいけない〟。だから自分のためにならない習慣、自分のためにならない人間を断ち切った。二度と他人に利用されてなるものかと思った。意志の力を使って、ある日、悪い習慣、悪い人間を人生から一気に追い払った。

　そこから人生を一変させた。三年後には高校をトップの成績で卒業した。ありとあらゆるクラブやチームの主将だった。アメリカンフットボール。フットボールは好きかい？　ここにいる男性諸君のなかに、フットボール経験者が何人かいる。そうだね？　見ればわかるよ。女性のなかには、観戦には行くよという人もいるのでは？　きっといるだろう。私が熱中したスポーツはそれ、アメリカンフットボールだ。攻撃の司令塔、クォーターバックを務めていた。陸上競技もやった。トロフィーを百個くらい持っているよ。

　アメリカ一の大学で経営学の学位を取得した。もちろん学年トップの成績だった。首席《スンマ・クム・ラウデ》だ。卒業後は会社を興した。一ダース以上も起業した。どれも大成功を収めた。たくさんの金を儲け、たくさんの従業員を雇った。大成功だ！　どの会社もそうだった。完璧だった。最高だった。おもしろいように儲かった」

　ショウは聴衆をさっと見回した。ほとんどは恍惚《こうこつ》とした顔をしている。しかしノーヴィスのなかには困惑顔をしている者もいた。ようやくヴィクトリアを見つけた。後ろのほうにいる。集まったほかの者と同じようにノートを脇にはさみ、両手を空けて拍手に備えていた。崇敬《すうけい》の目をステージ上のイーライに向けていた。

「アメリカンフットボールのチームを率いて決勝に臨むときも——十回、いや二十回以上も優勝した——会社を経営しているときも、孤独や重苦しさにずっとつきまとわれていた。

　孤独と悲しみの人生だった。両親が恋しかった。里親家庭で一緒だったきょうだいが恋しかった。せっかく仲良くなっても、すぐに引き離されてしまった。その悲しみは誰もが知っているはずだ。愛する人を失う悲しみ。ここにいるきみたちは知っているね。なかなか振り払えないことも知っているはずだ。いつまでも治らない頭痛のよう、指先に刺さったままどうしても抜けない棘のようだ。

しかし、苦しんでいるのは私一人ではなかった。同じ満たされない気持ちを抱えている人はあらゆる場所にいた。仕事に悩み、結婚生活に悩んでいる人々。どうすれば解消できるのか、私は途方に暮れた。いろんなカウンセリングも試した。どうかな、きみたちも試した経験があるだろうか」

大勢がうなずいた。

「期待ほど役に立たないね、ああいったものは」

賛同のつぶやき。

「世の人々と同じように、自分をごまかしてその日その日を過ごした。やれるだけのことをやった。金を儲けた。こんなものだと思うしかないのだと何度も自分に言い聞かせた。一方で、無力感に打ちのめされていた。その感覚はわかるね？　もちろん、わかるだろう。

しかしやがて……」イーライはステージの端に立った。会衆を見回し、一人のコンパニオンの視線をとらえ、また別の一人の視線をとらえる。それから、ささやくような声で続けた。「しかしやがて変化が起きた。大きな変化だ。六月のある日のことだった。ちょうど今日のような日だったよ。いまでも目に浮かぶ。いまここで起きているようにはっきりと見える。取引先の人たちと一緒に、ある田舎町にある工場に行く途中だった」イーライは掌を前に向けて右手を上げた。「突然……」

広場に集まった百人が静まり返った。一デシベルの音も聞こえなかった。

「突然……対向車線の車がセンターラインを越えて、私たちの車にぶつかってきた。正面衝突だ」

驚いて息をのむ気配。「ええっ！」という叫び。

「三人が死んだ」イーライは悲しげに首を振った。「三人が死んだ……私はそのうちの一人だった」

29

「臨死体験という言葉は知っているね。きっと知っているはずだ。いろんな新聞や雑誌や本で目にする。テレビでも見る。そうだろう?」

みながまたうなずく。一部は「はい」とささやいた。

「あとで医者からこう言われた。私が経験したのは〝臨死〟ではなかった。死そのものだった。私は本当に死んだのだ」

聴衆がざわめいた。

「あんな事例は初めてだと言われたよ。だが、それは当然だ」大きな笑み。「私は何であれ人と同じでは納得できないのだからね。臨死体験なら誰の身にも起こりうる。ところが、私は本当に死んだ。私はそういう人間だ。中途半端なことができない。医者は、私は死んだとあきらめた。そのあと何が起きたと思う?」

ショウのすぐそばのコンパニオンが小声で言った。

「私は蘇ったのだ」

イーライ——「私は蘇ったのだ」

ショウの隣に立っているジャーニーマンは、イーライの講話を空《そら》で覚えているらしい。一人だけではなかった。イーライの話に合わせて唇を動かしているコンパニオンが十人以上いる。

「医師団からあとになって言われた。生き返ろうとあれほど必死に闘った患者はほかに見たことがないと。医学の教科書に載ってもいいような例だと言っていた。私をテーマに論文を書いた人が何人もいた。私は有名な医学誌に載っているというわけだ。もちろん、仮名になっているよ。好奇心の的にされないように。だが、医学誌に私の事例が載っているのは事実だ。

私がそこまでして生き返ろうとした理由は何だ?」

「教えてください!」

「なぜですか、マスター・イーライ?」

そういった声を上げるのは、大半が〈インナーサークル〉のコンパニオンのようだった。予行演習あってのことなのだろうが、まるで聴衆から自然に出たように聞こえた。

「私がそこまでして生き返ろうとした理由は何だ?」イーライはここでまた声を落とした。「なぜそこまでして?」今度は人さし指で聴衆を指しながら会場を見渡した。「諸君のためだ。あのおぞましい経験から学びを得たからだ。みじめさから解放されたければどうすればいいか、あのとき学んだからだ。

あのとき、麻酔から覚めて手術台の上のランプを見上げながら」――両手を高々と上げる――「何をすべきか悟った。金や成功を追い求めるのをやめなくてはならないとわかった。学校で教えられた知識、スポーツから、会社経営から学んだ知識を土台に、人生の新しい目標を追求すべきだと。世の中にあふれている悲しみや喪失の痛み、孤独を排除するためにそれを使うべきだと。どれほどの成功を収めた人物であろうと、それらと無縁ではない。ハリウッドのスター。ウォール街のビジネスマン」

イーライはショウをまっすぐに見て微笑んだ。

「森林測量士」

いやはや、やるな……

「そこで事業をすべて売却した――ちなみに、多額の利益があった。このキャンプの資金にするために、一ペニーたりとも譲らなかった。世界中を旅して勉強を始めた。哲学……」

イーライと一緒に話す声がまた近くから聞こえた――

「宗教、科学、医学。昼も夜もなく勉強に励んだ……」

「二十六時間、勉強した日もあった！　どうやったと思う？　どうすればそんなことができる？」

何人ものささやき声。「時差」

イーライが笑った。「時差だ。東から西へ飛行機で移動して、二時間稼いだ。時間を惜しんで勉強を続けた。勉強、勉強、勉強。その過程で排除した見解もあった。気に入ったものもあった。どんな土地でも、幸せそうな人、幸せそうではない人を探した。ついに……ついに、抑鬱状態や不安、喪失感を乗り越えるための秘密を見つけた。そして、オシリス財団を創設した」

拍手が波のように広がる。起点はもちろん、手慣れた〈インナーサークル〉のコンパニオンだ。まるでロックフェラー・センターのロケッツのダンサーたちのように息が合っていた。

イーライは両手を上げ、聴衆を静めた。「オシリスという名を選んだ理由は何だろう？」

「教えてください！」叫び声が上がった。

「愛しています、ミスター・イーライ！」

「紀元前二五〇〇年の古代エジプトで、男神オシリスは弟に殺害された。弟は兄の死体をばらばらにしてエジプト中にばらまいた」

オシリスの邪悪な弟に対して聴衆からブーイングが上

がるかとショウは思ったが、広場は静まり返ったままだった。

「おもしろいのはここからだ。覚悟はいいかい？　オシリスの妻とその妹は、国中を旅して断片を拾い、ひとまとめにして布でくるんだ。ちなみに、ミイラの伝統が始まったのはここからだ。オシリスは……再生したオシリスは、以前に増して強大な力を持った。そして豊穣と冥界を司《つかさど》る神となった。生と死を支配する神となったのだよ。最高の神ではないか！

　我らがファミリーをオシリス財団と名付けたのは、だからだ。オシリスはばらばらにされたあと寄せ集められて再生した。いっそうの強さを得た。いっそうの充足と幸福を手にした。なんといっても豊穣の神だ。その仕事はさぞ楽しかったに違いない（一般にオシリスは豊穣（fertility）の神とされるが、fertilityには多産という意味もある）。私も豊穣の神にしてもらいたいくらいだ！」

　会場がどっと沸き、イーライは満足げに笑い声が静まるのを待った。

「私はきみたちに同じ贈り物をしようと思う。きみたちをいったんばらばらに解体したあと、再生して本来の姿にする。幸福で、満ち足りて、豊かで、愛し愛される人間に。私はそれをどうやって実現する？　誰か教えてくれ！　答えを聞きたい！」

　聴衆が声をそろえた。「〈プロセス〉！」

　熱を帯びた拍手。ベートーヴェンの曲のリズムではなく、ほかのどんな音楽のリズムでもない。熱狂した拍手喝采だ。

「〈プロセス〉はどんな手助けをしてくれる？　〈プロセス〉によって、私たちは何を取り戻せる？　さあ、答えを教えてくれ。会場にいる誰か。〈プロセス〉は、私たちに何を取り戻させる？」

「〈真なる核《トゥルー・コア》〉！」

「ほらな、最初に言ったとおりだ！　きみたちは最高だ！　〈トゥルー・コア〉だ。魂と呼ぶ人もいるだろう。真髄と呼ぶ人もいるだろう……だがそういった言葉にはよけいな概念が山ほどまつわりついている。それをすべて取り除いて、〈トゥルー・コア〉と呼ぼうではないか。人の本来の姿、生まれたときの姿を取り戻す。たとえるなら、美しい庭園だ。その上にたくさんの歳月が積み重なり、いまや醜悪なコンクリートの建造物になっている。下見板の壁は薄汚れ、ブリキの屋根は錆びている。落書きまである。庭にはごみが散らかっている。

それでも、もとの庭園はまだどこかにある。その根は地中に埋もれている。〈プロセス〉は、羽目板を引き剝がし、屋根を壊し、基礎を叩き壊して、運び去る。〈プロセス〉は、埋もれていた庭園を掘り返す。〈プロセス〉はきみたちを〈解放《トゥルー・アップ》〉する。私はそう呼んでいる。醜悪なビルを取り壊して、〈解放〉する。オシリスのように蘇るのだ」

シュプレヒコール――「トゥルー・アップ、トゥルー・アップ、トゥルー・アップ！」

ショウの隣からささやき声――「昨日がよりよい今日を開き……」

イーライが声を張り上げた。「昨日がよりよい今日を開き、今日は最高の明日を開く」

「イーライ、私たちを導く輝かしき者！」

「愛しています！」

イーライはまた頭上に両手を上げて叫んだ。「そして最高の……」

聴衆が応えた。「……未来の扉が開く！」

イーライはステージを離れ、待機していたボディガード・コンビのほうに向かった。まもなくその姿は消えた。アーニャとスティーヴが立ち上がってあとに続く。

同じ掛け合いが谷間にこだまする。どういうわけか、ショウの胸の内側でも反響した。

「そして最高の……未来の扉が開く！」

30

注目を集めるべからず。

要するに〝目立つな〟という教えだ。コルター・ショウはこのルールに従い、キャンプ内を行くヴィクトリアを目立たないように尾行していた。

講話が終わる直前、ヴィクトリアは心を奪われたような目でイーライを見つめていた。イーライがステージから消えるなり向きを変え、ノートを胸に抱いて、キャンプの東の境界線沿いに広がる雑木林に向かった。

ショウはあとを追った。建物の窓の反射を利用して、彼女の行方を確かめた。あるいは視野の隅でとらえるようにして。彼女の姿が見えなければ、影を追いかけた。

ヴィクトリアは林に入って斜面を登った。登りきると崖になっていて、地平線に横たわる天を突くような山々まで、半径八十キロにわたる雄大なパノラマを見晴らせる。ヴィクトリアはうつむいていて、巻き毛が表情を隠していた。

崖を目指して着々と登っていく。急勾配を苦にする様子はない。ショウは充分な距離を置いてついていった。木の枝や枯れ葉をうっかり踏んでしまっても、これだけ距離があれば聞かれずにすむ。

やがて、木の枝が折れるような音が聞こえた。ショウの後ろからだ。ショウは足を止め、すばやくしゃがんで背後に視線を走らせた。サルビア、ヒイラギ、ザイフリボクは青々と茂っていたが、さほど密ではなく、コンパニオンや〈ＡＵ〉に尾行されているなら、水色のシャツや灰色のチュニックを見分けられたはずだ。しかし何も見えなかった。しばらく様子をうかがった。物音はしない。動くものもなかった。尾行されていたとするなら、その人物は姿を消した……または鳴りをひそめている。

取って返して確かめるべきか。その必要はないだろうとショウは判断した。

斜面の上のほうをうかがう。ヴィクトリアはもう見えない。

ショウは東に歩き続けた。林を抜けた先に野原があり、その先は崖だ。斜面を登りきると、景色をながめられる向きに設置されたベンチの一つにヴィクトリアが座っていた。ノートを広げているが、いまは何か書いているわけではなかった。景色を見つめていた。

ヴィクトリアがたどったのと同じ小道から崖に出るのはまずいだろう。尾けてきたと思われる。ショウは斜面を十メートルほど戻り、自分を監視している者がいないかどうか確かめた。人影はない。崖に続く別の小道を見つけてそれを登り、ヴィクトリアの右手のだいぶ離れた場所から野原に出た。

崖に近づき、下の岩壁にまた目をこらす。明るいなかで見てもやはりこの絶壁はクライミングには向かない。下りるとなればいっそう危険だろう。懸垂下降《けんすい》ならどうにかなるだろうが。崖の表面の具合がやまびこ山の崖に似ていると思った。やまびこ山の崖を登ったことは一度もないが、ハイスピードの無意味な懸垂下降をした経験ならある。なぜそんなことをしたのか、自分でもよくわからない。あのとき崖の下の干上がった小川の岸に横たわっていた遺体はめちゃめちゃで、下りて確かめるまでもなく救いようがなかった。

振り返ってヴィクトリアのほうをさりげなく見た。ヴィクトリアがこちらを見ていた。そのあとの反応は不可解だった。すばやく目をそらしてノートに視線を落とした。日誌をつけているべきときに白昼夢を見ている姿を見られて、後ろめたいとでもいうようだった。

ショウは目を細くしてヴィクトリアを見たあと、近づいた。「きみは……ゆうべの」

「ノーヴィス・――？」

「カーター。きみは……」よく思い出せないふりをして額に皺を寄せた。

「アプレンティス・ヴィクトリア」

肩に手を当てる敬礼を交わす。彼女はしかたなくやっているという風だった。早くどこかへ行ってくれと言いたげだった。

ショウは言った。「思い出せなかった。なんとなく異様な雰囲気だね、ここは。おっと、〝ここ〟と呼んではいけないのかもしれないな」ヴィクトリアの灰色の目は吸いこまれそうに美しい。

「どういう意味？」そっけない声だった。昨夜のようなおどおどした様子はどこにもない。もっとも、ヒューや全能のイーライのような威圧感はショウにはなかった。

「ゆうべ誰かが財団をそんな風に呼んで、叱られてたから」

「財団を〝ここ〟と呼んではいけない規則はないわ」ヴィクトリアはノートに目を戻した。

ショウはかなたの山々を見やった。「これは偶然じゃないんだ。俺がここに来たのは」

「知ってる。講話のとき私のほうを見ていたでしょう」

「ひとこと謝りたかった。俺のせいできみをトラブルに巻きこんだから」

重たい沈黙が流れた。

しばらくして、ショウは言った。「夜間の外出禁止――午後十時以降は部屋からも出られない。クマやオオカミが本当にいるのかな。どう思う？」

「わからない。遠吠えはときどき聞こえる」

また短い沈黙が流れた。「ともかく、俺のせいだ。謝るよ。ヒューとかいう奴――俺も会った。だいぶ……だいぶおっかない奴だね。あいつにはにらまれたくない」

ショウはヴィクトリアとのあいだに一種の同盟を築きたくてわざとヒューの話を持ち出した。ヒューの名前が出ても、彼女は身をこわばらせたりしなかったが、それまでノートの文字を追っていた目が一瞬止まった。

ヴィクトリアはふっと表情をやわらげた。「罰を食らったりはしなかったから。私が不注意だった。悪いのは私よ」開いたノートを見つめる。びっしりと書き込みがされていた。スケッチもいくつかあった。といっても、お世辞にも上手でない。文字も他人には判読不能だ。

「ゆうべは、プラスを探してたの。自分のよいところね。大事なことだと思って、それに集中してた」

「〝プラス〟？　ひょっとして〝マイナス〟もあるのかい？」

ヴィクトリアはつかの間、困ったような顔をしていたが、すぐにうなずいた。「ああ、そうね。指導員のセッションがまだなのか」

「このあと第一回を受ける」

「そこで教えてもらえるわ。私からは何も話せない。来たばかりのコンパニオンに〈プロセス〉の内容を明かしてはいけないって言われているの」

ショウはベンチに腰を下ろした。少し離れていたが、ヴィクトリアは肩をすぼめた。

「何から何まで奇妙なことばかりだ」ショウは言った。

コルター・ショウは生来無口な人間だが、懸賞金ビジネスでは、おしゃべりが有用な道具になる場面がある。会話は人をリラックスさせ、ショウにとってはそれがこちらの言葉に対する――場合によっては核心に触れる話題に対する――相手の反応を観察する機会になる。このときもショウはとりとめのない話を続けた。「グループ・セラピーは初めてでね。それに、ここは……どう言えばいいのか。目的意識が高いとか？　気迫に満ちている。もっとゆるい雰囲気を想像してたんだ。出入り自由で、みなでフリスビーをやったりするような」

「マスター・イーライは、〈解放〉には集中が必要だと考えているの。閉じた環境で〈プロセス〉に取り組むべきだって。ランプの精の魔力の源は、閉じこめられているランプなんだってよく言ってる」

「それはいいね」ショウは言った。しばし無言ではるか遠い山々を見つめる。やまびこ山から見る風景に似ていた。ただし向こうの山並みはがたがたの歯並びのようだった。ここの山々はもう少しなだらかで、青々とした森の上に淡い灰色の山頂が盛り上がっていた。

ショウは体ごと向きを変えてヴィクトリアを見た。

「それにしてもすごい人だね、マスター・イーライは。ふだんの俺はじっとしていられないんだ。何もしないでぼんやりしていられない。なのに、マスター・イーライの話なら何時間でも聞いていられそうだよ。それに、一度本当に死んだなんて驚きだ」

「マスター・イーライは世界一頭がよくて思いやり深い人よ」

それはたしか、血の染みをブラウスにつけたアデルが口にしていたのとまったく同じ表現だ。

「今度こそ効くといいんだが。これが最後のチャンスと言ってもいい。もう試せるものは全部試した。薬、頭の医者。どれもろくに効きやしなかった」ショウは手を持ち上げかけて、ももの上に下ろした。溜め息をつく。

演技過剰になってはいけない。

ヴィクトリアが尋ねた。「ずっと前からなの？　子供のころから？　それとも何かのできごとがきっかけ？」

ショウはカーター・スカイが昔から抱えていた問題について話した。貧しい地域に生まれ、違法薬物に手を出し、喧嘩を繰り返した。日雇い労働をしていたころ、ギャングと関わった時期もあった。「服役経験もあるんだよ、実を言うと」

そう聞いてもヴィクトリアは何の反応も示さなかった。

ショウは続けて、急降下のきっかけは、少し前に父親を悲惨な事故で亡くしたことだと話した。もし訊かれたら、車の事故だったと答えるつもりでいた――十階建てのビルくらいの高さから転落したという真実ではなく。

それは少し生々しすぎた。

ヴィクトリアは尋ねなかった。

「今度こそ効くといいな」ショウは彼女の表情を観察しながら言った。「ここのことは、知り合いから教えてもらった。アダム・ハーパーって奴だ。知ってるかい？」

「いいえ」

嘘をついているのかどうか、微妙だ。〝いいえ〟と答える前にごくわずかな間があった。アダムを知らないというのが本当なら、調査は一歩後退する。どんな人物だったのか、キャンプに滞在していたあいだに何があったのか、彼女から聞けるのではないかとショウは期待していた。

アダムはなぜ死んだのか。どうしても知らずにいられない……

ヴィクトリアはふいにノートのページをぱらぱらとめくった。爪はピンク色に塗られていた。「〈プロセス〉はきっと効くわよ。ちょっとだけがんばらなくちゃいけないけど」顔が生き生きと輝いた。「今日は午後からマスター・イーライの第二の講話よね。あれは……すごく感動的。聞けばわかる。疑問はみんな氷解するはず」

「きみはどうしてここに？」尋ねても大丈夫だろうと思った。昨夜、ジャーニーマン・クインも全員に話させた。率直に打ち明けることも〈解放〉の一部とされているのかもしれない。

ヴィクトリアは即答した。「私、ポートランドの私立図書館で館長をしているの。昔から本が大好きでね。それで図書館学の学位を取った。哲学の学位も」

ショウの父の趣味も哲学だった。珍しい趣味ではあるが、アシュトンにとっては心躍る分野だった。ショウは

――カーター・スカイは、こう尋ねた。「へえ、哲学……そんなものを勉強して学位がもらえるのか？」

ヴィクトリアはそれには答えずに続けた。「夫はすごくいい人だった。かわいい男の子にも恵まれた。何もかも……そろってた」

すべて過去形であることにショウは気づいた。

「去年、私は一人で帰省したの。母が手術を受ける予定だったから。ドンとジョーイは家にいた。書斎で一緒に映画を見てたそうよ。スーパーヒーローもの。映画を見ているあいだ、明かりを消してた。だから警察は……侵入した男は、留守だと思ったんだろうって。二人は途中で映画を止めて、おやつを食べてた。そこに男が侵入した。私の夫と息子と出くわして、驚いたのね。いきなり撃った。そんな必要はなかったのに。でも撃った」

ヴィクトリアは感情のこもらない声でそう話した。赤ちゃんを亡くしたのだと話したときのアデルと同じだ。

「気の毒に。そんなことがあったなんて……」ショウは言葉に詰まった。

「それでお酒を飲み始めた。鎮痛剤も。だけど主にお酒」

なのに、ゆうべショウは、バーテンダーのジョークなど口にした。

ヴィクトリアは続けた。「ときどきね、思い出してしまうの。ありありと。何かのきっかけで」

はるか下の岩場に横たわるアダムを見たときのようなきっかけで。ショウの脳裏にあのときのヴィクトリアの表情が鮮明に浮かび上がった。

「それで、こうしてがんばってるところ」ヴィクトリアはノートを指先で軽く叩いた。

ショウは話を続けようとした。もう少しヴィクトリアのことを知りたかった。だが、うっかり時間がたつのを忘れていた。あの神々しいメロディが流れ、女の声が時刻を告げたあと、さらにこう続けた。「ノーヴィスは全員、割り当てられた教室に行ってください」

ショウがためらっていると、ヴィクトリアがあわてたような顔をした。「遅刻しちゃだめよ。規則の――」

「第12項。あれから軽く復習した」

この軽口には笑ってくれるかと思った。

ショウは一瞬待ったが、ヴィクトリアはまたもノートに目を戻した。彼女の世界からショウの存在は消えたらしい。

31

木立や低木の茂みにはさまれた小道に沿って斜面を下っていると、ゴルフカートが来て14号棟の裏手に停まるのが見えた。

あの建物には何があるのだろう。

ショウは小道をそれ、独特のぴりっとした香りのするツゲの茂みの陰に身をひそめた。ゴルフカートに乗っていた三人が降りた。水色と黒のユニフォーム姿なのにアミュレットを着けていないのはなぜなのか。それは規則に反しているのでは?

一人が14号棟と宿舎の裏に広がる野原に目を走らせ、うなずいた。別の一人が裏口の鍵を開けた。もう一人は作業用手袋をはめ、カートの荷台から段ボール箱を取って屋内に運びこんだ。ほかの二人も裏口からなかに入り、ドアが閉ざされた。

あの建物には武器が保管されているのだろうか。さっきの段ボール箱は重たそうで、扱いも慎重だった。中身は弾薬か？

この位置からははっきりと見えなかったが、ドアが閉まる寸前に金属が光を反射したのが見えたように思った。

ショウは小道に戻り、中央広場を通って7号棟に向かった。そこで担当指導員のサミュエルとのセッションを受ける予定になっている。7号棟に入った。イーゼルの上のホワイトボードを確かめ、指定された4号室に行った。ノックすると、まもなくドアが開いた。

「やあ、やあ、来たね！　また会えてうれしいよ、ノーヴィス・カーター。さあ、入って入って！」

丸ぽちゃで陽気なジャーニーマン・サミュエルは敬礼をしたあと——ショウもそれに応えた——肘掛け椅子の一つにショウを座らせ、自分も向かい合わせの椅子に腰を下ろした。それぞれの横に小さなテーブルがある。ショウのテーブルには水の入ったボトルとクリネックスの箱が用意されていた。部屋の奥にデスクが一台。窓はなかった。壁——もちろん紫色だ——に装飾品はない。部屋はせまく窮屈で、空気はこもっていた。

ランプの精の魔力の源は、閉じこめられているランプ

……

サミュエルは脚を組み、メモ用紙の束を取って膝に置いた。ここではタブレット端末は使わないようだ。サミュエルはペンを握った。

「どうだね、ここの印象は」

「まあまあかな。たぶん。まだ何とも。まだ数時間だから。しかしミスター・イーライ——マスター・イーライか——の今朝の講話はすごかったな」

悩みを抱えた森林測量士カーター・スカイの反応としてちぐはぐではないか？

こんなところだろうとショウは思った。

「午後からの話もすごいぞ」

ショウは背中を反らして室内を見回した。「それにしても不思議だな。俺は人と何か一緒にするのが昔から苦手で。たいがい喧嘩になって追い出される」

「まあ、不思議だろうね。この段階では、サマーキャンプみたいに感じるだろう。何がどうなっているのかまだよくわからない。子供のころ、サマーキャンプには行ったかね」

カーター・スカイは鼻で笑った。

サミュエルは大きな笑みを浮かべた。「私もだよ、一度も行ったことがない。うちは貧乏だったからね。夏休みには働かなくてはならなかった。ソーダショップで。きみはどうだった？」

コルター少年は幼いころから毎日のように働いていた――コンパウンド周辺には片づけなくてはならない仕事がたくさんあった。その日の夕飯の食材を仕留め、獲物の下処理をし、フェンスの修理をし、薪を割り、自分の倍くらいの体格をした相手を地面に組み伏せ、膝でみぞおちを押さえて身動きを封じる練習をした。

「半端仕事をいろいろ」ショウは答えた。

「手を汚して働くことをいとわない少年！　そういう子供がもっと必要だね。いまの時代には」軽く顔をしかめる。「よし。では始めようか」サミュエルはショウの顔をまじまじと見た。「初めに言っておくよ。〈プロセス〉とは〈解放〉だ。〈トゥルー・コア〉を掘り出すことだ。聞いただけで怖じ気づいてしまうだろうね。とても無理だと思ってしまう。だが、そんなことはない。そんなたいそうな話ではないんだよ。そこがマスター・イーライの非凡なところでね。梵語《サンスクリット》を学ぶ必要はない。『バガバッド・ギーター』（ヒンドゥー教の哲学詩）を暗記したり、タルムード（ユダヤ教の聖典の一つ）の一節をそらんじたり、奇天烈《きてれつ》なヨガのポーズを何時間も取り続けたりする必要もない。マスター・イーライは、誰にでも理解できるように〈プロセス〉を構築した。きみがやらなくてはならないことは、このうえなく単純だ」

「そのやらなくてはならないことってのは？」

サミュエルはショウの目をまっすぐに見つめた。「私に真実を話してくれ。それだけだ」

32

「これから、きみのこれまでの人生について質問をするよ。公私両面について訊く。そのあと、きみが強い感情を抱いている側面を抜き出して検討する」サミュエルは拳を握った。「本当に強い考えや感情を抱いている側面を選び出す。情熱を感じる対象。人、場所、状況、仕事。

それとの関わり合い、きみの反応。好ましくない感情――怒り、恐れ、悲しみ。好ましい感情――喜び、愛、安らぎ。ここではそれぞれ――いかにも気の利いた表現だろう？――〈マイナス〉と〈プラス〉と呼ぶ」

さっきヴィクトリアが言っていたのはこれか。

サミュエルが続ける。「肝心なのは、きみ自身が強い感情を抱いているかどうかだ。たとえば〝何々は思い出したくもない〟、〝何々はいまでもうれしくてしかたがない〟というような」

「それから？」

サミュエルは掌をこちらに向けて両手を上げた。「その特定したことがらについて瞑想をする」

「それだけで、下見板張りの家は崩壊して、下に埋もれていた〈トゥルー・コア〉の庭園が勢いを取り戻す？」

サミュエルの目の周りに皺が寄った。「いいね、きちんと聞いてきちんと覚えていた。ちゃんと聞いていない人もなかにはいるんだよ。けなすわけではないが、そういう人は――どう言えばいいかな――そう、ぼんやりしていて、人の話を聞いても右から左へ抜けてしまう。もっとしゃれのきいた言い方ができたらいいんだが、とっさに思いつかなくて申し訳ない。しかしまあ、言いたいことはわかるだろう。きみは、ノーヴィス・カーター、〈解放〉に真剣に取り組む姿勢を持っているし、それに必要な知性も備えている。だがそれ以上に肝心なのは、きみには根性があるところだ。気骨がある。実に頼もしいね。マスター・イーライもそこに期待している。きみを特待生に選ぶとは、さすが人を見る目がある」

ふむ、興味深い。ショウを選び出したのはイーライその人というわけか。

「〈プラス〉や〈マイナス〉が首をもたげると、人はそれに飛びついて、もっとよく見ようとする」

「じゃあ、俺の人生の再点検をするわけだ」

「そうだ。そういう簡単な話だよ」

「それに大枚はたいたのか、俺は」ショウはぼそりと言った。

サミュエルは本心から愉快そうに笑った。「いいね、ノーヴィス・カーター、きみは本当におもしろい。もちろん、〈プロセス〉はそれだけではないさ。そのあたりの話は、午後からマスター・イーライの第二の講話を聞けばわかる。それでは、〈マイナス〉の検討から始めようか。いつもかならず〈マイナス〉から始める。逮捕された経験——何度かそういうことがあったんだろう？　あとは、両親との問題。規制薬物やアルコール問題」

サミュエルはクリネックスの箱に目をやってうなずいた。ショウもいぶかしげに箱を見た。

「泣きたいときは泣いてかまわない。〈プロセス〉の効果の証でもある」

ショウが最後に涙をこらえたのは、クライミング中にちょっとした不運に見舞われ、右の第五中手骨——小指の中手骨——が派手な音とともに折れたときだった。

カーター・スカイは馬鹿にしないでくれという風に鼻を鳴らした。サミュエルはその反応を見て楽しげに笑った。

それから開いたノートが閉じてしまわないよう手で押さえつけた。「きみについて少し教えてもらおう」そしてスカイの過去の芳《かんば》しくない側面について質問した。孤独癖、アルコールやドラッグの問題、鬱、落ち着きのなさ。

続いて、長い時間をかけて、森林測量士としての仕事ぶりを尋ねた。どんな会社と仕事をした経験があるか、いつか自分の会社を持ちたいと思っているか。

「〈マイナス〉は、毎日の決まりきった仕事のなかにたくさん埋もれている」サミュエルはそう説明した。

カーター・スカイの架空の経歴から逸脱しないよう、ショウは冷や汗をかきながらも平静を装って作り話を連ねた。自分の記憶力を信じるしかない。〝メソッド演技法〟の話を聞いたことがある。舞台俳優や映画俳優が現実の経験や人間関係を踏み台にして、演じるキャラクターを造形するという演技理論だ。しかし現実には、カーター・スカイの造形にショウ自身の経験は組みこまれていない。将来に希望を抱きながらも情緒的な欠点が原因で道をはずれがちな三十代の男の身の上をひねり出そうとしていると、掌が汗ばんだ。

サミュエルは次に、恋愛経験について尋ねた。ショウはマーゴとの関係を参照しながら繰り出される質問に答えた。

水を一口。汗を拭った。

腕時計も壁時計もないため——この部屋では〝時報の女神〟の声も聞こえない——ショウは時間の感覚をしだいに失った。そろそろ一時間たつのでは？　早くセッションが終わってくれと念じた。

サミュエルは取ったメモを見返してうなずいた。眼鏡をはずしてレンズを磨く。「今日のきみの仕事が何だか覚えているかね」

　ショウはうなずいた。「あなたに真実を話すこと」

「そのとおり」サミュエルは眼鏡をかけ直して身を乗り出した。優しげなおじいちゃんではなくなっていた。冷たい表情を浮かべている。「よし、でたらめはここまでとしよう。ここに来た本当の目的を話してくれ」

33

くそ、どこでしくじった？

うまい嘘をつくには、記憶力に優れていなくてはならない。どこかで矛盾したことを言ってしまったか。

　元ペテン師のアウトローにしては上品な口をきいてしまったか。

　ひげのないサンタクロースみたいな相手の見かけについ警戒がゆるんだか。油断しすぎたか。

だが、芝居を続ける以外にない。ショウは困惑した風を装って言った。「どういう意味だ？」

「仕事の愚痴はいくつか聞いた」サミュエルはノートを指で叩いた。「パパやママにも傷つきやすいところがあるようだね。落ち着きのなさが原因でガールフレンドにも振られた。しかしね、ただ泣き言を言うためだけにあんな金額を払ってオシリス財団に来る人はいないんだ。みな藁《わら》にもすがる思いでオシリス財団に頼る。きみがいま話した内容はどれもそこまでのことには思えない」丸いレンズの奥から射るような目でショウを見つめる。

「私が知りたいのは真実だ……真実だよ」

　コルター・ショウは思わずこう答えていた。「兄貴のことがある」

　おい——自分はいま何を言った？

　ショウはのちに振り返って、兄のラッセルの話がうっかり出たのはメソッド演技法のせいだと自分に言い聞かせた。

　一方で、あれは当座しのぎのサバイバル法だったのだとも思う。ショウの直感はこう告げていた――カーター・スカイの仮面を剝がされないよう、そして激しい暴行と、絶対にありえないとは言いきれない死を回避したい一心で、反射的に説得力のある答えを返したのだ。

さらにまた、こういうことだったとも考えられる。密室で、洞察力と明敏さと共感力を兼ね備えた人物を前にして、身分を隠すための作り話は自ずと一時中断したのだと。そこにいたのはスカイではなくコルター・ショウ――兄の失踪という不幸を乗り越えられずに真に苦しんでいる、オシリス財団のコンパニオンのショウだったのだと。ショウは嘘偽りなく〈解放〉を求めて〈プロセス〉の第一段階に取り組んでいたのだと。アプレンティスに昇進し、さらにはジャーニーマンになって〈インナーサークル〉に迎え入れられ、誰もが羨望の目を向ける銀色のアミュレットをもらいたいと本心から望んでいたのだと。

ここに来た最大の動機は、人生を毒している最大の〈マイナス〉――兄が失踪した悲しみ――にあるとうっかり口をすべらせたとしても、不思議はない。

イーライが第一の講話で話していた、オシリス神とその弟の伝説。ショウはいまその伝説を思い出して、痛烈な皮肉を感じた。

サミュエルは何かメモを取っていた。まもなく顔を上げた。「ああ、なるほど、なるほど。その顔を見ればわかるよ、ノーヴィス・カーター。私たちは突破口を探し当てたようだ。きょうだい関係に悩んでここに来る人も少なくない。それは〈プロセス〉における三冠のうちの一つだ。恋愛の〈マイナス〉、仕事の〈マイナス〉、家族の〈マイナス〉。もちろん、親との関係で悩むこともあるだろう。親子関係はまさに地雷原だ。私の父母など、〝人の親になる資格なし〟の典型だった。おかげさまで私はここに逃げこむことになった。うちの父母の件では、マスター・イーライに本当に救われたよ。だが、きょうだいの悩みも多い。きょうだいは喜びの源であると同時に……トラブルの元でもある。さて、お兄さんの話だったね。名前は？」

「ランダル」しまった、ラッセルに似すぎていないか？　だが、手遅れだ。もう言ってしまった。取り消しはきかない。

「愛称はランディ？」

「いや。ランダルと呼んでいた」

「家族の誰かにちなんだ名前かな」

　アシュトン・ショウは、三人の開拓者にちなんだ名前を子供たちに与えた。ラッセルは、十九世紀の探検家オズボーン・ラッセルからもらった。コルターは、やはり探検家のジョン・コルターから。ドリオンは、北アメリカ大陸最古の女性探検家マリー・アイオエ・ドリオンから。

「ランダルの問題に悩んでここに来たわけだね」サミュエルは声をひそめて続けた。「亡くなったのかな」

「俺たちにはわからない」

「家族。おふくろと妹」

　おっと、危険信号だぞ。先走るな、よく考えろ。

　また水を飲んだ。

「つまり、お兄さんは家を出て、それきり音信不通ということか」

「そう、そんなところだ」

「なるほど。『ハムレット』ではないが、〝あるべきか、あらざるべきか、それが問題だ〟というわけだね。不定詞ではなく現在形で言い直すなら――〝あるか、なきか〟。おや、目を細めたね、ノーヴィス・カーター。いまきみの胸に聴診器を当てたら、鼓動がいくらか速くなっているのではないかな。どくんどくん、どくんどくん」

「ああ。たぶん」

　サミュエルの目がふいに険しくなり、笑みはかき消えた。「私が冗談を言うのは、茶化しているからではないよ。大きな〈マイナス〉を探る段になると――深刻な〈マイナス〉を掘り返そうとすると――どうしても危険な領域に足を踏み入れることになるからだ。だからきみをリラックスさせたい。いま私たちは〈解放〉に、きみがジャーニーマンになるために、どうしても不可欠なことに取りかかろうとしている。きみが〈トゥルー・コア〉の庭園に到達するのを邪魔してきた〈マイナス〉を排除しようとしているんだよ。きみは傷つき、その傷を癒したくてここに来た。マスター・イーライはぜひ手を差し伸べたいと考えている。きみを救うために生きている。現に、私たちなら救える。私たちはきみを救う」

　ショウの鼓動は、サミュエルの言うとおり、速くなっていた。

どくんどくん……

「お兄さんのことを聞かせてくれないか」

「兄貴は、俺の保護者でもあった。あるとき、いなくなった。何も言わずに消えちまった」

「いまもまた一瞬の間が開いたね。きみには根性が備わっているね、うところで間が開いた。きみには根性が備わっているね、"俺の"保護者と言ノーヴィス・カーター。根性があって、世間慣れしているる。殴り合いのコツだって心得ている。きみには保護者などもともと必要なかったのではないかな。きみの家族に、ほかにも誰か守ってやらなくてはならない人物がいたのではないかという気がするね。お母さんかな……いや待て、違うな。きみのお母さんはきっと強い人だ。きみを育てたのだから。とすると、妹さんか。どうかね、だいたい当たっているのではないかな」

「当たりですよ」

「妹さんの名前は？」

「ドリス」

おい、いくら何でも近すぎる。気をつけろ――ショウは自分を罵った。記者の顔に叩きつけられたヒューの痛烈なパンチが思い浮かぶ。

「ランダルはドリスを何から守ろうとしていた？　あるいは、誰から？　お父さんかな。お父さんは……不適切な行為を？」

「いやいや、そういうんじゃない」

サミュエルの声と、額に刻まれた皺は、子を思う優しい父親のそれだった。晩年のアシュトン・ショウとは大違いだ。アシュトンの目は落ち着きがなく、抗精神病薬の副作用で呂律《ろれつ》が回っていなかった。ショウは思わず目をそらした。若いころあれほど才気にあふれていた父は、馬鹿げた悪意がこもったことばかり言うようになっていた。

「話してくれないか」

ショウは考えていた。ここに来たのは、自分の管理下にあった青年が死んだ理由を探るため、赤の他人を救うためだった。なのにどうだ、精神科医のカウンセリングか、これは？　コルター・ショウは、カウンセリングなど一度も受けたことがない。マーゴに勧められても抵抗した。数年前の記憶が蘇った。大学の考古学科の自分のデスクに座ったマーゴ。明るい金色の巻き毛を肩から払いのけて彼のほうを見る。そして唐突に言った。一緒にカウンセリングを受けない？　ショウは拒絶した。あれが決定的な間違いだったのではないかと思う日もある。そうではないと思う日もある。

落ち着きのなさ……

「ドリスは強かった。いまだって強い。だが、親父は妹に度を超した要求をした。妹のためだと本人は思っていた。現実には、妹をただ危険にさらしただけだ」

「スポーツかな」

アシュトンは、当時十三歳だったドリオンに、夜中に高低差三十メートルの絶壁を登らせようとした。それは精神を病んだ父親が子供に押しつけた試験の一つにすぎなかった。子供を鍛えるための試練。サバイバルを教えるための。

「そうだ。いくらなんでもやりすぎだった。身体的な危険にさらすだけのことだった。精神的にも」

「ランダルはそれをやめさせようとしたんだね」

「そうだ」

「問題の本質が見えてきたようだ、ノーヴィス・カーター。しかし、いまはまだその上空を旋回しているにすぎない。問題の多い危険な父親……妹を守ろうとする兄。きみは……この物語のなかでのきみの役割にまだ触れていないね。それを話そうか」

掌にまた汗が浮いた。

「ドリスのその一件があってまもなく、親父は死んだ」

「どうして」サミュエルがすかさず訊く。

ショウは口ごもった。「初めは事故とされた」

「〝された〟。意味深な言い方だね。つまり、事故ではなかったわけか」

「そうだ。計画的に殺されたか、口論か何かの末に殺されたか」

「驚いたな。で、きみは……」

ショウは答えた。「兄貴が殺したんだと思った」

「父親殺しか。なるほど」

「しかし、兄貴じゃなかった。あとになって犯人がわかった。ラ――ランダルはまるで無関係だった。ただ、兄貴は葬儀の直後に失踪した。姿を消した理由がさっぱりわからない」ショウは両手を上げた。「しかもそれ以来、音信不通だ。もう何年にもなる」

「きみに疑われたことをお兄さんも知っているのではな

いかときみは思っているわけだね。それでお兄さんに憎まれているのではないかと」

ショウはうなずいた。

「だが、お兄さんと話をする機会が一度もなかった。謝罪や釈明の機会がないままになっている」

「そうだ。もう何年もたつのに。話がしたくて、兄貴を捜した。いまだに見つからない」

サミュエルは椅子の背にもたれた。「きみはどう思う？　お兄さんに関連する最大の〈マイナス〉は何だろう。どんな点が一番つらい？」

「兄貴は友達だった」ショウは一つ息を吸いこんだ。「俺も兄貴の友達だった。その関係を俺がぶち壊した」

「なるほど、ノーヴィス・カーター。第一回なのに、私たちはずいぶんと前進したね。今日はここまでにして、少し考える時間を設けよう。明日以降、この〈マイナス〉を詳しく分析する。石を砕いて砂利にするように、細かく検討しよう。なに、心配はいらない。この調子でいこう。ただ、今日はここまでだ。部屋に戻ったら、いま私と話したことを日誌に書き出してごらん。ただし、あまり夢中になってはいけないよ。マスター・イーライの第二の講話に遅刻したらもったいない。頭から一言漏らさず聞くべき話だからね」

34

「ひどい目に遭った？」

ショウは振り向いた。

すぐそこにヴィクトリアが立っていた。

「7号棟から出てくるのが見えたから。顔色が悪いみたい」

ショウは肩をすくめた。

ヴィクトリアは小さく笑った。秀でた額に皺が寄る。三十代初めらしいかすかな皺だった。「指導員は誰？」

「ジャーニーマン・サミュエル」

「あの人はいいわ。やたらに高圧的な人もいるけど、彼は違うでしょう。でも、自分のこれまでについて微に入り細に入り、まるで取り調べみたいにあれこれ訊かれると気が滅入るわよね。図書館の仕事はどうか。死んだ夫はどんな仕事をしてて、それが私にどんな影響を与えたと思うか。父親が銀行の弁護士をしていて裕福だった家庭環境を自分ではどう思うか。父親を恨んでいないか」

「まさにそんな感じだったよ。林業や木材伐採業者についてどんなことを知ってるか。俺は測量士でね。あとは家族の話も訊かれた」

「それは答えにくいわよね」

ショウはセッションの話はここまでというように肩をすくめた。「きみはあとどのくらいでジャーニーマンになれそう？」

「うまくいけばあと数日。まだやることがたくさんある。何ステップか残ってるの。忍耐力を試す試験みたい」

ヴィクトリアがその言葉を使うとは、奇妙な偶然と思えた。アシュトン・ショウは、三人の子供にサバイバル忍耐試験を課した。そのうちの一つが、ドリスに与えられた深夜のクライミングで、それを境に家族の崩壊が始まった。

ショウは自嘲した。いま使った名前はでっち上げだぞ。心のなかで言い直す。妹のドリオンだ。

「やあ、きみたち」背後から男の穏やかな声が聞こえた。

声の主が誰か、ショウは即座に察した。

二人はそろって振り向いた。イーライと取り巻きが近づいてきた。アーニャ、スティーヴ、〈支援ユニット〉のボディガード、スクワットとグレー。

全員が敬礼を交わしたが、アーニャだけは別だった。会釈して小さく微笑み、控えめに一歩下がった。

「ノーヴィス・カーターにアプレンティス・ヴィクトリア」イーライは二人に会って喜んでいるような顔をしていた。

「マスター・イーライ」ヴィクトリアの声は震えていた。まるで王族の前に出たように顔を伏せる。

ショウはイーライに小さな会釈をした。こうして近くで見てわかった。イーライの目の青い色は薄すぎる。カラーコンタクトレンズを入れているに違いない。

「最初のセッションはどうだった？」イーライはショウに尋ねた。

「無事に終わりました。なかなかの衝撃でしたよ、〈マイナス〉を分析するのは」

「そうだろう、そうだろう。しかし、それでいいのだよ。そうでなくては〈プロセス〉が機能しない。私は〈プロセス〉を慎重に設計した。何年もかけて微調整を施した」

「その甲斐はあったようです」

「そう思うかね」

「思います」ショウは答えた。

イーライは満悦の笑みを見せた。

「アプレンティス・ヴィクトリア。きみもがんばっているね。すばらしい成績だ。きみは好成績を収めるだろうと私にはわかっていたがね。一目でわかる。読みをはずしたことは一度もない」

「ありがとうございます、サー」ヴィクトリアは顔をしかめた。「すみません。マスター・イーライ」

ヴィクトリアが以前にも〝サー〟〝マアム〟と言って注意されたことがあるらしいことをショウは思い出した。

「いやいや、間違いは誰にでもあるさ、ヴィクトリア」イーライは微笑んだ。「今夜、スタディ・ルームで瞑想セッションの予定だ。よかったら参加しないか」

「私ですか？　はい、もちろん、マスター・イーライ」

ヴィクトリアは目を見開いて答えた。

「では、夕食後に」イーライはショウに向き直った。

「それから、ノーヴィス・カーター、きみは特待生だから、スタディ・ルームに招待するよ。じきにね。明日か明後日がいいだろう。私の住居で行っている没入型の特別セッションだ。ほかでは体験できない超越瞑想でね。私が考案した。特許も取得している」

ヴィクトリアがショウに言った。「招待は名誉なのよ」

「えーと、はい、行きます。おもしろそうだ」

イーライが含み笑いをしてスティーヴを見やると、スティーヴも同調して微笑む。イーライは言った。「奮闘のあとでもその余裕を見せられるか、楽しみだね。特別セッションは……何かいい言葉があったな」

スティーヴが提案する。「スタミナを消耗する、とか」

「それだ。スタミナを消耗する」

「ただし」スティーヴがすかさず言葉を添える。「充足感を得られる」

「そりゃいいな」ショウは、スカイのキャラクターに合わせた言葉を探して言った。

アーニャがショウを見ていた。どうとでも解釈できるような表情を浮かべている。あの下に疑念を隠しているのか。それとも——？

「ところで、一つ話しておきたいことがあるんだがね、ノーヴィス・カーター」マスター・イーライはいわくありげな調子で言い、ほかの者には何も断らずに少し離れたところへ行った。ショウはそのあとを追った。誰にも声が届かない距離まで来ると、イーライは穏やかな目でショウを眺め回した。「一つ提案がある。返事はいまでなくてかまわない」

「何ですか、マスター・イーライ」

「コンパニオンの特別なグループがある。精鋭だけを集めたグループだ」

「〈インナーサークル〉ですか」

「そのさらに上位のグループだ。〈精鋭《セレクト》〉と言ってね。選ばれるのは全コンパニオンの一パーセントに限られる。私が自分で選び、育成する。育成期間は一年。もっとかかる場合もある。ただし、育成期間中もそのあとも報酬が出る。修道士や僧のようなものと思ってくれればいい。きみもキャンプ内ですでに何人か見かけたのではないか。ユニフォームを着ているが、アミュレットは着けていない者がそうだ」

「ああ、不思議に思ってました」

14号棟で見た無愛想な連中のことだ。あの建物は、その〈セレクト〉とやらの訓練施設なのだろうか。

「むろん、彼らも財団のシンボルを身につけている。頭を剃り上げて、無限大記号のタトゥーを頭皮に彫るのだよ。そのあとまた頭髪を伸ばす」イーライは柔和な笑顔を作った。「まだ初日だということはわかっているよ。だが、きみは条件を満たしている。独身で、子供がおらず、旅行好き。ジャーニーマン・サミュエルから聞いた。きつい労働をいとわないと」

今日のセッションの報告が早くも届いているわけか。

「きみは身を粉にして働くことに慣れている。〈セレクト〉には大切な要素だよ。体格にも恵まれていなくてはならない。簡単に相手に圧倒されるようでは困る。我々の世界観を認めない者も世の中にはいるからね。そういった者が抗議に押しかけてくることがある。ときに激しい口論になる場合もある」

「俺も経験から知ってますよ。真実を口にすると、人は怒り出す」

「今回の新入会員のなかでは、きみとノーヴィス・トッドの二人が〈セレクト〉の有力候補だ」

昨夜、食堂で同じテーブルだった、元軍人のトッドか。

「具体的には何をするんです？」

「顧客窓口とでも呼ぼうか」

おそらく新会員の勧誘だろう。死別体験者の自助グループや葬儀に入りこんで勧誘するとか。

「そうだな、やってみてもいいな。少し考えさせてください」

「もちろんさ。またゆっくり話し合おう。これについては他言無用だ。〈セレクト〉の管理に関わっているのは私のほかにはごく少数の者だけだ」

「秘密にしておきますよ、マスター・イーライ」

二人は敬礼を交わした。イーライと取り巻きは立ち去った。

ショウとヴィクトリアはまた並んで小道を歩き出した。ヴィクトリアが詮索するような目を向けた。「俺の成績が上出来らしくて」ショウは言った。

ヴィクトリアはもっと何か訊きたそうだったが、思い直したようだった。

ショウは訊いた。「昼飯を食いにいこうか」

ヴィクトリアは一瞬ためらった。「先に日誌を書き終えないと」そう言って、ショウの誘いを跳ね返すようにノートを持ち上げた。

ショウはその思慮深そうで魅力的な顔を見つめた。

芸術志向の映画への出演を好む才気にあふれた女優
……

「〈プロセス〉が役に立ってるらしいね」ショウは言った。

「ここに来て、落ちこむ時間が日ごとに減ってるの。来週、旅立ったら」ヴィクトリアは晴れやかな顔で言った。「何もかもうまくいくから」

ショウの耳にはカルト独特の言い回しが滑稽《こっけい》に聞こえた。ここのコンパニオンは、研修を〝卒業する〟とは言えない。〝旅立つ〟と言わなくてはならないのだ。

ショウは言った。「じゃあ、第二の講話でまた会おう」

「かならず行くわ」

〝また会おう〟の誘いは退けられたも同然だ。

敬礼を交わさずにそれぞれ別の方角に歩き出した。ショウはサンドイッチとコーヒーでもらおうと考えて食堂に向かった。歩きながら思案した。この財団は異様で怪しい。それは断言できる。管理統制。昨夜の食堂で、また今朝の広場で見た、まるで政治集会のような熱狂。イーライの過大な自負心と支配欲。オシリス財団はカルトと考えていいだろう。

では、危険なカルトだろうか。サンフランシスコで新聞記者が殺された件を見過ごすわけにはいかないし、それはショウがここに来てから見た記者に対する暴行も同じだ。しかしその二つは、例外的な異分子による外《はず》れ値《ち》とも思える。サンフランシスコの事件のハーヴィ・エドワーズ、〈支援ユニット〉を率いる掟破りの危険人物ヒュー。エドワーズの経歴は情緒の不安定さをうかがわせる。ヒューはどうか。雇われ保安要員とはえてしてそういうものだが、ヒューもやはり、自分に与えられた権限を勝手に拡大解釈する傾向があるのだろう。そして腕力にものを言わせ、空手の技を実践するまたとない機会に飛びつき、弱い立場にある者に威張り散らし、女に露骨に言い寄ろうとする。

イーライは自己陶酔が過ぎるのはたしかだが、滑稽な種類の自己陶酔だ。真に危惧すべき危険な側面はここまで見せていない。苦しんでいる人に救いの手を差し伸べるという利他的な使命にひたすら邁進《まいしん》しているように見える。

カルトの専門家デステファーノが話していたように、ヒューの暴力やエドワーズの記者殺害をイーライはまったく知らずにいるのかもしれない。

〈プロセス〉そのものはどうか。

自助を目的とした陳腐な決まり文句と、規制のカウンセリングの、無害なごった煮と思える。ショウはアダムの死の理由を探りに来たわけだが、これまでのところ、財団に責任があると考えるべき証拠は一つとして見当たらない。アダムの死はおそらく、情緒的な問題に苦しんだあげくのことだったのだろう。

ヴィクトリアやほかのコンパニオンに具体的な危険が迫っているということもなさそうだ。喪失感の沼に沈みかけていたヴィクトリアは、〈プロセス〉に支えられて前を向こうとしている。

ベートーヴェンのメロディがキャンプ内に流れた。いつもの女性の声が告げる。「マスター・イーライの第二の講話が始まります」続けて、ノーヴィスはかならず出席を、それ以外のコンパニオンは任意でどうぞと繰り返した。

ショウは昼食の皿を片づけ、広場に続く小道を歩き出した。ほかにも十数人が同じ方角に歩いていた。

まるで〝自殺ネズミ《レミング》〟だなと彼らを心のなかで揶揄《やゆ》したくなった。だがすぐに、それは言いすぎだと思い直した。ここにいるコンパニオンは、世の中の誰とも変わらない。いまのままの自分では世の中を渡っていけそうにないと感じ、新たな道を手探りしているだけのことだ。コルター・ショウは、さすらいのライフスタイル――重罪犯や失踪者を捜し、断崖絶壁を登り、オートバイで高々とジャンプして自分の限界を試す――に活路を見いだしている。

　正しい答えに初めから焦点を合わせられる人間がどこにいる？

　本当の自分を取り戻したいと思わない人間がどこに？

　広場に大勢が集まった。朝の講話のときと同じように、修行中の者は中央に、〈インナーサークル〉の者はそれを囲むように。広場の食堂とは反対の側にウォルターとサリーを見つけ、ショウは二人に合流した。サリーはショウをじっと見つめておずおずと微笑んだ。ショウとウォルターは肩に手を当てる敬礼を交わした。サリーは当惑したような顔で言った。「あらあら、いくつになっても男の子はねえ……」

　ショウはステージのほうにうなずき、ウォルターに尋ねた。「この第二の講話ってのは？」

　するとウォルターは小さく笑って言った。「聞いてのお楽しみだ。ぶっ飛ぶぞ」

35

午前中の第一の講話のときと同じように、〈インナーサークル〉の面々が手拍子を始め、『歓喜の歌』の長いバーションが谷間に響き渡った。

ステージとイーライの住居の向こうに目を向けると、まぶしいほど晴れ渡った空の青さと、遠い山々と森の茶と緑が鮮やかなコントラストを描いていた。黒土とマツとユーカリの香りを優しい風が運んでくる。

　イーライがステージに現れ、規則正しい手拍子のリズムがふいに崩れて熱狂的な拍手に変わった。イーライの純白のチュニックは依然として光り輝くようだった。

イーライが両手を上げ、聴衆が静まった。

だが、静寂はすぐに破られた。誰かが叫ぶ。「愛しています、マスター・イーライ！」

それをきっかけにまたも拍手喝采が湧く。

やがてイーライが聴衆を静めた。

「ノーヴィス諸君、今日のセッションは有益だったかね」イーライは青いアミュレットを下げている者を目で探した。それからショウをまっすぐに見た。

いくつもの声が答えた。「有益でした！」

男の一人が叫ぶ。「よかったぜ！」

イーライがその一人を指さした。「いいね！」

男が晴れやかに微笑む。

「きみたちがいま取り組んでいるのは……何を探すことだ？」

「〈マイナス〉！」「〈プラス〉！」聴衆からばらばらな答えが返る。

イーライは特定の誰かを見るわけではなく、深夜のトーク番組の司会者が架空のアシスタントに話しかけるような身振りで言った。「今期は当たりだと言ったよな。有望な者ばかりがそろっている。彼らは最高だよ！」

それに対して、ふたたび熱狂が会場に渦巻いた。

「きみたちなら、邪魔な建造物をあっという間に取り壊すだろう。〈トゥルー・コア〉の庭園に〈プラス〉を次々と植えていくだろう。断言できる。きみたちの努力を私は見ている。きみたちはみごとにやり遂げるだろう。私の見立てが間違っていたことはない」

そこまで話して、イーライは口を閉ざした。

聴衆も沈黙する。

「今朝、オシリス神の話をしたね。なんと麗しい人物であることか！　彼は神だ。冥界を司る神。豊穣の神」

〈インナーサークル〉の三人か四人はタブレット端末を掲げて動画を撮影していた。

「オシリス。すばらしい男だよ。実にすばらしい！　最高だ。私が彼のどこを気に入っているか、わかるかね。オシリスは死の世界から蘇ったという話はしたね。彼は永遠の命を持って蘇った」イーライはステージの前端に近づいた。スポットライトの光がひときわ明るくなったように見えたのは、ショウの目の錯覚だろうか。

イーライは自分を見上げている顔の海を見渡した。

「私たちも同じだ。きみや……きみも……同じだ」そう言って何人かを指さす。「永遠の命を持っている」

古参のコンパニオンの多くが微笑んでいた。イーライを見上げるノーヴィスのほとんどは恍惚とした表情をしていたが、そこには困惑が多少なりとも混じっていた。

「〈プロセス〉の秘密を明かそう。〈プロセス〉とは何か。永遠の命だ。私たちのスローガンはこうだ――〈昨日、今日、明日〉。〝昨日〟はきみたちの過去を指す。〝今日〟は」――掌を前に向けて両手を上げる――「言葉どおりの今日だ。そして〝明日〟はきみたちのこれからを指す」イーライはいまの言葉が聴衆の意識に染み通るのを待った。「〈プロセス〉が教えるのは」――背景幕の金色の無限大記号を指さす――「〝永遠〟だ」

36

ショウの隣の女性――等級はアプレンティス――が小さな声で言った。「死は、誤って解釈されている」

イーライの声が響く。「死は、誤って解釈されている！　死は、権力者が不変の真実として流布しているフィクションだ。政治家、宗教、医学、企業、マスコミによって流布された作り話だ。死は虚構なのだよ！

彼らは、死んだらおしまいだと言い聞かせる。人を支配するためにそう言う。商品を買わせるためにそう繰り返す。この生命保険に加入しなさい、この薬をのみなさい、あの政治家に投票しなさい、この住宅を購入しなさい。十万ドル払ってこの治療を受けなさい。いまをせいいっぱい生きなさい。死んだらおしまいなのだから。人生を無駄にしてはいけない。きみの金をよこしなさい、きみの子供に多少は遺せるように計らってあげるから。もちろん、手数料はほんの少しだけいただくよ」

〝ほんの少しだけ〟と言うと同時に、イーライは両手を大きく広げた。こんな大物を釣り上げたんだと大げさに話すように。

会場から笑い声と拍手が上がる。

「コンクリートと下見板でできた醜悪で建てつけの悪い家、屋根が錆びかけた家を売りつけ、〈トゥルー・コア〉の庭園を埋もれさせたのは、そういう連中だ」

聴衆がうなずき、同意の言葉をつぶやく。
「永遠の命……」イーライはささやくように言った。コンパニオンが聞き逃すまいと身を乗り出す。「今朝、話したね。今日という日は短いのだと。はかないと。まばたき一つで過ぎてしまうものだと。それは事実だ。きみの〈トゥルー・コア〉が生きる人生、時の始まりから終わりまで続く人生と比較すれば、今日という日はほんの小さな一部にすぎない。

わかっている。わかっているよ……こんな壮大な話をいきなり理解しろと言っても無理だろうね。だが、私はなぜ無理だろうと知っているのか。同じ経験をしたからだ。いまのきみたちと同じ立場にいたからだ。初めは信じられなかった。ありえないと鼻で笑ったんだ。だから、私の話を聞いてくれ。最後まで聞いてくれ。お願いしたいのはそれだけだ。どうかな、最後まで聞いてもらえるだろうか」
「聞きます！」
「愛してます！」

イーライは続けた。「永遠の命。原始的なもの、先進的なもの、種類を問わず、あらゆる社会、あらゆる文明、あらゆる宗教がそれぞれの〝永遠の命〟を語ってきた。私の友人、オシリス神はすでに紹介したね。愛すべき男だ。そうだろう？　彼はすばらしい。彼は最高だ」

拍手と喝采。

この話はいったいどこに向かっているのか。ショウはウォルターをちらりと見やった。その視線に気づいたウォルターがうなずく。

ぶっ飛ぶぞ……

「古代エジプト人は、魂が不滅であると知っていた。オシリスやその妻に訊いてみるといい。ギリシャ人はどうだった？　ギリシャ神話には死から蘇った物語がたくさんある。魂と肉体がふたたび結合し、エリュシオン（神々に愛された人々が死後に幸福な生活を送る極楽）で暮らす。プラトンを読むといい。プラトンは読んだかね。ぜひとも読むべきだ。プラトンは天才だ。最高の書き手だ。不滅の魂の話をたくさん書いている。人類史上、最高の哲学者だよ。私は毎晩、プラトンの作品を読んでいる。

仏教ではどうか。仏教はいいね。私は好きだ。仏教は、人が死ぬと肉体は消滅し、不滅の光――〝虹の身体〟――になり、永遠に生きると説く。すばらしい考え方だ。

そう思わないか？

キリスト教は？　信仰の厚い者は天国で永遠に暮らす。罪人は地獄落ちだ。イエスを見てごらん。死に、復活し、天国に昇ってパパのもとで永遠に暮らした。ニカイア信条を読んだかね。必読だよ。最後の審判の日にすべての死者が復活すると書いてある。

ヒンドゥー教には輪廻《りんね》がある。行いがよければ、カルマによってより高い地位に生まれ変わる。行いが悪いと、そうはならない。ユダヤ教はどうだ？　ユダヤ教徒もいいぞ。パリサイ人は、魂は不滅であると信じていた。人は生まれ変わり、未来の生で〝新たな肉体に受け継がれる〟。

イスラム教は？　コーランには、死は眠りと同じだとある。人は眠りから覚める。死から目覚めるのだ。永遠の命を語る宗教はいくらでも挙げられる。この世に文明が現れて以降、人には前世があり、来世があると、何十億、何百億の人々が固く信じてきたのだ。ならば、それはきっと真実なのではないか。

いま挙げた宗教のいずれにも、私は敬意を抱いている。どの宗教も、なるほど、命は不滅であると考えている。ただし、一つ問題がある」

会場からいくつものささやき声が聞こえた。「キリスト教徒なら……」

芝居がかった間を置いて、イーライが続けた。「キリスト教徒なら、キリスト教の天国が待っている。ユダヤ教徒なら、ユダヤ教の天国だ。ヒンドゥー教徒なら、輪廻がある。テレビが好きなら、〝ウォーキング・デッド〟として蘇る」

笑い声と拍手。

誰かが叫んだ。「ゾンビ！」

イーライは含み笑いをしたが、すぐに真顔に戻った。

「永遠の命のルールは、宗教にかかわらず、また無宗教であっても、すべての人に対して平等でなくてはならない。ローマ法王に対しても、無神論者に対しても、同じでなくてはおかしい。ところがいま挙げたような宗教はいずれも、ほかの宗教を排除している。つまり、いずれも間違っていると考えるしかない。無遠慮な発言と思われるかもしれないが、私はそういう人間だ。私は誰にも遠慮しない。それはもう知っているね？　私はありのままを遠慮なく話す」

大勢がうなずいた。

「しかし、宗教に反感を持っているわけではないよ。反感などわずかも抱いていない。キリスト教会、シナゴーグ、モスク、祈りの家、それぞれが好むところで安らぎを見いだせればそれが一番だ。しかし、永遠の命という話になると、僧も聖職者もラビもグルも……間違ったことばかり言う。ならばその話題は、真実を知っている人間にまかせるべきではないか。

その話は、この私にまかせればよいのだ」

37

イーライは聴衆を見回した。誰もが催眠術にかかったようだった。

長い間を置いて、イーライはふたたび話し始めた。

「その話題について、私は――私などが――何を知っている？　充分すぎるほど多くを知っている。死を体験したことはもう話したね。臨死体験ではなく、本物の死を体験した」

「覚えています！」

「愛しています、マスター・イーライ！」

「死んでいたあいだにいろんなものを見た。多種多様なイメージだ。医師にこの世に連れ戻されたあとも、そのとき目にしたものについて考えるのをやめられなかった。たくさんの人や場所が見えた。どれも見覚えがあるのに、いま生きているこの人生では見たことのないもの、映画で見たことも本で読んだこともないものだった。あのイメージはいったいどこから来た？　さっぱりわからなかった。わかるのは、そのイメージに心の深いところを揺り動かされた事実だけだった。私を有頂天にさせるイメージもあった。不安や怒りをかきたてるものもあった。しかし、覚醒したあとに思い出したとき蘇った感情は強烈だった。

そこで、いまの人々や場所に――同じように強い感情を抱かせる人や場所に集中することにした。それらを意識しながら瞑想を始めた。そうすると、死んでいたあいだに見たイメージが蘇ってきた。百年前のイメージ、二百年前、千年前のイメージ……」イーライは声をひそめた。「驚いたよ！　私は自分の前世を見ていたのだ！」

驚いて息をのむ気配、歓喜に満ちたつぶやき声。

なるほど、〈プロセス〉の目的はこれか。サミュエルは、過去のできごとのうち強い感情を抱いているものごとについて瞑想をしてごらんと言った。イーライの神話に従うなら、瞑想すれば、前世への扉が開くというわけだ。

イーライが続けた。「私が幼いころに両親を亡くしたことはもう話した。つらかった。打ちのめされた。両親が恋しくてしかたがなかった。父のトバイアス。母のレイチェル。どれほど恋しかっただろう。瞑想をしながら、子供のころ抱いたその感情を呼び覚まそうとした。すると、二人が見えた。私たち三人は一八〇〇年代にも家族だった。それを見て確信した。いつかきっと再会できると――来世で」

コンパニオンが顔を見合わせてささやき合う。大半のコンパニオンがイーライの話を信じているようだった。

イーライはステージの端まで来て、ショウと同じ日に入会した髪の薄い男、ヘンリーを見下ろした。八カ月前に妻を癌で亡くした悲しみから立ち直れない製薬会社の研究員だ。イーライはヘンリーに直接話しかけるように言った。「誰かを失うことはありえないのだ。永久に失うことはありえない。また会える。〈明日〉の世界で一緒に過ごせるのだよ」

ショウはペンテコステ派の牧師の説教をその信徒たちにまじって聞いたときと同じ感覚を抱いた。イーライの言葉には論理も何もないが、それでもコンパニオンは、ペンテコステ派の信徒と同じように説教師の魔法にかかったかのごとく恍惚とし、その主張をまさに福音として受け入れている。

ショウはヘンリーのほうをうかがった拍子に、その向こうにいる背の高い男――等級はジャーニーマン――がショウを見ていることに気づいた。フレデリックのことを思い出した。オレンジ色のサングラスの男、アダムが死んだ崖の上でショウを目撃したかもしれない男。これがフレデリックだろうか。体格は似ているが、サングラスがなくては何とも言えない。

ショウがまたそちらを一瞥すると、背の高い男はすでにイーライのほうに向き直っていた。

「宗教や聖職者が数千年にわたって永遠の命の手に入れ

方を誤解していたのに、私は正しく理解できたなどと言えるだろうか」イーライはふふと笑った。「ユダヤ教徒の友人たちなら何と言うだろう？　〝なんと勇ましい《フッパ》！〟私はどこまで勇ましい人間だ？　だって、みなが信じている神より、私のほうが賢いと宣言するに等しいではないか。それはずいぶんと大胆な主張だ。答えを教えよう。私が永遠の命を開く扉の鍵を持っているのはなぜか。私だけが持っているのはなぜだ？　答えを知りたいかね？」

「教えてください！」

「愛しています！」

「なぜかと言えば、私は――この世で私一人だけが――永遠の命は迷信や信仰や希望に基づくものではないと知っているからだ。それは……」イーライは聴衆を見渡した。

「科学に基づいている」〈インナーサークル〉の五、六人が同時に声を上げた。どれほど時間をかけてリハーサルをしたのか。

「そのとおり！」

「科学に基づいている。厳然たる科学に。死を体験したあと、私は旅に出て、医師や物理学者、工学者、神経科学者に話を聞いた。その全員の意見が一致していた。人の意識や認識は――私たちの〈トゥルー・コア〉は――エネルギーインパルスの独特な組み合わせから成っていると。

　肉体が消滅しても、〈トゥルー・コア〉たるエネルギーは残存する。熱力学の第一法則、エネルギー保存の法則だ。私はこれをテーマにいくつも論文を書いた。世界に向けて発表した。熱力学の第一法則。いったいどんな法則か？　エネルギーは生み出されないし、破壊されもしないという法則だ。

　つまり〈トゥルー・コア〉はエネルギーであり、エネルギーは永遠に存在し続ける。不滅なのだ！　行いがよかろうと悪かろうと関係ない。成人であろうと罪人であろうと、原始的な部族の一員であろうと……ワシントンの政治家であろうと、関係ないのだよ」イーライは溜め息をついてみせた。

　その効果的な話の運びにふさわしい笑い声が起きた。

「人が死ぬと、その人の〈トゥルー・コア〉はふたたび別の肉体に宿る」イーライは眉を寄せた。「しかし、どういう仕組みで？　正直に認めよう。その仕組みは私にもまだわからない。学校の勉強に似ている。学校に通っていたころ、私はいつも正解を導き出せた。いつもクラスで一番だった。試験の点数も抜群によかった。いつも正解を導き出せる理由をつねに説明できるわけではなかった。

〈トゥルー・コア〉がどうやって空間を移動して別の肉体に宿るのか、わかる日がいつか来るかもしれない。飛行と同じだ。鳥がなぜ空を飛べるのか、何千年ものあいだ誰にもわからなかったが、あるとき、翼の形状にその理由があるとわかった。いまの時点では、〝どうやって〟は考えてもしかたがない。肝心なのは、〈トゥルー・コア〉は生き続けるということだ。愛する家族と再会できるということだ。姿は変わっているかもしれない。しかし、絆や愛は変わらない。いま抱えている依存の問題や悲嘆、病気は消えている」

イーライはウォルターとサリーを見下ろし、次にアビーを見た。さらに何人かを見つめた。

「〈プロセス〉の枠組みはこうだ。〈今日〉のうちで強い感情を抱いているものごとについて瞑想するところから始める。瞑想は前世――〈昨日〉の記憶を蘇らせるだろう。前世の悪い習慣やよくない人々を特定し、〈今日〉から排除する。そして、善良な人々との絆を深め、よい影響をもたらす行動に力を注ぐ。つまり……」

〈インナーサークル〉が、「昨日からよりよい今日へ！」

「そして〈プロセス〉は、来世に備えて〈トゥルー・コア〉を整理整頓する。未来のきみは〈マイナス〉を避け、〈プラス〉を受け入れる」

イーライ親衛隊が、「今日から理想の明日へ！」

「そして最高の未来の扉が開く！」イーライが声を張り上げた。

拍手とシュプレヒコールが続いた。

サミュエルが面談で言っていたのはこれだ。

実際問題、保証のしようがない……

〈プロセス〉に確かに効果があったかどうかは、墓に入るまでわからないのだ。

「さて、私があらゆる苦痛を取り除ける理由、ふさいだ気分や不安、喪失感を取り除ける理由がわかったのではないかね。幸福、最高の幸福が〈明日〉で待っているとつねに安心していられるからだ」

イーライの声はひときわ大きくなり、朗々と響き渡った。「この世に死など存在しない。愛する者との別れはない。すべての人の〈トゥルー・コア〉は、一つの生から次の生へ、永遠に受け継がれていくのだ」

熱狂する聴衆に向けて、イーライは勇気づけるような笑みを向けた。「〈今日〉を去る日が来たら、私たちは財団伝統の別れの挨拶を交わす」イーライは腕を胸の前で交差させ、両手を反対側の肩に当てた。「そしてこう告げるのだ。〝さようなら、〈明日〉また会えるまで〟」

それだ。アダムが崖から身を投げる直前につぶやいたフレーズはそれだ。

イーライは低くささやくような声で続けた。「〈明日〉――愛する者たちと再会できる日。新たな人生へと踏み出し、きみたちが受けるに値する幸福と安らぎを手にする日。さあ、一緒に言ってみよう。さようなら……」

歓喜の合唱――「〈明日〉また会えるまで」

「忘れてはいけない。死など存在しない。ここでは〝死ぬ〟とは言わない。私たちは〝旅立つ〟と言う。今回の人生から、よりよい人生へと旅立つのだ」イーライはステージを下りようと階段に向かいながら叫んだ。「そして最高の未来の……」

「……扉が開く」聴衆は拍手と歓声に沸き、声を嗄《か》らしてそのフレーズを繰り返した。

だが、気持ちを駆り立てるようなその言葉はコルター・ショウの耳には届いていなかった。頭のなかで聞こえているのは、ほんの一時間前、ヴィクトリアが口にした言葉だった。

来週、旅立ったら、何もかもうまくいくから……

ヴィクトリアは〈プロセス〉からの卒業という意味でそう言ったのではない。アダム・ハーパーと同じように、自ら命を絶つと言っていたのだ。

38

答えは手に入った。

ショウがここに来た目的は、アダム・ハーパーが崖から身を投げた理由を知るため、そしてヴィクトリアはもちろん、ほかにも――手負いのシカのごとく追い詰められたアダムのように――命の危険にさらされている者がいないかどうかを確かめるためだった。

イーライ――フロリダ在住の元不動産開発業者で元証券ブローカーのデヴィッド・エリス――は、ただの金目当ての嘘つきではない。人殺しも同然だ。

オシリス財団は、自殺カルトだ。

崖から飛び下りる直前、アダムが不気味なほど穏やかな笑みを浮かべたのはなぜか。ようやくその理由がわかった。死んだ母親と再会できると信じていたのだ。狙撃手のドッドは、アダムの人生最後の三秒は苦悶に満ちていたに違いないと言ったが、そうではない。〈明日〉の再会を心待ちにして歓喜にあふれていたのだ。

ショウは広場から立ち去るコンパニオンたちを見やった。興奮した面持ちでしゃべっている者、物思わしげな表情をしている者。永遠の命などうさんくさい、いんちきに決まっていると思っている者が大半だろう。〈プロセス〉などのために子供の教育資金を切り崩した自分は馬鹿だったと思っているだろう。

一方で、心の底から信じている者もそれなりにいる。目を見ればわかった。アダムのように、あるいはヴィクトリアのように、〈明日〉の世界はここよりも希望に満ちていると信じ、絶望の重みに耐えられなくなった瞬間、命を絶つだろう。もしかしたら、何かでちょっとつまずいただけでも死を選んでしまうかもしれない。

ショウが彼らに何をしてやれる?

警察に通報するのも手だが、おそらく詐欺の要件を満たさないだろう。天国で永遠に生きられるという話をうっかり信じて福音主義キリスト教会に寄付してしまったのと大して変わらない。ショウはヒューら〈支援ユニット〉のメンバーがクラインという記者に暴行した現場を目撃したとはいえ、目撃証言一つでは起訴できないだろうし、クラインはヒューの脅しに怯えて黙《だんま》りを決めこむだろう。たとえ逮捕されたとしても、ヒューやその配下の〈AU〉はイーライの関与を断固として否定するに決まっている。それに、イーライはクラインの暴行事件をそもそも知らされていないとも考えられる。

ハーヴィ・エドワーズがサンフランシスコの新聞記者を殺害したとショウは確信している。しかし、その件とイーライを結びつけられるだろうか。もしかしたらいまごろサンフランシスコ市警のエトワール刑事が事件を洗い直しているかもしれないが、そういった捜査には長い時間がかかるだろう。

　ここに潜入しているあいだに、携帯電話の通話記録や手紙、メモを手に入れられたら……サンフランシスコの事件とイーライを結びつける証拠を手に入れられたら。イーライが殺害を指示しているのを聞いた証人が見つかれば理想的だが、たとえいたとしても、その人物はおそらく〈インナーサークル〉の一人だろう。そんな指示があったと認めるはずがない。

　だが、イーライの破滅を巡るショウの瞑想はそこで中断された。どこかそう遠くない場所から怒りに満ちた怒鳴り声が聞こえてきた。

　広場のステージとイーライの住居を結ぶ小さな並木道に、イーライとヒューー、それに二人組のボディガードがいた。四人は振り返り、カリフォルニア南部から来た巻き毛のジョン――友人を自動車事故で亡くしたと話していたノーヴィス――と向かい合っていた。ジョンはイーライのほうに身を乗り出し、憤った様子で何か言っている。ボディガードのスクワットとグレーは警戒の目を向けてはいるが、ジョンを大した脅威ではないと判断したようだ。たしかに、どちらか一人のパンチ一発で即座に昏倒させられるだろう。ショウは並木道からはずれ、低木の茂みに身を隠しながら、口論をしている五人から五メートルほどの位置まで近づいた。

　やはり騒ぎが聞こえたのだろう、コンパニオンの何人かが向きを変え、大きな声がするほうに歩き出したが、〈AU〉が二人現れ、口論の現場から遠ざけた。

　ジョンが険しい声で言った。「あの子をスタディ・ルームに連れていったんだろう。何があったか、本人から聞いたぞ」

「ノーヴィス・ジョン」イーライが言った。「きみには関係のない話ではないか」

「規則違反だ。〈ほかのコンパニオンやスタッフと親密な関係を結ぶことを禁じる〉」

「規則違反ではないさ。スタディ・ルームでは、〈トゥルー・コア〉の再発見につながるような過去の要素を詳細に調べる場合がある」

「再発見、か」ジョンは鼻で笑った。「一つ聞いていいか。あんたが詳細に調べるのは、若くてきれいな女に限定しての話だよな？」

ああ、スタディ・ルームの目的はそれか。瞑想のための部屋ではないのだ。

スタミナを消耗する……

ヒューが言った。「無礼だぞ、ノーヴィス・ジョン」

「どこが無礼だ。いいか、アビーはまだ十六歳なんだぞ」

ほほう。〝私たちを導く輝かしき者〟は法定強姦罪（承諾年齢未満の相手との性交。合意があっても強姦罪が成立する）を犯したわけか。

イーライは何の反応も示さなかった。無表情のまま一瞬固まったあと、ヒューを一瞥した。ヒューもいっさいの反応を示さなかったが、スティーヴはわずかに眉根を寄せた。だが、その表情をすぐに引っこめた。イーライが言った。「それは知らなかったな」

スティーヴが言う。「申込書には十八歳と書いてありました」

「年齢くらいはちゃんと確認したほうがよかったんじゃないのか？　顔を見て、おやおや、念のため身分証を見せてもらったほうがよさそうだなと思ったほうが無難だったろうな。探せば高校のイヤーブック（学校年鑑）か何か見つかっただろうに。いまどきはデジタル版がネットに上がってる。それともあれか、セクシーな子だから、実年齢を確認するのはやめておこうとでも思ったのか」

イーライは平板でそっけない調子で言った。「年齢の件を報告してくれてありがとう、ノーヴィス・ジョン。アビーには私から謝罪を伝えるよ。このような行き違いが二度と起きないよう対策を講じるとしよう。入会手続の担当者に私からも注意を促しておく」

イーライがこれほどあっさり認めるとは予想外だったのだろう。ジョンは振り上げた拳の持って行き先に困っているような顔をした。

イーライがジョンに言った。「正直なところ、このようなことがあったあとでは、きみに〈プロセス〉を続けてもらうのはどうかと思う。財団から退会してもらうのが一番ではないか」

「ああ、こっちから辞めてやるよ。永遠の命だって？　くだらない。あんな話、信じる奴らもどうかしてる」

「返金の手続を指示しておく」

ヒューが言った。「ノーヴィス・ジョンは、たしかうちのシャトルバスで来ました。車でスノーコルミーギャップまで送っていきますよ」

「アビーはどうなる？」ジョンが訊いた。

イーライが答える。「もちろん、彼女にも退会してもらわなくてはならないだろうな。ご両親に迎えに来てもらおう。このような結果になって残念だ。だが、問題を報告してくれてありがとう」

「謝ったくらいじゃ問題は解決しないよな」

よせ！　深追いするな！　ショウは心のなかで叫んだ。

だが、手遅れだった。アビーとスタディ・ルームの話題を持ち出した時点ですでに、ジョンの運命は定まっていた。

ヒューがあたりを見回し、近くにほかのコンパニオンがいないことを確かめた。それからジョンの胸に拳を叩きつけた。熟練した武道家の流れるような動きだった。ジョンは小さな悲鳴を上げ、その場に倒れこんであえいだ。ヒューはポケットからナイロン手錠を取り出し、ジョンの手と足を縛った。次にベルトから無線機を取り、〈支援ユニット〉の部下に指示を出した。一分たらずでゴルフカートが現れた。運転してきた〈ＡＵ〉の一員がジョンを抱え上げてカートの荷台に乗せ、防水シートで覆った。ショウは茂みのさらに奥に身をひそめた。カートは林のなかに入っていき、左に折れて木々に隠れた小道をたどり、メインゲートの方角に消えた。

イーライはヒューにうなずいた。ヒューがカートのあとを追う。イーライとボディガード二人は住居へ帰っていった。

また一つ、答えが見つかった。ヒューは孤立した異分子ではない。そしてイーライは、ヒューに匹敵する危険人物だ。サンフランシスコの新聞記者を始末するようハーヴィ・エドワーズに命じたのもイーライだと考えて間違いないだろう。

ショウもメインゲートに向かった。何が起きようとしているかは予想がついた。

残る疑問は一つ――果たしてそれを止められるのか。

39

ショウは、林のなかの凹凸の多い小道をのろのろと進むゴルフカートを尾行した。小道そのものをたどらず、

木立や草むらを利用して姿を隠した

ゴルフカートとヒューは、〈YESTERDAY, TODAY, TOMORROW〉の文字が掲げられたゲートに着いた。周辺に一般のコンパニオンは一人もいない。〈AU〉が数人いるだけだった。ヒューの無線連絡は、ほかのコンパニオンを遠ざけておけという指示だったのだろう。

開いたゲートの手前でゴルフカートは止まった。運転していた一人が降り、周囲を確かめたあと、防水シートをめくった。ジョンを軽々と抱き上げて荷台から下ろす。ジョンはなかば意識を失っているように見える。嘔吐した痕跡があった。呂律の回らない舌で抗議しているが、わずかなりとも抵抗する体力はないらしい。そのまま駐車場を引きずられていき、アイドリング中の古びたフォード・トーラスの後部シートに押しこまれた。トーラスの運転席には別の若いコンパニオンが乗っている。ユニフォーム姿だがアミュレットを着けていないところを見ると、〈セレクト〉の一人だ。

たくましい体つきの〈AU〉が大きなバックパック——ジョンの荷物だろう——を車のトラックに入れた。ドライバーとヒューが短いやりとりを交わす。

クラインという記者のときとなりゆきがまるで違う。記者は財団の犯罪の証拠を見つけたわけではないから、暴行で充分だったのだろう。だがジョンは、イーライの未成年者に対する性的暴行を警察に通報するかもしれない。生かしてはおけまい。ヒューはおそらく、どうやってジョンを殺害して死体を遺棄するかを指示しているのだろう。湖に沈めるのかもしれない。あるいは深い谷のどこかに放置すれば、野生動物が数日のうちに跡形もなく片づけるだろう。

どうやって阻止する?

キャンプの敷地内にいるあいだは、トーラスに近づけない。〈AU〉が多すぎる。

地元の警察に通報しようにも、携帯電話がない。

キャンプを出てすぐに車を停止させるしかなさそうだ。

ショウは目を閉じて地図を思い描いた。ハービンジャー・ロードはキャンプのすぐ近くの山肌を曲がりくねりながら何キロも先まで下っている。途中にいくつもあるヘアピンカーブにさしかかるたびにトーラスは大幅に速度を落とすだろう。そこで追いつけるかもしれない。ヘアピンカーブの連続を抜けたあと、ハービンジャー・ロードはほぼ直線になる。トーラスは時速八十キロくらいまで速度を上げるだろう。

どうやって車を停止させるか。

浮かんだ考えは一つだけだった。

走って追うしかない。

トーラスが動き出す。駐車場を出て金網のゲートを抜け、そびえ立つ花崗岩《かこうがん》の断崖のあいだを抜けた。ショウは前日の夕食前に脱出ルートとして下見しておいた東側の小道へと全力で走った。だが、そのまま東に走り続けるのではなく、途中で北に進路を変え、ベンチが並んだ岩の高台に駆け上がった。下を見ると、崖に対して直角の方角にある最初のヘアピンカーブにさしかかろうとしているトーラスが見えた。

ショウは崖の下から広がる大地に目をこらした。草むらと木々に覆われた傾斜十五度の斜面。ところどころに沼がある。黒土と岩、そのあいだに草むら。

よし、行こう。

ショウは急斜面を駆け下り、北へ、ヘアピンカーブの方角へと走り出した。

大きく息を吸いこみ、せめてストレッチをする時間があればよかったのにと思いながら、鬱蒼と茂った草むらを抜け、でこぼこした地面を蹴って走った。ペース配分など考えている暇はない。とにかく全力疾走あるのみだ──少なくとも、荒れた地面や障害物だらけのコースで出せるかぎりの最高速度を維持するしかない。ときおり選択を迫られた。低く垂れた枝やかたむいた木の幹を避けるために速度を落とすか否か。あるいは、地面のすべりやすいところや砂利の浮いた岩の上で転倒する危険を冒しても速度を維持したほうがいいのか。そのあいだもずっと、皮膚を切り裂いてやろうと待ち構えている植物の棘に目を光らせた。

コルター・ショウにとって、走るのは決して特別な行為ではない。

コンパウンドで家族と暮らしていたころ、父アシュトンはサバイバル・スキルの一つとして子供たちに走ることを教えた。獲物に向かって走る。肉食獣から逃げるため、洪水や雪崩《なだれ》などの自然災害に巻きこまれないために走る。

アシュトンは、有名な北米先住民のことも教えた。メキシコのシエラマドレ山脈で暮らすタラウマラ族だ。タラウマラ語ではララムリ――〝速く走る人々〟――とも呼ばれている。連絡や狩りのため、ときには三百キロとも言われる超長距離を当たり前のように走破する。

大学のレスリング部のコーチは、トレーニング中のショウの走りを見て、陸上競技部の入部テストも受けてみたらどうかと勧めたが、ショウは断った。走るのはひたすら自分のためだ。ショウにとっては心の慰めであり、他人と争うためのものではなかった。長距離であろうと短距離であろうと、走れば空を飛んでいるような感覚にとらわれて恍惚とした。三人きょうだいのうち、走るのが好きだったのはショウ一人だった。それは当然とも言えるだろう。何と言ってもショウは、〝一つところに落ち着いていられない〟子供だったのだから。

転倒や衝突を回避するためときおりジグザグに走りながらも、基本的には重力と斜面の傾きまかせで一直線に下った。ドル記号の縦棒のように、ハービンジャー・ロードのヘアピンカーブが描くS字形の真ん中を突っ切った。

森の向こう側に飛び出し、最初のヘアピンカーブを越えようとしたとき、トーラスも同じカーブを通り抜けた直後だとわかった。土煙がまだふわりと漂っている。ショウはヘアピンカーブの先の森へと突進し、ふたたび飛ぶように斜面を下った。

やがて……くそ、しまった！　勢いを殺しきれず、大岩の平らなてっぺんをそのまま駆け抜けようとして気づいた。その岩の先端は、何もない宙空に向かって突き出している。

もう止まれない。

幸いにも、二メートル半ほどの高さから放り出されて落ちた先は――ありがとう、母なる大自然――柔らかな黒土の上に枯れ葉が堆積した一角だった。着地し、転がり、立ち上がって、また走り出す。

右手で何かがふいに動いた。シカか。オオカミか。

頼む。クマの子ではありませんように。ショウはたいがいの生物よりも足が速い。だが、怒り心頭に発したクマはおそらくその〝たいがい〟のうちに含まれていない。

一つ大問題がある。キャンプで支給された、このぺらぺらのスリップオンの靴だ。時間があれば、いったん宿舎に帰り、シャツを引き裂いてタラウマラ族のサンダルのように足に巻きつけていただろう。タラウマラ族は

〝ワラチ〟と呼ばれる靴を履いて走る。薄っぺらな布のサンダルだが、それを履いているおかげで速く、遠くまで走れるのだ。その貧相な履き物がなぜ走るのに向いているのか、現代のランナーや医師がこぞってワラチを研究してきた。

斜面を下る。さらに下る。

二つ目のヘアピンカーブではトーラスに追いつけなかったが、距離はだいぶ縮まっていた。土埃の雲はさっきよりも濃く、ドライバーが速度を落として曲がっていくテールライトがちらりと見えた。

道路が直線になる前にヘアピンカーブがもう一つある。ショウは深く息を吸いこみ、競走を続けた。このあたりの傾斜はきつく、ときおり足場を失って前につんのめったが、どうにか体勢を立て直した。レスリングや格闘訓練の経験が役に立った。バランスを崩しかけてもそれに抵抗せず、逆に加速するのに利用した。

走りながら考える。いざ車に追いついたら、どうする？

フロントウィンドウの運転席のすぐ前を狙って石を投げつけよう。ドライバーは驚いて、反射的にブレーキをかけるはずだ。そこにもう一つ、今度は運転席側のサイドウィンドウに石を投げつける。フロントウィンドウのガラスはそう簡単に割れないが、それに比べればサイドウィンドウは弱い。破れた窓から手を入れ、運転席のシートベルトをはずし、運転している〈セレクト〉を引きずり出したあと、自分が運転席に乗りこむ。

そのまま車でスノーコルミーギャップの当局に向かう。イーライとヒューをさまざまな犯罪に結びつける確固たる証拠が手に入るまで待ちたいところだったが、こうなったらしかたがない。ジョンの命を救うことが優先だ。

警察署か保安官事務所に着いたら、キャンプで見てきたことを話し、イーライがアビーに性的暴行を働いたことも伝える。財団とゲイリー・ヤン記者の死とのつながりも、キャンプで目撃した別の記者への暴行のことも。

どれも犯罪が起きたことを間接的に示すにすぎないかもしれない。こじつけめいて聞こえる部分もあるだろう。それでも可能なかぎり説得を試みる。

三つ目の――最後のヘアピンカーブはもうすぐだ。よし、トーラスを追い越したようだ。ハービンジャー・ロードのそのあたりに土埃の雲は残っていない。先の直線部分も先まで見通せるが、車は一台もなかった。立ち止まり、前屈みになって大きく息をした。脇腹の痛みは無視した。路肩に転がっていた石を二つ拾った。どちらもグレープフルーツくらいの大きさだ。一つを右手で握り、道沿いの背の高い草むらに分け入って身をひそめた。

いつでもフロントウィンドウの運転席側を狙って石を投げられる体勢で待つ。

手順を頭のなかで繰り返す。

だが――車は来ない。

一分ほどが過ぎた。

まもなく斜面の少し上から衝突の音が聞こえた。金属がつぶれる音、クラクションの音。後者はしばらく鳴り響いたあと、ふいに途切れた。

ショウは振り返り、また一つ大きく息を吸いこんでから、猛然と斜面を駆け上がった。

木々のあいだから飛び出すと、すぐ目の前にフォード・トーラスがあった。二番目のヘアピンカーブから三番目に向かう途中で道をそれ、路肩脇にそびえる高さ三メートルの岩の壁に衝突していた。車の前部が大きくつぶれ、エアバッグが開いていた。時速六十キロも出ていたかどうかなのに、なぜ事故を起こした？

車内で何かが動いた。ドライバーが後部シートのジョンを無表情な目で見つめていた。ジョンは衝突の勢いでどこかにぶつかったのだろう、朦朧《もうろう》とし、動けずにいるようだ。といっても、衝突より少し前にヒューに胸を突かれた後遺症のほうが大きそうだったが。いまはゆっくりと首を振っていた。

あの〈セレクト〉がまた別の方法でジョンを殺そうとする前に、助け出さなくてはならない。〈セレクト〉を引きずり出し、地面に押さえつけて足を縛ろう。それからジョンに手を貸して町まで歩かせる。長い道のりだが、助かるにはそれしかない。

ショウは石の一つを右手で握り締め、車に向かって走り出した。

ショウがあと十五メートルほどまで来たところで、〈セレクト〉がガソリン携行缶の中身を車内にぶちまけるのが見えた。〈セレクト〉はふとウィンドウの外に目を向けてショウに気づいた。ショウを見て驚いたのだとしても、顔には出さなかった。それからかすかに微笑み、両腕を交差させる別れの敬礼をすると、ライターの火をつけた。車内は一瞬で炎に包まれた。

40

車はふつう、映画の脚本家や監督の好むような派手な爆発を起こさない。

ガソリンタンクには、爆発的燃焼を引き起こすほどの空気がないからだ。しかしどこか別の場所から出火した場合、燃料ホースやガスケットが熱で溶け、強いにおいのする危険な液体が流れ出して炎の勢いを増す。いま、ショウの目の前で起きたのはそれだ。車の後部でオレンジ色の小さな炎がいくつか閃いたかと思うと、煮え立つような炎と空に向かって渦巻く黒い煙が車内ばかりか車全体をあっという間にのみこんだ。

コルター・ショウは車に近づこうともう一度試みた。しかし焼けつくような熱と荒れ狂う黒い煙に追い散らされた。車内の人影が手足をばたつかせているのが見えていたが、それももうやんでいた。

なんということだ……

イーライは完璧な武器を作り出した。〈セレクト〉は〝修道士や僧みたいな〟存在などではない。命を投げ出して主君を守る親衛隊員だ。原理主義の自爆テロリストの在俗バージョンだ。よりよい来世が自分を待っていると信じ、現場からの逃走は犯罪のもっとも困難な部分なのに、人を殺したあと逃走する気が最初からない。

そうか、ハーヴィ・エドワーズは〈セレクト〉だったのだ。新聞記者のゲイリー・ヤンを殺害したあと、自分も死ねるよう——〝旅立〟てるよう——警察との銃撃戦を自ら誘発したのだ。

もう一つわかったことがある。ショウが特待生に選ばれた理由だ。架空の暴力犯罪歴、血の気の多い反抗的な態度。イーライは、それらの欠点からカーター・スカイを解放してやろうと考えているわけではない。それを利用しようとしているのだ。

自己愛が極端に強いイーライから脅威と見なされた人物は、残らず命の危険にさらされる。たとえば財団内の異分子、対応するカルトの指導者、警察、検察。彼らは事故や心中に見せかけて始末される。殺人課の刑事が好む種類の事件だ。最低限の捜査とちょっとした書類仕事を片づけたら、さっさと次に進めるような事件。

ショウは首をかしげた。燃えさかる炎の音の向こうから何か聞こえる。

遠いサイレンの響きだ。近づいてくる。ショウは岩の崖の縁《へり》に立って山裾を見晴らした。回転灯が連なってきた。警察車両、消防車、救急車。脇腹に〈スノーコルミーギャップ〉とある。

いくら何でも早すぎないか？

そう首をかしげると同時に答えが閃いた。そうか、そうに決まっている。

ショウはぎりぎりで茂みの奥に身を伏せた。ヘアピンカーブをゆっくりと回って、黒いオシリス財団のバンが見えてきた。アダムが死んだ現場にヴィクトリアやほかのコンパニオンを乗せてきたのと同じ車だ。

バンはまだ燃えている車の三十メートルほど手前で停まった。ショウは斜面の上のほうに移動し、下の道路はよく見えるが、向こうからはこちらが見えない場所を探した。

緊急車両が到着した。計六名の警察官と消防士が車から降りた。誰も車の消火を試みなかった。事件現場を示す線を引き、近くの茂みに水を撒いただけだった。彼らが心配しているのはそれだけ――森林火災だけだ。たとえ車内の二人がまだ生きていたとしても、救出の努力はしなかったのではないか。

ショウのその推測はまもなく裏づけられた。ヒューともう一人、車から降りてきた〈セレクト〉が保安官と消防隊長に歩み寄って封筒を渡した。

白い封筒はそれぞれのポケットに消えた。

ワシントン州の警察官の大多数は公正な人物のはずだ。たとえばピアース郡保安官事務所のチャド・ジョンソン刑事のように。しかしショウは、わずか数日のあいだに腐ったリンゴを二組も目撃した。ハモンド郡では、キリスト教会の守護者たるウェルズ保安官とその部下たち。そしてここスノーコルミーギャップでは、複数の警察官が賄賂《わいろ》を受け取っている。

警察と消防の面々は乗ってきた車にくつろいだ様子でもたれ、渦を巻く煙と炎をながめた。やがて車はシャシーを残して燃え尽きた。臭いは耐えがたいほど強烈だった。ゴムが焼けた臭い、人が焼けた臭い。

ショウはキャンプに戻るルートを歩き始めた。不在に気づかれるわけにはいかない。途中で一度振り返って現場を見下ろした。アダムが身を投げた現場とそっくりだ。どちらの警察機関にも、犯罪を防ぐ意欲や真実を突き止める意思がない。

ただ、一つだけ違いがあった。燃える車となかの死体と一緒に自撮《セルフィー》りしたのは、一人だけだった。ほかの者はどこかへ電話をかけたり、冗談を言い合ったりするのに忙しく、パパラッチごっこの暇はないらしい。

41

父親が定めたルールに従って、脱出ルートはすでに確保した。

しかし、いますぐ脱出する予定はない。ショウはイーライの有罪を裏づける証拠が手に入るまで教団にとどまる心づもりでいた。

戦線がはっきりしたいま、父親の基本ルールのもう一つを満たさなくてはならない。

馴染みのない、いつ非友好的に変わるかわからない場所では……

脱出ルートの確保を怠るべからず。

武器の確保を怠るべからず。

イーライとヒューの犯罪の証拠を探していることを二人に感づかれた瞬間、命を懸けた戦いが始まるだろう。それは間違いない。少しばかり痛い目に遭わされ、追い払われるだけではすまない。追跡され、殺されるに決まっている。

というわけで、武器が必要だ。

銃器が手に入れば万全だ。抑止力があり、扱いに慣れたショウなら、敵の戦闘能力を確実に奪える。

支援ユニット棟にはおそらく銃器が保管されているだろうが、侵入するのはほぼ不可能だ。それに武器はすべて鍵付きの保管庫で管理されているだろう。

確率としては低そうだが、14号棟にも武器があるかもしれない。

食堂の厨房からナイフをくすねてもいいが、刃物には難点がある。ナイフを使って敵の足を止めるには、相手を殺すしかない。致命傷にならない程度の刺し傷や切り傷を負わせたところで、敵の戦闘能力は奪えない。奪うには大量に出血させる必要があるが、そこまで出血すれば、死まではもうあと一歩だ。

　ジョン救出では先住民の文化を拝借した。ショウは今度もその知恵を借りた。父のサバイバル訓練で、ショウ家の子供たちは木と石を使っていろいろな道具を作った。そのとき武器も作った。

　十九世紀、北アメリカ大陸の戦闘的部族は弓の名手ぞろいだったが、〝カウンティング・クー〟と呼ばれる行為はそれ以上の武勲とされていた。至近距離まで敵に近づき、素手か、鞭に似た棒〝クー・スティック〟で相手の体に触れるのだ。戦いだからといって、かならず相手を殺すわけではない。傷一つつけずにただ触れるだけの行為で屈辱を与えるだけだ。戦士はクーを成功させた数をクー・スティックに刻んだり、衣服に印をつけたりして数えた。

　カウンティング・クーにも、また負傷させたり殺したりするのにも好まれた道具の一つが、戦闘用の棍棒だ。

　リトル・ビッグ・ホーンの戦いでは、ジョージ・カスター中佐と二百名を超える兵士が殺された。死者の大半は銃で撃たれた。次に多かったのは弓矢だが、棍棒で殺された者も少なくなかった。

　棍棒は、命を奪うのにも使えるが、ただ相手を弱らせるのにも使える。近接格闘でも使え、投げても使える。ショウのいまのニーズにぴったりだった。

　武器を作る道具はない。そこで林のなかを歩き回り、頁岩《けつがん》など、もろいが角が鋭く、そのまま武器に使えそうな岩のかけらを探した。これはさほど困難ではなかった。林には岩のかけらがいくらでも転がっていた。遠い昔には氷河だった地域なのだ。すぐに手ごろな石が見つかった。重さ一・五キロほどで、角がそこそこ鋭い。棍棒の頭には向かないが、棍棒の柄を切り出すための間に合わせの斧に使えそうだ。武器は二つ作ることにした。予備を用意しておいて損はない。

　棍棒の柄には、直径三から四センチくらいの生木がちょうどいい。折れて落ちた枝ですませようかという誘惑に駆られたが、乾いた枝は割れやすくて使いにくい。そこで若木を切ることにした。父親からはヤナギが最適と教えられていたが、ここには見当たらない。もう一つの候補、イボタノキを探した。装飾庭園によく使われる種類の木だ。頁岩の斧を使い、ちょうどいい幹の皮を削いで、長さ五十センチ弱ほどの柄を二本切り出すのに五分とかからなかった。それぞれ端を二股に加工した。

伝統的な棍棒の頭には、川の流れで表面がなめらかになった石がもっとも適しているが、柄に安定して取りつけるための刻み目をつけるには、時間と丈夫なハンマーが必要だ。そのどちらもないいま、ショウは表面が粗い岩のかけらを二つ探した。これなら摩擦が生じて、そう簡単には落ちない。

先住民族の伝統では革紐を使って石を柄にくくりつける。これについても別の手を考えなくてはならない。キョウチクトウ科のバシクルモンの茂みがあった。長さ一メートル二十センチほどの赤茶色の茎を二本選んで根元から折り、莢《さや》を落とした。石で叩いて茎を割り、芯を取り出す。この繊維質の芯は、綿のロープに負けない強靱さを備えている。

二股にした柄の先端に岩のかけらをはさみこみ、バシクルモンの紐で岩の上側と下側を縛った。試しに振ってみた。そう簡単には落ちそうにない。握った感触も申し分ない。重量もバランスも万全だ。至近距離で闘う武器としても投げるのにもちょうどいい。岩の頭はそれぞれ重量二キロを超えている。

おっと、いけない。〝岩〟ではない。父親ならこう言って誤りを正しただろう。「その辺に転がっているときは岩石だ。しかしミケランジェロの彫刻になるのであれ、矢の穂先になるのであれ、人間に目的を与えられた瞬間にそれは〝石〟になる」

コルター少年は一度、その区別をして何になるのだと尋ねた。

すると父親はこう答えた。「不正確な表現をするべからず」

ショウはキャンプの境界線沿いに歩いて東側に並んだ宿舎の裏に回り、C棟裏にたまった枯れ葉の山のなかに棍棒を隠した。自室から裏口や窓を使って出れば、数秒で武器を入手できる。根と切り離されたとたん、生木は当然ながら乾燥を始めるが、一日か二日なら、使えなくなることはないだろう。調査はどのみち急いで進めなくてはならない。このカルトで次の犠牲者が出るのを許すわけにはいかないのだ。

ベートーヴェンのメロディが谷間に響き、続いて時報が流れた。「時刻は午後六時四十五分です」

あと一つ用事をすませる時間がちょうどありそうだ。

コルター・ショウはふたたび林に分け入った。

42

食堂の列に並んで夕食を待ちながら、コルター・ショウはオレンジ色のサングラスの男、フレデリックを探して周囲に目を走らせた。

第二の講話の最中にショウを見ていたあのコンパニオンがフレデリックなのだろうか。

ヴィクトリアを見晴台まで尾行したとき、自分も誰かに監視されているように感じたことも思い出した。

とはいえ、仮にそうだとすれば、フレデリックという男はすでにショウを密告していてもおかしくないのではないか。

規則11　疑わしい行動を目撃した場合、〈インナーサークル〉または〈支援ユニット〉に即座に報告すること。忘れてはならない——オシリス財団の安全と神聖さを守る責任は私たち全員にある。

タレコミを推奨する規則……

食堂の扉が開き、家畜の群れはとぼとぼと歩き出した——財団の本性を目の当たりにしたいま、ショウの皮肉癖が復活していた。食堂にいるコンパニオンを見回して、こう思わずにいられなかった。このなかの何人が、ヴィクトリアと同じように、命を絶って理想的な〈明日〉で一からやり直そうという考えに安らぎを見いだしているのだろう。それは友人や家族がどれほど打ちのめされるかなどまるで気にかけない、自己中心的で許しがたい行為だというのに。

ガソリンを車内に撒いて火を放つ直前の〈セレクト〉の表情が脳裏に閃いた。ショウは呼吸を整え直し、その記憶を振り払った。

今夜、ショウの席は五番テーブルだった。ジョンの名前は座席表のどこにもなかった。ジョンがなぜいなくなったのか、何か適当な理由がでっち上げられるに違いない。どんな話が語られるだろう。

五番テーブルには昨夜も一緒だったアビーとヘンリーはいたが、ウォルターとサリーはいなかった。二人は食堂の反対側のテーブルについていた。サリーは記憶障害を起こしているらしく、困惑したような表情を浮かべていた。

ショウはテーブルにつき、隣席の女性コンパニオンと世間話を始めた。ノーヴィス・ケイトは二十代なかばの異国風の美人で、漆黒の長い髪と透けるように白い肌の持ち主だった。ショウの話に合わせようとしているが、鬱病からか、人と楽しく会話ができる精神状態にはなさそうだ。財団のことは、家族を亡くした人向けのカウンセリングで知ったのだという。軍の話がちらりと出た。軍人の夫を亡くしたのだろうとショウは思った。

ヴィクトリアやアビー、ほかの大勢と同じように、このケイトもスタディ・ルームに誘われるだろう。それはいつになるだろう。そう考えてショウは気づいた。男性パートナーと一緒ではないコンパニオンの大半が、若くて魅力的な外見をしている。

ショウは二つ離れたテーブルにいるヴィクトリアを一瞥した。ヴィクトリアは開いたノートを見つめていた。

ジャーニーマンは料理を取りに行ってくださいと〝天の声〟が告げ、〈インナーサークル〉のコンパニオンが担当のテーブルについた。ショウのテーブルのホスト役はジャーニーマン・マリオンだった。四十代のほっそりとした女性で、灰色の髪をショートカットにしていた。人当たりは悪くないが、そっけないところもあり、初日の晩のジャーニーマン・クイン以上にあからさまに同席者を観察した。

「ノーヴィス・カーター？」指導員のサミュエルがショウの背後に来て耳もとにかがみこんだ。「ちょっといいかな」

ショウは立ち上がってサミュエルのあとを追った。マリオンがこちらを見た。これまでの印象では、指導員とコンパニオンが二人だけで会話をするのは、規則違反でないにしても、そうあることではない。マリオンはすぐにテーブルに向き直り、隣席のアビーとの会話に戻った。

丸ぽちゃのサミュエルは眼鏡のレンズを拭き、またかけ直した。「次回のセッションでまた詳しく話そうと思うが、一つだけ先に言っておこうと思った。セッションまでに瞑想できるように。きみのお兄さんの件だ。あれからちょっと思いついたことがあってね」

ショウはうなずいて先を促した。

「お兄さんは望んで家を出たわけではないのではないかな。きっとそうするしかないと思ったんだ。いま追いかけて見つけたとしても、お兄さんはもっと遠くへ逃げてしまうだろう。しかしいくらか冷却期間を置けば、自分から戻ってくるのではないかと思う」

「どうしてそう思うんですか」

「誰かを守りたいとき、その誰かのそばをあえて離れることによって守れる場合もある。ひなを守るために、親鳥がおとりになって捕食者を巣から引き離すように」サミュエルは優しいおじいちゃんの笑みを作った。「きみはだいたい正直に話してくれたが、何もかも打ち明けたわけではないね。次回、もう少し詳しく聞かせてもらわなくては」

ショウも笑った。この場面ではそれが適切だからというのもあるが、サミュエルの指摘が図星だったからでもある。

「ありがとう、ジャーニーマン・サミュエル」

二人は敬礼を交わし、それぞれのテーブルに戻った。


食事の時間は前夜とまったく同じ段取りで進んだ。ただし、一つだけ例外があった。料理が並んだビュッフェ・テーブルで、保温燃料の一つに紙ナプキンが触れて炎が上がったのだ。料理を盛りつけた皿を片手にテーブルに戻ったばかりだったショウは英雄役を演じ、ピッチャーの水をかけて火が小さいうちに食い止めた。ショウの行為は、〈インナーサークル〉から始まる手拍子ではなく、本物の拍手で賞賛された。

時報の声が午後八時を告げ、ショウが空の食器を持って立ち上がろうとしたとき、食堂のスピーカーからアナウンスが流れた。「コンパニオンのみなさん、席を立たずにお待ちください」

イーライとアーニャ、スティーヴと二人組のボディガードが入ってきて、前夜と同じく食堂にささやき声があふれた。〈インナーサークル〉が手拍子を始め、イーライはにっこりと微笑んで両手を上げた。次に右手を肩に当てた。

イーライはスティーヴを従えて低いステージが設えられた食堂の奥へ進んだ。ステージの中央に腰の高さのテーブルがある。スティーヴはいったん厨房に消え、ワインのボトルとグラスをいくつか持って戻ると、テーブルに並べた。

　イーライは〈インナーサークル〉の一人が差し出したマイクを受け取ってステージに上がった。ほかの全員が座っているのだからステージはおそらく必要ないだろうに、自分の身長を気にしているイーライはそれでもステージ設置を命じたのだろう。

　手拍子がやんだ。「次に挙げる四名のアプレンティス、前に来てくれ。テイラー、マージョリー、ベン、マーカス」

　四人が前に出た。女性二人のうちの一人、ファッションモデルのようにすらりとしたブロンド美女が崇拝の視線をイーライに向けた。

　イーライがうなずき、スティーヴがワインを注いでグラスを配った。イーライは自分のグラスを掲げて言った。「この四人のコンパニオンは〈プロセス〉の第二段階を完了した。四人が自己省察と瞑想に注いだ努力をあっぱれに思う。オシリス財団の栄光の星だ。今夜、この四人をジャーニーマンに昇級させる。さあ、みんなで一緒に――昨日がよりよい今日を開き、今日は最高の明日を開く」

　全員が声をそろえた。

〈インナーサークル〉が手拍子に合わせて繰り返す。「ジャーニーマン、ジャーニーマン」

　ショウは自分が手拍子をしていないことに気づいた――ジャーニーマン・マリオンが鋭い視線をこちらに向けている。ショウは内心の嫌悪を押し隠しながら周囲に合わせて手拍子をした。

　新ジャーニーマン四名がワインを飲み干す。スティーヴが紫色のアミュレットを配り、それまでの赤いものを回収した。イーライは全員に向かって言った。

「親愛なるコンパニオン諸君。どうか忘れないでくれ。ここにいる一人ひとりが用心しなくてはならない。私たちは脅威にさらされている。世の中には、私たちの考えは馬鹿げていると言う者がいる。彼らは私たちの邪魔をしようとする。私の言っていることが気に入らないと言う。彼らは真実がお気に召さないのだ。

　宗教のなかには私を敵視する者がある。彼らの迷信を否定するような真実を私が知っているからだ。医療の世界には私を敵視する者がいる。私たちには、いまあるこの肉体以外にも肉体が存在すると、私が証明してみせたからだ。自助グループの指導者のなかには私を敵視する者がいる。彼らはペテン師だと私が暴いたからだ。そして、自分よりも先を行く者を敵視する者たちがいる。そういう連中を私たちは何と呼ぶ?」

大勢が一斉に叫んだ。「有毒な人々《トキシック》」

「私を疑う者、私を脅かす者……財団の外にいて、あるいは内側から私を裏切る者は、〈トキシック〉だ。警戒を怠ってはならない。彼らは、私がきみたちを救うのを邪魔しようとする。私の〈プロセス〉が与える救いをきみたちから奪い去ろうとする。きみたちが〈明日〉を目にすることがないようあらゆる手を尽くす」

怒りに満ちたささやき声が広がった。

ショウは室内を見回した。永遠の命という現実離れした第二の講話のときと同様、コンパニオンの一部はいま聞いた話を熟考している様子だったが、このときもやはり、不安げな顔をしている者も大勢いた。財団や〈プロセス〉、イーライ自身を脅かす敵が存在するとのイーライの話を鵜呑《うの》みにし、自分たちにも危険が迫っていると本気で信じているのだろう。


やがて掛け合い方式のコールが始まった。「そして最高の……未来の扉が開く!」しばらくしてその声が収まると、夕食はお開きになった。

ジャーニーマンに昇級した四人がステージを下り、自分たちのテーブルに戻っていったが、ブロンドの一人――名前はテイラー――は最後までステージ近くに残ってイーライに笑顔を向けた。しかしイーライはその前を通り過ぎ、ヴィクトリアに近づいた。テイラーは平手打ちを食らったかのように呆然とイーライを見送った。昇級のセレモニーの続きがあるつもりでいたのだろう――イーライと二人きりのスタディ・ルームで。

テイラーは自分のテーブルに戻り、祝福の言葉をかけたコンパニオンたちとおしゃべりに花を咲かせるふりをしたが、ヴィクトリアとイーライのほうを何度もちらちらとうかがった。

イーライはヴィクトリアの耳もとで何かささやいた。ヴィクトリアは晴れやかに微笑んで立ち上がった。さりげなくその様子を見守っていたショウは、自分と同じように二人を見つめている人物がもう一人いることに気づいた。アーニャだ。腕組みをし、顔には何の表情も浮かべていない。しんがりをボディガード二人が務め、イーライ一行がヴィクトリアを伴って食堂の出口に向けて動き出す。このままスタディ・ルームに行くのだろう。

しかし出口のすぐ手前でヴィクトリアがふいにふらつき、近くのテーブルに手をついた。イーライがいぶかしげな顔で振り返る。ヴィクトリアは床に膝をついた。食堂にまだ残っていた者――コンパニオンの半数ほど――が小声で何か言ったり息をのんだりした。

イーライが言った。「どうした、アプレンティス・ヴィクトリア……」

ヴィクトリアの声がショウにも聞こえた。「ちょっと……何か変――」顔を歪め、腹部を手で押さえる。それから片手を床について激しく嘔吐した。

〈インナーサークル〉の女性が二人すばやく進み出てヴィクトリアを抱え起こし、椅子に座らせた。ヴィクトリアが言った。「大丈夫です」

「大丈夫じゃなさそうよ」一人が言う。「ちょっと待って」ナプキンを水で湿らせてヴィクトリアに渡す。ヴィクトリアは顔を拭った。

意外にも、ヴィクトリアの顔に怒りの表情が浮かんでいた。両手を握り締めて言う。「本当に大丈夫ですから」

イーライがスティーヴのほうを向いて小声で言った。「片づけろ」

「掃除係を呼びま――」

「ほかの者を呼べとは言っていない」イーライは叱りつけるように言った。「片づけろと言った」イーライが平静を失うのをショウは初めて見た。気分のよい光景ではなかった。

「はい、マスター・イーライ」スティーヴは急ぎ足で厨房に消えた。

ヴィクトリアは深呼吸を繰り返していた。「どうしたんだろう。急に気分が悪くなって」顔を伏せる。「申し訳ありません、サー……マスター・イーライ。もう本当に大丈夫ですから」

イーライが言った。「いやいや、謝ることはない。今夜のうちに診療所で診てもらえるよう手配するよ」イーライの顔はまだ怒りで真っ赤だった。今夜の〝スタディ〟セッションがぶち壊しになったのだ。ただ、会衆の前で怒鳴り散らすわけにはいかないだろう。

ヴィクトリアが言った。「スタディ・ルーム。明日では？」

「それはまたあとで決めるとしよう」イーライはヴィクトリアの頭に手を置いた。「今日はゆっくり休みなさい」

ヴィクトリアの顔はまだ狼狽したように赤かった。下を向いている。

ナプキンを渡した〈インナーサークル〉の女性がヴィクトリアの手を取って立ち上がらせ、建物横のドアへと誘導した。ヴィクトリアは、もちろんその前に大事なノートをテーブルから取った。

イーライはふたたび室内に目を向けた。その視線は、ついさっき自分がすげなく拒絶したブロンドのテイラーに注がれた。テイラーは不機嫌そうな顔をしていたが、やがて自分が悪かったとイーライに謝るかのように表情をやわらげた。

しかしイーライの迷いはすぐに決着した。口もとを歪め、そこに冷笑のような表情を浮かべたあと、テイラーに背を向けた。テイラーの目に涙が光った。

ショウはアーニャのほうをうかがった。アーニャは、少し前にイーライが今夜の〝スタディ〟のパートナーを選んだときと同じように、無表情に見守っていた。

体勢を立て直した一行は横手のドアから出ていった。入れ違いにスティーヴが厨房から現れ、モップとバケツで掃除を始めた。

43

クマツヅラは、宗教や呪術と深い関係を持つ顕花植物だ。

イーライの財団の名を考えると皮肉な話だが、古代エジプトでクマツヅラは〝イシスの涙〟と呼ばれていた。イシスはオシリスの妻、オシリスのばらばらになった体を文字どおり拾い集めて元どおりにした女神だ。

また、十字架上のイエスの出血を止めるのに使われた薬草とされ、〝聖なる草〟とも呼ばれる。北米先住民の部族の一部では、呪術師が未来を幻視するのに使っていた。

コルター・ショウは、クマツヅラの世俗的な用途も知っていた。野外で毒性を持つ食物を摂取してしまったとき、吐剤として利用できる。クマツヅラのエキスは、吐《ト》根《コン》と同じ働きを持ち、すみやかに効果を発揮する――その効果は決して気分のよいものではないが。

　スタディ・ルームでの〝特別セッション〟の実態を知り、ショウは即座に決意した。ヴィクトリアを特別セッションに行かせるわけにはいかない。もちろん、他人《ひと》のことは放っておけばいいと考える者もいるだろうし、勝手に決めるのは相手を見下すに等しい。だが、そんなことを気にしている場合ではなかった。イーライはアビーを虐待した。今回も状況は似ている。アビーは未成年だった。ヴィクトリアは希死念慮《きしねんりょ》を抱き、無防備な状態にある。そして二人とも、自己愛の塊のような危険人物の支配下にある。

　では、ショウがここにいる理由が潜入調査であることを悟られずに虐待を未然に防ぐには、どうしたらいい？

　ショウは戦闘用の棍棒を作ったとき、宿舎の裏の林でクマツヅラを見かけたことを思い出した。武器を隠したあと、ふたたび林に入り、目的にかなった量のクマツヅラを摘んだ。宿舎の部屋に戻り、摘んできた花を電子レンジで乾燥させ、掌にはさんでこすり、粉末状にした。口に入ってもおそらく気づかないだろう。催吐性を持つ薬草はたいがい苦いが、クマツヅラはほんのり甘いだけでこれといった味がしない。ノートを一ページ破り、粉末をそれで包んだ。

　それから食堂に向かった。どの程度の量を混ぜればいいかはわかっていた。嘔吐の引き金になるだけで、体に害は及ぼさない。むろん、ヴィクトリアにアレルギーがなければの話だが。

　アレルギーがある確率は？

　パーセンテージを考えることはしなかった。いまは性的虐待を未然に防ぐことが第一だ。それにヴィクトリアは診療所に行くことになるだろうから、万が一アレルギー反応があれば、医師がそれに応じた処置をするはずだ。

　ヴィクトリアの食事にクマツヅラを混入させるのは、楽勝だった。

　ビュッフェ・テーブルのぼや騒ぎは、ショウが原因だ。料理を取りに行ったとき、保温燃料のそばに紙ナプキンを置いておいた。ショウが自分の席に戻ったころ、ナプキンに着火した。全員の視線が炎に集中していた隙にショウはヴィクトリアのテーブルに近づき、消防士を演じるために水のピッチャーに手を伸ばすと同時に、ヴィクトリアのラザニアの皿の上で掌を開いてクマツヅラの粉末を振りかけた。ヴィクトリアは気づかなかった。

あの程度の量では効果が長続きしないことはわかっていた。いまごろヴィクトリアの体調はもう元どおりになっているだろう。ただ、気分の上ではいまもまだ、死んだ家族と再会する方法を伝授してくれている男に自分を捧げるチャンスを逃して落胆しているだろう。

ショウは食堂を出て、よく晴れて肌寒いキャンプを歩き出した。ヴィクトリアはきっと、イーライとの〝特別セッション〟の新たなチャンスがありますようにと思っているだろう。

だが、特別セッションは二度と行われない。

ヴィクトリアだけでなく、誰も二度とスタディ・ルームに行かせない。

コルター・ショウが絶対に許さない。

たった一つでいい、証拠が何か手に入らないものか。ネヴィス島やセントトーマス島などのオフショア銀行口座の取引明細書でもいい。イーライがスタディ・ルームでのセッションを撮影した動画――性的暴行を暴く動画でもいい。脱税を指示するメモでもいい。

イーライとサンフランシスコの記者ヤンの殺害事件を結びつける証拠が手に入れば、それが一番いい。たとえば通話記録、電子メール。

キャンプ外に散らばっている〈セレクト〉の氏名と所在のリストがあるなら、それも手に入れたいところだった。その連中は、いわば時限爆弾だ。

理想を言えば、何らかの証拠を手に入れ、キャンプを抜け出して東の方角に歩き、ハイウェイに出て、スノーコルミーギャップの腐敗した警察ではなく、連邦または州の警察機関に証拠を届けたい。

犯罪の証拠を探すとしたら、どこが一番いい？

考えるまでもなく、事務棟だろう。

14号棟はどうか。ショウの視線の先にはまさにその14号棟がある。表側に並べた椅子二脚に、いまも〈AU〉が座っていた。なぜ見張りをつけておくのか。昨日、〈セレクト〉が人目を盗んで出入りしていた目的は何だろう。

イーライの住居も候補の一つだ。有罪を裏づけるもっとも明白な証拠があるとしたら、そこだろう。身近に保管するに決まっている。

手始めに14号棟を偵察することにした。ショウは身を隠しながらキャンプの東側の細長い野原を経由し、建物の裏手に回った。

監視カメラはない。表側にいる〈AU〉二人の話し声が聞こえている。油断しているのだろう。建物の裏手の様子を確かめに来ることはあるだろうか。夜のこの時間帯に巡回するとも思えない。たとえ来たとしても、今夜は風がない。彼らの気配がショウにも聞こえるだろう。

裏口のドアは頑丈な一枚板で、小窓はついていない。ドア枠を丹念に調べた。警報器のセンサーはなさそうだが、いまどきは設置されているとは気づきにくい警報システムがいくらでもある。この裏口にもあるかもしれない。確率は？　ここで窃盗事件が起きたことは一度もないと聞いている。わざわざ費用をかけて警報システムを導入するとも思えない。それに昨日、ゴルフカートで来た〈セレクト〉がドアを開けたあと、警報装置を解除しているようには見えなかった。

ショウは警報システムが設置されているリスクを二〇パーセントと見積もった。

一か八かやってみる価値はある。

侵入そのものについては？　簡単だ。父アシュトンは、生き延びるために法を犯すしかない状況に直面することもないとはいえないと子供たちに教えた。たとえば敵から逃れるため。あるいは、食べ物や武器を盗むため。

「サバイバルは道徳よりも優先される」アシュトンはよくそんな風に言った。

だからドリオンとコルターとラッセルに、ピッキングの基礎を叩きこんだ。この裏口のドアにややこしいところは何一つない。本締錠《ほんじまりじょう》はなく、ドアノブと一体になったインテグラル錠が一つあるだけだ。鍵を差しこむタンブラー、台座、受け座。プロなら電動ピックを鍵穴に差しこむだろう。十秒もあれば開けられる。ショウの手もとにそんな便利な道具はないが、代わりになる品物を持っていた――ついさっき食堂でくすねたディナー用ナイフだ。ひょっとしたら数を管理しているかもしれないが、ときにはリスクの一つや二つ、冒すしかない場合もある。

根気は必要だが、作業自体は簡単だ。ナイフの刃を差しこみ、それを使って受座の穴に収まっているボルトを引っこめるだけだ。その状態でドアを勢いよく引き、スプリングが仕込まれたボルトが受座の穴に戻ってしまわないようにする。ショウはボルトを一ミリずつ動かしながら、この手順を十数回繰り返した。二十回。三十回。

まもなく四十回に届こうというころ、ようやくドアが開いた。照明はつかず、警報が鳴り響くこともなかった。天井と壁に目を走らせる。監視カメラはなかった。

なかに入り、そっとドアを閉めた。室内は薄暗いが、表のドアの下と、塗料で塗りこめた窓越しに射しこむ光で充分だ。

周囲に視線を巡らせる。絶対に物音を立てないことを意識していなかったら、腹立たしげに溜め息をついているところだ。

表のAUが守っている秘密とはいったい何なのか。それに、ゾンビのような〈セレクト〉たちが運びこんだ箱は何だったのか。

どうやら園芸用品のようだ。

ほかには何もない。ニンジンや小麦、トウモロコシ、インゲンの種の袋、肥料、殺鼠剤や殺虫剤の容器、熊手や鍬《くわ》、ガソリン動力式の耕運機。

銃はない。

ファイルキャビネットもない。

ショウは意気消沈して外に出て、静かにドアを閉めた。その場で耳を澄ます。表側にいる見張り番の単調な話し声に変化はなかった。ショウの侵入に気づいていない。

次に事務棟に向かった。ここにも裏口があった。ヒューの手下が哀れな記者クラインを引きずりこんだドアだ。窓越しになかの様子をうかがうと、廊下を行き来するスタッフの姿が見えた。三部屋に明かりがついていて、五、六人が出入りしている。不死の販売は急成長中のビジネスなのだろう。事務棟に侵入するのはまた別の機会を待ったほうがよさそうだ。

そのとき、茂みの奥で小枝が折れる音、木の葉がこすれる音が聞こえた。ショウは腰を落とし、向きを変えて林に目をこらした。明るい水色のユニフォームが恨めしい。本来なら無視できるような淡い月光の下でも、木立や野原の黒と緑色とのコントラストは目立つ。聴覚に集中するため一瞬だけ目を閉じた。間違いない。さっきと同じような音がまた聞こえた。足音というより、動きを止める気配。ショウと同じように腰を落とし、自分の面積を小さくして狙いにくくしているような。このときもまたショウの頭にフレデリックの顔が浮かんだ。

尾行しているのはフレデリックとは別人だろうか。

殺人指令を受けた〈セレクト〉か？

ショウは物音をいっさい立てずに待った。

あれ以来、音は聞こえない。

よし、任務を再開しよう。

犯罪を裏づける証拠がありそうな三番目の候補——イーライの住居だ。

茂みから茂みへと渡りながら、慎重に接近した。住居にももちろん、誰かしらいるだろう。ボディガード二人組、スクワットとグレー。スティーヴもこのどこかにいるに違いない。食堂でイーライに叱られていたが、それくらいのことは何でもないだろう。たとえ革紐をぐいと引かれたあとであっても、従順な子犬はやはり飼い主にくっついて歩く。

屋上の八角形の見晴台を見上げた。窓の奥にアーニャがいて、キャンプをながめていた。あそこから見るキャンプは、黄色い明かりの集まりにすぎないだろう。何か考えごとでもしている様子で、長い髪を梳いている。イーライの姿は確認できなかった。

ひんやりとした夜空に十五音のメロディが響く。「時刻は午後十時ちょうどです。全コンパニオンは宿舎に戻ってください。以降は外出禁止です」

見つかるわけにはいかない。城に総攻撃をかけるのは明日にしよう。

それに、規則によれば、捕食者がそろそろキャンプに下りてくる——空《す》きっ腹を抱えて焦《じ》れ、いますぐディナーにありつきたがっている野生の動物が。

44

ここには壁時計も腕時計もない。だから彼らが来たとき、いったい何時なのか、ショウにはわからなかった。

空はまだ真っ暗で、せいぜい一時間ほどしか眠った気がしなかった。だから宿舎の部屋のドアが乱暴に開き、図体の大きな〈ＡＵ〉に両腕をつかまれ、ベッドから引きずり出されたとき、おそらく午前零時ごろだろうとぼんやり考えた。

「何の騒ぎだこれは」ショウは噛みつくように言った。カーター・スカイ役を演じていようといまいと、この状況では誰だってそう言うだろう。

「黙れ。一緒に来るんだ」

「よせ。どこにも行かないぞ――」

「うるさい」

〈AU〉の一人がショウのユニフォームと靴を投げてよこした。「服を着ろ」

「俺が何をしたって言うんだ。いったい――」

「服を着ろ。いやならその格好のままキャンプの反対側まで引きずっていくぞ」

ショウは服を着た。

五分後、支援ユニット棟の裏口からなかに連れこまれた。二人は痛いほど強く腕をつかんでショウを引き立て、廊下を進み、世界中どこの警察署にもある取調室のような小部屋に押しこんだ。テーブルが一つと、実用一辺倒《いっぺんとう》の灰色のスチール椅子が二脚あるだけだった。壁の色は紫ではなく、エジプト風の美術品や絵画も飾られていない。壁は真っ白だった。なかは暑いくらい暖かく、パインオイル含有の洗剤のにおいがした。

ラテン語の〝claustro〟は、ボルトという意味でね。ドアに鍵《ボルト》をかける意味のボルトだよ。〝phobia〟は誰でも知っているとおり。

〈AU〉の一人は、ヒューが記者に暴行を働いた現場にいた奴だ。

二人は出ていき、ドアが閉ざされた。

一人残されたショウは、ノーヴィス・カーターが犯した規則違反を頭のなかで一つずつ挙げた。ナイフを盗んだ。園芸用品が保管されている14号棟に侵入した。ヴィクトリアの食事にクマツヅラ調味料を混入した。ジョンをおぞましい死から救おうと全力疾走した。考えているうち、ふと思った。ここでは監視カメラは必要ない。イーライは信奉者を密告屋に変え、〈トキシック〉をチクらせているのだから。

尾行されていると思ったのは、やはり間違いではなかったようだ。二度――ヴィクトリアと話をしようとしたときと、つい数時間前、14号棟に侵入した直後。

スパイの正体は誰だ？　フレデリックか。それとも別の誰か。

　ドアが開いてヒューが入ってきた。もう一人、ヒューがクラインという記者の肩を脱臼させたとき、悲鳴を抑えこむためにクラインの口をふさいだAUも一緒だった。〈AU〉は部屋の隅に立った。ヒューは椅子に座ってタブレット端末をスクロールした。顔を上げてショウを一瞥し、座れともう一つの椅子を指さした。

「で？」こんな状況だ。さすがのカーター・スカイも多少は不安を感じるだろう。一方で、アダム・ハーパーと同じく、スカイも逮捕歴があり、もと非行少年で、若いころは喧嘩っ早かった。筋肉質のたくましい体をしている。ショウが造形したキャラクターは、そう簡単に怖じ気づく人物ではない。

「座れ」

　ショウは挑むような視線を一瞬向けたあと、言われたとおりにした。

　ミスター・スカイは架空の人物であり、この完全防音の窓のない小部屋に連れこまれたのはコルター・ショウであると発覚している可能性は否定しきれない。誰もショウを名前で呼んでいなかった。二つの人格のうちどちらのつもりでショウをここに連れてきたのだろう。

　スパイだとばれているなら、芝居を続けても無意味だ。戦って逃げるしかない。二人をどうやって倒して逃げようかと考えながら隅に立つ〈AU〉を見やったとき、そいつがスタンガンを握っていることに気づいた。

　ヒューがタブレット端末から顔を上げた。スクリーンに何が表示されているのか、ショウからは見えなかった。ヒューは荒れた声で言った。「規則の第十四項。言ってみろ」

「マスター・イーライ、スタッフ、財団、〈プロセス〉の品格《インテグリティ》を貶め……」ショウは口ごもった。「けなすような行為をしてはならない」

　カーター・スカイの記憶力に感心していたのかもしれないが、ヒューは無表情を崩さなかった。

「その言葉。〝インテグリティ〟。意味が二種類ある」

　ショウはまばたきをした。「そうなのか？……たしか、正直とかそういう意味だろう？　なあ、これはいったい何の騒ぎなんだ？」

　ヒューは無視して続けた。「構造がしっかりしているという意味もある。船体の構造がしっかりしているというような」

「へえ、そうなのか」ショウはヒューの顔をじろじろながめた。

「どっちもここでのおまえの行動の指針になる」

くそ、名前を呼べって。どっちと話しているつもりなのか教えてくれよ。カーターなのか、コルターなのか。格闘になるのか？　一対三の戦いに備えたほうがいいのか？

ヒューはタブレット端末をスクロールした。「おまえがしでかしたことは、二種類の〝インテグリティ〟に反している。おまえはマスター・イーライに対する背信行為を働き、財団そのものを危険にさらした」

「何の話かいまだにさっぱりわからないな」

「証拠はある。証人もいる」

「嘘つくな」

ヒューが目をしばたたく。

ショウはテーブルに身を乗り出し、うなるような低い声で言った。「証拠があるなら見せてみろってんだ、この野郎」

「何だと？」ヒューが驚いた顔でささやく。隅の〈AU〉が警戒の視線をショウに注ぐ。

「見せてみろって！　証拠があるんだろ。証人がいるんだろ。連れてきて証言させろよ」

「そんな口をきいて許されると思っているのか、ノーヴィス・カーター」

なるほど、悪事がすべて知られているわけではないらしい。とはいえ、ヒューの指示一つでスタンガンが発射され、ショウは暴行の形でカーター・スカイの罪を償うことになる。

規則の第十四項……

「マスター・イーライはここで人のためになる仕事をしている。何百、何千という人がマスター・イーライのおかげでよりよい人生を歩み始めている。なのにおまえの規則違反のせいで、それが無駄になりかけた」ヒューは隅の〈AU〉にうなずいた。〈AU〉がスタンガンをこれ見よがしに持ち上げる。

「おまえの動機が知りたい。どの〈トキシック〉の指示で動いているのか言え。それとも、おまえは単独で乗りこんできたのか」

隅の〈AU〉がつぶやくように言った。「金目当てかもしれませんよ。〈プロセス〉を盗みに来た。前にもいましたよね、そういう奴」

「かならず吐かせるからな」ヒューがスタンガンをちらりと見た。

〈AU〉がボタンを押し、赤いランプがかすかな光を放った。懐中電灯の光を反射するヘビの目のようだった。

45

「俺が何をしたと思っているのか知らないが、何かの間違いだ」ショウは断固たる調子で言った。

ヒューが片手を上げる。スタンガンを持った〈AU〉が立ち止まる。

「俺がこの財団に来たのは、人生がめちゃくちゃになりかけているからだ。ジャーニーマン・サミュエルに話したような、いろんな問題を抱えているからだ。大勢のコンパニオンがマスター・イーライに救われているのを見て、俺たちの人生を一変させるようなマスター・イーライの話を聴いて、ここに来たのは正解だったと思った。これは……あんたが言っていることはでたらめだ。誰かほかの奴と間違えているんだろう。財団を裏切るようなことなんか俺はしていない。するわけがないだろう。マスター・イーライは、世界一頭がよくて思いやり深い人だ」

ショウは立ち上がってヒューのほうを向いた。「誓ってもいい。俺は何もしていない」怯えたような、懇願するような声。

それを聞いて、二人はやや態度を軟化させたように見えた。

その刹那《せつな》、ショウは右に向きを変え、〈AU〉のスタンガンを持ったほうの手をはねのけて、レスリングの基本的なテークダウンの技で〈AU〉の足を払って床に叩きつけた。

〈AU〉の喉から奇妙な音が漏れた。何か言おうとしているのかもしれない。ただ息をしようとしているだけかもしれない。

ショウはそれにはかまわなかった。一瞬のうちにスタンガンを奪い取って二人に向けた。二人のどちらを先に撃ったほうが有利かと考えているかのように、冷静な目で二人を見据える。ヒューもそれに負けない無感動な目でショウを見つめていた。

ショウは低い声で言った。「あんたたちが持っている情報は間違っている。二度と俺を脅そうとするな。ほかの者にも脅させるんじゃない。いいな？」ショウは床に転がって苦しそうにしている〈AU〉のそばにスタンガンを放り出した。

それと同時に、ショウの背後から拍手が聞こえた——ついつられて一緒に手を叩いてしまいそうになる、独特のリズム。『歓喜の歌』に合わせた手拍子。ショウは振り返った。

手を叩いているのはイーライだった。入口に立ち、首をかしげ、ふっくらとした唇に小さな笑みを浮かべている。イーライは手を下ろすと、ヒューや必死であえいでいる〈AU〉にうなずいた。〈AU〉はふらつきながら立ち上がり、たったいま自分を床に叩きつけた男ではなくヒューのほうに怯えた目を向けた。スタンガンを拾い上げる。ヒューは〈AU〉があっけなく出し抜かれたことを苦々しく思っているようだった。それでもショウをちらりと見て、しぶしぶながら負けを認めるようにうなずいた。ヒューが出ていき、子分が胸を押さえながらそれに続いた。

ドアが完全に閉まる寸前に、イーライのボディガードの一人グレーの姿が見えた。皺の刻まれたグレーの顔はいっさいの感情を表していなかった。ほかにスクワットとスティーヴがいるのも見えた。スティーヴは肌身離さず持ち歩いているノートをやはり抱えていた。

かちりと音を立ててドアが閉まり、イーライとショウは二人きりになった。

「よくやったな、ノーヴィス・カーター。試験にみごと合格した」

コルター・ショウはこれはおそらく試験だと途中で確信していた。この誘拐劇には試験の特徴がすべてそろっていたからだ。ヒューは〝背信行為〟とは言ったものの具体的な容疑はいっさい口にせず、〝証拠〟〝証人〟と曖昧な言葉を繰り返した。それにヒューの台詞回しはぎこちなかった。そこでショウは、組織内で信頼を得て、探している犯罪の証拠を手に入れるには、ここは〈セレクト〉候補の役回りを演じるのが一番だと判断した。

「いまのは通過儀礼、一種の踏み絵でね。みな驚くような反応を示す。わっと泣き出して、ごめんなさい、どうか許してください、ジャーニーマン・アレグラやらジャーニーマン・ビルに不純な欲望を抱きましたと告白する者もいれば、〈AU〉の携帯電話を〝ちょっと借りて〟妻に電話をかけました、妻はもうじき出産予定なので、と言い出したりする。

ほかの団体の依頼を受けて、〈プロセス〉の詳細を盗みに来たと白状する者もいるし、暴露記事を書くためにもぐりこんだジャーナリストだと認める者もいる」

罪を告白した者たちはその後どうなったのだろう。そう思いはしたが、尋ねなかった。

そしてショウはカーター・スカイの人格を呼び出し、あとの対応をまかせた。「俺は〈プロセス〉をぶち壊すようなことはしませんよ。ジャーニーマン・サミュエルのセッションを受けて、あなたの第二の講話を聴いたあとですからね。頼まれたってそんなことはしない。講話には感動しました」

講話は〝最高〟だったと言うところだったが、嘲っているように聞こえかねないとショウは思い直した。

「そうかね。感動するほど気に入ってくれたか。それはうれしいな。私はきみを一目見た瞬間に確信したんだ。きみは特別だとね。私の人を見る目は確かだ。私ほど正確に人を見きわめる者はほかにいない。生まれつきの能力だ」

救いがたいナルシシストだな……

イーライはドアを開けてスティーヴを招き入れた。スティーヴと意味ありげな視線を交わしてからショウに向き直った。そして厳かに宣言した。「今日、きみをアプレンティスに昇級させることとする」スティーヴにうなずく。スティーヴが赤い無限大記号のアミュレットが下がったネックレスを取り出した。イーライはショウが着けている青いアミュレットのネックレスをはずし、新しいものをかけた。

イーライは言った。「よき行いには報いを与えるのが私の流儀でね」

真のカルトの特徴の一つだな。ショウは専門家から聞いたことを思い出した。

報酬と罰の制度を持つこと……

「きみはスタディ・ルームに行く資格がありそうだ」

住居を偵察するまたとないチャンスだとショウは即座

に思った。

イーライはショウに歩み寄った。「好きなほうを選べ。アーニャか、私か」

ショウはイーライの目を見て答えた。「アーニャ」

「そうか。まあ、そうだろうな」イーライの顔に失望は浮かばなかった。自分の欲求を満たすためのコンパニオンはほかにいくらでもいる。

「スティーヴ、案内してやれ」

「はい、マスター・イーライ」

スティーヴはドアのほうに手を差し伸べた。「こちらです、アプレンティス・カーター」

ショウはスティーヴのあとに続こうとした。イーライがすっと近づいてきてショウの肩に手を置き、ぐっと握り締めた。「〝スタディ〟を存分に楽しむといい」

46

これが偵察の機会になるかと期待したが、裏切られた。

スティーヴはショウを住居の玄関に案内し、たとえばこんな風に言うだろうとショウは思っていた――〝階段を上って左側の二つ目のドアです〟。そうであれば、住居内を調べて回る時間があっただろう。だがそうはならず、おそらくはコンパニオンをここで一人きりにするなと指示されているに違いない。

スティーヴの案内で廊下を歩く。邸内は贅沢な造りだった。壁にはみごとな絵画が並び、テーブルには彫刻が置かれている。家具はクロームと黒檀《こくたん》、紫檀《したん》、柔らかそうな革でできている。ここの内装にエジプト風のところは一つもなく、ひたすら豪華絢爛《けんらん》で派手で、マイアミビーチあたりの豪邸を思わせた。実際、デヴィッド・エリスは以前、フロリダ州で事業を展開していた人物だ。

警備の者はおらず、監視カメラも設置されていないようだった。近い将来また侵入することを考えると、好都合だ。ただし、事務室らしき部屋や書類の保管庫もなさそうだった。

スティーヴは二階の何も書かれていないドアをノックした。

「どうぞ」女性の声が応じた。

スタディ・ルームは、まさしく〝愛の巣〟だった。一度に四人か五人が横たわれそうな巨大な円形のベッドが真ん中にどんと鎮座している。ここの装飾はエジプト風だった。タペストリー、壁画、エジプト十字の飾り、オシリスをはじめとした神々――ショウは古代エジプトの神々には詳しくない――の浅浮彫りのレリーフ。お香の強い香りが漂っていた。

愛の巣……

オシリスは冥界を司る神であり、かつ豊穣の神でもある。

スティーヴはなかには入らず、廊下のベンチに腰を下ろして、マスター・イーライの人生の大半が記録されているらしいノートをめくり始めた。

あのノートをぜひとも手に入れたいものだ。

部屋に入り、ドアを閉めた。アーニャがベッドの上から小さくうなずいた。絹のローブ姿だった。色はもちろん紫だ。

ショウは右手を肩に当てて挨拶をした。アーニャはそれを見て微笑んだだけで敬礼を返さず、立ち上がってキャビネットの前に行った。「お酒は？」

「酒？」

「スタディ・ルームは規則の適用外なの」

「けっこうです」

「一人で飲んでもかまわない？」アーニャは眉墨で整えた眉を吊り上げた。

「どうぞ」

アーニャはカクテルを作った。ウォッカらしき酒と、フルーツジュース。ざっと混ぜ合わせただけで、氷さえ加えなかった。

「きみの名前」ショウは訊いた。「ロシア系かな」

自分のことを尋ねられて、アーニャは驚いた様子だった。スタディ・ルームの〝褒美《ほうび》〟の手順はおそらく決まりきっていて、そこには会話は含まれていないのだろう。

「そうよ。恵みとか恩寵って意味」アーニャはショウのアミュレットに目をやった。「あら、もうアプレンティスに昇級？　早いのね。まだ二日なのに」低い笑い声。

「嵐の備えはできてる？」

意味がわからず、ショウは眉を寄せた。

「なかには一週間以上かかる人もいるのよ。きっとにらまれるわ」

「にらまれるくらいは何でもない」

「あなたは変わってるのね」

「そうか？　まだ来たばかりだから、ここでは何がふつうで何が変わっているのか、俺にはわからない」

　アーニャはカクテルを一口飲んだ。「あなたにだって悩みはあるんでしょうけど、何かにすがりたがってる感じがしない。ここに来る人はたいがいそうなのに。だから来るんでしょうけど」また一口、今度は大きく飲む。

「今夜は何のお祝い？」

「俺を〈セレクト〉にしたがっている」

「ああ、わかる気がする。彼専属の軍団。修道士。円卓の騎士。〈セレクト〉のことは私にも何も教えてくれない……教えてもらえないことはほかにもたくさんあるけれどね」

「知り合ってどのくらい？」

「十年」

「どこで会った？　やっぱりスピリチュアルな団体で？」

　短い間。「別の人生で出会ったの」

一八〇〇年代の話をしているのか。それとも、五年前にフォートローダーデールで開かれた証券マンの大会とか？　ただ、アーニャはそのためにここにいるのではない。イーライとの関係を根掘り葉掘り訊かれたくないだろう。お菓子のおまけのように配られる境遇を嫌っている。しかしこうして話していると、あれこれ質問されるくらいならセックスのほうがましだと思っているように見えた。

　アーニャは立ち上がって明かりを消し、ベッドに腰を下ろした。ローブの胸もとが少しはだけていた。

「きみも〈プロセス〉を修了したのかい？」ショウは紫色のアミュレットを一瞥した。

「当然でしょう」

「じゃあ、前世が見えるわけだ」

　ためらい。

「課題はひととおりこなした」

「どうしてスイレンが？」ショウは室内を見回した。植木鉢がいくつかある。白檀《びゃくだん》の香りのほかに、汗と香水も匂うように思えた。これは征服者のベッドだ。ヴィクトリアはここで虐待の被害者になるところだった。

「永遠の命の象徴だから」

アーニャは黒いブラシを取って髪にすべらせた。消灯前にショウが見たときも、屋上の見晴台で同じように髪をといていた。

アーニャが言った。「若いころはきれいだったのよ、私。モデルをやったり、高級クラブのホステスをやったりしてた。そういう世界で……マスター・イーライと知り合ったの」

口ごもったのは、芳しい香りに囲まれてリラックスしたせいで、うっかり彼を本名のデヴィッドと呼ぼうとしたせいか。

「いまだってきれいだ」これは嘘ではない。「結婚してるの？」

「それらしき儀式はした。誰もが認めるような結婚式ではなかったけれど。ただ、私は結婚式だったと思うことにしてる。純白のドレスを着たかったなとは思う。母のウェディングドレスをいまでも持ってるの」

「〈明日〉ではきっと着られるさ」

「そうね」

アーニャはイーライの〈プロセス〉を信奉しているのだろうか。信じているのかもしれない。人はその気になればどんなことだって信じられる。たとえばショウは、いつかラッセルが戻ってきて、兄弟は何年も前に断ち切られた絆を何ごともなかったように取り戻せるだろうと信じている。

不思議なことに、夕食のとき、サミュエルはまさにそう予言した。

誰かを守りたいとき、その誰かのそばをあえて離れることによって守れる場合もある……

アーニャはカクテルを飲み干し、テーブルにグラスを置いた。それからローブの胸もとをさらに大きく開き、ベッドに横たわった。そのボディランゲージはこう読み取れた——早く始めれば、それだけ早く終わる。

アーニャの左の乳房の上に無限大記号のタトゥーがあった。

アーニャがショウの視線を追った。

「幸運よね。このシンボルのタトゥーを入れてもらえるのは、〈セレクト〉のほかにはごく限られたメンバーだけなんだから。私には二つ入ってるの。二つ入れてもらった人はほかに誰もいない」

ショウは立ち上がってベッドに腰を下ろした。ローブに手を伸ばす。アーニャは顔を天井に向け、目を閉じて背をそらした。ショウはローブの胸もとを閉じた。アーニャが当惑したように眉根を寄せてショウを見た。不安に思ってもいるのかもしれない。贈り物を拒絶することでイーライその人を拒絶した者は、これまで一人もいなかっただろうから。

「スティーヴのほうがよかった？　スティーヴも相手になれるわ」

「いや、俺はきみがいい。こんな状況でなければ」

アーニャはローブのベルトを締め直した。「私、馬鹿みたいね」目に涙がたまった。

ショウはときどき思う。愚かさとは、太陽が背後にあるときの影のように、愛よりも先に来るものではないか。その輪郭は、曖昧なこともあれば、くっきりとしていることもある。いずれにせよ、つねにそこにある。

このときもまたマーゴ・ケラーのほっそりと長い顔が脳裏に浮かんだ。キャンプに来てから彼女のことを思い出すのはもう二度目だ。マーゴはショウと同年代で、細くしなやかな体と焦げ茶色の柔らかな巻き毛をしている。あのころ、彼女の顔は古代ギリシャの女神のそれのようだと思っていた。いま自分は古代ギリシャの美術品で埋め尽くされた部屋にいるのだから、皮肉なものだ。

「もう遅い」ショウは立ち上がった。

「待って」アーニャはかすかに顔をしかめた。

ショウは一方の眉を吊り上げた。

「あなたはしばらくここにいるものと彼は思ってる。いま帰ったら……私が物足りなかったからと思われそう。スティーヴから報告が行くわ。そうしたら私が叱られる。叱られるだけじゃすまないかも」アーニャはティッシュペーパーを取って頰をこすった。化粧で隠されていた痣が露になった。それをショウに見せたかったのだろう。

「わかった。そうだな、あと四十五分くらい？」

「ありがとう。本当にありがとう」アーニャはローブを着たまま毛布の下にもぐりこんだ。「さっき薬をのんだの。疲れちゃった。このまま寝てしまうかも」

「俺のことは気にしなくていい」

アーニャは横になった。片方の手をショウのほうに差し伸べる。その曖昧なしぐさはおそらく、ありがとうと言っているのだろう。

あるいは——〝私を哀れまないで〟かもしれない。

きっと両方だろうとショウは思った。

47

6月17日

翌朝、ショウは朝食を我慢し、住居棟に侵入するミッションを再開することにした。しかし宿舎のポーチに出たところで立ち止まった。聞き覚えのある音がする。初めは遠くかすかだったが、やむことなくどんどん近づいてきた。

胸に響く、空気を切り刻むような音。

空のあちこちに目をやった。ようやくヘリコプターの流線型の機影が見えてきた。南西の方角からキャンプへと一直線に近づいてくる。

大型のヘリコプターだ。キャビンは白く、テールは紺色。脇に〈CHP〉の文字がある。

カリフォルニア州警察《ハイウェイパトロール》の機だ。

その音は、キャンプ内の全コンパニオンの注意を引きつけた。歩いていた者はそこで立ち止まった。座っていた者はノートから顔を上げた。

ヘリコプターはキャンプ北側の野原に優雅に着陸した。木の柵と〈YESTERDAY, TODAY, TOMORROW〉のゲートがあるあたりだ。エンジンが停止し、スーツ姿の男性が二人降りてきた。一方はかなり大柄なアフリカ系アメリカ人で、頭はつるりと禿げていた。もう一人は細身の白人だ。二人ともベルトに金バッジを下げていた。

二人は方角を確認し、すぐ近くの砂利敷きの小道に向かった。金髪をお団子に結った四十歳くらいの女性コンパニオンに近づく。ショウはその女性の名前を思い出せなかったが、彼女とその夫――いまは近くにいない――には会っていた。黒人刑事が身分証を見せ、女性に何か訊いた。女性は困惑顔で周囲を見回した。それから何か答え、住居棟のある南を指さした。二人はきょろきょろしながら南に向かって歩き出した。見たところ、ここはいったいどんな施設なのかと戸惑っているようだ。

ショウは女性のほうに行った。女性は眉をひそめたまま二人組の刑事を目で追っていた。ショウは肩に手を当てて挨拶をした。女性は上《うわ》の空《そら》の様子で挨拶を返した。

「アプレンティス・カーターです。すみません、お名前を忘れてしまって」

「アプレンティス・キャロルです」女性は困ったような表情で住居棟を見つめていた。

「いまの二人、サンフランシスコ市警の刑事でしたか」

「はい」

現在のサンフランシスコ市警に航空隊はない。ヘリコプターで移動する必要が生じた場合は州警察に頼っている。パイロットは黒髪の小柄な女性で、明るい緑色の制服のブラウスと灰色のスラックスという服装だった。緑と灰色は州警察のシンボルカラーだ。

「一人はエトワール刑事でしたか」

キャロルは考えごとに気を取られているようだった。

「アプレンティス・キャロル?」

「ええ、そうだと思います」

なぜ知っているのかと訊かれるだろうとショウは思ったが、キャロルは訊かなかった。ひどく動揺している様子だった。夫の姿を見つけて合流し、何か話し始めた。

広場では大勢のコンパニオンが集まって話していた。〈インナーサークル〉も別に集まっていた。〈セレクト〉も四人いて、無言で広場に目を光らせていた。三人は腕組みをしていた。四人とも石のように無表情だった。

ステージの向こう側を見ると、エトワールともう一人の刑事とイーライが住居棟に入っていくところだった。

エトワール刑事はどうやら、ヤン殺害事件を嚙み終わったチューインガムのように扱ってはいないらしい。

いまここで財団は終わりを迎えるのだろうか。ショウはすぐに考え直した。まだだ。ヤンを殺害した犯人――ハーヴィ・エドワーズ――とイーライをじかに結びつける充分な証拠が集まっているのなら、エトワール刑事は、可能なかぎりの大部隊で乗りこんできていただろう。機動隊やワシントン州警察も来ていたはずだ。今回は単なる事情聴取にすぎない。目的は情報収集だ。

二十分後、刑事たちが住居棟から出てきてヘリコプターに戻った。二人と話せたらどんなにいいかとショウは思ったが、もちろん、それは無理だ。いまの彼はコルター・ショウではなく、カーター・スカイだ。

ヘリコプターのエンジンがかかり、ローターが空を切る音が低くなって、機体が空に向けて上昇し、北カリフォルニアの方角に消えた。どんな情報を手に入れたのだろう。イーライはどう反応したのだろう。

しばらくしてスピーカーからベートーヴェンの音色が流れ、いつもの女性の声が告げた。「コンパニオンは全員、広場に集合すること」

〝集まってください〟ではなく〝集合すること〟——命令だ。

命令が繰り返された。

まもなく、ほぼ全員が広場に集まったころを見計らって、イーライと取り巻きが住居棟から現れた。イーライとボディガード二人は、ステージの階段の上り口で立ち止まった。アーニャとスティーヴはステージの反対側の定位置に座った。

『歓喜の歌』が二度流れたあと、イーライが階段を上ってステージの前端に立った。

〈インナーサークル〉が手拍子を始める暇はなかった。集まった人々は誘導を待たずに熱狂的な拍手でイーライを迎えた。

イーライが両手を上げた。

広場から声が上がった。「愛しています！」「私たちを導く輝かしき者！」「マスター・イーライ！」

そう言った声がひとしきり飛び交ったあと、ようやく広場は静かになった。

「私の友よ、コンパニオンよ。いや、私の大切な友よ、コンパニオンよ……きみたちも見ただろう？　ついさっき起きたことを見ただろう？〈トキシック〉が私について嘘の通報をした。フェイクニュースだ！」

ブーイングが湧き起こる。

「フェイク……フェイク……」その単調なコールがたっぷり六十秒続いた。

「私を追い落とそうという〈トキシック〉の企みだ。連中はそれを望んでいる。私を打倒しようとしているのだ。きみたちのこともだ！」

「負けないぞ！」

「そんな連中、くたばっちまえ！」

「私たちには、きみたちと私には、多くの敵がいる。昨夜の私の話を覚えているね。医学界は私たちを憎んでいる。宗教もだ。政治家も私たちを忌み嫌っている。なぜか。私が真実《トウルース》を話すからだ」

これをきっかけに、「トゥルー・アップ！　トゥルー・アップ！」のコールが始まった。

「彼らは真実を恐れているのだ！　しかし本当に怯えるべきは〈トキシック〉の連中だ！　私はそう話した。ついさっきやってきた刑事たちにそう伝え、刑事たちも納得した。私は真実を見る力ゆえに迫害を受けている。警察に連絡した〈トキシック〉こそを逮捕すべきだと話した。訴権の濫用《らんよう》は犯罪だ。私は彼らを訴えるつもりでいる。私にはこの国でもっとも優秀な弁護士チームがついている。彼らは最高だよ！　きみたちに――私の家族に危害を及ぼそうとする者を許すわけにはいかない！」

そのとき、コンパニオンの海の後ろのほうが騒がしくなった。怒鳴り声が聞こえる。誰かが別の誰かを突き飛ばしたように見えた。

ボディガード二人が警戒態勢を取った。スティーヴは立ち上がった。イーライはステージの前のほうに出た。自分に向けられていたスポットライトを奪われていらだっているようだった。腹立たしげに声を張り上げた。

「おいそこ。何の騒ぎだ？」

言い争っているような声がまた聞こえた。何と言っているのかは聞き取れない。

まもなく広場の後ろのほうから叫び声が上がった。

「……あなたを疑っています！　マスター・イーライ！」

イーライは静かにと両手を上げ、広場のうしろのほうに目をこらした。

痩せて血色の悪い男性アプレンティスがすぐ近くの女性を指さしていた。キャロル――サンフランシスコ市警の刑事が着陸直後に話しかけた女性だ。すぐ隣に夫がいた。ふいの注目に戸惑っている。

「この女、あなたが嘘をついたと言ってます！」

ささやき声の蛇口が開かれた。

イーライが言った。「静かに。静かに！」

キャロルは怒りに顔を赤くし、自分の肩をつかんでいた別の女性の手を払いのけた。

キャロルを名指しした痩せた男をイーライが促す。

「説明してくれ」

「この女は……」

キャロルが前に進み出た。「あなたが嘘をついたなんて私は言っていません、マスター・イーライ。私はただ……さっきの刑事さんたちからこう訊かれたんです。デヴィッド・エリスはどこにいるかって。アーティ・エリントンという偽名を使っているかもしれないし、ほかにハイラム・レフコウィッツという偽名もあるって。それで、ちょっと疑問に思っただけです。あなたはいったい誰なのかと」

　大勢が一斉に息をのむ気配。

　スティーヴが立ち上がってイーライに耳打ちし、また自分の席に戻った。

　イーライは重々しい声で言った。「アプレンティス・キャロル。来なさい。私の前に来なさい」

「私はただ……」

「連れてこい！　早く！」イーライは〈AU〉二人を一瞥した。

　一人がキャロルの夫の前に立ち、胸に手を置いてその場から動けないようにした。もう一人がキャロルの腕をつかみ、ステージのすぐ下まで引き立ててきた。イーライは冷ややかな視線をキャロルに注いだ。

48

　イーライは腕組みをしてキャロルを見下ろした。キャロルのほうは、途方に暮れたような、さげすむような、複雑な表情を浮かべていた。

「アプレンティス・キャロル。きみは〝イーライ〟が私の出生時の名前だと思っていたのか」

「わかりません。ただ……奇妙に思えて。警察の人は、あなたが過去に使っていたという名前をいくつも挙げたので。それでただ、どういうことかしらと疑問に思っただけです」

「ほう、そうなのか。私にはいくつも名前があるって？」困り果てたような表情を作り、イーライは目を上げて聴衆を見渡した。それからまた射るような視線をキャロルに向けた。「私には複数の名前があるのか」

「さっきの人はそう言ってました。刑事さんは」

「きみはその刑事と知り合いというわけだ」

「知り合い？　いいえ違います。あなたはどこにいるかと訊かれただけで、そのときほかの名前をいくつも挙げていました」

ショウは振り返り、キャロルの夫、トーマスの様子を確かめた。〈ＡＵ〉と言い争っている。男が〈セレクト〉の一人を手招きした。セレクトは組んでいた腕をほどき、ゆっくりとした足取りで近づいた。そのセレクトがトーマスの耳に何かささやくと、トーマスは黙りこんだ。

「それでその刑事の話は事実だと思いこんだわけか」

「私は……その……」

「私は……その……」イーライは嘲るように口まねをした。「急に歯切れが悪くなったようだな、キャロル？　きみは、その、刑事と知り合いではないが、きみは、その、私にはいくつも名前があるという刑事の話を信じるわけか」

「そうは言っていません。私はただ――」

誰かが叫んだ。「いや、刑事の話を信じてました！あなたを疑ったんです！」

「規則第十四項違反だ！」

「私にいくつも名前があると主張して警察を呼んだのは〈トキシック〉ではないかとは一瞬たりとも思わなかったのか」

「私はただ……」

「ははあ、〝私は、その〟から〝私はただ〟に進歩したぞ。きみは警察の話を信じたわけだな。私のファーストネームとラストネームは、事実、デヴィッド・エリスだ。それをどこかの〈トキシック〉が探り出して警察に教えたのだとは一瞬たりとも考えなかったわけだな。言っておくが、私の本名は秘密でも何でもない。誰でも見られる公の記録にそう書いてある。まさか、私が生まれたときから〝マスター・イーライ〟だったと思っていたのか？　出生記録を見れば、そう書いてあると思ったのか？」

「いいえ。私は――」

イーライは熱狂する聴衆を見渡した。この一瞬一瞬を楽しんでいるのは明らかだ。「出生証明書にそう書いてあると思うか？　私はそうは思わない」イーライはキャロルを見下ろして続けた。「私は自動車事故で死んだのだからな！」

気の毒な男に対する同情のささやきが人々のあいだから湧き起こる。

「私は死んだのだ！　わかるね？　死んでいたあのとき、私は過去の自分を見た。その私はイーライという名前だった。〝マスター〟はどうか。単なる敬称にすぎない。しかし、そう呼ばれるに値すると自分では思いたい。しかし、きみはそうは思わないようだな」

「恥を知れ！」

「〈トキシック〉！」

「あなたを愛しています、マスター・イーライ！」

「私たちを導く輝かしき者！」

　聴衆のなかから男が一人進み出て、キャロルを突き飛ばした。キャロルは短い悲鳴を上げ、後ろ向きによろめいた。イーライは何の反応も示さなかった。

「よせ、妻に乱暴するな」トーマスが叫ぶ。

　セレクトがまた何かささやき、トーマスは口を閉ざした。

「つまり、このキャロルは、私がしてもいないことを持ち出して私を非難しているわけだ。公平な行いと言えるか？　正しい行いか？」

　聴衆が息をのむ。その理由がショウにはぴんとこなかったが、少し考えてわかった。イーライが〝アプレンティス〟の等級をつけずにキャロルを呼んだからだ。キャロルは追放処分になるということか。

「その女を懲らしめろ！」

「私は言ったね。〈トキシック〉に用心するようにと言った。連中の嘘に気をつけろと。ところがどうだ、キャロル。きみは連中を信じた。私ではなく」

「違います」キャロルが目を見開く。「私はただ……」

　聴衆の一部から怒りの声が漏れた。若いジャーニーマンの一人が自分のノートでキャロルを叩いた。「尻軽女め」

　キャロルはパニックを起こしかけていた。「私はただ……どう考えていいかわからなかっただけです。名前が三つ。別の名前が三つも。わかってもらえますよね、だって――」

「私にわかるのは、キャロル、きみはどうやら〈トキシック〉らしいということだけだ！」

「違います。私はただ――」

「ただ、ただ、ただ！」イーライは馬鹿にしきった声で真似をした。「いいか、キャロル。きみがまだ十代だったころ、お父さんが何度もきみの寝室に来たという話を聞いたとき、きみには何の落ち度もなかったと私は思った。だがいまのきみを見ていると——私の言葉よりも〈トキシック〉の嘘を鵜呑みにしたきみを見ていると、きみには本当に落ち度がなかったのかと思いたくなる」

「え？」キャロルは青ざめた。

「きみがあまりにも有毒な人間だ。となると、ボーイフレンドから暴力を振るわれて病院に運ばれたというのも、きみに何か原因があったのではないかと思えてくる」

「違います」キャロルはあえぎながら反論した。「私は何もしていません！　彼は酔っていたんです。それで殴られたんです。暴力を振るわれたんです！」

イーライは口もとを歪めた。「しかし、ボーイフレンドは刑務所には行っていない。そうだろう？　きみは純粋な被害者で、彼は加害者だったなら、なぜ逮捕されなかった？」

顔を真っ赤にし、涙を必死にこらえながら、キャロルはトーマスのほうを見た。トーマスは無表情のまま凍りついていた。キャロルはイーライには過去の虐待を詳細に話したが、夫には一度も打ち明けていなかったのだろう。

イーライはまるで反対尋問に立った弁護士のように鋭い声で訊いた。「きみのボーイフレンドは刑務所に行ったか」

「でも、怖くて誰にも言えなかったんです」

「つまり答えはノーだな。よくごらん、キャロル」イーライは両手を上げた。「私はいま、家族のように大切なコンパニオンたちに話をしていた。私なら〈トキシック〉に立ち向かえると話してみなを安心させようとしていた。なのに、それがだいなしになった。きみが私を疑ったせいだ」

キャロルに勝ち目はない。本人もそれに気づいたのだろう。「お願いです、マスター・イーライ……私が間違っていました。ただ……」そこで口をつぐむ。また嘲られると思ったのだろう。「思いがけないことを訊かれたり言われたりしたので。だから、つい。でも、そうです、あの人たちはどこかの〈トキシック〉にだまされているんです。いいえ、あの人たちが〈トキシック〉そのものでした」キャロルは声を詰まらせ、涙を拭った。「私の秘密をみんなに話すなんて」

イーライの声は悪意に満ちていた。「きみが規則を破ったからだ」

コンパニオンの大半がキャロルをにらみつけていた。「トキシック！」という声があちこちから飛んだ。「裏切り者！」という声も。

「追放だ！」

「裏切り者！」

キャロルは両手をイーライに差し伸べた。「お願いです」

イーライは首を振った。「私はきみの誠意を一瞬たりとも疑ったことがない」

「疑う必要はありません」

「〈トキシック〉はどうなるんだった、キャロル？」

おそらく指導員とのセッションですでに学んでいたのだろう。キャロルはこう答えた。「〈解放〉されません。〈トゥルー・コア〉は埋もれたままになります。過去を見られず、〈明日〉に旅立つこともできません」

数十人のコンパニオンがシュプレヒコールを始めた。「トキシック！」〝ト〟の音に合わせて手を叩く。

キャロルのそばにいた別の男が彼女を突き飛ばした。女の一人が怒りにまかせてキャロルを平手打ちする。キャロルの鼻から血が噴き出した。キャロルは地面に膝をつき、両手で頭を守った。そこに大勢の拳が降り下ろされ、足が蹴り出された。誰かが石を投げつけ、キャロルの額をかすめた。彼女は小さな悲鳴を漏らした。

〈AU〉とセレクトが夫のトーマスを羽交い締めにしていた。ショウは同じ日に入会した禿頭のヘンリーに目配せをした。ほかの八人から十人ほどのコンパニオンの視線をとらえた。全員がうなずいた。

ここで止めなければたいへんな事態になる。

しかしショウたちがキャロルに歩み寄ろうとしたとき、イーライが両手を上げた。全員が動きを止めた。「もういい。私の友よ。コンパニオンよ。もういい。そこまでだ！」

イーライはステージを下り、ボディガード二人を引き連れてキャロルに近づいた。コンパニオンたちは従順に道を空けたが、そのまえに女の一人がキャロルの腹に強烈なキックをした。

イーライはキャロルを見ていた。キャロルは傷を負い、土の地面に横たわって身を丸め、血だらけになった顔を片方の腕で守ろうとしていた。

コンパニオンの何人かが手を伸ばし、目の前を通り過ぎるイーライのチュニックに手を触れた。

イーライはかがんでキャロルを助け起こした。ボディガードは周囲に目を光らせている。前にも似たようなことが——異端者が罰を受けたことがあったのだろう。〈インナーサークル〉の女性メンバー二人がいやらしい笑みを浮かべた顔を見合わせた。一部始終を楽しんで見物している。

「どうかお許しください、マスター・イーライ」キャロルはすすり泣きをこらえながら言った。「私が間違っていました」

「私の哀れな友よ。コンパニオンよ。かわいそうに、怪我をして」イーライは興奮冷めやらぬ聴衆を見回した。「いかなる場合でも暴力はいけない」だが、本気ではないのは明らかだ。イーライの顔には笑みのような表情が浮かんでいた。

「アプレンティス・キャロルよ。全コンパニオンよ！〈トキシック〉の危険がこれでわかっただろう？　連中は私の〈プロセス〉に恐れをなしている。私が知る真実を恐れている。私を止めるためならどんなことだってする連中だとわかっただろう？　私たちが憎み合うように仕向け、私を倒すためなら何だってやるのだ。私なら世界に革命を起こせると知っているからだ。私は脅威なのだよ。連中はどんな手を使っても私を止めようとする」

「お願いです」キャロルはすすり泣いた。「どうかお許しください」

イーライは黙ってキャロルを見つめた。それから聴衆を見渡して言った。「きみたちはどう思う？　彼女を許すべきか？」

さまざまな声が上がった。「トキシック！」「その女に罰を与えよう！」

だが、大半のコンパニオンはイーライの懲罰は終わったと察していた。スティーヴが会場をあおるようにコールを始めた。「許そう、彼女を許そう！」

ほかの者もそれに加わった。虫の鳴く声のような鋭い手拍子が自然に沸き起こった。

ショウは広場の反対側にいるヴィクトリアを見た。声を上げてはおらず、手拍子もしていない。無表情にただキャロルを見つめている――キャロルと、彼女を見下ろすように立って彼女の頭に手を置いている男を。

もし〝その女を殺せ〟という声が広がっていたら、どうなっていただろう。歯止めのきかなくなった群衆がキャロルに石を投げつけて殺す図がショウの頭に浮かぶ。いまこの瞬間は、さほど突飛な想像でもないように思えた。

イーライはキャロルを抱き寄せた。純白のチュニックが血で汚れた。この男は、ドラマチックな場面を演じるチャンスをめざとく見分ける。

「もういいんだ、アプレンティス・キャロル。すべてを許そう」イーライはアーニャのほうを見て、もどかしげに手招きした。アーニャがステージを下りてきてキャロルに腕を回し、二人は診療所のほうに歩き出した。

〝私たちを導く輝かしき者〟はステージに戻った。

実にあっぱれだとショウは思った。イーライは、警察の来訪や偽名、発覚しては困る過去からみなの注意を巧みにそらしただけではない。自分を裏切る者は罰せられると明白に示したのだ。キャロルは、第三者に明かされることはないと信じ、いまもくすぶる恐怖や怒りを指導員に打ち明けた。ところがイーライは、その秘密を攻撃の材料に使った。それを見た全員がいま、イーライに弱みを握られていることを知った。イーライに逆らう者は金輪際《こんりんざい》出ないだろう。

イーライは、今日、新たな講話、予定外の講話を行うと宣言した。「それまでの数時間は、自己省察とジャーナリングに費やすといい。決して忘れないでくれよ。〝そして最高の……〟」

「……未来の扉が開く！」

〈インナーサークル〉がすかさず音頭を取ってシュプレヒコールを繰り返しながら、大きな笑みを浮かべて陽気な足取りでコンパニオンたちのあいだに入っていった。イーライと取り巻きはステージを下りた。コンパニオンたちも思い思いの方角に散った。

ショウはキャロルの夫トーマスが急ぎ足で診療所に向かうのを目で追った。まもなくウォルターがやってくるのが見えた。ショウを探しているようだった。

「ああ、ここにいたか」ウォルターは陰鬱な顔をしていた。

ショウは言った。「いまの、見ましたか」

「いや、ちょっと困ったことになって」

「どうしました?」

「サリーがいないんだ。ヘリの音が聞こえて、私が一人で外に出たときには部屋にいたんだが。いま戻ったらいなくなっていた」

「失礼かもしれないが……アルツハイマー病なんですね」

「そうだ。薬はのんでいる。ガランタミンという薬だ。ただ、期待したほど効いていない」

「一緒に探しましょう」

「頼めるかい? 今回は本当に心配で」

49

「〈支援ユニット〉には伝えましたか」ショウは尋ねた。

「ああ、伝えた。ただ、何かあったようだね。自分で探してくれと言うだけで、怯えたネズミみたいにどこかに行ってしまった」

エトワール刑事の予期せぬ来訪を受けて、危機管理プランの策定中だったのだろう。

ウォルターの顔は不安げな表情のままこわばっている。目はせわしなく動き回っていた。

ショウはコンパニオンに支給されるシャツやブラウスの色について、ここに来てすぐ、逃亡した者を追跡するのに便利な色だと考えた。その色は、行方不明者を探すにも好都合だ。

二人は広場を起点に、同心円状に捜索範囲を広げていった。大自然が造った障壁と人工の障壁が敷地の三方をふさいでいるが、東側は落差二十五メートルの切り立った崖と、ショウが見つけておいた、ハイウェイにつながる小道だ。しかし幹線道路に至るルートからはずれたとたん、鬱蒼とした森と峡谷や岩壁の迷路でできた数十万平方キロメートルの荒野に迷いこんでしまう。転落の危険、日光と風雨にさらされて体力を消耗する危険。それだけではない。オオカミ、クーガー、コヨーテ、イノシシ。ガラガラヘビもひそんでいるだろう。

「ヘリコプターめ」ウォルターがぼやいた。「つい気を取られた。ほんの短時間だったのに、そのあいだに消えてしまった。あの音に怯えたのかもしれないな」

二人は食堂ものぞいた。インナーサークルの一団が深刻な表情でテーブルを囲み、額を突き合せて小さな声で話している。ほかに中年のカップルが一組、隅のテーブルでコーヒーを飲んでいた。やはり重苦しい表情をしていた。興奮した群衆からキャロルを守ろうと進み出たうちの二人だった。ショウはその二人と目を合わせて小さくうなずいた。

ウォルターとショウは敷地の探索を続けた。

「だいたいいつも怪しいのは短期記憶でね」ウォルターは右手を握り締めていた。「新婚旅行先で夕飯に何を食べたかはちゃんと覚えている。そのときの皿のブランドまで。ティーカップの持ち手の形だって覚えている。ラウンジで生演奏していた歌手の名前も。四十二年も前の話なのに」溜め息をつき、暗い森に目をこらす。「いったいどこにいるんだ、サリー？」ささやくような声だった。

行き合うコンパニオンにサリーを見かけなかったかと尋ねて歩きながら——誰も見ていなかった——ショウはキャンプに漂い始めた不穏な空気を肌で感じた。コンパニオンが大きく二派に分かれたようだった。一方は、イーライの真の信奉者。そしてもう一方は、さっきのキャロルの扱いを見て、また警察が来たことで、もともと〈プロセス〉に抱いていた疑念をいっそう募らせた者たち。あちらこちらで口論が起きている。なかにはいまにも殴り合いに発展しそうな言い争いもあった。

二人はさらに捜索範囲を広げ、谷間をくまなく歩き回ったあと、林に足を踏み入れた。「オハイオ州アクロンに住んでいたころ、家のすぐ隣にあった保護林にちょっと似ているんだ。三十年前に住んでいた。サリーの目にはなつかしい風景に映っているかもしれない。それにもう一つ。足腰が弱っている。ふだんは転倒したら私に通知が届くように設定した腕時計をしているんだが、ここに来たとき、それも預かると言われてしまった。マスター・イーライが奇跡を起こす、奥さんはすっかり回復するから、そんなものはいらないと。根負けしてしまった」

小道は岩壁にぶつかって終わっていた。向きを変えた。空は雲に覆われ始めている。風が強くなっていた。

そのとき、小枝が折れる音がした。ショウは片手を上げた。ウォルターが立ち止まる。めったにないとはいえ、昼日中に狩りをする気を起こしたオオカミやクーガーだった場合に備え、ショウは武器に使えそうな石や木の枝を目で探した。

三十メートルほど後方、二人がたったいま通ってきた道筋で、何か動くのが見えたように思った。

「サリーかな」ウォルターが訊いた。

「いや、野生動物か、茂みに隠れて私たちを尾行している人間か」

「〈支援ユニット〉の連中なら、こそこそしないだろう。まっすぐ近づいてきて、何やってるんだと訊くに決まっている」

ショウは先のとがった石を拾い、動きがあったほうへ数歩近づいた。

その何かは退却したようだ。ショウは石を捨て、二人は木の柵がある北に向かって林のなかをさらに進んだ。

「いったいどこに行ったんだ、サリーは」ウォルターがささやく。

ショウの見積もりでは、サリーは八五パーセントの確率で小道か小川をたどっている。記憶障害を引き起こす病気に詳しくはないが、コンピューターの記憶装置に保存されていたデータが読み出せなくなるのに似ているのではないか。そしてサバイバルの本能は、マザーボードに焼きつけられて書き換え不能なオペレーティングシステムのようなものだろう。小道は人の住む集落につながっている。小川は歩きやすいうえに、喉が渇けば飲める水がいつもそばにある。

二人は小道と小川を重点的に探した。

サリーとウォルターの宿舎を中心点として、八百メートルほどの範囲を徹底的に捜索した。ショウの体のなかにはコンパスがある。子供のころから森のなかで迷ったことはない。

十分後、ショウはかすかな音に気づいて立ち止まった。ウォルターも立ち止まり、目を細めて周囲を見回した。

ぱきん。ぱきん。

二人はそろって音のしたほうを向いた。ショウはまた石を拾った。二人はキイチゴの大きな茂みを迂回しながら、音のする方角へと慎重に近づいた。

五メートルほど先にサリーがいた。小さな小川のほとりに立っている。困ったように眉を寄せ、なぜか指を鳴らしていた。

「サリー！」

サリーが振り返った。夫がふいに出現してもまったく驚いていないようだったが、ショウは見知らぬ他人だ。ショウは初対面のように自己紹介し、サリーはかしこまった様子でうなずいた。それからまた眉を寄せて顔を曇らせ、手を上げて指を鳴らした。「ボーボーがいないの。逃げてしまったのよ」

ウォルターが辛抱強く言った。「ボーボーなら預けてきたじゃないか、忘れたのかい？　旅行中に心配しないですむように、獣医さんに預かってもらったんだよ」

「ああ、そうだったわね。私ったら。何を考えていたのかしら」

きっと何年も前に飼っていたペットの話だろう。

「疲れた顔をしているね、サリー。部屋に戻って少し休もうか」

「そうね、ちょっとお昼寝でもしようかしら」

三人は宿舎に戻った。ウォルターは妻を部屋に連れていったあと、ポーチに出てきた。

「助かったよ、ありがとう」ショウの手を力強く握った。


二人はチーク材の揺り椅子に腰を下ろした。ショウはゆったりと体を伸ばした。見た目に反してなかなか座り心地がいい。キャンプを見渡す。数人の〈ＡＵ〉が急ぎ足で通り過ぎた。一様に顔つきが険しかった。ジャーニーマン・アデル――美しい入会手続係――も小走りで通りかかった。

赤ちゃんを亡くしたんです……

「判断を誤ったよ」ウォルターは、アデルが声の聞こえないところまで遠ざかるのを待って言った。

「ここに入会したことですか」

「いろんな治療や薬を試したが、どれも思うように効果が上がらなくて、それでここに来た。最後の手段だった。アルツハイマー病のウェブサイトに広告を出しているからには、この財団は何か効果のある治療法を知っているんだろうと思ってしまった。まだ承認されていない薬とか、新しい治療法とか、手術とか。いざ研修が始まって、次のチャンスに――来世に期待をかけるというだけの内容でわかったときの、あの失望感ときたら」ウォルターは自嘲気味に笑った。「サリーと来世でまた会えるらしいよ。来世ではサリーの脳細胞はいまみたいに気まぐれじゃないし、私はきっとブラッド・ピットなみの美男で、セントアンドルーズを五アンダーで回れるようなゴルフの天才なんだろうな」

ウォルターは呆れたように両手を上げて続けた。「見るべきところをちゃんと見ていれば、ペテンだと事前に見抜けたのにと思ったが、もう遅かった。〈プラス〉、〈マイナス〉、前世、来世」ウォルターはショウを見つめた。「きみに密告されたらおしまいだな、私は」

「大丈夫です。密告なんかしませんよ」

「だろうと思った」二人はまた前を向いた。タブレット端末を抱えた〈AU〉がまた何人か、事務棟から広場の向こう側の建物の一つへ向かった。ウォルターが続けた。「人間は、何らかの才能と壊れかけたゼンマイを与えられて、このこぶだらけの惑星に送りこまれる。その条件でどうまく走り抜けるかという問題だ。サリーと私は、子供に恵まれた。三人のうち一人はほかの二人に比べるとできがよくないが、それでも悪いわけじゃない。サリーと私はそこそこいい人生を走ってきた。なのにこんな」――ウォルターは腕を広げた――「侮辱を受けるいわれはない。おまえたちは失敗したといわんばかりだ」

ウォルターはウェストバンドにはさんでいた酒のフラスクを引っ張り出した。一口飲み、フラスクをショウに差し出す。ショウはウィスキーをありがたくもらってからフラスクを返した。プラスチックの容器で、金属探知器には引っかからない。

「お二人はここを出たほうがいい」

「いやいや、最後までつきあうさ。あとたった十日だ」

「そんなに待てない。まもなく何かよくないことが起きます」

ウォルターは探るような目をショウに向けた。「何か知っているような口ぶりだね」

ショウは説明した。記者が一人殺され、別の一人は激しい暴行を受けたこと。〈セレクト〉の一人が焼身自殺し、ジョンがそれに巻きこまれる形で殺されたこと。

ウォルターは言葉を失った。「本当か。この前の晩、同じテーブルだった感じのいい若者だろう？　警察は何もしなかったのか」

「イーライは保安官を買収しているんです。私はイーライの犯罪の証拠を手に入れようとしているところで。さっきのヘリコプターですが。記者の殺害事件を捜査しているサンフランシスコ市警の刑事が来たんですよ。このあと何が起きるか心配です。ジョーンズタウンの事件はご存じでしょう」

「もちろん知っている。ジム・ジョーンズって頭のおかしい奴が始めたカルトの話だね。集団自殺した」

「記者や政府高官が調査に入った。それがきっかけになって、大量殺人と集団自殺が起きた」

「イーライが似たようなことを企んでいると思うのか」

「わかりません。でも〈ＡＵ〉の様子を見てください。全員が集まって会議中です。それにイーライは、新たな講話を予告した。まもなく何か起きる気がします。それもよいことではなさそうだ。サリーと一緒に徒歩で脱出できそうですか。距離は三キロくらい」

ウォルターは思案顔をした。「さっき行った森は、ずいぶん鬱蒼としていたね。斜面も急だった」

「私が考えている道筋なら、大半は野原とマツ林です。大きな岩もいくつかありますが、高さはせいぜい一メートルくらいで、乗り越えるのは簡単です。安全なところまで、私が一緒に行きます」

「どこまで？」

「ハイウェイです。そこでヒッチハイクをしてもいいし、北に一キロか二キロ行けば、ガソリンスタンドもある」

「ここに来る前に確認しておいたのかい？」

「ええ、事前に軽く調査を」

方向感覚を失うべからず。

ウォルターは椅子の上で向きを変えてショウをしげしげと見た。「きみが椅子に座るなりワインはないのかという目でテーブルを見回した瞬間、ほかの信奉者とは何か違うなと思ったよ」

「探したのはビールです」

「きみは何なんだ？　警察官ではなさそうだね」

「私立探偵のようなものです」

「脱出か。いいね、乗るよ。しかし、現金やクレジットカード、携帯電話を置いたまま行くのは不安だ」

「私が取り返します。荷物が置いてある建物は、さほどセキュリティが厳しくない。偵察しておきました。それより、お二人がいなくても不審に思われない時間を確保しておかないと。それで思ったんですが、サリーは確かガーデニングがお好きなんですよね。たとえば担当の指導員に、二、三時間、土いじりをしたいと断っておくというのは？」

「どこで？」

「庭で」

「ここには庭などないぞ。サリーのためにと思って、来て最初に確かめたのがそれだった。だが、今日のスケジュールには空き時間が多かった。〈マイナス〉について瞑想することにしてもよさそうだな」ウォルターは鼻を鳴らした。「十一時から午後二時、三時くらいまでのあいだなら、誰も探さないと思う」

「それでいきましょう」ショウは自分のノートを開き、キャンプの見取り図をウォルターに見せた。東側の崖の上の小さな野原を指さす。昨日、ヴィクトリアと会ったあたりだ。「ここにベンチがあります」

「知っている。何度か行ったよ」

「ここで十一時に。手ぶらで来てください。何か怪しいと気づかれるわけにはいかない」

「わかった」

「ただ、一つお願いがあります」

「何だね？」

「一緒に連れていってほしい人がいるんです」

50

思ったとおり、目当ての宿舎の前に置かれた揺り椅子に、石のように無表情な〈セレクト〉が座っていた。だが、どうということはない。コルター・ショウの世界における窓は、光や風を通すためだけに造りつけられているものではない。人間を――少なくとも身軽な人間を通すためにも造られている。


茂みをかき分けて進みながら一室ごとになかをのぞき、狙いの一室を探し当てた。さらに探索を続けて空室を見つけ、持参したディナーナイフで窓をこじ開けた。頭から窓を乗り越え、回転しながら床に下りた。物音一つ立てずに、と言いたいところだが、靴の踵が床にぶつかってこんと鳴った。動きを止め、いまの音を聞きつけられていないか様子をうかがった。

大丈夫そうだ。ショウは廊下をのぞき、目当ての部屋の入口へと歩いた。そっとノックする。「きみの味方だ。

開けてくれ」

沈黙。

「大事な話がある」

足を引きずる音。ドアが開いた。

十六歳の小柄なアビーがショウを見上げた。まばたきをしてから言った。「ああ、この前一緒だった人」


アビーはベッドに、ショウはデスクチェアに座って話した。誰か来たら聞こえるよう、座る前に椅子をドアの近くに移動させた。

アビーの目は真っ赤だった。先日の食堂でもそわそわしていたが、今日もやはり落ち着きがない。爪は嚙んで深爪になっていた。

ショウは声をひそめて訊いた。「何かあったんだね、アビー？」

アビーは目をしばたたいた。ショウが等級をつけずに呼んだことに気づいたのだろう。少しためらってから、アビーは答えた。「こんなの、もういやだ」そしてこらえきれなくなったように静かに泣いた。

ショウは待った。

アビーはうなずいた。「ほんとはジャーニーマン・マリオンが担当の指導員になるはずだったんだ。でも、マスター・イーライに変更になってさ。セッションのときは、すごく優しかったよ。いくらでも話を聞いてくれたし、あたしの〈プラス〉を一緒に探してくれた。子供のころ美術館に行ったことがあって、一番いい思い出はそれかなって言ったら、きみは前世ではアーティストだったんだよって言って、アートについて瞑想しなさいって勧めてくれた。言われたとおりにしたら、すごく気分がよくなった。

しばらくして、スタディ・ルームに誘われた。周りからは、うわあ、すごいじゃないって言われた。マスター・イーライからは特別な勉強をするって言われてたんだけど、本当は何だったか、まあ、言わなくてもわかるよね。それ自体はいいんだ。相手が誰でも、特別なことだなんて思ってないし。うちでいろいろあったしね。それ自体は大したことじゃない。マスター・イーライも喜んでくれて、あたしを愛してるって言ってくれた。あたしは特別だって。あたしたちは前世でも知り合いだったって言ってくれたんだよ。すごくうれしかった。

だけど……」アビーは声を詰まらせ、声を立てずに泣いた。ショウは立ち上がり、タオルを取って差し出した。アビーは荒っぽい手つきで顔を拭った。「アプレンティス・ローズと話してたらね、自分も同じことを言われたって言うんだ。アプレンティス・ジョーンも。ほかにも大勢いた。それくらいはいいの。別にいいんだ。マスター・イーライと一緒にいられるなら。愛してもらってるかぎりは別にいいの。

でも、今日……マスター・イーライにこの部屋に引きずりこまれて、嘘つきの売女《ばいた》って怒鳴られた。あたし、年齢をごまかしてたから。おまえは財団そのものを危機に陥れた、だって。あたしは特別だって言ったのは間違いだって言われた。あたしは馬鹿女だから、クラック中毒者のたまり場で野垂れ死ぬのが似合ってるって」アビーはタオルを顔に押し当てて泣いた。「誰かに何か話したら、ジャーニーマン・ヒューが〈AU〉を連れて殺しに行くからなって脅された。あたしを追放する準備ができるまでこの部屋から出るな、ほかのコンパニオンと口をきくなって言われた」

「アビー、ジョンは覚えているね」

「覚えてる。病気で家に帰ったんでしょ」

「違う。イーライとヒューに殺されたんだ」

「え？」アビーはあえいだ。

「生かしておけなかったんだよ。ここで起きていることを公表しようとしていたから」

殺された理由はアビーだと言う必要はない。

「何それ、ひどい」

ショウは身を乗り出した。「よく聞いてくれ。私がここに来たのは、〈プロセス〉が目的ではない。警察官みたいなものだと思ってくれればいい。イーライの周辺を調べに来たんだ。イーライはきみも生かしてはおけないと考えているのではないかと思う」

「だけどあたし、絶対に何もしゃべらないって約束したよ」

「向こうにしてみれば安心できない。ウォルターとサリーは知っているね？　この前の晩、夕食の時間に同じテーブルだった」

「おじいちゃんとおばあちゃんの夫婦。知ってる。いい人たちだよね。サリーは病気なんでしょ」

「あの二人を今日、脱出させる。いまから三十分後に出発だ。きみも一緒に行きなさい」

「待って、うちに帰るってこと?」アビーは苦々しげにつぶやいた。「ほんとなら喜ぶところだよね」

「無事にここを出ることが先決だ。そのあとどうするかは脱出してから考えよう。二人はしばらく自分たちの家にいてくれてかまわないと言っている。ウォルターからきみの家族に連絡してもらえばいい」

アビーは溜め息をつき、爪が赤く染まった手でタオルを何度も引っくり返した。

「ずっとここに座って考えてたんだ。マスター・イーライは怒ってるだけだからって。きっと気が変わるから大丈夫って。あんなひどいこと言ってたけど、ちょっとかっとなっただけだって。だって一緒にいたときはあんなにうれしそうだったんだよ。マスター・イーライが喜んでくれてると思うと、あたしだってうれしかった」

「アビー。時間がない」

「わかった。でも、ポーチに一人いるよね。キモい奴が一人」

ショウは尋ねた。「窓から家を抜け出したことはあるかい?」

アビーは唇に小さな笑みを浮かべた。その表情は〝あるに決まってるじゃん?〟と言っていた。

51

荷物が保管されている棟に忍びこむのは、思ったとおり、楽勝だった。

週のなかばで、新入会員が来ることもなく、卒業した者が出発することもないから、建物は閉め切られていた。〈AU〉がいないのも好都合だった。〈AU〉は全員、イーライとヒューに招集されている。

最終局面の算段でもしているのだろう。

人民寺院の教祖ジム・ジョーンズは、九百人の信者を説得して、何百人もの子供を殺させ、毒入りのフルーツパンチで自殺させた……

建物裏の窓の錠前は、標準的なラッチ錠だった。ディナーナイフで簡単に開いた。警報装置はなかった。

室内にロッカーはなく、扉のない仕切りがたくさんついた大きな棚があるだけだった。預かり証の番号をもとにウォルターとサリーのスーツケースはすぐに見つかった。二人で四つあった。ここでは生活用品はいっさいいらないとは知らず、三週間分の着替えを用意したのだろう。アビーのバックパックもあった。ショウはそれぞれを開け、三人それぞれに着替えと靴を一組ずつ取り、自室から持ってきた洗濯袋に詰めこんだ。老夫婦の財布、ハンドバッグ、現金も回収した。アビーも財布を持ってきていた。ベルトループに長い鎖でつないであった。現金はほとんど入っていなかったが、〝クソったれの継父〟がしぶしぶよこしたというプリペイド方式のクレジットカードが入っていた。

ショウは自分の荷物を探し、アビーに渡してやろうと、二百ドル分の現金を抜き取った。ポケットがないことをまたも腹立たしく思いながら、自分の財布をウェストバンドにはさむ。ポケットこそ人類最高の発明の一つだと思わずにいられない。

荷物を元あったとおりにきっちり戻す。

一つ残念だったのは、携帯電話を回収できなかったことだ。壁際に大きな錠がついた大型コンテナがある。一目でそれが何なのかわかった。側面は金属酸化物コーティングを施された分厚いガラスでできている。コンテナのそばの床の上にピンク色の細長いグラスファイバー製絶縁体が積んであった。コンパニオンの携帯電話を預かり、これで巻いて、コンテナに入れておく。ガラスは携帯電話の電波を遮断する能力がもっとも高い素材の一つだ。どの携帯も電源が切られ、可能ならバッテリーを抜いてあるだろう。比較的新しい携帯にはバッテリーをはずせないモデルが多く、電源を切ってあってもバッテリーは少しずつ消耗する。このコンテナに入れておけば、着信も発信も完全に遮断される。

ショウは窓から抜け出し、元どおりに鍵をかけた。十分後、雄大な山並みを見晴らすベンチに着いた。

ショウは周囲を見回した。インナーサークルも〈AU〉もいない。殺人課刑事の来訪と捜査再開を受け、イーライとヒューを中心に今後の計画を話し合う会議はまだ続いているのだろう。

「こっちだ」

洗濯物袋を肩にかけ、ショウは三人を率いて崖の縁に沿って北へと歩いた。キャンプから少し離れたところで足を止めて言った。「ここで着替えよう」私物管理棟から持ち出してきた着替えと財布などをそれぞれに渡す。

ウォルターが婚約指輪と結婚指輪をはめてやると、サリーはぱっと目を輝かせた。「よかった。なくしてしまったかと思ったの。でも申し訳なくて、あなたには言えなかったのよ、ウォルター」

ウォルターは妻の頬にキスをした。

ショウはアビーに着替えと財布、それに自分の二百ドルを差し出した。アビーは現金を見てまばたきをし、眉をひそめた。

「いいから持っていきなさい」

「だけど……」

「いいから」

アビーの目は、〝ありがとう〟と伝えていた。

ウォルターはサリーをヒイラギの茂みの陰に連れていって着替えをさせた。

アビーはその場でショウに背中を向けただけでいきなり服を脱ぎ始めた。ショウは目をそらした。

老夫婦が戻ってきた。ウォルターは茶と黄色のシャツに黒いスラックス、サリーは紺色のブラウスに黒いスカートだった。幸い、サリーはフラットシューズを持ってきていた。

アビーはブラックジーンズにラッパーのドレイクのスウェットシャツ。

ショウは洗濯袋を回して脱いだユニフォームとアミュレット、靴をそこに入れさせた。それを小枝や枯れ葉、マツ葉の小山に埋めて隠した。

「行こう。こっちだ」

この日は暑かった。太陽は卵の黄身のような色をして、昆虫がぶんぶん群がって波状攻撃を仕掛けてくる。ショウはラベンダーとマリーゴールドを探した。茎を折り、花がついたまま三人に配った。「つぶして肌に塗りつけて。とくに足首と肘。蚊に狙われやすい部位だ」

四人は急ごしらえの防虫剤を体に塗りつけた。

「まあ私たち、とってもダンディな香りじゃない？」サリーが言い、ほかの三人は微笑んだ。それからサリーは、不思議そうな目で周囲を見回した。危険が迫っていると認識しているのだろうか。それとも、よく晴れた午後、夫や、初対面の友人と一緒に、オハイオ州アクロンの家の裏に広がる森のハイキングを楽しんでいるだけのつもりでいるだろうか。

　ショウの予想どおり、行軍は平穏無事に運んだ。錆びた金網のフェンスをすり抜け、岩壁と崖の縁にはさまれた幅九十センチほどの小道を歩く。不思議なものだ。これよりもっと幅がせまい歩道を歩くとき転落の心配などしないのに、片側に死が口を開けて待っているというだけで、びくびくしながら足を前に出すのだから。

　やがて四人はゆるやかな斜面を下り、野原からマツ葉の絨毯《じゅうたん》が敷かれた林に入った。

　妻の手をしっかりと握ったウォルターがショウに尋ねた。「家に着いてからはどうしたらいいだろうね」

　ショウは答えた。「すぐには家に帰らないほうがいい。ここからできるだけ遠く離れたホテルかモーテルまで行って、しばらくはそこにいてください。住所をイーライに知られているわけですから。〈セレクト〉が追ってくる確率は高くないと思います。しかし、油断は禁物です。安全だと確信できるまで待ってください」

「警察に通報は？」

　ショウはこれにもノーと答えた。「もっと証拠が必要です。それに、ここの保安官からイーライに連絡が行けば、証拠はきれいに消えてしまう。イーライもです。それに、言いたくはないが、証人も消えるでしょうね」

　四人はまもなく林を通り抜け、草に覆われたなだらかな斜面を下ってハイウェイに向かった。

　アビーが訊いた。「あたしたちを拾ってくれる車がいたとして、何て言い訳する？　ハイキングに来て道に迷ったとか？」

　これはいい質問だった。ショウはそこまで考えていなかった。「そうだな、私が運転を誤ったせいにしよう」

　ハイウェイに出ると、五分とたたないうちに車が停まってくれた。この四人組の逃亡者——年配の夫婦、その息子と娘——は、どこをどう見ても危険人物には見えない。停まったのはダッジ・キャラバンで、運転しているのは若い夫婦だった。

　ショウはこう説明した。もっと近くで滝を見ようとして誤って道をはずれ、車のドライブシャフトが折れてしまった。ロードサービスは呼んだ。自分は車に残ってサービスの到着を待つつもりだが、この暑さのなか、両親と妹も一緒に待たせるのは心配だ。途中のモーテルまで乗せていってもらえないだろうか。キャラバンの夫婦は快く承諾した。夫のほうが、ドライブシャフトが折れるとは不運だなと首を振った。手を貸そうかと声をかけてくれた人がどれだけ車に詳しくても、ドライブシャフトの修理は無理だ。ショウがドライブシャフトを選んだ理由はそこにあった。

　肩に手を当てる敬礼はもうしない。ショウは三人を抱き締めて別れを告げた。

　アビーはとりわけ強くショウを抱き締めた。そして耳もとでささやいた。「ありがとう。ほんと、ありがとう」

　三人を乗せた車が遠ざかって見えなくなると、ショウは向きを変え、キャンプまでの三キロほどの距離を走り出した。

　キャンプに戻り、息を整えてから林を出た。広場を突っ切って宿舎に向かう。宿舎のすぐ前に男の一団が立って何ごとか話をしていた。イーライ、ヒュー、スクワットとグレーのボディガード二人組、ほかの〈AU〉数名。スティーヴもいた。そしてもう一人、背が高くほっそりとした体つきのコンパニオンがショウに背を向けて立っていた。

　その一人が振り返り、オレンジ色のサングラスをはずした。フレデリックだ。アダムの死の現場にいた男。そして、やはりそうだ。第二の講話のとき、ショウをじっと見ていたあの男だった。

　男が目を細め、イーライとヒューに何か言った。それから長く細い指でまっすぐショウを指さした。

52

　記者の暴行の場面がショウの脳裏に浮かんだ。頬骨は折れ、肩は脱臼した。

　前者は大きな音を立てた。後者は何の音も立てなかった。だが、どちらも恐ろしいほどの激痛だったはずだ。

　唯一の武器——今朝作っておいた棍棒——を隠した場所まで、優に五メートルは離れている。身を隠したくても、森は十メートルも先だ。

　足もとの地面をちらりと確かめる。砂利敷きで、踏ん張りがきかない。スリッパみたいな靴を履いているいまはなおさらだ。せめて芝の上で一団と対峙《たいじ》しようと、ショウは少し先へ進んだ。自分に何か用なのかと思っているような無邪気な表情を保った――疑念を抱かれないため、そして不意打ちのチャンスを確保するためだ。

ヒューは丸腰だろうが、スクワットとグレーはおそらく銃を持っている。

ショウはフレデリックに向かって歩き続けた。ショウを指さしたのはフレデリックなのだから、そうするのが一番自然だ。そのまま行くと、ボディガード二人組の横を通り過ぎることになる。とっさに練り上げた戦術はこうだ。レスリングのテークダウンの技でどちらか一人を倒し、拳銃を探って奪う。スクワットのほうが重心が低い分、足を払って倒す技は使いにくい。それに、グレーの軍人を思わせる挙動を考えると、銃を持っているとすればグレーだろう。というわけで、最初に倒すべきはグレーだ。

グレーを抱え上げて地面に叩きつけ、銃を奪う。服の上からでは銃の有無がわからない。つまり、持っているのはオートマチック銃だろう。リボルバーよりもオートマチックのほうが平たい。一発を排出して無駄にすることになるかもしれないが、銃を奪ったら即スライドを引いて一発を薬室に送りこむ。

イーライに銃口を向ければ、ほかの者は退却するだろう。

もしも銃があれば。

もしも倒される前にスライドを引ければ。

もしもヒューとスクワットは銃を持っておらず、先に銃を抜いて撃ってきたりしなければ。

グレーが銃を持っていなかったら？

格闘でヒューに勝つには、不意を突くしかないだろう。だが、グレーを先に倒そうとした時点で、不意打ちのチャンスは失われる。ヒューが優れた武術家であることはすでに見て知っている。戦うための体ができていて、しかも冷静だ。二日前に記者を痛めつけたときも、いっさいの感情を示さなかった。落ち着き払った者と興奮した者では、戦う前から前者が有利だ。

技術面でも、ショウはヒューほど近接格闘の経験がない。

拳を使うべからず。指や手首を骨折しがちだ。地面に倒して抑えつけ、肘や膝を使うこと。

それでもやれるだけのことはやろう。接近し、別のテークダウンの技を使う。相手を下から持ち上げ、仰向けに地面に叩きつける。

勝ち目は？　不意打ちできないなら、三〇パーセントといったところか。

さらに別の要素もある。半径十五メートル以内に、財団のメンバーが二十人以上いる。〝私たちを導く輝かしき者〟を守らんと、忠誠派が雪崩れこんでくるだろう。自分たちの精神的指導者を〈トキシック〉から救うためなら、進んで犠牲になろうとさえするかもしれない。〈解放〉された者であれば、死は何の意味も持たない。

無事に逃げられる確率は？

三〇パーセント。

ショウはにこやかな笑みを浮かべたまま、何気ない足取りでフレデリックに近づいた。フレデリックは訳知り顔でショウを見つめていた。

グレーから三メートルほどのところまで近づいたとき、イーライがヒューに何か言い、二人がそろってこちらを向いた。ショウはいつでもグレーのほうに踏みこみ、足を払って地面に倒せるよう、重心を落とした。元軍人らしきグレーは右利きだ。銃のホルスターも右の腰にあるだろう。

あと三歩、二歩……

ショウの全神経が張り詰めた。身体的に――精神的にも――五人の敵と戦う覚悟はできた。

53

グレーまであと一・五メートルのところに来たとき、イーライが振り返ってショウを見た。イーライは満面の笑みを浮かべ、肩に手を当てる敬礼をしながら大きな声で言った。「アプレンティス・カーター、よくやってくれた。ありがとう！」それからほかの者たちに言った。「彼は最高だろう？　私の言ったとおりだ。彼は期待の星だと言ったよな？」

わけがわからず、ショウは足をゆるめて首をかしげ、敬礼を返した。

スティーヴが言った。「ありがとう、アプレンティス・カーター」

いったい何の話なのかわかるまで、よけいなことは言わずに話を合わせておいたほうが無難だ。ショウはうなずいた。

フレデリックがこちらにやってきた。

イーライがフレデリックを見ていった。「ちょうどジャーニーマン・フレデリックから報告を受けていたところでね。続きを聞かせてくれ」

フレデリックが言った。「アプレンティス・カーターが来て、私物管理棟からノーヴィス・ウォルターとサリー、アビーの三人が出てきて林に駆けこむのを見たと。しかし近くに〈ＡＵ〉が見当たらなかったんで、アプレンティス・カーターと俺でその三人を追いかけました」

フレデリックはショウに視線を移した。「あの三人はライバル団体のスパイか何かで、秘密を盗んだんじゃないかと思って。な？」

ショウはうなずいた。

「三人がどっちの方角に逃げたかわからなかったんで、二手に分かれました。そのあと俺はヘンダーソン峡谷で三人の姿を見ました。それで急いで戻ってきて、ジャーニーマン・ヒューに報告したんです」

ヒューが言った。「捜索隊を出したよ」

ショウは筋書きが読めないまま、期待されているらしい役回りを演じてヒューに言った。「で、見つかったんですか」

「まだだ」

捜索などしていないに決まっている。その峡谷ならショウも知っている。フェンスをすり抜けて敷地外に出て、東のハイウェイを目指すのではなく北に向かうと、ヘンダーソン峡谷に出る。さらにその先は切り立った深い谷と滝の迷路で、道らしい道は一つとしてない。材木搬出路さえない。イーライとヒューは、三人は森で死ぬだろうから放っておけばいいと考えている。

証人も消える……

イーライが言った。「恐ろしい。実に残念な話だ。その三人はいったい何を考えていたんだ？　それにあの気の毒な子」イーライはショウを見た。「まだ大学生なんだ」

高校生だろうが、とショウは心のなかで切り返した。表向きは、本当に気の毒だと同意するように首を振った。「捜索隊を出したよ。カルフーン保安官にも相談して、人員を貸してもらおう。三人が無事に見つかるといいが」

「さっそく保安官に連絡します、マスター・イーライ」

このやりとりはショウに聞かせるためだけのものだ。捜索隊など出ていない。すべて丸く収まった。未成年者への性的暴行について自分たちに不利な証言ができる唯一の証人は、一日か二日のうちに森の奥で死んでくれるのだから。

イーライがヒューを見て繰り返す。「実に残念な話だ」

だが、行方不明者とその願ってもない死は、イーライの心から早くも消えたようだった。イーライは魅惑的な青色をした瞳をフレデリックとショウに向けた。「財団の全員を代表して、きみたちの尽力に心から礼を言う」そう言ってショウに敬礼をした。それからふいに目を細めた。「例の奴らの件だが。ヘリコプターでやってきた連中。奴らの言い分はどれも嘘だ」

ショウはいかにも不愉快そうに顔をしかめた。「わかっています。世間は偉大さを妬むものだ」

「ああ！　名言だね！　〝偉大さを妬む〟か」イーライはスティーヴを一瞥した。スティーヴはその〝名言〟を忘れないよう、いつもの分厚いノートにさっそく書きこんだ。もしかしたら自分は新しいコールを考案してしまったのだろうかとショウは思った。

イーライとヒュー、ボディガード二人組は住居棟に戻っていった。住居棟にはおそらく、ゲイリー・ヤン殺害事件の捜査に対抗するための作戦司令本部が新たに設置されているだろう。

彼らが行ってしまうと、ショウはフレデリックに鋭い視線をやった。フレデリックも視線で答えた――〝そうだな、話をしよう〟。

フレデリックは声の届く範囲に誰もいなくなるのを待って、話を切り出した。「あの斜面であんたを見たんだ――ジャーニーマン・アダムが飛び下りた崖の上で」

「こっちももう一人いた気がしていたよ」ショウはフレデリックに言った。「オレンジ色のサングラスの男が」

フレデリックが言う。「財団のユニフォームには含まれていないんだけどな。イーライは相手の目の表情が見えないのを嫌がる。けど、俺は有能で従順だからさ。無害な〝非協調〟なら、イーライも目をつぶる。イーライはこういうのを〝非協調〟って呼ぶんだよ。なんであんたをヒューに密告しなかったのか疑問に思ってるんだろ」

言うまでもない。

「直感ってやつかな。アダムが死んだ直後のあんたの表情を見た。動揺してただろ。何日かたって、あんたがここに来てるのを見てさ、おいおいどういうことだよと思った。おまわりには見えないから、記者か、調査報道専門のジャーナリストあたりだろうと思った。財団の告発記事を書く気なんだろうとね。マスター・イーライは、そういう連中に気をつけろってしじゅう言ってる。〈トキシック・メディア〉って呼んで。いま思えば、アダムが財団を離れてしばらくたってたから、アダムがここのコンパニオンだったなんて、あんたは知らなかったんだろう」

ショウは答えた。「知らなかった。あのときはまだ財団のことを何も知らなかった」

フレデリックの目が怒りに燃えた。「一月《ひとつき》前なら、アダムが死んだから何だってんだと俺も言ってたと思う。アダムの〈トゥルー・コア〉は〈明日〉また帰ってくるんだからってさ。けど、いまならこう言う。あんなのは全部嘘だ。イーライが金儲けのためにでっち上げた作り話にすぎない。あれから俺は目が覚めたんだよ」

「アダムはタコマ郊外で起きたある事件で指名手配されていた」

フレデリックは驚いたようだった。「アダムが？　いや、たしかにだいぶ弱気にはなってたよ。だけど、事件を起こすような奴じゃなかった。前科はあっても、もう何年も前のだろ」

「銃撃事件だ。ただし、正当防衛だったんだと思う」

このとき初めてショウは悟った。アダムがエリックと出会った教会の墓地にいたのは、母親の墓の前で命を絶つつもりだったからではないか。拳銃を所持していた理由はそれだ。イーライの教えがいかに有害なものであるかを知ったいまならわかる。アダムは死ぬつもりでいたのだ。しかし、弟を亡くして立ち直れずにいるエリックと出会い、救ってやれるかもしれないと思って計画を先延ばしにしたのだ――少なくとも一時的には。

ショウは銃撃事件の詳細を話し、アダムはおそらく不起訴になっただろうと付け加えた。

「絶対に許せないな、イーライのクソ野郎。あいつはみんなにこう教えてるわけだよ。〝さあほら、安心して〝旅立て〟よ──自殺しな──生まれ変わって〈明日〉目覚めるから。人生に行き詰まったって？　大丈夫、一からやり直せば何もかもうまくいく〟。アダムには、そういうでたらめを鵜呑みにしちまう条件がそろってた。鬱気味で、孤独で。イーライはそういう奴を見つけて食い物にする」

ショウは尋ねた。「きみはどうして財団を離れなかった？」

「今シーズンいっぱいで辞める気でいる。イーライは金払いがいいからね。ちょっと金に困っててさ」フレデリックは肩をすくめた。「財団の外でも活かせるスキルなんか何一つ身についていないけどな」

「アダムとは親しかったのかい？」ショウは訊いた。

フレデリックは口ごもった。「俺のほうは、その、友達以上の関係になりたかったけど、アダムにはその気がなかった。別にいいんだよ、それ自体は。了解さえできちまえば、友達で納得できる。アダムと話してると楽しかったんだ。ここはなかなかきついからね。まともな会話が恋しくなる。

二人で愚痴ったりぼやいたりしてさ。俺もいろいろあったし。十六でカミングアウトしたんだよ。そうしたら義理の父親が爆発してわめき散らした。おまえは地獄行きだとか言って」フレデリックは面白がっているような表情でそう話した。「何が気に入らないのかわからなかった。だってそもそも俺を嫌ってたし、同性愛者も嫌ってたんだぜ。だったら、俺が地獄行きになれば万々歳じゃないのか？」フレデリックはショウを見やった。「じゃあ、あんたは〝カーター〟じゃないわけか」

「ああ。偽名だ」

ひんやりとしたそよ風が湿り気を帯びた煙草のにおいを運んできた。

「潜入捜査官？」

「私立探偵みたいなものだ」財団にもぐりこんだのはアダムが死んだ理由を知りたかったから、またたとえばヴィクトリアのように、死の危険にさらされている人がほかにもいるなら救いたいと思ったからだと話した。そして、アダムが身を投げた崖で、ヒューがヴィクトリアに暴言を吐き、体をまさぐろうとしていたことを付け加えた。

「ああ、それなら俺も見たよ。ヒューは最低の野郎だ。自分に有利なシステムを作り上げてる。規則を破ったコンパニオンがいると、いや、規則を破ろうとしてるように見えただけでも、罰点をつけるわけだ。罰点がつくと、〈学習〉のレベルを下げられちまう。罰点が積み上がると、ジャーニーマンに昇級できなくなって、ノーヴィスからまたやり直しだ。あのときは、ヴィクトリアに規則第十四項違反だって言ってたな。誰かが死んでも悲しんじゃいけないんだ。悲しむってことは、〈プロセス〉を信じてない証拠だもんな。


けどまあ想像がつくとおり、女で、しかもその気があれば、ヒューの部屋を訪ねて、罰点を取り消してもらうこともできる。同じ手で、〈学習〉を進めてもらうのも可能だ」フレデリックはショウを見た。「料金制度も同じだな」

「財産の一部を財団に遺贈すると、終生メンバーシップが手に入るって話か」

「違うよ」フレデリックは冷ややかな笑いを漏らした。

「表向きは一律料金だ。七千五百ドル。実際は違う。入会の手続のとき、先に顔写真を送れって言われたろ？ なんでだと思う？」また冷ややかに笑う。「若くて見た目がよければ、百ドルとか二百ドルで入会できるんだよ。無料になることもある」

「スタディ・ルームか」

フレデリックがうなずく。

なぜ気づかなかったのだろう。財団にいる女性のほぼ全員が三十歳未満で魅力的な外見をしているのに。

「きみは私がウォルターとサリー、アビーを逃がすのを見ていたんだな。この二日間、誰かが私を尾行していた。あれもきみだろう」

「そうだ」

「気配を消すのがうまいな。軍にいたのか」

「いや。親父とよく狩りに行ってたんだよ。実の親父のほうな。親父とは仲がよかったんだけど、数年前に死んだ。それでここに来たわけだ。親父を亡くして、自分があんなに落ちこむとは思わなかった」

「私はたいがいの尾行を見抜く。なかなか優秀だよ、きみは」

「カモフラージュ柄のユニフォームを着てたしな。〈セレクト〉用にカモ柄のがあるんだよ。で、ウォルターとサリーとアビーは？」

「もう遠くへ逃げたはずだ」

「どうしてその三人なんだよ」

「アビーは十六歳だ」

　フレデリックの顔を当惑の表情がよぎった。「十六歳？　イーライは十六歳の子をスタディ・ルームに連れこんだのか？　法定強姦だろ、それ」

「車の火災の件は聞いているか」

「火災？」

「ジョン――ノーヴィス・ジョンが、アビーの一件に気づいた。イーライとヒューは〈セレクト〉にジョンを殺させ、その〈セレクト〉もその場で自殺した。イーライはアビーも始末する気でいるだろうと思った。それでウォルターとサリーに頼んで、アビーも一緒に連れていってもらった」ショウはフレデリックの顔を見つめて言った。「いまキャンプ内ではどういう話が進んでいる？　ヘリコプターが来た件をイーライはどう説明した？」

「インナーサークルを集めて、自分を陥れようとして〈トキシック〉が何か犯罪をでっち上げたって説明した。警察にもそう話した、警察はそれで納得して帰った。そういう説明だったよ」

「警察がこれであきらめるとは思えない」ショウはサンフランシスコで記者が殺害された事件を話した。

「で、警察がまた来たら、いま以上にやばいことになるってあんたは心配してるわけだな。武装籠城するとか。ルビーリッジ、ウェイコ、ジョーンズタウンみたいに（いずれもカルト的な集団が警察の介入をキッカケに籠城、反抗、集団自殺等を起こした場所）」

「一部のスタッフやコンパニオンの顔つきを見た。イーライを守るために抵抗するだろうね。命を投げ出す者もいるかもしれない」

　フレデリックが訊く。「あの三人と一緒に行かずに戻ってきたのは、だからか」

「そうだ。イーライを倒す」

「何か計画があるのか」

「イーライが隠滅する前に証拠を手に入れたい。帳簿や通話記録、電子メール、文書の類。マネーロンダリングや脅迫の証拠、サンフランシスコの記者をはじめ財団が脅威と見なした人物の殺害指令」

〈ＡＵ〉二名が険しい表情で通りかかった。四人は敬礼を交わした。二人が遠ざかるのを待って、フレデリックが言った。「イーライの事務室はスタディ・ルームの奥だ」

「スタディ・ルームには行った。事務室はなかったな」

「隠し部屋になってる。ベッドと――丸いやつな。あれに向かって右側の壁。オシリスの壁画の奥だ」

その壁画なら見た。

フレデリックが言った。「一度だけなかがちらっと見えた。机があって、そこにファイルやパソコン、本棚、ファイルキャビネットもある」

パソコンか。外の世界に連絡できる。

「ドアに鍵はかかっているのか」

「かかってないと思う」

「住居棟の横や裏に入口は?」

「たしか裏に一つ」

「監視カメラは?」

「どうかな。何にせよ、あの建物が無人になることはないよ。いつも〈AU〉がいる。インナーサークルもいるな。イーライ、アーニャ、スティーヴ。死んだ魚みたいに冷たいボディガードのコンビも」


スピーカーからいつものメロディが流れ、ショウとフレデリックは口をつぐんだ。

「全コンパニオンは広場に集合すること」

その反論を許さない命令がもう一度繰り返された。

臨時の講話が始まるらしい。

フレデリックと並んで広場の方角に歩き出しながら、ショウは尋ねた。「きみはどう思う? イーライは自分の教義を本気で信じているのかな」

「俺も同じことを何度も考えた」フレデリックは手を広げてキャンプを指し示した。「イーライは本気で信じてるんだなと思うときもある。鬱や喪失の悲しみを世界からなくしたくて、この哲学を生み出したんだろうって。あのキレやすいところとか、支配欲、怒り、自警団じみた取り巻き、ああいう……女好きなところ――男もか。そういうのは、もともとの性格だからしかたがない、とかさ。それに、こう考えてみろよ。本気で信じてるんだとすれば、人を殺しても、それは殺人じゃないわけだろう。相手の魂を来世に送るだけの行為だ」

そう主張したところで、法廷では受け入れられないだろう。

フレデリックは続けた。「けど、本人もでたらめだってわかってる可能性もあるな。いずれにせよ、確かなことが一つある。目的が金儲けであれ、人を救うことであれ、イーライはそう簡単にあきらめない。徹底抗戦するに決まってる」

54

ステージはまだ無人だった。コンパニオンの大半は興奮した様子で周囲と話している。

ただし全員ではない。何人かで集まってはいるが、無言の者たちもいる。どの顔にも疑念が見て取れた。

ショウはヴィクトリアを探したが、見当たらなかった。「何が始まるんだろうな」フレデリックが言った。

ショウは答えた。「何かでコンパニオンの注意をそらすつもりだろう。ヘリコプターや、キャロルの異端的発言を忘れさせるのが狙いだ」

そのとき背後から朗らかな声が聞こえた。「アプレンティス・カーター。ジャーニーマン・フレデリック」

ショウは振り向いてうなずいた。「ジャーニーマン・サミュエル」

「何が起きるのかとわくわくするね、こういうときは。〝私たちを導く輝かしき者〟が何をするつもりでいるか、インナーサークルにも予想できない場合がある」

気を揉まされればされるほど、種明かしに向けた期待は高まる。

求心力もそれだけ増す。

三人はステージを見つめた。

ショウはスタディ・ルームの奥にあるという事務室のことを考えた。侵入できたら、どんな証拠が手に入るだろう。

しかもそこにはパソコンがある。ネットに接続できたらマック・マッケンジーにメールを送り、トム・ペッパーに連絡してもらおう。ペッパーならＦＢＩの元同僚やワシントン州警察に電話してくれるだろう。

サミュエルがショウに尋ねた。「ジャーナリングは順調かね」

「ええ、何とか。なかなか難しいですね」

「アプレンティスに昇級したわけだから、次のセッションからはこれまでの人生を振り返って〈マイナス〉と〈プラス〉を探すことになる。これがまた厄介なんだ。これは本当にあったことなのか、それとも子供のころに見たジョン・ウェインの映画の記憶なのか。記憶とは曖昧なものだ。〈マイナス〉と〈プラス〉の区別は難しい。しかしかならずやり抜こう。私はよく言うんだがね、〈プロセス〉とは霧を吹き払う作業だ」

「あなたの比喩は一時間ごとに進化しますね、ジャーニーマン・サミュエル」

サミュエルは笑った。

ショウは尋ねた。「財団に入る前はカウンセラーかセラピストをしてたんですか」

「私かね？　いやいや、学校教師をしていた。中学校だよ。〈学習〉や〈プロセス〉の知識はすべてマスター・イーライから学んだ」

「あなたはすばらしい指導者だって、いろんな人から聞いてますよ」フレデリックが言った。物腰はごく自然で控えめ、声は穏やかだった。天性の俳優らしい。

「太っちょの老人をあまりおだてないでくれないか」

ショウは、ほどよい期待を浮かべて顔を輝かせ、次回以降のセッションがいまから楽しみだと言った。サミュエルはそう聞いてうれしそうだった。

おそらくサミュエルは、イーライの残忍な側面をまったく知らないのだろう。性欲の強さや無遠慮で自己中心的なふるまいにはさすがに気づいているだろうが、さっきフレデリックも言っていたように、革新を起こす人物にありがちな個性にすぎない。

ショウは広場をもう一度見渡した。ヴィクトリアはやはり来ていないようだ。

フレデリックが言った。「ちょっと思ったことがあるんですけど、ジャーニーマン・サミュエル。〈プロセス〉を習得する人がどんどん増えて、世界中の人が〈解放〉されたら、この世から悲しみは一掃されるかもしれませんよね。天然痘《てんねんとう》が一掃されたみたいに」

サミュエルは思案してから答えた。「そう願おうじゃないか、ジャーニーマン・フレデリック。ただ、それが実現すると、私は失業だ」そう言ってウィンクをした。

手拍子が始まった。たまたまスピーカーの近くに立っていたショウは、手を叩いている者のそばにマイクが設置してあるらしいと気づいた。耳が痛いほど鋭い音に聞こえた。

「そして最高の……」ぱち、ぱち、ぱち。「……未来の扉が開く」

「そして最高の……」

「……未来の扉が開く」

単調な言葉と手拍子の音量が上がっていく。三十秒。一分。二分。

そこで規則的な手拍子は、熱狂的な喝采に変わった。

イーライがステージに現れ、聴衆のほうを向いて敬礼をした。いつもどおり、どこか高いところに隠された人工照明がイーライを不自然に輝かせている。

イーライは両手を上げ、微笑み、何度かうなずいた。前回と同じように聴衆のなかの何人かを指さし、指導者の関心という祝福を与えた。

あの自信にあふれた表情。

殺人者の顔ではない。だが、コルター・ショウは、天使の顔をした殺人者を数えきれないほど知っている。

「やあ、コンパニオンたち。よく集まってくれた」

歓声と拍手がゆっくりと静まる。

「今日は大きなニュースがある。きっと……みなも歓迎してくれると思う。大歓迎してくれると思う。請け合ってもいい！」

「愛してます、マスター・イーライ！」

「どこまでもついていきます！」

「私たちを導く輝かしき者！」

イーライが手を上げた。右手だけを挙げた。ナチスの敬礼に似ていなくもなかった。

広場が静まり返った。

「今年は過去最高の年になった。〈プロセス〉を卒業したジャーニーマンの数が過去最高に達した。みな社会に戻り、これまで以上に幸せな人生を送っている」

歓声。熱狂的な拍手。

「私はきみたちの望みを知っている。きみたちに何が必要かを知っている。そしてそれをきみたちに与えている。私たちは正しいと、世界中の〈トキシック〉に証明してみせている。嘘で固められた宗教に、身勝手な政治家に、腹黒いペテン師に……〝腹黒い〟という言葉は知っているね？　私の大好きな言葉だ。邪悪という意味だが、〝腹黒い〟はなおもずる賢そうに聞こえる。そう思わないか？　私はそう思う」

会場がどっと沸く。

「〈プロセス〉は証明している。奴らが売りつけようとしているものは……畑の肥やしにもならないと！」

インナーサークルから小さなブーイングが上がり、聴衆がそれを受けて大きなブーイングの声を上げた。

さすがにこれでコールは起きない。だが、イーライがあおったとしても、ショウはいまさら驚かなかっただろう。

「私はこのファミリーをさらに高いレベルに押し上げようと思う」

チャールズ・マンソン率いるカルトも〝ファミリー〟を自称していなかったか。

「今日、オシリス財団評議会の設置を宣言する。粒選《つぶよ》りのコンパニオンのグループだ。日に一度、私を議長とする会合を開き、アメリカ全土に……やがては世界中に財団の教えを広める計画の立案を手伝ってもらう」

ショウとフレデリックは目を見交わした。

「評議会の会長には、財団にもっとも忠実に尽くしてきた一人であり、きわめて優れた指導員でもある女性を指名した」イーライは、中年の女性が立つステージ奥の一角に目をやって拍手した。

「さあ、ステージに上がってくれ、ジャーニーマン・マリオン！」

晴れやかな笑みを浮かべ、頬を紅潮させたマリオンがステージに上がり、熱狂する聴衆に向かって敬礼をした。

「ジャーニーマン・マリオンは最高のコンパニオンの一人だ。みな彼女のことはよく知っているね？　ジャーニーマン・マリオンの指導を受けた者は？　手を上げてくれ！　ああ、たくさんいるね。すごい数だ！　私が見いだした人材なのだよ。彼女を見て、三分話した。三分だけだ。それだけで私にはわかった。彼女こそ生まれながらのジャーニーマンであり、指導者であるとね」

〝マリーオン、マリーオン〟のコールが湧き起こった。

マリオンは恍惚とした表情で聴衆に手を振った。

イーライは次に、ほかの四名の評議員の名を挙げた。

「さあ、ステージに上がって！　ジャーニーマン・マリオンと私の横に並んでくれ！」

四人がステージに上がった。男女二人ずつで、全員が四十代で、マリオンに負けないくらい驚いた顔をしていた。思いがけない話だったのだろう。四人とも肩に手を当てて敬礼をするだけでせいいっぱいといった様子だった。

イーライが声を張り上げた。「今日の夕方、正式な任命式を執り行う。そのとき、きみたちにとって財団とは何か、一人ずつ、自分の言葉で話してもらいたい。よりよい人生を生きるために私が少しでも役に立てたのなら……ぜひ知っておきたい」イーライは笑いながら言った。「おめでとう、私の親愛なるコンパニオン諸君。忘れてはいけないよ。そして最高の……」

「……未来の扉が開く！」

イーライはステージを下り、アーニャとスティーヴが続いた。ボディガードと合流して南へと消えた。

誰も聞き耳を立てていないことを確認してから、ショウはフレデリックに言った。「住居棟に忍びこもうと思っている。きみは私物管理棟に行って、誰のでもかまわないから携帯電話を手に入れてくれないか」

「ああ、そうか、あんたは森にいたから知らないんだな。警察が来たあと、携帯電話の保管ボックスは〈支援ユニット〉に移されたんだ。つまり、一日二十四時間体制で見張られてる」

ショウは溜め息をついた。「それなら駐車場を見て回ってくれ。誰かが携帯を車に置きっぱなしにしていないか。到着時に捜索が行われていることは知っているが、うっかり見逃したものがあるかもしれない」

「しかし、表のゲートには〈ＡＵ〉が張りついている」

「大半が張り番から呼び戻されたようだ」

「そうだとしても、車はロックされてる。でもって、キーは〈ＡＵ〉のところだ」

ショウは言った。「古い型の車には盗難防止のアラームがついていない」

フレデリックは眉間に皺を寄せた。すぐにショウの言わんとすることにぴんと来たらしい。「ああ、こじ開けようって話か」

フレデリックはその計画が気に入ったらしい。ショウは、林のなかの小道をたどっていくと木製の防護柵の東の端に行けること、そこからぐるりと回って駐車場に出られることを話した。

フレデリックはしばし考えてから言った。「しかし、アラームがついてるかどうか、外からはわからないよな。

それより、車の下に潜ってボンネットを開けて、金属の棒か何かでバッテリーをショートさせるってのはどうだ?」

「いいね。財団に入る前は整備工でもやっていたのかい?」

「いや、マフィアの殺し屋だった」

フレデリックが真顔でそう答えたので、ショウは一瞬、真に受けた。

フレデリックはショウの反応を見てにやりとした。

「ここに来る前は、フローズンヨーグルトのチェーン店の店長だった。〈YoGrrrrt〉な」きっと数えきれないほど同じ説明をしてきたのだろう、フレデリックは綴りを言った。「ロゴマークはにこにこ顔のクマちゃんだった。で、そのあとどこで合流する?」

「私の宿舎の裏で。C棟だ。一時間後に」

フレデリックはうなずいて林の奥に消えた。ショウは東に向かい、キャンプの東側の木立に分け入った。そこで南に方向転換し、秘密の小道をたどって住居棟を目指した。

だが、住居棟のすぐ手前まで来たところで、いますぐには近づけないとわかった。住居棟の東側の人のいない野原に、イーライ、スティーヴ、ボディガード二人が立っていた。イーライが口頭で指示を出し、スティーヴがうなずきながら猛然と書き取っていた。ショウが木立を離れて裏口に近づこうとすれば、あのうちの誰か一人でも、そして一瞬でもこちらを見たら、気づかれてしまうだろう。

ちょうどそのとき、住居棟の反対、西側からかすかな悲鳴が聞こえた。スクワットとグレーが即座に振り返った。グレーは骨張った左手でチュニックの裾を持ち上げ、右手で銃を抜こうとした。小型のグロックだ。銃の種類について、ショウの推測は当たっていた。

ボディガード二人とスティーヴは、悲鳴が聞こえた方角へと小走りに向かった。グレーがイーライを振り返って、そこから動かないでと身振りで伝えた。いまならイーライは住居棟の裏手に注意を払っていない。ショウは裏口に近づこうとした。だが、すぐに立ち止まった。林の奥、ショウからそう遠くない場所で何かが動いている。ひそかでゆっくりとした慎重な動き。獲物に忍び寄るハンター。獲物を追跡するときのショウの動きとまったく同じだ。腰をかがめて体をできるだけ小さくし、音を立てずに足を置ける場所を探して次の一歩を踏み出し、音を立てずにかき分けられそうな茂みを見つけてかき分ける。

目立つべからず。

ショウは凍りついた。自分の目を疑った。

ハンターはヴィクトリアだった。髪をきりりと団子に結っている。そろそろと前進し、野原に一人で立っているイーライに近づこうとしていた。あと十メートル。イーライはヴィクトリアに背を向けていた。

ヴィクトリアの手にはナイフがあった。彼女も食堂から刃物を盗み出したらしいが、ショウの食事用のナイフとは違い、彼女のは調理用の大きな肉切りナイフだった。刃が変色してぎざぎざの模様ができているところを見ると、かなりの時間をかけて石で研ぎ、メスのように切れ味鋭く加工してあるようだ。

55

ヴィクトリアは着々と前進を続けた。その姿勢と動きは、熟練したハンターであることを示していた。

イーライまでの距離は残り六メートル。物音一つ立てずにその距離を着実に縮めている。

イーライに報告する声が聞こえた。「ちょっとしたぼやでした」スティーヴだ。

「怪我人は？」

「いません。くず入れのごみが燃えただけです。誰かが吸い殻でも捨てたんでしょうか」

ショウは距離を目測した。ヴィクトリアはまもなく木立から出て一気に前進し、〝私たちを導く輝かしき者〟を殺すだろう。

刃を上に向けてナイフを握っていた。近接格闘時の適切な握り方だ。背後から近づき、片手をイーライの額に当てて上を向かせ、同時に露になった喉を耳から耳まで切り裂く。単純な動きで、不意を襲えればさほどの力は必要ない。このまま音を立てずに接近できれば、イーライに気づかれることはないだろう。

いったいどこの誰なのだ？　ショウが思っていたような、救いを求めて財団にすがるかよわい女性ではなさそうだ。動機が何であれ、この奇襲作戦は、イーライではなく彼女の死で終わるだろう。グレーとスティーヴは住居棟の角を曲がったすぐ先で立ち止まっているが、ヴィクトリアからはそれが見えない。〝緊急事態〟がさほど緊急ではないとわかって、いまにもこちらに戻ってこようとしている。角を曲がったとたんにヴィクトリアに気づくだろう。ヴィクトリアは撃たれて死ぬことになる。

どの戦略の成功率が高いか、パーセンテージを弾き出している時間はない。

ショウは――やはり足音を立てずにすむルートを厳選して――ヴィクトリアの背後に回りこみ、あと三メートルまで近づいたところで飛びかかった。振り向いて防御の構えを取る暇を与えずにヴィクトリアにタックルした。二人はもつれ合いながら枯れ葉の山に倒れこんだ。

その衝撃でヴィクトリアは息を詰まらせた。ショウもだ。しかも、間髪を入れず狙い澄ました肘打ちをみぞおちに食らって、なおさら息ができなくなった。ヴィクトリアは稲妻のごとき反射神経で跳ね起き、襲撃者とのあいだに距離を確保しようとした――奇襲をかけられたときの第一のルールだ。しかしショウがヴィクトリアの足首をつかんで軽くひねった。彼女は抵抗して足を痛めるリスクを回避し、惰性にまかせて地面に倒れた。

一秒とたたずにまた跳ね起き、ナイフ戦闘術の基本姿勢を取った。視線を誘導するため、そして相手をつかむために左手を前方に伸ばし、相手とのあいだの空間を切り裂くように右手のナイフを閃かせる。

ヴィクトリアの表情が張り詰めた。すばやくイーライのほうをうかがう。スティーヴが住居棟の角を曲がって現れたことに気づいた。自分とターゲットとの距離を目で測っている。

「あのままでは死んでいたぞ」ショウは低い声で言った。

「やれたかも」

「いや、無謀だった」

「いいえ、やれてたわよ」ヴィクトリアは喧嘩腰で言った。

ショウはささやくように言った。「銃を持ってる。あの灰色の髪の一人だ。もう一人も持っているかもしれない」

「知ってるわよ」ヴィクトリアがうなるように言った。「輪郭が見えた。もう一人は持ってない」

ヴィクトリアはナイフの切っ先をショウに向けたまま、本来の獲物をまたちらりと見やった。まだ襲撃をあきらめていないらしい。

しかしまもなくその顔を嫌悪の表情がよぎり、両肩ががくりと落ちた。重心を上げて戦闘態勢を解き、ナイフをナプキンでくるんで後ろ側のウェストバンドにはさんだ。

イーライとスティーヴが中断した会話を再開し、住居棟に向かって歩き出した。ボディガードがそのあとに従った。火は消えたようだ。

ショウはヴィクトリアに近づいた。

手加減なしの平手打ちが飛んできた。ヴィクトリアの手は微妙に丸められていたらしく、甲高い音が鳴った。その音は、インナーサークルのコールに合わせた規則的な手拍子に似て、大きくて歯切れがよかった。

56

「これでわかった。あなただったのね」

「私だった？」ショウは訊き返した。

「食事に薬か何か混ぜたでしょ。スタディ・ルームに行かせないように。私の貞節を守るために。信じられない。いまが何年だと思ってるのよ。一九五〇年代に逆戻りしたとでも？」ヴィクトリアの声は怒りでうわずっていた。

ショウは周囲を見回した。「ここではまずい。人に聞かれる」

ヴィクトリアはショウの言葉に冷静さを取り戻し、提案した。「宿舎は？」

「盗聴器があるかもしれない」

「じゃあ、崖の上。この前あなたがストーカーみたいに私を追ってきたところ」ヴィクトリアは当てつけがましく言った。

十分後、二人は斜面を登りきり、雄大な景色とかなたの山並みを見晴らせるベンチに座った。ガラスのように透き通った空の下、ひときわ気高くそびえる山が一つあった。崖の上の野原にはほかに誰もいなかった。

「あれは何だったの」ヴィクトリアが訊く。

「薬の話か？　クマツヅラだ」

「何か変な味がすると思ったのよね。どうして気づかなかったのか。私なら同じ目的にヤマゴボウの実を使うわ。風味がいいから。ただし――」

「濃い紫色をしていて気づかれやすい」

ヴィクトリアはなぜそんな薬草のことなど知っているのだろう。催吐性を持つ野草を使う必要に駆られた経験のあるアメリカ人など、ごくごく少数しかいないだろうに。

「きみは図書館司書ではないという点では意見が一致したようだね」

彼女は手を一振りしてショウの軽口を払いのけた。

「セキュリティ・コンサルタントなの。なぜかわからないけど、セキュリティ・コンサルタントがどういう仕事なのか、あなたならよく知ってるって気がする」

「ナイフのことだが。砥石《といし》ではなく石を使って研いだね。そんな知識をどこで手に入れた？　軍か」

「ＹｏｕＴｕｂｅよ」ヴィクトリアは茶化すように言った。

「それにイーライを何度も〝サー〟と呼んだ」

ヴィクトリアは譲歩するように肩をすくめた。「認める。ちょっとしくじったわ」

ヴィクトリアの目は油断なく周囲を確認し、危険がないか確かめている。何か物音がすれば首をかしげ、大自然が立てた音であって危険はないと納得するまで耳を澄ます。サバイバルのスキルを心得ているようだ。

ヴィクトリアが見かけどおりの女性ではないことを示す手がかりがなかったわけではない。食堂で嘔吐したあと、ヴィクトリアの顔を激しい怒りの表情がよぎったのをショウは目撃していた。かよわくて従順な女性と見えて、実は芝居にすぎないことをあの一瞬の表情が暴いていた。

「で、なぜここに？」ショウは掌を上にして両手を広げた。

ヴィクトリアはしばし迷ったのちに言った。「親しかった人が、このクソったれなところを卒業したの。〝さようなら、〈明日〉また会えるまで〟を真に受けて実行しちゃったのよ」

「それは気の毒に」

彼女はショウのお悔やみの言葉を軽く受け流した。

「そのころ、いろいろあってね。でも彼女なら立ち直れたと思う。あと少しだけ踏ん張っていたら。あと少しだけ誰かの力を借りられていたら。でも彼女は別の選択をした。だから私も入会したの。青いユニフォームを着て、あいつを殺すチャンスをうかがってた」氷のように冷たい声だった。「あいつが一人きりになったところを狙うしかなかった。ボディーガードや、あのホビットみたいなチビ——スティーヴがいないところを狙うしか」

「スタディ・ルームか。イーライときみとナイフだけになる」

「ナイフは持ちこめない。でも、この両手を使えばいい。多少時間がかかるというだけ」灰色をした冷ややかな目がちらりとショウを見る。「時間がかかるのは、かならずしも悪いことじゃない」

「復讐のために、ずいぶんと大きなリスクを引き受けようとしているんだな」

「リスクなんて、事前の計画があれば最小限にできる」

たしかに。

「私のほうはそんなところ」ヴィクトリアは宣言した。「あなたの話を聞かせてよ」

ショウは思わず笑った。「私がここに来たのは、きみを救うためだった」

57

ショウはヴィクトリアに、アダム・ハーパーが身を投げた現場に自分も居合わせたのだと話した。

ヴィクトリアはうなずいた。「アダムと知り合いじゃなかったと話したわよね。それは嘘じゃないんだけど、アダムのことは知ってた。〝復習セッション〟を受けに戻ってくる予定だったから。新入会者を連れてくるって話だった。二人を迎えに行く車に私も乗せてもらった。イーライを殺したあとの脱出ルートを探るいい口実になったから。入会時に車のキーや携帯電話を取り上げられたのは予想外だった」

「あの崖できみとヒューを見た。ヒューに何か叱られていたね。体をまさぐったようにも見えた。罰点システムの話は訊いた」

「あいつはブタよ。アダムが死んだばかりだというのに、キャンプに戻ったらしゃぶれよって言われたのよ、信じられる？　断ったら、罰点五点だって言われた。あの場で首を絞めて崖から放り出してやりたかったけど、どうにかこらえた」

ヴィクトリアはそこで眉根を寄せた。「だけど、あの場にはアダムしかいなかった——アダムの遺体しか見なかった。もう一人はどうしたの？」

「タコマに連れ戻した」

「私を助けようと思ったのはどうして」

「こんな集団に関わってはいけない人だからだ。少なくとも私はそう考えた。アダムは死んだ。カルトについて事前にいくらか知識を仕入れてね、アダムは洗脳されたか脅された結果、死んだんだろうと考えた。アダムのような被害者をもう出してはいけないと思った。ここにもぐりこんで調べるうちに、イーライを倒そうといっそう強く思うようになった」ショウはジョンの痛ましい死を伝えた。

「ひどい。焼き殺すなんて」

ヒューが記者を暴行した一件、またサンフランシスコで起きた記者殺害事件も話した。「今朝のヘリコプター。あれはサンフランシスコ市警だった。きっときみは見なかったとは思うが。ほかのことで忙しかっただろうから」

凶器を研ぎ、陽動のぼやの準備をするので忙しかっただろう。

「サンフランシスコの記者殺害事件の捜査を再開したんだ。イーライと取り巻きは、それ以来ずっと何か話し合っている。こっちは証拠が消えるのではないかと心配になり始めたところだ。証人もだな。住居棟に忍びこんで、証拠としてＦＢＩに渡せるものを探したい」

「つまり私たち、お互いの計画を邪魔したわけ」ヴィクトリアは冷ややかに笑った。「あなたもイーライを倒す気でいたとはね……一応言っておくけど、私のやり方のほうが手っ取り早いわよ」

「だが、死刑という結果がついてくる」

ヴィクトリアは口の端を小さく持ち上げた――〝捕まれば、でしょ？〟。

「コネがある」

「FBIの話が出たわね」

ヴィクトリアはもう一度あたりの様子を確かめ、首をかしげて敵が接近する物音がしないか聞き入った。

周囲の警戒を怠るべからず。ヴィクトリアには彼女なりの〝べからず集〟があるのだろう。

「カーターではないわけね」

「違う。コルターだ」

ヴィクトリアは何か言いたげに眉を寄せた。

「由来はまたそのうち。きみは？」

「ヴィクトリア。ラストネームを教える理由はないから教えない。このあとどうする？」

「少なくとも一人、味方がいる」

できたばかりの同志、フレデリックの話をした。

彼女はうなずいた。「あのときも一緒にバンに乗ってた。アダムが死んだとき。ヒューから叱責されたあと、励ましてくれたのよ。アダムが死んだこともヒューの仕打ちも気にするなって言って」

「私は住居棟に忍びこめないか試してみようと思う」ショウは言った。「フレデリックは携帯電話を探している。彼を手伝ってもらえないか。駐車場にいるはずだ」

「私を信用すると思う？」

「ウォルターとサリー、アビーを逃がしたことを私から聞いたと言えばいい。それで私と話したとわかる」

「年配のご夫婦と、あの落ち着きのない子ね」

「アビーは十六歳なんだ」

ヴィクトリアの顔に軽蔑が浮かぶ。「イーライは十六歳の子をスタディ・ルームに連れこんだわけ？」

ショウはうなずいた。「ジョンが殺されたのはそのせいだ。アビーの年齢を知っていた」

「クソ野郎ね」

「四十五分後にC棟裏で落ち合おう」

ヴィクトリアの目の表情が狩りモードに切り替わった。敷地に、周辺の林に視線を走らせる。それから腰に手をやって、ナイフがちゃんとあることを確かめた。

ショウは言った。「まさか……」

「あいつを殺す気かって？」ヴィクトリアが訊く。「いますぐはやめておく」そう答えたとき、ヴィクトリアの顔は笑っていなかった。

58

人生とはそんなものだ。このキャンプ全体で唯一設置が確認できる監視カメラは、ショウがまさにいま侵入しようとしている入口のすぐ上にあった。住居棟の裏口だ。

さて、どうする？

荒野の真ん中で育ったショウ家の子供たちは、めったに映画を見なかった。テレビ番組はまったく見たことがないと言っていい。

アシュトンとメアリー・ダヴは、大小にかかわらずスクリーンや画面を見ることそのものに反対したわけではない。冒険アクション映画にせよ、ロマンチック・コメディ映画にせよ、映画を見るには最寄りの映画館まで五十キロの道のりを行かなくてはならず、それが単に面倒だったにすぎない。ちなみにその最寄りの映画館で文芸作品がかかることはまずなかった。

テレビ番組を見なかったのは、情報を電波に乗せて家庭内に送ってくるテレビという装置は、同時に、情報を電波に乗せて送り出すこともできるだろうとアシュトンが考えていたからだ。

この点に気づいていたという意味で、父アシュトンは時代を先取りした人物だった。

ショウは数年前にマーゴと見たクライムアクション映画を思い出した。主人公が監視カメラを欺くのに使った、おそろしく手間のかかる方法が実に痛快だった。誰もいない路地を撮影し、監視カメラの前に設置した小型スクリーンにその〝無人の路地〟の映像を流しておいて電力網に侵入し、近隣に十秒間の停電を引き起こす。

強奪計画が成功したのかどうかは忘れてしまったが、あれで監視カメラを欺けるわけがないと鼻白むような、その計画のことはいまもよく覚えていた。

いま、ショウはイーライの住居棟の裏口のすぐ上にある似たような監視カメラを見つめていた。

どうする？

えい、どうとでもなれだ。

ショウは石を拾ってカメラに投げつけた。カメラは設置アームからもげ落ちた。誰かが監視カメラ映像をたえずモニターしている確率は一〇パーセント程度だろう。〈支援ユニット〉にそこまでの人員はいない。イーライが自分の身の安全を懸念しているのは確かだが、監視カメラ映像がリアルタイムでモニターされているのは、イーライがもっとも無防備になる夜間だけだろう。

もちろん、確率に単なる数字以上の意味はない。ショウは木の幹にもたれ、侵入者を引っ捕らえんと城から武装した衛兵が飛び出してくるかどうか、様子を見た。

五分たっても誰も来ない。これだけ待てば充分だろう。

ショウはふたたび大胆な作戦に出て、裏口のドアをこじ開けた。

警報は鳴らなかった。

すばやくなかに入ってドアを閉めた。そこは物置のような一角で、段ボール箱の山や、かび臭い服が並んだラックが並んでいた。片隅に白雪姫とこびとのグラスファイバー製の像があった。ただしこびとは六人しかいない。なぜ一人足りないのか、考えてもしかたがない。それを言ったら、頭のおかしなカルト指導者の家の物置にディズニー映画のキャラクターが並んでいるのがそもそも不釣り合いだ。

この出入口はふだんほとんど使われていないようだが、一つ実用的な使い道があるらしいとわかった――非常口だ。スーツケース三つとバックパックが床に置いてある。バックパックはイーライの非常持ち出し袋のようだ。数十万ドル分の現金、三種類の名義のクレジットカード、同じ三種類の名義だがイーライの顔写真が添付されたパスポートが三通、入っていた。

携帯電話はない。武器もなかった。まったく苛立たしい。

階段を上り、ドアをそろそろと開けると、薄暗く長い廊下が延びていた。アーニャと過ごしたときの道順を思い描き、頭のなかで方角を確かめてから、スタディ・ルームのほうへと歩き出した。五、六メートルごとに足を止めて耳を澄ます。建物が周辺環境に馴染む音――柱や壁が重力に抵抗してきしむ音――以外、何の物音も聞こえなかった。

みっともないスリップオン式の靴に、初めて利点が見つかった。足音がしにくい。

二階に上がり、左手に進む。

物音が聞こえて、ぎくりとした。かたんという音。金属同士がぶつかる音。

続いて足音がこちらに近づいてきた。

ショウは手近なドアのノブを試した。三つ目は鍵がかかっていなかった。そこに忍びこむと、小さな客用寝室だった。ドアを少しだけ開けておき、そこから廊下をうかがった。近づいてくる影しか見えない。廊下の先で、掛けがねがはずれる音がした。うなるような声。ドアがばたんと閉まった。

金属がぶつかる音がもう一つ。銃か？　裏口から侵入者があったことに誰か気づいたのだろうか。

別のドアが開き、閉まった。さっきより近い。うなるような声も大きく聞こえた。

影が近づいてくる。ショウは室内を見回し、武器になりそうなものを探した。装飾用の水鉢を割って、細長く鋭いかけらができるのを期待するか。斬りつけたり刺したりする武器はできるだけ使いたくないが、好みを云々できる状況ではない。

水鉢に毛布をかぶせ、その上から水差しを叩きつけた。長さ二十数センチの実用にかなないそうな陶器のナイフが手に入った。ドレッサーにあった小さなマットを巻きつけて持ち手とし、残りの破片をベッドの下に押しこんだ。

ドアをもう少し大きく開けて、廊下が見通せるようにした。

次のうめき声は、もう本当にすぐそこから聞こえた。

ショウは急ごしらえのナイフを握り、大きく息を吸って、止めた。

中年のずんぐり体形をした掃除係の女性が足を引きずって通り過ぎた。瓶やぼろきれが詰まったバケツを重たそうに持っている。反対の肩に大型掃除機の革ストラップをかけていた。ショウの目には、マシンガンやロケットランチャーを担いでいるように見えた。かたんかたんという音の源はそれだ。金属の取っ手がついた大きなモップも持っていた。汗みずくで、顔の表情はどう見ても楽しげではない。

ショウはナイフをウェストバンドにはさみこみ、ドアから離れた。ジャーニーマンらしき女性は足を引きずって遠ざかった。うめくような声と金属がぶつかる音も小さくなって消えた。

ショウはふたたび廊下に出て、スタディ・ルームに向かった。

予想どおり、誰もいなかった。ヘリコプターの来訪と、その後イーライが招集した作戦会議――何を話し合っているのかはわからないが――で忙しくて、いくら好色なイーライでも、今日はさすがに親密なひとときを過ごす暇はないだろう。

たしかに、壁画に扉が仕込まれていた。鍵はかかっていない。ショウはイーライの事務室に足を踏み入れた。

モダンなガラスのデスク、革張りの回転椅子、同じ革張りのアームチェアが数脚、テーブルも数台。部屋の奥にバスルームがある。ドアは少し開いたままになっていて、なかは無人だった。

バッテリー式のビデオカメラがスタディ・ルームに向けて置いてあった。ショウは吐き気を覚えた。

ざっと見て回ったが、電話はない。までもなくパスワード保護されていた。

デスクの上に書類の山がいくつか並んでいた。ショウはそれに目を通し始めた。犯罪の証拠らしきものはない。定型的な覚え書き、事業計画に関するメモ、不動産パンフレット、新しい講話のメモ、コンパニオンの身上書、請求書。

壁際に四つあるファイルキャビネットの一つを開けた。すべて点検するには何日もかかりそうだ。それでも一つ目の抽斗に取りかかった。ファイルを開いてなかの書類をざっと検《あらた》める。イーライとコンパニオンの行為を撮影したビデオはない。たとえあったとしても、イーライが相手の同意なくネット上に公開したり、映っている人物が未成年者だったりしないかぎり、罪に問われることはない。

何かないのか。一つくらいあってもいいだろう。

殺された記者ゲイリー・ヤンに関する書類はなかった。殺害犯のハーヴィ・エドワーズに関するものもない。イーライが関与したことが明らかなほかの犯罪行為に言及したものもなかった。

あきらめるな。

ショウはまた新たなファイルを何冊か引き出した。半分くらい目を通したところで、ふと気づいた。この部屋にいるのは自分一人ではない。

59

ショウがその存在に気づいたのは、父がレーダーと呼んだもの――〝自分以外の人間が音波を跳ね返すのを感知するレーダー〟――ゆえだった。

陶器のナイフに手をやると同時に振り返った。

入口にアーニャが立っていた。

ショウは手を下ろした。

アーニャが言った。「あなたが理由なのよね？　ヘリコプターが来たのは」

ショウはうなずいた。「ハーヴィ・エドワーズがここのコンパニオンだったことを突き止めた。財団に言及した記事を書いた記者が、掲載直後にサンフランシスコで殺された事件の犯人だ。エドワーズは〈セレクト〉だったんだろう」

アーニャは眉間に皺を寄せた。「ええ、たぶん。あなたも刑事なの？」

「違う。この財団に個人的な関わりがある」

「ほかの人たちと何か違うような気がしてた。イーライは見る目がないのよ。誰を見ても、彼の目に映るのは鏡なの。誰を見ても自分自身が見えるだけなのよ」

「エトワールは――ヘリコプターで来た刑事だ。きみにも事情聴取をしたんだね」

「したわ」

「何を訊かれた？」

「ヤンが殺される直前に、アパートの彼の部屋からファイルが盗まれたことがわかったって言ってた。それで新聞の編集部に確認したら、殺されたときはカルトを取り上げた記事の続報を書いてたそうよ。調べてたなかにオシリス財団の名前もあった。彼が編集長に送った取材メモのコピーが残ってた。事件が起きたころ、イーライか財団の誰かがエドワーズと連絡を取り合っていなかったかって訊かれた」

「取り合っていたのか」

「私にはわからない。記者が死んで、私たちはみんなほっとした。もちろん死んだことは気の毒だけど、三文新聞の暴露記事で取り上げられるなんて迷惑なだけだから。

デヴィッドが――イーライが指示して殺させたなんて、私はまったく知らなかった。本当よ」

「〈セレクト〉は殺し屋集団なんだ。マフィアのヒットマンみたいなものだよ。それも自殺をいとわない殺し屋だ。おかげで使い勝手がいい」

「彼は私には何も教えてくれないの」

「教えられなくても、薄々知っていただろう」

アーニャは床を見つめた。「そうね。そうじゃないかと疑ってた」

「〈セレクト〉は何人いる？」

「わからない。全国に十何人か。ここには五、六人」

そのうちの一人が昨日減った。

「イーライはどんな計画でいる？　どこかに逃げるつもりか」

「わからない。いざ行動を起こすときまで、私には何も話さないから」

「きみの力を貸してほしい」

アーニャはうなだれた。ひどく疲れて見えた。それから聞き取れないほど小さな声で言った。「私には彼しかいないの」

ショウはこう答えた。「私が財団を知って以降だけで、すでに五人が死んだ」

アーニャは無言だった。

「このまま放っておくわけにはいかない」ショウはパソコンを指さした。「そいつに侵入したい」

彼女の目から涙があふれた。「カーター……本当の名前じゃないのよね」

「パソコンのパスワードを教えてくれ」

アーニャは泣きじゃくっていた。「ほかに頼れる人がいないのよ！　これからどうしろというの？　また……ホステスに戻れと？」

「死ぬまで刑務所で暮らすよりましだろう」

アーニャは鼻をすすった。「あなたにはわからないのよ。彼は……人に魔法をかけるの。彼を裏切るくらいなら死んだほうがましだと思わせるの」

ショウはアーニャを見つめた。「このままだと本当に死ぬことになるぞ。教えてくれ。パスワードは？」

紫色のシルクのローブの袖で涙を拭い、一つ深呼吸をしてから、アーニャはささやくような声で言った。「推測不可能よ」

ショウは宿舎の裏でヴィクトリアとフレデリックと落ち合った。

駐車場には〈AU〉がほとんどおらず、セキュリティは最小限だったため、盗難アラームを装備していない車やトラックを探し、二人合わせて二十台近くのグローブボックスやドアポケットを探したが、携帯電話は一台も手に入らなかった。

「そっちは何か収穫はあった?」ヴィクトリアはショウが手にした書類の束を見て言った。

ショウはコピーを渡した。二人は驚きのあまり無言で目を走らせた。

フレデリックは愕然とした様子で首を振った。「こんなもの、いったいどうやって」

「アーニャが協力してくれた」

スタディ・ルームでパスワードを尋ねたとき、アーニャは協力する気がないのだとショウは思ったが、実際には協力してくれていたとわかった。イーライのパスワードは〝推測不可能《インポシブルトウゲス》〟だったのだ。

おかげでショウはかなりの情報を入手できたが、ネット接続はできなかった。ルーターには別のパスワードがあり、アーニャもそれは知らなかったからだ。どこかに書き留められていないかと探したりハッキングを試みたりする時間はなかった。

ヴィクトリアが訊いた。「で、このあとは?」

「きみたち二人でここを出て、いまから渡す番号に連絡してこの書類を渡してくれ」ショウはプリントアウトしておいた書類一式をヴィクトリアに渡した。

「あなたは残るの?」

「残るしかない」ショウは別のプリントアウトを見せた。

ヴィクトリアとフレデリックが目を通す。ヴィクトリアの目尻にかわいらしいカラスの足跡が刻まれた。彼女の肌は陽に焼けて赤みがかっている。アウトドア派なのだ。爪は長すぎず短すぎずに切りそろえられている。つまりロッククライミングはやらない。好みのスポーツは、スキーか、自転車か。

フレデリックが顔を上げ、かすれた声で言った。「いやいや、こいつは驚いたね」

ヴィクトリアは読みながら顔をしかめた。「ほんとにやる気なの? 万が一失敗すると、取り返しのつかない事態になりかねない」

「ほかにいい手があるか？」

文書をもう一度確かめて、ヴィクトリアは言った。

「そうね、ほかに手はなさそう。でも、どうやってやるつもり？」

ショウは言った。「厨房で何か見つかるんじゃないかと」

ヴィクトリアは思案顔した。それからぱっと顔を輝かせて言った。「なるほど。それならいけるかも」

60

ショウ、フレデリック、ヴィクトリアは、厨房に忍びこむなどやるべきことをすませたあと、三十分後にふたたびショウの宿舎裏の林に集合した。ショウは枯れ葉の山の下から棍棒を取り出し、一方をヴィクトリアに渡した。ヴィクトリアは感心したように棍棒を吟味した。頭を掌にぴしゃりと叩きつける。


元フローズン・ヨーグルト売りのフレデリックは、黙って棍棒を見つめていた。

ショウはノートを開いて手描きの見取り図を二人に見せ、東側のゲートを指さした。「四十五分でハイウェイに出られる」

「三十分で行ける」ヴィクトリアが言った。

ふむ。ランニング派か。

ヴィクトリアはフレデリックをちらりと見た。

フレデリックが言った。「ついていけるよう努力はする」それから林の奥に目をこらした。「北東か……コケでも探すのか」

「コケ？」ショウは訊き返した。

「ほら——方角を知るのに。迷わないようにさ」

ショウとヴィクトリアはそろって眉を寄せてフレデリックを見た。ヴィクトリアが言った。「太陽の位置でわかるでしょ」

「へえ。それで方角がわかるのか？」

ヴィクトリアはトレッキングもやるらしい。

ショウは言った。「通りかかった車を止めろ。犯罪の現場を目撃したと言って——暴行事件を見たとか何とか

――携帯電話を借りる」ショウはノートのページを破り取ってマックとトム・ペッパーの電話番号を書き、ヴィクトリアに渡した。

フレデリックが言った。「九一一にかけるんじゃだめなのか？」

ヴィクトリアが答えた。「だめよ。九一一にかけると、最寄りの警察機関に自動的に回されるでしょ。つまりスノーコルミーギャップの保安官事務所につながるってこと。それでは無意味よ。保安官がイーライとヒューに買収されてるから」

ショウは続けた。「誰も停まってくれないとか、車がまったく通らないようだったら、北に行くといい。トラック向けのサービスエリアがある」午前中に荷物の保管棟に忍びこんだとき、回収しておいたクレジットカードをヴィクトリアに渡した。「よし、行ってくれ」

「あっと。忘れるところだった」フレデリックがショウを見た。ウェストバンドにはさんでいたノートを差し出す。「アダムのノートだ。あんたに預けとこうと思って」

ショウは礼の言葉の代わりにうなずき、ノートを自分のウェストバンドにはさんだ。

フレデリックとヴィクトリアは小走りで林の奥に消えた。ヴィクトリアはナイフと一緒に棍棒をウェストバンドにはさんでいた。フレデリックはヴィクトリアほど体が仕上がっているわけではなさそうだが、少なくともスタートからしばらくはヴィクトリアに遅れずについていっていた。

キャンプの各所に設置されたスピーカーからいつものメロディが流れ、広場に集合せよとの指示が続いた。イーライが今日一度目の集会で予告した就任式が始まるのだろう。

ショウはイーライのオフィスから持ち出した文書を折りたたんでノートにはさんだ。棍棒に手を伸ばしかけたところで、宿舎の表側から声が聞こえた。

「やあ、ノーヴィス・カーター」

三十五歳くらいの痩せ型の男性が近づいてきた。両手を脇に下ろしている。ユニフォームのシャツの上に青いセーターを着ていて、等級はわからなかった。だが男性が敬礼をして言った。「ジャーニーマン・ティモシーだ」

ショウは棍棒を地面に置いたまま立ち上がって敬礼をし、棍棒に気づかれないようすばやく男性に近づいた。

「いまはアプレンティスなんだ」

「本当に？　早いな！　おめでとう。ああそうか、特待生だもんな」ティモシーはスポーツ選手のように引き締まった体つきだった。金髪を雄鶏《おんどり》のとさかのように逆立ててムースで固めていた。顔は青白く痩せていて、やや上を向いた鼻の付け根に皺が一本刻まれている。あばたが散っている。病気をしたのか、若いころニキビに悩まされたタイプか。

「招集がかかってる。急いで行かないと、アプレンティス・カーター」

「すぐに行く」

ティモシーは引き下がらなかった。「だめだよ！　遅刻するとあとがたいへんだ。規則は知ってるだろう。招集がかかったら、即座に行かないと。遅刻すると罰点がつく。罰点が多くなると、〈学習〉に遅れが出る。できるだけ早くジャーニーマンに昇級したいだろう」

棍棒はほんの一、二メートルのところにある。このあとのことを考えると、ぜひとも棍棒を持っておきたい。

しかし、このジレンマを打開する手立てが思い浮かばない。ショウは溜め息をつき、ティモシーと並んで歩き出した。

「ノートは持ってるね。いい心がけだ。頭に浮かんだことをその場で書き留める。それが大事だ」

「規則の第九項」ショウは言った。

「そう。それだよ。地図を描くのがうまいらしいね」

誰かがショウの見取り図を見て報告したのだろう。いまさら意外ではない。

「敷地内で迷子になりたくない。だが、さほどうまくはないよ」

「控えめだね」

「きみも絵を描くのか」

「俺か？　いやいや、絵は苦手だ。俺が描いた絵を見せたって、〝いったい何を描いた？〟って思われるだけだ」顔を赤らめているように見えた。「それでも一つだけ得意なことがある。オペラ歌手みたいにハミングできる」

「ハミング？」

「詞がつくとどうもダメなんだが、ハミングならパヴァレッリ級だ」

「パヴァロッティのことかな」

ティモシーはうなずいた。「オフシーズンに、オマハで聖歌隊か合唱団のオーディションを受けるつもりだ。オフシーズンっていうのは、秋と冬、このキャンプが閉鎖される期間のことだよ。知ってるだろう、マスター・イーライは極東に出かけて瞑想をしたり研究をしたりして、スキルを磨くんだ。世界一頭がよくて思いやり深い人だよ。そう思わないか？」

「思うよ」

ティモシーは周囲を見回した。大勢が広場に向かっていた。「何をしていても、招集がかかったらそれが最優先だ」ここで声をひそめた。「広場で漏らしちまった奴がいたよ。遅れるくらいならそのほうがましだって思ったらしい。俺ならたぶん便所を優先するけど、勇気ある行動だと思う。ところで〈学習〉は順調かい？」

「ああ」

ティモシーは〈AU〉の一人に敬礼をした。「俺はマスター・イーライから直接指導してもらってる。〈昨日〉からずいぶんたくさんの〈マイナス〉が見つかった。俺の人生はずっと間違った道を進んできた。〈マイナス〉の建物どころか、大都市を作っちまったよ。マスター・イーライにそう話したら、気に入ってくれた。講話で使ってくれたんだ。〝〈マイナス〉の大都市〟。そう言って俺を指さしてくれた」ティモシーは大きな笑顔を作った。

二人は14号棟の前にさしかかった。表側のドアが開いていた。三、四人の〈AU〉がなかで何か作業をしていた。〈セレクト〉も一人いた。

ティモシーが焦がれるような声で言った。「テレビが恋しいよ」

「え？」ショウは訊き返した。

「ここだけの秘密にしてくれよな」ティモシーはそうささやいて周囲を確かめた。ふつうなら、テレビが好きだと打ち明けたところでどうということはないだろうし、冗談めかして言うことだってできただろう。

「わかった」

「ここでもときどきはテレビを見られたらいいのにな。離婚する前、元妻と一緒におもしろい番組をいろいろ見た。ニュース番組は見られなくたってかまわない。マスター・イーライは絶対に許さないだろうしね。でもコメディドラマくらいは見たいよ。『ビッグバン・セオリー』。

あれはおもしろかった。『新スター・トレック』。あとはケルシー・グラマーの『そりゃないぜ!?　フレイジャー』。ケルシーにはたくさん笑わせてもらったよ。元妻とね。あのころはまだ……まあいいや、とにかくおもしろかった」

「テレビがほしいとマスター・イーライには言ってみたのか？」

「いや、よけいなことを言って目をつけられたくないからら。マスター・イーライは〈プロセス〉に集中すべきだっていつも言ってるし」

二人は広場に着いた。ショウは聴衆のなかには入らず、ノートを抱えて端のほうに立った。気づかれずにいったん抜け出して棍棒を取りに行けるだろうかと考えた。いや、無理だ。大勢の〈AU〉やインナーサークルが全員を追い立てるようにして広場の奥に進ませ、自分たちが周囲を固めようとしている。キャンプ内の全員が広場に集まっていた。総勢百名ほどで、いつもどおりノーヴィスとアプレンティス、ジャーニーマンが中央を占めている。ステージの右手で〈AU〉がビデオ撮影を準備中だった。前の二回の講話のときは、インナーサークルがタブレット端末で動画を撮影していた。三脚つきのカメラが設置されるのは、ショウがここに来てから初めてだ。

ステージ上にはテーブルがあり、そこに赤ワインのボトルが置いてある。コルク栓はゆるめてあった。

イーライはステージ脇でジャーニーマン・マリオンと話していた。マリオンは誇らしげな笑みを隠せずにいる。ブラウスに乾燥させたラベンダーの小さな花束がピン留めされていた。ラベンダーが新しい評議会のシンボルになるのだろう。二人の隣にスティーヴがいた。

イーライがうなずき、ジャーニーマン・マリオンが階段を上った。評議員に選ばれたコンパニオン四人と、無表情なアーニャがそれに続く。新評議員がテーブルにつくと、拍手が始まった。歓声も湧いた。それを盛り上げているのはもちろん、インナーサークルの面々だ。新評議員の男性二人と女性二人の反応はそれぞれだった。注目を浴びて居心地悪そうにしている者、誇らしげに微笑んでいる者。全員がテーブルの奥側に座っていた。マリオンが中央の席につき、イーライがその後ろに立った。『最後の晩餐』の模倣のようだった。

イーライの合図で、スティーヴが分厚くふくらんだノートを置き、六つのグラスにワインを注いで回った。一つはイーライの分だ。

全員分のワインが注がれると、イーライは前に進み出て聴衆を見渡した。

「私の友人であるコンパニオン諸君。この五名を新設の運営組織――評議会の委員として迎えられて、たいへんうれしく思っている。山ほどの仕事が私たちを待っている。まずは財団をアメリカ全土に拡大し、やがては全世界へと広げていかなくてはならない。しかし、私たちの信念を届ける邪魔は誰にも許さない。その信念とは、〝そして最高の……〟」

「……未来の扉が開く！」

熱狂的な拍手喝采。

イーライがグラスを高く掲げた。「〈プロセス〉に乾杯。財団に……〈明日〉に乾杯！」

評議員がワインを飲み干す。イーライがグラスに口をつけようとしたとき、広場から叫び声が上がった。「やめろ！」ヒューの声だった。ステージに駆け上がったヒューは、イーライの手からワイングラスを叩き落とした。グラスは板張りの床に落ちて砕け散った。

聴衆から声にならない声が漏れた。

「毒が入っている！　ワインに！　飲むと死んでしまいます！」

61

広場に集まったコンパニオンから悲鳴が上がった。新評議員はグラスを放り出して跳ねるように立ち上がった。みな恐怖に顔を歪めていた。イーライを除く五人全員がワインを飲んでしまっていた。

「14号棟に保管されていた殺鼠剤が混入されている！」ヒューが怒鳴った。「医者を呼べ！　大至急だ！」

〈AU〉の一人が腰に下げていた無線機をむしり取って救援を要請した。

イーライが大きな声で言った。「何だ？　いったいどういうことだ？」

ヒューは一枚の紙を振りかざした。「こんなものを見つけました。奴が書いた文書です。ビジネスプラン。財団を滅ぼそうと企んでる。自分で新組織を立ち上げるためです。あなたが選んだ評議員を殺そうとしているんです、マスター・イーライ！　あなたのことも」

聴衆から小さな悲鳴や叫び声が上がった。ステージ上の五人はいま飲んだワインを吐き出そうと喉をげえげえ鳴らした。努力はみごとに実り、見苦しいことこの上なかった。

「奴？　誰のことだ？」イーライが訊いた。「誰の話をしている？」

「こいつですよ！」ヒューは勢いよく振り返った。顔が怒りで歪んでいた。ヒューの指はスティーヴに突きつけられた。

スティーヴが叫ぶように言った。「僕……？」イーライを見る。またヒューに目を戻す。「違います。僕は何もしてません。するわけがない。ご存じでしょう。僕がそんなことをするわけないって」

「こいつがワインのボトルを持って14号棟に入っていくところを目撃したコンパニオンが二人いる」

「絶対に違う」スティーヴの顔は真っ赤に染まっていた。

「そんなことしません……あなたをこんなに慕っているのに、マスター・イーライ」

ヒューが言った。「あなたの陰で生きるのにはもううんざりだ、もっと自分にふさわしい扱いをしてほしいと愚痴っているのを聞いた者もいます」

「ふさわしい扱い？」イーライがささやくように言った。

「実の息子のように思っていたのに」

「〈トキシック〉！」誰かが叫んだ。

「そいつは〈トキシック〉だ！」

「裏切り者！」

「追放だ！」

「そいつを殺せ！」

「医者は？　医者はどうした？」

コルター・ショウは殺気立つ人々を見回した。どの顔にも激しい怒りがあった。

逆上し、パニックを起こしかけている。

これ以上先延ばしにできない。

ショウはステージに上る階段に向かった。他人に痛い思いをさせたくはないが、しかたがない。ヒューの武術のスキル、それに人数で圧倒的に不利なことを考えると、なんとしても勝算を五割に引き上げるしかなかった。ショウはイーライのボディガード二人の横をさりげなく通り過ぎた。この場の全員の目がステージ上に注がれており、グレーもそこで起きているドラマに集中していた。通り過ぎざま、ショウはグレーのみぞおちにパンチをめりこませた。グレーはうっとうめいて動きを止めた。ショウはすばやくグレーの足を払った。グレーは仰向けに倒れた。肺から空気が完全に抜けたのだろう、低くうめきながら必死に息をしようとしている。

「うぐ……うぐ……うぐ……」

その感覚はショウもよく知っていた。決していいものではない。

二秒後にはグレーのホルスターから銃を抜き取ってスライドを引いていた。その小ささから〝ベビー・グロック〟のニックネームを持つグロック26だった。ただし、マガジンは複列弾倉《ダブルスタック》だ。フル装弾されているなら、十発撃てる計算になる。ショウは銃口をスクワットに向けた。スクワットは目を丸くして見つめた。ショウは身振りで地面に伏せさせ、左右の腰を探った。ヴィクトリアが言っていたとおり、スクワットは銃を持っていなかった。

「ナイロン手錠を出せ。早く」

スクワットが指示に従った。

「相棒に先にかけろ。次がおまえだ。急げ」

スクワットはこれにも従った。

ショウは身体検査をした。スクワットは何も武器を持っていなかった。

近くに立っていた女性が何気なくこちらを見て息をのんだ。「ちょっと、何やってるの?」信じられないといった声だった。

ショウは落ち着き払った声で言った。「静かに」

紫色のアミュレットの女性が言い返す。「アプレンティスごときが命令しないで」

ショウは女性に顔を近づけ、引く声で言った。「座れ。静かにしていろ」

「わかった。わかりました。座ります。座りますってば」女性は芝生に座った。

ショウは銃を握った手を聴衆から見えない側に隠してステージに上った。イーライとヒューの目が一瞬だけこちらを向いた。すぐにまたこちらを見る。今回は銃に気づいた。イーライの顔に驚愕が浮かび——次に怒りで真っ赤になった。ヒューは首をかしげたが、ボディガードが地面に転がされているのに気づいて動きを止め、ショウの出方を待った。

ステージ下にいた〈AU〉二名が異変に気づいた。二人はヒューを見上げた。ヒューはそのまま待機していろと身振りで制した。ショウが銃の扱いに慣れていて、いざとなれば迷わず撃つ気でいると察したのだろう。

ショウはまっすぐイーライに近づき、純白のチュニックに留められた小型マイクと送信機をよこせと手を差し出した。

頭から湯気を立てたイーライは二つを取り、ショウの掌に乱暴に叩きつけた。その衝撃でどんと大きな音がスピーカーから轟いた。

ショウはステージの中央に戻り、ほかに動きを封じるべき者がいないか視線を巡らせた。いない。それからマイクを口もとに持ち上げて言った。「聞いてくれ！　ワインに毒など入っていなかった。入っていたのはただの砂糖だ」

盛り上がりながら打ち寄せる波のように、ざわめきが広がった。

「私がすり替えておいた」ショウは、こちらを凝視している新任評議員を見やった。「大丈夫、きみたちは死なない」それから付け加えた。「混入したのはスティーヴではない」ショウの視線は広場を一巡りしたあと、ステージ上に戻った。「きみたちを殺そうと企んだのは、〝きみたちを導く輝かしき者〟だ」

62

ショウがヴィクトリアやフレデリックと一緒に脱出できなかったのは、イーライのパソコンで、ある文書を見つけたからだった——宿舎の裏で二人に最後に渡したものがそれだった。その文書によれば、就任式のさなかにステージ上で少なくとも五人が死ぬ——ジャーニーマン・マリオンと、新評議員に選ばれた四名のコンパニオンだ。

謎の14号棟に疑問を抱いていながら何もしなかったことが悔やまれた。園芸用品が詰めこまれた倉庫……だが、ウォルターが話していたとおり、このキャンプには花壇一つない。

14号棟のポーチにつねに〈AU〉が張りついているのは、広場に目を光らせるためだろうとショウは考えていた。だが、当初疑っていたとおりなのだとしたら。屋内に保管されている何かを守っているのだとしたら。

そうだとして、何を守っているのか。

数キロ分の殺鼠剤――三酸化ヒ素だ。

イーライはガイアナの人民寺院の教祖ジム・ジョーンズにならうつもりでいた。もちろん、イーライ自身に〈明日〉へ〈旅立つ〉気はない。身代わりを仕立てようとしていた。イーライがでっち上げた物語によれば、スティーヴは記者のヤンやジョンの殺害を指示し、その罪をイーライになすりつけて財団をつぶし、自分で新しいカルトを始めようとしていた。

そこでショウとヴィクトリアとフレデリックは14号棟に忍びこみ、殺鼠剤を砂糖と入れ替えた。

厨房で何か見つかるんじゃないかと。

なるほど。それならいけるかも……

殺鼠剤と砂糖を入れ替えてもなお、ショウはヴィクトリアやフレデリックと一緒には行かれなかった。イーライは別の方法でスティーヴを殺人者に仕立て上げようとするだろう。

王の正体を暴き、玉座から引きずり下ろすしかない。

誰かが叫んだ。「銃を持ってるぞ！」

悲鳴が上がった。コンパニオンがみな一斉に向きを変えて逃げようとした。

ショウは大きな声で言った。「心配はいらない。私は警察当局と連携している」かならずしも嘘ではない。警察組織が到着したら、彼らと協力して動くことになるのだから。早く来てくれよとショウは念じた。頼むから大至急来てくれ。

イーライが逃げるそぶりを見せた。ショウは鋭い声で言った。「だめだ。そこに立っていろ」ステージ上の、ショウがいる位置よりも少し前に顎をしゃくった。つねに見える場所にイーライをとどめておきたい。

イーライはショウが握っている銃を一瞥し、ショウをにらみつけながらも指示に従った。

ショウの〝私たちを導く輝かしき者〟の扱いを見て、ささやき声や抗議の言葉、息をのむ気配が広場に広がったが、大半のコンパニオンは、先ほどのショウの爆弾発言を熟考し、ステージ上のなりゆきを黙って見守っていた。

「マスター・イーライについて少し話をさせてくれ。本名はデヴィッド・アーロン・エリス。そして今朝、アプレンティス・キャロルが言ったことは正しい。イーライは過去に複数の偽名を使っていた。アーティ・エリントン、ハイラム・レフコウィッツ、ドナルド・エルロイ。証券会社や不動産開発会社を興したが、どちらも失敗した。いまやただの詐欺師だ。きみたちから金をだまし取った。しかも……殺人の指示まで出した」

小さな悲鳴。怒りに満ちたささやき声。

「たったいまも、ステージにいる五人を殺したうえ、スティーヴに罪を着せようとした。サンフランシスコで起きた殺人事件に関して、警察が彼の身辺の捜査を始めたからだ」

「嘘だ！」イーライが威圧的な怒鳴り声を上げた。「〈トキシック〉め！」

「今朝、警察のヘリコプターが来たのは、だからだ。イーライを陥れようと誰かが企んだからじゃないし、何かの間違いでもない。イーライは、財団の実態を記事にしようとした新聞記者を殺せと指示した。ハーヴィ・エドワーズという名前に聞き覚えはないか？」

いまここにいるコンパニオンの大半は長くても三週間ほど前に来たばかりで、エドワーズを知らないはずだ。しかしインナーサークルの二、三人が〝ああ、やっぱり〟というような表情で顔を見合わせた。自分たちの気高い指導者を少なからず疑ったことがあるのだ。

「イーライは、記者を殺して自分も〈旅立て〉とエドワーズに命じた。エドワーズは、警察相手に銃撃戦を演じて自殺した」

「嘘だ！　こいつも奴らの一員なのだ」イーライは指を鳴らし、チュニック姿の〈AU〉二人をまたにらみつけた。だがヒューは動くなと身振りで二人に伝えた。

インナーサークルの一部がコールを始めた。「トキシック、トキ－シック！」

しかしその声に勢いはなく、まもなく先細って消えた。サミュエルが呆然とした顔でショウを見つめていた。ショウと一緒に広場に来たジャーニーマン・ティモシーも大口を開けていた。

「そいつを殺せ！」誰かが叫んだ。

「最後まで聞こう！」

ショウはウェストバンドにはさんであった書類を取り出した。「マスター・イーライのパソコンにあった文書だ」

イーライは憤怒の視線をアーニャに向けた。アーニャは耐えきれずに目をそらした。

「イーライは今日、この文書を書いた。警察のヘリコプターが来たあと、この就任式が始まる前に」

ショウは文書を読み上げた。「〝警察の事情聴取に対する返答内容。今日の午後、オシリス財団内で発生した忌まわしい毒殺事件を受け、スティーヴ・リンドルの部屋を従業員に捜索させたところ、私と財団の幹部の一部を殺害する計画を事前に用意していたことが判明した。毒入りのワインを飲む寸前に従業員の一人が私を止めてくれた。しかしほかの五人は不運だった。財団の医療スタッフが手を尽くしたものの、五人を救えなかった。発見された文書から、スティーヴが私の自助テクニックを盗み、自身の組織を新たに立ち上げようとしていたのは明らかである〟」

スティーヴは泣きながら首を振っていた。


イーライが大声で罵った。「嘘だ！　私は〈トキシック〉にはめられたのだ！　トキーシック、トキーシック！……」

いまや誰もコールに加わろうとしない。

ショウは先を続けた。「〝スティーヴがカリフォルニア州で法人を設立するために準備していた書類が発見された。スティーヴはまた、ハーヴィ・エドワーズに指示し、サンフランシスコ市内でゲイリー・ヤン記者を殺害させた。この殺害事件についても私に罪をかぶせようとしていた〟」

ショウは静まり返った広場に視線を巡らせた。「いまのを聞いてわかっただろう？　イーライは毒入りワインの件を事前に知っていた。なぜなら、計画したのはイーライ自身だからだ。ワインに毒を入れたのはジャーニーマン・ヒューと〈ＡＵ〉のメンバーの一部だ。スティーヴではない。スティーヴはスケープゴートにされようとしていた」

イーライはアーニャに小声で何か言った。さっきまでの怒りはどこかへ消えていた。いまは冷ややかな軽蔑があるだけだった。

誰かがコールを始めた。「嘘だ……嘘だ……嘘だ」

「そいつを殺せ！」

コンパニオンの大部分は黙っている。

誰かが叫んだ。「続きを話してくれ、アプレンティス・カーター」

ショウは言った。「冬のあいだ、イーライは極東へ旅していることになっているね？　東は東だが、極東ではない。イーライが向かう〝東〟はフロリダだ。フロリダ州内に自宅を二軒所有している。それぞれ数百万ドルで購入した家だ。スポーツカーも五台持っている——ここにいる全員の金で買った超高級車だ」

「こいつを黙らせろ！」イーライは別の〈AU〉二人に怒鳴った。二人は不安げに顔を見合わせたあと、小走りでステージに近づこうとした。ショウが銃口の向きをわずかに右にずらしただけで、二人は立ち止まった。銃口を彼らに向けたわけではない。

一方が両手を上げた。滑稽なほど高々と。ヒューが顔をしかめた。ずんぐり体形の〈AU〉は即座に手を下ろした。

しかし、ショウが話を再開しようとしたとき、十数名のコンパニオンが集まり、小声で何か相談を始めた。大半が男性コンパニオンだった。険しい顔つきに激しい怒りが見え隠れしていた。忠実なイーライ信奉者なのだろう。まもなく二手に分かれ、ステージの両側にある階段に向かった。はさみ撃ちにするつもりだ。

「待て」ショウは怒鳴った。「その前に最後まで話させてくれ」

イーライがわめいた。「こいつを黙らせろ！　引っ捕らえるんだ！　こいつや仲間の〈トキシック〉の好きにさせたら、私がきみたちのためにしてきたすべてが無駄になる！〈プロセス〉が死んでしまうぞ」

その脅しだけで充分だった。二手に分かれた忠誠派は、ショウが銃を持っているにもかかわらず、ステージの左右から突進してきた。ショウは地面に向けて一発だけ発射した。空に向けて発砲するのは間違いだ。コンパニオンの一部は逃げまどったが、忠誠派はたじろがなかった。ショウに彼らを撃つ気がないことを見抜いていたのかもしれない。あるいはこう思っていたのかもしれない——

俺たちは不死身だ、撃たれたって平気だ。

彼らは左右から押し寄せてきた。

拳銃がショウの手から飛び、ステージ上に投げ出されたショウの上に、忠誠派のコンパニオンたちの体重がのしかかった。

63

グレーが足を引きずりながらステージに上ってきた。その後ろにスクワットもいる。二人のナイロン手錠は切断されていた。

ヒューがグレーを見やった。「役立たずめが」毒を含んだ低い声でささやく。

グレーは自分のグロックを必死に探していた。

イーライが聴衆に向かって言った。「こいつはスパイだ。〈トキシック〉だ。私が言ったとおりだ。連中は私を邪魔するためなら何だってやる」

大勢の下敷きにされたショウの腹や肩が悲鳴を上げている。ショウは懸命に息を吸おうとした。

「殺せ！」誰かが叫んだ。

ヒューと〈AU〉の一人がショウの腕を引いて立ち上がらせた。ヒューが指示した。「〈支援ユニット〉に連行しろ」

少し離れて傍観していたゾンビのような目をした若い男——〈セレクト〉だ——がうなずいた。

今夜、また新たな交通事故が発生するのだろう。ヒューはたったいま、若い〈セレクト〉の死刑執行令状に署名したも同然だが、本人は天気予報でも伝えられたかのように無表情に受け止めた。

「裏切り者！」

「〈トキシック〉！」

「殺せ！」

憎悪に目をぎらつかせた女性コンパニオンの一人がショウの顔につばを吐きかけた。

ほかのコンパニオンは途方に暮れたようにおろおろしているだけだった。

〈AU〉と〈セレクト〉は両側からショウの腕をつかんで引き立て、ステージから下ろそうとした。

押しつぶされかけたせいでまだうまく息ができずにいたが、階段を下りきったところで、ショウはかすれた声を張り上げた。「ユナイテッド技術開発。トライアングル製薬。タルボット製作所」

三人が裏の小道に向けて二メートルほど進んだところで、誰かが叫んだ。「待った！」声の主は、髪を短く刈った四十代くらいの男性アプレンティスだった。高価そうなメタルフレームの眼鏡をかけている。「うちの会社だ。ユナイテッド技術開発」

女性の声も聞こえた。「タルボット製作所。私はそこの最高財務責任者《CFO》よ」

ショウは別の会社の名前を言った。「ハリファクス・エネルギー」〈AU〉がショウを殴りつけて黙らせようとした。

「早くそいつを連れていけ」イーライが怒鳴った。「〈支援ユニット〉だ」

「トライアングル製薬って言ったか？」別の男性が声を張り上げた。ヘンリーだった。ショウと同じ日に入会した禿頭のコンパニオン、妻を亡くしたばかりだと言っていた男性だ。

ヘンリーと十数人のコンパニオンが、ショウを引き立てていこうとしている二人の前に立ちふさがった。二人が立ち止まり、イーライのほうを振り返る。イーライが叱りつけた。「行け！　早く行け！」

「ちょっと待って」タルボット製作所のCFOだと言った女性が叫ぶ。灰色の髪にすらりとした体形の女性は、鋭い視線をイーライに向けたあと、ショウに向き直った。

「彼の話を最後まで聞きましょうよ」

広場が徐々に静まり返った。

乱闘が始まるわけでもなく、ヒューはどう対応すべきか困っている様子だった。まもなく〈AU〉にそこで待てと身振りで伝えた。

ショウは大きな声で言った。「ここの指導員が勤め先の話を聞き出そうとする理由がわかるか？」

「そいつを早く連れ出せ」イーライがわめいた。

「わからない。教えてくれ」四十代の長身男性が言った。今朝、イーライや興奮したコンパニオンのリンチに遭いかけたキャロルの夫、トーマスだった。ショウの手から飛んだグロックを拾ったのはトーマスだった。しかも銃の扱いに慣れているようだ。

ヘンリーが言った。「私も知りたいな」

「最後まで聞こう！」後ろのほうから別の声が上がった。

周囲が同意の言葉をつぶやく。

　イーライが言った。「そいつの嘘に耳をかたむけるな。そいつの話は全部フェイクだ。きみたちから〈明日〉を奪い取ろうとしているんだよ。きみたちの望みを叶えられるのは私だけだ」

「黙ってろ、イーライ」ヘンリーが怒鳴った。

　インナーサークルや忠誠派から不満の声が漏れたが、誰一人動かなかった。

　トーマスが前に進み出た。すぐ後ろにキャロルもいた。〈AU〉と〈セレクト〉をじっと見たあと、ショウのほうにうなずいた。「放してやれ」そしてショウの腕をつかんでいる〈セレクト〉に銃口を向けた。

　ヘンリーがうなるように言った。「ほら、放せよ」

　ヒューがうなずく。

　痛いほど強く腕をつかんでいた手が離れ、〈AU〉と〈セレクト〉が後退した。忠誠派の一部がショウのほうに足を踏み出す。ヘンリーが彼らのほうに向き直り、左右の拳を固めた。ほかにも二人が同調し、拳を構えて忠誠派の前に立つ。

　トーマスが言った。「行こう、ステージだ」

　ヘンリーとトーマス、同調者二人に守られて、ショウはふたたびステージに上がった。マイクを拾って、中断していた話を再開した。「指導員が長い時間をかけて勧め先の話を聞き出そうとするのはなぜか、考えてみたことはあるか？」おもしろいもので、こうして熱を帯びた視線を一身に浴びてみると、講話のあいだイーライはこの高揚感を味わっていたのかと初めてわかった気がした。「取引先、契約や取引の内容。〈マイナス〉や〈プラス〉を残らず挙げるよう言われただろう？　それはなぜか。イーライの真の目的はインサイダー情報だったからだ。全員のセッションを録音して、そのテープをマイアミにいる商売仲間に送っていた。その情報を元に、自分が設立したペーパーカンパニーの一つを使って、株や不動産を買っている」

　何人かが息をのんだ。誰もが困惑した表情で顔を見合わせている。

　そこに声が飛んだ。「嘘つき！」

　ショウめがけて石が飛んできた。ショウは余裕でかわした。

「嘘だ、嘘だ、嘘だ！」イーライが叫んだ。だがイーライの声は、もはやホワイトノイズにすぎなかった。

ショウは落ち着いた声で続けた。「五年前、イーライは破産した。それで自助グループで一儲けしようと考えた。何が一番儲かりそうか、リサーチをした」さっきステージ上に落ちた書類を拾った。イーライのパソコンからプリントアウトしたものだ。

「これを見てくれ」聴衆に向けてプリントアウトを撒く。「さまざまなタイプの組織の収益を見積もったスプレッドシートだ。一つは株式市場で一攫千金《いっかく》を狙う。別の一つは不動産で一攫千金だ。また別の一つはコミュニケーション能力養成講座、別の一つはセックスのスキルを教える講座。そして最後の一つが不老不死を売る団体で、投資に対する予想収益は、ほかのなんと十倍だ。事前に実施したフォーカスグループでも評価が一番高かった」

忠誠派もほぼ全員が黙りこんでいた。

「違う。嘘だ、嘘だ！」

ショウはゆっくりと首を振り、本心から残念に思いながらこう続けた。「残念に思う。きみたちはみな〈プロセス〉に期待をかけていただろう。本物ならどんなによかったかと私も思う。だが〈プロセス〉には何の効果もない。会員から金を巻き上げるための嘘っぱちだったんだ。終生会員になった人はいるか？」

誰も手を上げなかったが、何人かがこっそりと目を見交わした。

「遺言書を書き換え、資産の一部を財団に遺贈しなくてはならない点に違和感を覚えたことは？　何と言ってもイーライは会員に自殺を勧めていたも同然だ。イーライの帳簿にこんな項目があった。昨年、財団が遺贈から取得した財産は計百五十万ドルあった」

広場に驚きが広がった。

コンパニオンをスタディ・ルームに連れこむのもイーライの企みのうちだったと付け加える必要はないだろう。大勢の若い女性たちや一部の男性の顔に、動揺と怒りが浮かんでいた。自分はイーライの性的虐待の被害者であることに気づいたに違いない。

しかし、アーニャから教えられたいくつかの事実を伝えないわけにはいかなかった。「イーライは孤児ではない。里親家庭を転々としたことはない。両親はいまも健在だ。フロリダ州フォートローダーデールに住んでいる」

ショウは聴衆を見回した。忠誠派と造反派の対立は、案の定、本格的な戦いに発展する前に霧散した。困惑顔、思案顔。傷ついたような表情をしている者、激怒している者。一人で、カップルで、あるいは何人かが集まって、ステージに背を向け、それぞれの宿舎や事務棟へと歩き出す。

人々のあいだにジャーニーマン・サミュエルを見つけた瞬間、ショウの胸は押しつぶされそうになった。サミュエルの視線は、ショウとイーライのあいだを行ったり来たりしていた。その目には涙があふれかけていた。

64

ステージ上のショウの背後をヒューが横切り、イーライに近づいた。

「終わりだ」ヒューはささやくような声で言った。口を大きく開けて迷子の子供のような表情をしたイーライは、反応しなかった。

「デヴィッド。もう終わりです。聞いていますか」

イーライは、スティーヴと並んで反対側の階段を下りていくアーニャを凝視していた。スティーヴは軽蔑の視線をイーライに向けた。二人はまもなくステージ裏に消えた。

ヒューが続ける。「早く。脱出しないと危険だ。行き先は選べる。安全な場所がいくつかある」

「いや……」イーライは口ごもった。「私は行かれない。私がいなければ、私のコンパニオンたちはどうなる」そう言って広場のほうに手を差し伸べる。

これではっきりした。イーライは〈プロセス〉を信じてなどいない。金儲けのためにでっち上げた作り話なのだ。ただし、その教義を説くことで自分に与えられた力は別だ。イーライはそれを心底信奉し、耽溺していた。自分が作り上げた神話を信じていた。彼はオシリス神だ。冥界の神、豊穣の神なのだ。

ヒューが小声で言う。「連中はあんたを引きずり下ろしにかかる。書類やパソコン、ハードドライブを回収しないと。すぐに脱出しないと危ない。早く！」

イーライはまばたきをした。その顔に、帝国を一瞬で失った虚脱感がありありと浮かんでいた。

　ヒューがスクワットとグレーに指示した。「住居棟へ行け。持っていくファイルはわかるな。スタディ・ルームのパソコンもだ。動画も」

「はい」グレーの声はしゃがれていた。ショウに仰向けに倒されたときのダメージからまだ立ち直っていない。

スクワットとグレーは急ぎ足で南の方角に消えた。

　ヒューはイーライの悄然《しょうぜん》とした様子に目を留め、イーライの腕に手を置いてそっと言った。「また何か見つかりますよ、デヴィッド」

「そうだな、きっと何か見つかるな」イーライはぼんやりと返した。まだ呆然としている。

「そうです。何かいいアイデアがきっと浮かびます。外国に行くのもいい。どこかにかならず何かある。今回に負けないアイデアが」

　イーライは涙で濡れた目をショウに向けた。さっきまでの憎悪に満ちた視線よりも、当惑しきったような目をしたイーライのほうがよほどショウの背筋を凍りつかせた。

　イーライは、ショウと一緒に広場に来たジャーニーマン、ティモシーを招き寄せた。二人が短いやりとりを交わす。ティモシーがうなずいた。イーライとヒューは、事務棟への近道、林のなかの秘密の小道を歩き出した。犯罪を裏づける証拠を回収し、即座に破壊するか、持ち出しておいてあとで処分するつもりだろう。

　ショウはまだ銃を持ったままでいるトーマスに向き直った。「その銃が必要だ」

「あんたに何が必要かなんて、私たちには関係ない」トーマスはキャロルの方に手を回した。「奪おうとしても無駄だ」

　ショウは銃をあきらめた。

　急いで林に入り、小道をたどってイーライとヒューを追った。裏手に棍棒を隠して置いたC棟はすぐそこだ。棍棒があれば――そして二人の隙を突ければ――優位に立てるだろう。

「デヴィッド！」背後から女性の声が聞こえた。ショウはさっと振り向いた。アーニャだった。「お願い、デヴィッド。話を聞いて」

　イーライが足を止めて振り返った。無表情にショウを見て、さらにその十メートルほど後ろにいるアーニャを見た。イーライの目が、反対側の茂みの広場側へと一瞬だけ動いた。ティモシーがいた。茂みの向こう側を小道と平行に歩いていたらしく、いまはアーニャとほぼ並んだ位置に来ている。

ティモシーはさっきまで着ていたセーターを脱いでいた。アミュレットを着けていない。

〈セレクト〉の一人だったのだ。自殺志願の殺し屋。

俺はマスター・イーライから直接指導してもらってる……

ティモシーはイーライにうなずき、チュニックの下からカッターナイフを取り出し、茂みに飛びこんだ。

「アーニャ！」ショウもアーニャのほうに全速力で駆け出した。

だが、遅かった。ティモシーがアーニャに飛びかかり、アーニャの髪をつかんだ。

アーニャがあえいだ。「何するの……やめて、ティモシー」

ティモシーは一瞬のためらいもなくアーニャの青白い喉にカッターナイフの刃を当てて切り裂いた。血の滝があふれ、アーニャは膝をがくりと折り、横様《よこざま》に倒れた。恐怖の悲鳴が細く漏れた。

ティモシーはショウに視線を投げた。コメディ番組を見て笑い、ハミングが得意で、秋が来たらオマハで聖歌隊に加わりたいと話していた男は、一つ大きく息を吸い、両腕を交差させる別れの敬礼をした。「さようなら、〈明日〉また会えるまで」そう大きな声で言い、自分の頸動脈を切り裂いた。

イーライは長く愛人だった女をおざなりに一瞥しただけですぐに背を向け、ヒューを従えて急ぎ足で北へ向かった。

ショウはアーニャに駆け寄った。戦闘で喉に傷を負った場合の応急手当は心得ている。昔から〝蘇生のＡＢＣ〟と呼ばれている手法がある――Ａ（airway、気道確保）、Ｂ（breathing、人工呼吸）、Ｃ（circulation、心臓マッサージ）。しかし、脳に血液が供給されていない場合――歩道にあふれ出している場合――は、気道を確保しても意味がない。今回はＨＡＢＣの処置が必要だ。Ｈ（hemorrhage、止血）のあと、ＡＢＣが続く。このような傷を負った患者を救う唯一の方法は圧迫だ。かなり思いきって圧力をかけなくてはならない。ショウはアーニャのかたわらに膝をついて傷を圧迫した。

「助けて」アーニャがかすれた声で言った。

「大丈夫。大した傷ではないよ。ちゃんと助かるさ」

　これはたいへんな傷だ。アーニャはおそらく助からない。

　厚化粧の上からでも、血の気が引いていくのが見て取れた。

　ショウは小道の先、事務棟の方角を振り返った。イーライとヒューの後ろ姿が遠ざかっていくのを目で追うことしかできなかった。

　くそ、逃げられてしまうぞ。

　そのとき、声が聞こえた。「僕が代わります。あなたはあいつを」

　スティーヴだった。

「わかった。手をここへ」ショウは言った。

　スティーヴはしゃがんだ。

「だめだ。膝をつくか、地面に座ってくれ。しばらくかかるから」

　スティーヴは言われたとおりにした。

「私の指をたどって」

　スティーヴはおずおずとショウの指を探った。あふれ出した血がたちまちスティーヴの手を赤く染める。だがまもなく、スティーヴの指からためらいは消えた。

「あいつは……」スティーヴが小声で言った。「マスター・イーライ。あいつは……」

「気持ちはわかる。きついよな。だが、いまは集中してくれ」

「はい」

「傷口がわかるか」

「これかな？　はい」

　アーニャが何か言おうとしたが、声にならなかった。そのまま目を閉じた。

　ショウはスティーヴに言った。「完全には切断されていない。命は救える。傷口を閉じていてくれ。手がすべるだろうが、がんばって押さえていろ。いざとなったら爪を使え。できるかぎり強く押さえていてくれ」

「わかりました」

「離すぞ」

「はい」

　ショウは傷口を確かめた。「いいぞ、その調子だ」

立ち上がり、両手を濡らした血を拭った。ふと目を上げると、近くに男女の二人組が立っていた。アプレンティスのようだ。ショウは二人を呼び寄せた。

「手を貸してくれ」ショウは言った。

「たいへんだ、何があった？」駆け寄ってきた男性が言った。

「診療所から誰か呼んできてくれ。急いで」

「わかりました」女性が答えた。二人は走って診療所の方角に消えた。

スティーヴがショウに言った。「行ってください。あいつを逃がさないで」

65

全力で走った。

イーライとヒューの姿は見えない。しかし、まだそう遠くには行っていないはずだ。運がよければ、いまも棍棒があるショウの宿舎近くで追いつけるだろう。

まもなく——白いものが閃いた。いいぞ、あれが二人だ。ヒューとイーライはまだ二人きりで北の事務棟に向かっていた。ショウは小道を離れて林にまぎれこみ、東へ向かった。木立や低木の茂みに隠れながら、二人との距離を縮められる。

ヒューが言っていたとおりだ。財団は終わりだ。いまもそれにしがみつきたがっている者はいるかもしれないが、イーライが作り上げた砂上のファンタジーは崩壊した。イーライは住居棟に非常持ち出し袋を準備している。つまり脱出計画があるということだ。イーライとヒューは逃走し、残った〈ＡＵ〉がキャンプを死守する手はずになっているのだろう。機動隊や交渉人が到着したら、イーライとヒューはまだキャンプ内のどこかにいると言って時間を稼ぐ。ひょっとしたら、誰かがイーライの役を演じるのかもしれない。それで当局は数時間、下手をすれば数日を浪費させられる。その間にイーライは国外へ高飛びする。あれだけの資産があれば、プライベートジェットを雇えるだろう。

ショウは林のとりわけ鬱蒼とした箇所を選びながら、秘密の小道を進んだ。二人が支援ユニット棟に着く前に追いつけそうだ。イーライとヒューはときおり背後を確かめているが、ショウの追跡には気づいていなかった。まだアーニャに付き添って応急手当をしていると思っているに違いない。イーライはおそらく、ショウを足止めして脱出の時間を稼ぐため、アーニャに重傷を負わせるだけで即死させるなとティモシーに指示したのだろう。

棍棒はあきらめたほうがよさそうだ。取りに寄っている間に、二人に逃げられてしまいかねない。このまま二人の追跡を続け、気配を殺して背後に近づき、襲いかかろう。もちろん、先に倒すのはヒューだ。強烈なタックルを食らわせ、みぞおちに膝をめりこませて動きを封じ、銃を奪う。ヒューが倒れてもイーライは止まらないだろう。迷わず友人を見捨てて逃げるはずだ。それを追いかけ、イーライの足を止めなくては。ヒューはナイロン手錠を持っているだろう。それを使って二人を縛り、森の奥に引きずっていこう。携帯電話が手に入るまで、そこに拘束しておく。

ショウは成功の確率を七〇パーセントと見積もった。

早足で茂みを抜けた。あと十メートルで追いつく。二人はショウの存在にまったく気づいていないようだった。

この分なら不意打ちできそうだ。成功率を八〇パーセントに上げよう。

しかし、〈AU〉が前方に二人、背後に二人現れた瞬間、その確率は急降下した。

これほど接近されるまでなぜ気づかなかったのか、四人を見て納得した。ショウが警戒していたのは灰色のチュニックだった。しかしこの四人は、フレデリックがちらりと言っていたカモフラージュ柄のユニフォーム姿だった。背後の二人が猛烈な勢いで飛びかかってきた。ショウはうつ伏せに地面に叩きつけられた。胸を強打して息ができない。起き上がろうともがいたが、両手を背中に回され、ナイロン手錠をかけられ、引き起こされた。

「うわ、何だよ、血だらけじゃないか。こいつ、死にかけてるのか？」

「いいから聞け」ショウはあえぎながら言った。「もう終わりなんだ。警察がもう――」

「黙れ！」

「もし――」

四人組のリーダーらしき一人――肩幅が広く、顔にそばかすが散った、燃えるような赤毛の男――から腹にパンチを食らった。ショウは吐き気をこらえた。

「で、こいつをどうする？」一人が訊いた。

赤毛が答えた。「ジャーニーマン・ヒューは、事故に見せかけろと言ってた。転落して脚を折って動けなくなったところを野生動物にやられたように。グレートベア・ノッチが一番近いな。行こう。抵抗したら、また殴ってやれ」

66

ナイロン手錠をかけられたショウと四人組は、キャンプから百メートルほど離れた地点に来ていた。ここからハイウェイに通じる脱出ルートはすぐそこだ。ヴィクトリアとフレデリックはもうハイウェイに出て携帯電話を手に入れ、ＦＢＩや州警察に戦術情報を伝えているころだろうか。

赤毛が指さした。「こっちだ。確かこの先だ」

五十メートルほど先で木立が途切れている。その先は岩が露出した崖だ。

「〝雨裂《ノッチ》〟ってどういう意味だよ」誰かが訊いた。

赤毛が答えた。「ちっちゃな谷みたいなとこだな。オオカミが来る。クーガーも」

「じゃあなんでクマ《ベア》なんだ」頭髪が乏しくなりかけた胸板が厚い一人が言った。耳から首にかけて大きな傷痕《スカー》がある。

赤毛は知るかというように天を見上げた。「クマも来るんだろ。納得か？」

「ちょっと訊いただけだって」

「不気味なとこだ。骨が散らばってる。くさい。そこに連れていって、ちょいと痛い目に遭わせて、放り出す。谷に落ちて脚を折って、出られなくなったように見せかける」

その前に逃げるまでだ――ショウは思った。グレートベア・ノッチに近づくにつれ、四人組はきょろきょろしはじめた。ショウを連れていくのにちょうどいい場所を探している。ショウは一行が速度を落とすのを待った。そのタイミングで唐突に立ち止まり、一番弱そうな奴――ブロンドの細身の一人――をほかの三人から引き離すつもりだった。ブロンドは反射的にショウを引き戻そうとするだろう。そのタイミングでブロンドに突進し、頭突きを食らわせ、股間を膝で蹴り上げる。それから森の奥へと全力疾走する。四人はしばらく追ってくるだろうが、森の奥で迷ったらと不安に駆られるだろう。それが手っ取り早いと考えておそらく二手に分かれるだろうが、人数が少なければ不安はますます募るはずだ。

鬱蒼とした森、しかも夏だ。ショウが生き延びる確率は九五パーセント。どこかでナイロン手錠を切断しなければならないが、岩や石ころならよりどりみどりだ。そう時間はかからない。

ショウは一人皮肉な笑いを漏らした。たしかに、森で生き延びられる確率は九五パーセントだ。しかしそれには但し書きがつく――〝四人のたくましい男、それもおそらくティモシーと同様にナイフで武装している男たちを振り切って逃げられたら〟。もしかしたらスタンガンを持っているかもしれない。銃だって携帯しているかもしれない。そんな相手から逃げられる確率は――三五パーセントといったところか。

だが、三五パーセントだろうと一〇〇パーセントだろうと、何が変わるわけでもない。ほかに選択肢はないのだから。

リーダーの赤毛が片手を上げ、一行は立ち止まった。そうなると厄介だ。赤毛の合図のしかたを見るかぎり、元軍人らしい。赤毛が右を向いた。格闘のスキルが身についているだろう。十五メートルほど先に崖の縁が見えた。「あれだな。うん、間違いない。ブラッド、一緒に来い」

ショウの見張りとして残ったのは二人だけだ。いいぞ。赤毛とブラッドが木々のあいだを歩き出すと同時に、ショウは身がまえた――ぐいと引き、飛びかかり、相手の鼻をつぶして、走ろう。

ところが赤毛が振り向いた。目を細めてこちらを見たあと、戻ってきた。ショウの背後で腰をかがめ、ナイロン手錠を足首にかけた。ショウは溜め息をつくしかなかった。

手足を縛られた。

これでは走れない。

67

崖を偵察に行ったブラッドと赤毛が戻ってきて、ショウ、ブロンド、スカーと合流した。

「当たりだった」赤毛がほかの二人に言った。「穴みたいになってる。深さは三メートルくらい。腐った肉みたいなすげえ臭いがする」

「くらくらしたよ」ブラッドが言った。

ショウは言った。「ヘリコプターを見ただろう。カリフォルニア州警察とサンフランシスコ市警の刑事だった。殺人の容疑でイーライを捜査している。きみたちは共犯者だ」

「黙ってろ」赤毛が言った。

「協力すれば、私から検事に話をしてやる。取引に応じてくれるだろう」

「俺らは関係ねえ」赤毛が言う。「俺らはみっともねえ制服を着たただの雇われ保安要員だ」

「もう関係ないとは言い張れないだろう」ショウは言った。「私を拉致した。このあと殺人も犯す」

赤毛が答えた。「ヒューって奴をわかってないな。怒らせたらまずい相手を怒らせちまったんだよ、おまえは」

「そうか、じゃあ一つアドバイスをやろう。事故に見せかけろとヒューに言われたんだったな。だったらこのナイロン手錠ははずしておかないとまずいぞ。FBIが私の死体を発見すれば、手錠も見つかる。私が動物に食われようと、手錠は残る」

四人は黙りこんだ。ブラッドとブロンドが赤毛を見る。

「FBI?」ブロンドが訊いた。

赤毛が言う。「うるせえ」

「手錠にはすでにきみたちの指紋とDNAがべったりくっついている。その意味でもはずしておかないとまずいだろうな。参考までに言っておくが、手錠を切る奴は……そいつは死ぬ」ショウはブロンドに視線を据えて言った。ショウの声は、いま吹いている優しい風のように穏やかだった。「両手が自由になった瞬間、そいつの喉をつぶす」

スカーが言った。「ヒューみたいに、空手の技か何か知ってんのかもしれないぞ、こいつ」

「何も知りゃしねえって」

「けど、銃の扱いは手慣れてたぜ」

赤毛が溜め息をつく。「一つ訊いていいか。こいつはいま、銃を持ってるように見えるか？」

ショウはスカーを見、次にブロンドを見た。「誰か一人死ぬことになる。何をしようと、それは止められない」

これは事実とかけ離れている。ここでショウの脳天をかち割り、ナイロン手錠をはずしてから崖の下に捨てればすむ話だ。しかしショウには五〇パーセントの確信があった――この切迫した状況では、四人の誰もそれに気づかないだろう。

しかし赤毛が言った。「石でおまえを殴り殺したあと、手錠をはずして、崖に引きずっていけばいい」そして、わかりきった話だと言いたげに肩をすくめた。

ショウは言った。「毛髪やＤＮＡ、指紋が付着した証拠がさらに増える。一週間もあれば捕まるだろうな」

「ぐだぐだ言ってる暇はないんだよ」赤毛はつぶやいた。

「こいつをそこから落とせ。早く。両脚を折ってやれよ」

ブロンドとブラッドがショウを崖へと引き立てた。

三メートルと進まないうちに、背後から甲高い悲鳴が聞こえた。

ショウの腕をつかんでいた二人がさっと振り返る。

赤毛が顔を歪め、両膝を地面についていた。顔は髪と同じくらい真っ赤だ。左手で右肩を押さえている。まるで財団の敬礼を嘲笑まじりに真似しているようだった。

その赤毛を見下ろして立っていたヴィクトリアが、ふたたび棍棒を振り下ろす。棍棒はななめに頭に当たり、赤毛は前のめりに地面に倒れこんだ。

68

ブラッドとブロンドの手が離れた。ショウはその場に転がった。

スカーがつぶやく。「何だよ、この女」

三人はポケットから折りたたみナイフを取り出して刃

を開いた。

ヴィクトリアに一番近い位置にいたブラッドが飛びかかった。ヴィクトリアは余裕でブラッドをかわし、腰を落として棍棒を軽く振り出した。ブラッドは自分で自分の膝小僧を割ったも同然だった。その悲鳴は、赤毛のそれよりなお甲高かった。

ショウはすぐそばの木ににじり寄って上半身を起こした。ブロンドが無線機を口もとに持ち上げた。「襲撃だ！」信じられないといった調子だった。「ベア・ノッチの近く。応援を頼む」

雑音まじりの返答──「すぐに応援を行かせる」

ブロンドが彼女に近づいた。棍棒で顎を砕かれる寸前でかろうじて飛び退く。それからスカーにうなずき、はさみ撃ちにしようと伝えた。ショウにしてみれば、なぜ最初からそうしないのか不思議だった。

棍棒を振りかざし、二人から目を離さないようにしながら、ヴィクトリアはショウに近づいた。「うつ伏せに」

ショウはうつ伏せになった。

ブロンドがスカーに言った。「まずい、女を止めろ！」

スカーが接近を試みたが、棍棒の一振りであわてて後退した。

ヴィクトリアは肉切りナイフを出してショウの手錠を切断した。それから包丁をショウに渡した。ショウはそれで足にかけられた手錠を切った。彼女はすばやく立ち上がり、棍棒をかまえて重心を落とし、たしかな足取りで二人に近づいた。二人のいずれにも一秒以上は背中を向けないようにしている。

彼女の目は平静そのものだった。

冷たくもあった。氷のようだった。

二人がじりじりと後退する。

ブロンドがスカーに言った。「いま殺《や》れただろうに。女相手にびびったのか？」

「うるせえよ」

ショウは立ち上がり、いつでも斬りつけられるよう包丁をしっかりと握り直した。

四人はにらみ合った。ブロンドとスカーは逃げ腰だった。だが、異端分子二人を取り逃がしたりしたらヒューに何をされるかと、そちらのほうが怖いのだろう。

ヴィクトリアが言った。「交換しない？」

二人は棍棒とナイフを交換した。前回も見たとおり、ヴィクトリアは慣れた手つきでナイフを構えた。五分五分の戦いを前に、顔が上気しているように見えた。

ショウも高揚感を覚えた。この鬱蒼とした森、すがすがしく晴れ渡った空。原始的な舞台背景、原始的な武器の戦い、互角の勝負……。

二人は前進した。〈AU〉は退却し、芝居がかった動きで刃物をやみくもに振り回した。まるでチャンバラごっこをする子供のようだった。

「無事にハイウェイに出られたか」ショウは尋ねた。

「トラックが停まってくれて、私はそこで引き返した。最後に見たとき、フレデリックはもう電話をかけてた」

とすると、もうＦＢＩや州警察がこちらに向かっているはずだ。

ブロンドが足を踏み出した。ショウの棍棒の一振りですばやく後退する。ヒューとイーライはいまごろ証拠を隠滅しているか、持ち出すための荷造りをしているだろう。「ここはさっさと片づけたほうがよさそうだな」

次第に及び腰になっていくスカーにヴィクトリアがじりじりと接近していく。ショウはブロンドに向かって前進するふりをしたあと、すばやく後ずさりした。ブロンドがにやりと笑って言った。「なんだよ、臆病者。逃げるなら逃げろよ」

充分な距離を稼いだところで、ショウは棍棒をアンダースローで投げた――下手投げのほうが、殺傷力はやや低い。棍棒の頭の部分がブロンドの顔のど真ん中に命中し、鼻から血が噴き出した。ブロンドは鼻を押さえ、苦悶の声を漏らした。

残るはスカー一人だ。スカーはヴィクトリアに攻撃を仕掛けるチャンスを狙っている。さっきまで失われかけていた自信を取り戻したようだ。ショウが丸腰になったからだろう。少しずつ彼女に近づいていく。

ヴィクトリアのほうももどかしくなったようだ。「どうぞどうぞ」まるで客に対応するウェイトレスのような口調だった。それからナイフの刃のほうを持ち、スカーから二メートルほど離れた地面を狙って投げた。ナイフは柔らかな土に柄を上にして突き刺さった。

スカーは用心深い目でナイフを見た。ナイフの扱いに熟練しているようなのに、なぜ二メートルもはずしたのかと考えているのだろう。

ヴィクトリアはショウに向けて説明するように言った。

「もしかしたら必要になるかもしれないものね」

そしてスカーのほうに近づいた。相手の攻撃に備えた姿勢ではなかった。背筋をまっすぐに伸ばし、両手を体の脇に下ろしている。散歩に出かけるようなリラックスした歩き方だった。彼女が二メートルほどのところに近づくと、スカーが飛びかかった。ヴィクトリアは一歩左によけ、ナイフを握っているほうのスカーの手を両手でつかんだ。それから、手を振り払われないよう前に踏み出しておいて、ゆっくりとした動きでスカーの手首をひねった。最小限の力で相手の全身をコントロール下に置き、膝をつかせるか、うつ伏せにさせるテクニックだ。あるいは、手首を粉砕することもできる。

ヴィクトリアは後者を選んだ。

ぱん、と骨の折れる音が、六メートル離れた位置にいたショウにも聞こえた。

「う……」スカーの顔から瞬時に血の気が引き、そのまま失神した。

ヴィクトリアは地面からナイフを抜いた。「今日は人を刺したくないなって思うときがたまにあるのよ。そういう経験、あなたもあるでしょ、コルター」

機転が利き、美人で、しかもユーモアのセンスを備えている。

ショウは言った。「急ごう。イーライとヒューは事務棟だ。このままでは証拠を隠滅されてしまう」

〈AU〉二人の両手を背中に回してナイロン手錠をかけ、赤毛のポケットからナイフを抜き取った。ショウはそのナイフを靴下に忍ばせた。それ以外のナイフは森の奥へ投げ捨てた。ショウは自分の血まみれの棍棒を回収した。ヴィクトリアはブロンドのベルトから無線機をむしり取った。

細い小道を北へ、正面ゲートのある方角へと走り出したところで、ショウは小さくうなずいて感謝を伝えた。

「大した相手じゃなかったわ」ヴィクトリアは言った。

ショウは〈AU〉四人とその向こうのベア・ノッチを振り返った。

両脚を折ってやれよ……

「車かトラックが停まってくれたら即座に戻るつもりだった。あなたは〝旅立つ〟にはまだ若すぎるもの」ヴィクトリアは微笑んだ。

無線機からは報告を要求する声がひっきりなしに聞こ

えていた。ヒューの声だ。返答がないため、いらだちを募らせているのがわかる。少なくともヒューは――おそらくイーライも――まだキャンプ内にいるということだ。

ショウは棍棒を持ち上げてヒューとイーライがいる北の方角を指した。するとヴィクトリアがショウの腕に触れてささやいた。「敵が接近中」二人はハックルベリーの茂みの奥に身を隠した。〈AU〉が六人、散開してこちらに向かってくる。ブロンドが要請した応援だろう。

「銃」ヴィクトリアが前方に顎をしゃくって言った。

うち二人が拳銃を持っていた。

ショウとヴィクトリアは急いでさっきの四人のところに取って返した。ショウは赤毛の耳もとにかがみこんで言った。「おまえは〈プロセス〉を信じていないよな。一度死ねばそれで終わりだと思っている」ショウはヴィクトリアを一瞥した。彼女は地面に膝をついて赤毛の喉にナイフを押し当てた。

赤毛が声を絞り出した。「俺はただの用心棒だ」

ヴィクトリアが言った。「名前を教えて。嘘をついたら殺す」

「よせ。それじゃ殺人だろ」

「違うわ。あらかじめの正当防衛と言って」刃がいっそう強く押し当てられた。ヴィクトリアの目は黒みを帯びていた。

赤毛が苦しげに言った。「わかった。わかったよ。アンディだ」

「ジャーニーマンとか、等級はつけるの？」

「いや、そういう薄っぺらい肩書きはない。ただのアンディで通る」

ショウは無線機の〈送信〉ボタンを押した。「こちらアンディ。カーターは逃走中。住居棟に向かうのを確認。侵入したようです。応援を頼む！」

応答があった。「逃げられただと？　四人もいて何をやっているんだ」

まもなく、全員住居棟へ向かえとの指示が無線機から流れた。

こちらに向かっていた〈AU〉六名にもその指示が届いたらしい。進路を南に変えて小道を走り去った。

ヴィクトリアとショウは正反対の方角、キャンプの正面ゲート方面に向かった。数分後、事務棟と支援ユニット棟の裏の木立で身をかがめた。ショウは指を差した。

事務棟におそらく銃がある。

ヴィクトリアがうなずいた。

二人はキャンプ内に視線を走らせた。少し前に天地がひっくり返るようなできごとがあった場にふさわしい光景だった。何人かずつ集まって立っているコンパニオン。広場やベンチで一人、うなだれている者もいた。女性の一人は人目をはばからずに大泣きしている。インナーサークルのメンバー二人は何か言い争っていた。

事務棟の脇にSUVが駐まっていた。パソコンやファイルが詰めこまれているのが見えた。スクワットとグレーが急ぎ足でSUVに近づき、文書箱をいくつも押しこんだ。それからまた住居棟の方角に去った。

「棍棒もあったほうがいいか」ショウは尋ねた。

「あるとありがたいかも」

ショウは自分の宿舎に行き、裏手の枯れ葉の山に隠してあったもう一本の棍棒を取ってきてヴィクトリアに渡した。ヴィクトリアはナイフをナプキンでくるんで背中側のウェストバンドにはさんだ。

ヴィクトリアが言った。「きっと銃の保管庫があるわよね。表側で陽動する？」

ショウは首を振った。「〈AU〉が多すぎる」

「わかった。じゃあ短時間でなかに入りましょ——裏口から」

裏口は開いていた。ショウはなかをのぞいた。物置のような部屋だった。オフィス用品や何も書かれていない段ボール箱があるだけで、無人だ。それに、あった、片側の壁に、鍵つきの銃の保管棚があった。

二人は目を合わせてうなずき、棍棒を握り直してすばやくなかに入った。ヴィクトリアが自分を指さし、次に支援ユニット棟の前方を指さした。自分はそちらを見張るという意味だ。ショウは保管庫の前に立った。

くそ。厳重に鍵がかかっている。

ショウは保管庫を指さして首を振った。ヴィクトリアは顔をしかめた。ショウはヴィクトリアに合流し、二人はドアの隙間から表側の事務室に続く廊下を確かめた。廊下の左右にドアが二つずつ。そのうちの一つは、ショウが前夜連れこまれて尋問を受けた部屋だ。二人は廊下に出て、手前から順にドアノブを試していった。いずれも鍵がかかっていた。表の事務室の手前でヴィクトリアが片手を上げ、二人は立ち止まった。

ドアは少し開いている。奥で人の気配がしていた。

やはりそうだ。イーライとヒューがいる。遅かったか。二人がここにいるということは、文書を廃棄したりまとめたり、パソコンのデータを消去したりといった作業はおそらく完了したのだろう。

二人はドアに背を向けていた。ショウとヴィクトリアからは見えない位置にいる第三者と話をしている。なごやかな雰囲気だ。笑い声まで聞こえた。

二人の侵入にまったく気づいていない。

ショウはヒューを指さし、人さし指と親指で銃の形を作った。銃を持っているとすればヒューだという意味だ。

ヴィクトリアは了解してうなずいた。ショウがヒューを倒す。ヴィクトリアはイーライともう一人を制圧する。

イーライも銃を持っている可能性はゼロではないが、おそらく丸腰だろう。それに持っていたとしても銃の扱いに慣れているとは考えにくく、三人のなかでは一番制圧しやすいはずだ。

ショウは三本指を立て、一本ずつ折ってカウントした。

最後の一本を折り曲げて拳を作ると同時にドアを押し開けた。二人は棍棒を構えてすばやくなかに入った。

が、入った瞬間、動きを止めた。

二人の気配に気づいたイーライとヒューがぎくりとして振り返った。

入口で立ち止まったショウとヴィクトリアは、イーライとヒューの手首を見つめた。二人とも手錠をかけられていた。

二人が話していた第三の人物は驚いたように目をしばたたき、ショウとヴィクトリアの顔とそれぞれの棍棒を順に見たあと、また二人の顔をまじまじと見た。

スノーコルミーギャップの保安官だった。イーライから多額の賄賂を受け取っている人物。そう気づくと同時にショウは理解した。保安官はたったいまイーライとヒューを逮捕した。その目的は、本当の警察が来る前に二人を逃がすためだ。

69

ストレッチャーが二台、砂利敷きの小道を進んでいく。

押しているのはスノーコルミーギャップ消防局の救急隊員だ。

複雑な構造をしたストレッチャーの一方は、猛烈なスピードで通り過ぎた。押している救急隊員は全力疾走だ。もう一台は急ぐ様子がない。

一台目に乗っているのはアーニャだ。意識はなく、顔にはまったく血の気がない。首には閉塞包帯――空気を遮断する包帯――がまかれている。ショウは一度、その目的にサランラップを使ったことがある。空気塞栓症を防ぐための処置だ。点滴のチューブがぶらぶら揺れていた。点滴されているのは全血ではなく、生理食塩水のような蘇生輸液だ。アーニャが死なずにすんだのは、ストレッチャーに付き添って早足で歩いている人物のおかげだった。スティーヴの両手も服も血だらけだ。

もう一台にはアーニャに瀕死の重傷を負わせたあと〝旅立った〟人物、ティモシーの死体が乗っていた。

ショウとヴィクトリアは支援ユニット棟の前に並んで立っていた。回収した荷物は足もとにあるが、携帯電話や車のキーはまだ取り返せていない。保管庫の鍵が見つからないからと伝えられているが、イーライとヒューがキャンプを脱出し、安全な場所に逃げたころ、鍵はどこからともなく〝見つかる〟に違いない。

近くにもう一組、男女が立っている。トーマスとキャロルだ。忠誠派にショウが襲撃されたときグロックを拾ったトーマスは、その後もショウに引き渡すのを拒んだ。その後、何があったのか。トーマスはおそらく小型のグロックを握って事務棟に押し入り、固定電話かスタッフの携帯電話を使わせろと迫ったのだろう。そして九一一に通報した。

緊急指令室のオペレーターは、規則に従ってトーマスの緊急通報をスノーコルミーギャップ保安官事務所に転送した。そして、ジョンが殺された現場に来たのと同じ保安官一行がキャンプに駆けつけてきた。胸の名札によればカルフーンという名の保安官は、イーライとヒューを〝逮捕〟し、真っ当な警察機関が到着する前に二人をキャンプから逃がせば、分厚い札束をもらえると知っていた。

保安官補の一人が、ヒューとイーライをカルフーン保安官が乗ってきたSUVに案内し、手を貸して後部座席に座らせた。あらゆる警察機関で採用されている規則に違反して、二人は体の前で手錠をかけられていた。ヴィクトリアとヒューは好色な視線をヴィクトリアに向けた。ヴィクトリアは氷の視線で受け流した。

やはり手錠をかけられた〈AU〉が別の保安官補に伴われて駐車場に向かった。二人はシカ狩り解禁日に森に出かけようとしている仲間のように、にこやかに話をしていた。この一人にせよほかの〈AU〉にせよ、逮捕は見せかけにすぎない。スノーコルミーギャップ保安官事務所に向かう車のなかで、とまではいかなくとも、事務所に到着したら即座に釈放されるだろう。

「見て」ヴィクトリアが事務棟とイーライの住居棟とを結ぶ歩道に顎をしゃくった。

保安官補が二人、スーツケースと非常持ち出し袋を運んでこようとしていた。

「ベルボーイか」ショウはつぶやいた。

「おそろしく気前のいいチップをもらえるベルボーイ」

保安官補二人組は保安官のSUVの荷台に荷物を積みこみ、いま来たほうへと戻っていった。次の荷物を取りにいくのだろうとショウは内心で苦笑した。旅の途中、〝私たちを導く輝かしき者〟に不自由な思いをさせるわけにはいかない。

ショウは小さな声でヴィクトリアに言った。「きみと私の事情聴取をしないわけにはいかないだろう。できるだけ長話をして時間を稼ごう。保安官ご一行は、フレデリックがFBIと州警察を呼んだことを知らないわけだから」

「私の供述は『白鯨』を朗読するのと同じくらい時間がかかる予定よ。ちなみに、私は最後まで読めたことが一度もない本。あなたは読み終わった？」

「そもそも読み始めたことが一度もない」

保安官が部下の何人かに小声で指示を出し、部下たちはうなずいた。保安官が自分のSUVに戻ろうとするのを待って、ショウは呼び止めた。「カルフーン保安官」

「はい？」

「財団構内で起きた複数の犯罪を目撃しました。事情聴取なら――」

「〝財団構内〟か。弁護士みたいなしゃべり方だな。弁護士なのか？」

「いいえ」

「なかなかいい記念品を手に入れたじゃないか」棍棒に

顎をしゃくる。「街中の雑貨屋で売るといい。小遣い程度にはなるだろう」

ヴィクトリアが言った。「証言がしたいんですが」

保安官はショウの血まみれのユニフォームを眺め回した。「あんた、怪我はしていないだろうね」

「さっきストレッチャーで運ばれた女性の手当をしただけです。イーライが殺害を命じた女性です」

イーライだ。あんたの友達の。いや、友達というより金づるか。

保安官は何の反応も見せず、ポケットから車のキーを取り出しながらのんびりとSUVに近づいた。そして車載の無線機で部下を呼び出した。「トニー。ミスター・エリスの荷物はこれで全部か」

「いま最後のやつをそっちに持っていくところです、保安官」

「了解。急げ、そろそろ行くぞ」保安官は運転席側に回った。

「保安官」ショウは大きな声で呼び止めた。

保安官は眉を吊り上げた。退屈そうな顔だった。

「私たちの証言を取らなくていいんですか。こちらは事情聴取に応じる用意があります」

「ずいぶんと協力的な市民だね。検事から連絡してもらうよ」

「私たちの名前も控えていないのに？」

「調べりゃわかるさ」カルフーンは車に乗りこんでエンジンをかけた。

ショウはしゃがんで自分のバックパックを開けた。底のほうに手を入れる。まもなくノートにメモを書きつけてそのページを破り取り、運転席側に近づいてカルフーン保安官に渡した。

「名前と連絡先です。これで検事が調べる手間が省けます」

「ああ、悪いな。きみたちのような心ある市民がもっと増えるとありがたい」

ショウはヴィクトリアのそばに戻った。さっきと同じ保安官補二人がイーライの荷物の最後の一つをトヨタ・フォーランナーの荷台に積みこんだ。一人が荷台のドアを閉め、車の脇腹を軽く叩いた。

カルフーン保安官は車を出し、スピードを上げて〈YESTERDAY, TODAY, TOMORROW〉のゲートを抜け、灰色の土煙を上げながら砂利敷きの駐車場に出た。ファイルやパソコンやハードドライブを満載して事務棟横に駐まっていたもう一台のSUVがそれに続いた。

　ヴィクトリアがショウの肩を叩いて指さした。保安官のSUVがあった位置に、小さな白いものが落ちていた。ほんの二分前、ショウが名前と連絡先を書いて渡した紙片が丸められて捨てられていた。

70

　ようやくFBIが到着した。

　フレデリックがトム・ペッパーにかけた電話のおかげだ。

　FBIタコマ支局のロバート・スレイ捜査官は計二十数人の戦術部隊、鑑識員、人質交渉人を引き連れてやってきた。

「きみがショウかな？」スレイ捜査官はそう確かめて手を差し出し、二人は握手を交わした。たくましい体つきに端整な顔立ち、背中に〈FBI〉の文字が入った紺色のウィンドブレーカー。髪は漆黒だった。

「こちらはヴィクトリア……」ショウは彼女に向かって眉を吊り上げた。

　ヴィクトリアが言った。「レストン」彼女はショウをちらりと見た。どうやら今後は互いにラストネームで呼び合うことになりそうだ。

　スレイは腰に手を当ててキャンプを見回し、何人かずつ集まって立っている財団のユニフォーム姿の人々をながめた。とくに何も言わなかったが、〈AU〉や灰色のチュニックを着た〈セレクト〉を興味深げに観察した。ショウも視線を巡らせた。大半の者がすでに私服に着替えていた。

　電話がかかってきて、スレイはしばし相手の報告に耳をかたむけた。顔に憂慮の表情が浮かぶ。「了解。何かわかったらまた連絡してくれ」通話を切り、ショウとヴィクトリアに向き直った。「二人を追跡したほうがいいという進言をありがとう、ミスター・ショウ。何人かに調べさせているが」――携帯電話にうなずく。「まだ何もわからない」

ショウは自分の携帯電話を取り戻してまず第一にトム・ペッパーに連絡した。ペッパーはスレイの番号をショウに教えた。ショウはキャンプに急行する車中のスレイと話をした。そのとき、カルフーン保安官はほぼ間違いなくイーライとヒューを釈放するだろうと伝え、二人の逃走先についていくつか候補を挙げた。しかし、たったいまスレイから聞かされたとおり、これまでのところ二人の発見にはつながっていない。

ショウは尋ねた。「カルフーンはどうやって――? わざと逃走を許したとか?」

「ただ釈放しただけだ。逮捕に相当する理由がないと言って。証拠も引き渡した」

ヴィクトリアが鼻を鳴らした。

ショウはキャンプの東側に広がる森――グレートベア・ノッチのあたりを指さした。「あのあたりに四人、手足を拘束して転がしてきました。病院で手当てしてやったほうがよさそうだ」

ヴィクトリア――「そうだった。すっかり忘れてた」

「黙秘を貫くかもしれないが、その四人はカルトのメンバーではありません。ただの雇われ用心棒です。それなりの取引を提示すれば、財団に不利な証言をするだろうと思いますよ」

「容疑は」

「傷害。殺人未遂」

「被害者は?」

「私が被害者であり証人です」

スレイはそれを聞いて眉を寄せた。「きみ一人で四人をやっつけたのか」

ショウは言った。「ええ、助っ人はいましたが」

「ここはいったい何なんだ? デヴィッド・エリスは暴力犯罪者データベースにも、うちのそのほかのデータベースにも登録されていなかった。オシリス財団もだ」

ショウは簡単に説明した。

「永遠の命か」スレイは思案げに繰り返した。それからまたキャンプを見回した。ほとんどのコンパニオンは呆然とした様子で突っ立ち、永遠に生きる夢が死んでしまった現実、そして自分はだまされて大金を巻き上げられたという事実をどうにか受け入れようとしていた。「どうせ嘘をつくなら巨大な嘘をついてやれ、といったところか」

スレイはICレコーダーとペンと手帳を取り出し、〝用意はいいか？〟と眉を吊り上げた。

ショウとヴィクトリアはうなずいた。

二人は詳細な供述を始めた。それぞれ自分が経験したことを事細かに話す。十九世紀の長編小説ほどの長い物語ではなかったが、イーライをはじめとする幹部の捜査を開始するに足る情報はそろっていた。性的搾取目的の人身売買、未成年者に対する性的虐待、インサイダー取引、マネーロンダリングの疑い、暴行および傷害、殺人、誘拐。

「卒業した会員を含めると、被害者は何人くらいになるだろうね」スレイが訊いた。

「創設から四年たっています」ショウは答えた。「相当数に上るのでないかな。イーライは大量の資料を持ち出しましたが、事務棟を捜索すれば会員名簿が出てくるかもしれませんね。あとはイーライの住居とか」

「捜索してみよう。起訴に相当する犯罪を目撃した人が会員のなかにもいるだろう」

ショウはキャンプ外にいる〈セレクト〉の話もした。

それを聞いてスレイは動きを止めた。「自爆テロ犯みたいな連中だな。彼らの居所も突き止めるよ。こういうことをきっかけに」スレイはキャンプ全体に向けて曖昧に手を振った。財団の崩壊を指しているのだろう。「証人を消すよう洗脳されているかもしれないから」

「あと、これも」ショウは、ヴィクトリアとともに14号棟に侵入して殺鼠剤と砂糖を入れ替えたとき、ひそかに設置しておいたビデオカメラの映像も引き渡した。スタディ・ルームの奥の事務室から失敬してきたカメラだ。映像には〈AU〉がワインに毒物を混入している現場がとらえられている。

映っているうちの一人はヒューで、仲間に向かって大きな声で言っているのが確認できる。〝おい、マスクをしておけ。万が一口に入ったら死ぬぞ〟

〝毒だものな。口に入っても死なないなら、それはそれで困る〟

〝それにしても、砂糖にしか見えないな〟

〝味見してみたらどうだ。どのくらい甘いか教えてくれよ〟

スレイは鑑識員を呼んだ。鑑識員はカメラを証拠品袋に収め、ショウの名前を聞いて証拠保全カードに記入した。

スレイはＩＣレコーダーをしまった。「ところで、きみたち二人はどうしてここに？　カルトにはまりそうなタイプには見えないが」

ショウは言った。「ちょっと……」

ヴィクトリアがあとを引き取った。「個人的な事情で」

「何やら因縁がありそうだな」自分は聞かないほうがよさそうだという口調でスレイは言った。

そこにスティーヴが来た。手についた血は洗い落としたようだが、シャツは捨てるしかなさそうだ。血の赤と布地の青が混じって紫になっていた。

「アーニャの容態は」ショウは尋ねた。

「まだ何とも言えないそうです」

ショウはスティーヴをスレイ捜査官に紹介した。目を真っ赤に泣き腫らしたスティーヴは、財団での自分の役割を説明した。ショウはスティーヴのノート――イーライに関するすべてが集約されているノートのことをスレイに話した。

「住居棟の裏に隠してあります。役に立ちそうなら取ってきます」

サンフランシスコ市警のエトワール刑事がヤン殺害事件の捜査を再開したことは、すでにスレイに話してあった。ヤンが財団の不法行為について調べていた経緯を考えると、殺害の指示を出したのはイーライと考えて間違いないことも伝えてある。

スレイがスティーヴに尋ねた。「そのノートのことだがね。イーライとエドワーズが面会した際の記録もあるのかな」

「あります。連絡役を頼まれましたから」

ショウは訊いた。「それはいつ？」

「二カ月くらい前です」

ショウはスレイに言った。「エドワーズがヤンを殺害した時期にちょうど一致しますね」

スティーヴは溜め息をついた。「マスター・イーライ、か」そうつぶやいてキャンプを見渡した。いまの気持ちを表す言葉は見つからないらしい。「あの人のためなら何でもしてきました。頼まれれば何でも。いつでも。今日までずっと」アーニャの血で黒く汚れたままの爪を見やり、唇の端を舐める。「ノートを取りに行ってきますね、スレイ捜査官」そう言って住居棟のほうに消えた。

入れ違いに、スカートに厚手のセーターを着たずんぐり体形の女性がショウのところに来た。五十代くらいで、灰色の髪をポニーテールにしていた。多くのコンパニオンと同じくユニフォームから着替えていたが、アミュレットはまだ着けていた。色は赤だ。

「スー・バスコムです」

〝アプレンティス・スー〟ではなかった。呪縛は解けたのだ。

ショウとヴィクトリアも自己紹介した。

「あの、大丈夫ですか」バスコムは眉をひそめた。ショウの服についた血を気にしている。

「ええ、怪我はありません」

「あなたにぜひお礼を言いたくて。ここに来て何日かたったころから疑問に思い始めていたんですけど、違和感のもとが何なのかよくわからずにいたんです。お二人は警察の方？」

違うと二人は答えた。

「あなたが声を上げてくれていなかったら、彼の悪事は暴かれないままになっていたでしょうね。ステージにいた人たちはみんな死んでいたでしょう」バスコムは首を振った。「自分では詐欺になんか引っかからないつもりでいたの。でも、ピーターを亡くして、ちょっとおかしくなっていたみたい」そう言ってキャンプを見回す。「ちょっと試してみても損はないだろうと思ってしまいました。何かいいことがあるかもしれないって。馬鹿でした。友達や家族の力を借りて、自力で悲しみを乗り越えるべきだった。大事な人を失った傷を簡単に治す方法なんてあるわけがないんだから。ともかく、一言お礼を言いたくて」

ショウはうなずいた。人から感謝されると、どうしていいかわからない。

「それで一つお願いしたいことが」バスコムは続けた。「今回のことを本に書こうかと思って。財団のこと、マスター・イーライ……じゃない、デヴィッド・エリスね。詐欺師のエリス。もし本当に書くことになったら、取材させていただけないかしら」

「名前を伏せていただけるなら」

バスコムは住居棟にじっと目を注いだ。「孤独な人、悲しみの底にいる人を食い物にするなんて……イーライのような人間がいることを世の中に知らせたいんです」

「かまいませんよ」

「ありがとう。同じような被害に遭う人を増やしたくありませんから」

バスコムは歩き去った。途中でアミュレットをはずし、支援ユニット棟近くのくず入れに投げこんだ。それから立ち止まり、ノートを開いて何か書きつけた。財団支給のノートはいま、前世の記憶などという馬鹿げたものではなく、カルトでの経験を書き留める新たな役割を担っているようだ。

バスコムを視線で追っているうち、事務棟の前のベンチに座っている別の女性にふと目が吸い寄せられた。

ショウの入会手続を担当したジャーニーマン・アデルだった。肩を落とし、左右の掌をベンチに平らに置いている。アイライナーが涙で流れていた。ショウが全コンパニオンに向けて話した事実と向き合っているのだろう。ショウの話は嘘だと思いたいだろうが、それが真実だと――〈プロセス〉はいんちきだと気づき始めているはずだ。赤ん坊は死んだ。来世で再会することはない。あんな姿を見ているとこちらまでつらくなる。

ショウはヴィクトリアに向き直り、いま着ている財団のユニフォームを手で指して言った。「私も着替えてこよう」

71

私服に着替えたあと――ブルージーンズに、ショウは灰色のシャツ、ヴィクトリアは黒いシャツ――イーライの講話を聴いた日に会った崖の上のベンチで落ち合った。
ヴィクトリアはシャツの上に財団から支給された青いベストを重ね着していた。ショウのジャケットはスポーツバッグに入れたままだ。森のにおいを運ぶひんやりとした風に吹かれるのも悪くない。ショウはエコーのスニーカーを履いていた。ジョンを救うため、底の薄っぺらな財団の靴で全速力で走ったときの痛みがまだ足の裏に残っていて、ここに来たときのブーツを履く気になれなかった。しかしヴィクトリアはブーツを履いていた。しゃれたデザインの茶色い足首丈のブーツで、木のスタックヒールの高さは五センチくらいある。

どちらも無言だった。ここから眺める景色はすばらしいが、いろいろなことがあったあとでは、その美しさを楽しむ心のゆとりはなかった。二人とも支援ユニット棟から携帯電話を回収していた。ショウは近隣の病院に電話をかけた。救急治療室の医師につないでもらい、アーニャの容態を尋ねた。

「安定しています。命の心配はなさそうです。ご家族の方ですか」

「知人です」

「ご家族に連絡したいんですが、連絡先がわかるような所持品が一つもなくて」

「それに関してはお役に立てそうにありません」ショウはそう言ってからふと思いつき、スティーヴの名前を医師に教え、あとでスティーヴから連絡してもらうと伝えた。「彼は同僚みたいな存在です」

ショウはアーニャの容態をヴィクトリアにも伝えた。それから続けた。「法律上、アーニャはイーライの詐欺行為にどこまで荷担したことになるのかわからないな。財団が何をしていたか、おおよそのところは知っていたのに、告発しなかった。その事実は不利に働くだろうね」ショウはゆっくりと首を振った。「住居棟から出ないように言っておけばよかったよ。パソコンに侵入する手伝いをしてもらったんだ。イーライがアーニャに怒りをぶつけるのはわかりきっていたのに」

「でもステージに出てきていなかったら、その時点で怪しまれていたかもしれない。何かあるなとイーライに気づかれていたかも」

たしかにそうだが、それでもショウは言った。「だが、アーニャがこんな目に遭うなんて、やはり理不尽だ」

ヴィクトリアは何も言わなかった。彼女の意見は別なのだとわかった。ヴィクトリアは、自分の身に起きてもらいたくない事態の大半を自力で防げる女性だ。

やがてヴィクトリアは訊いた。「それより、アーニャはどう思ったのかしらね……自分は死ぬんだと覚悟したとき、〈明日〉に旅立つつもりでいたのか」

「そうかもしれない」その可能性は否定できない。一方で、ショウはこうも考えた。生まれ変われると思っていたとしても、その安堵は、心から愛していた男が自分を殺せと命じたのだという事実を悟った瞬間、その重みに押しつぶされただろう。

「あ、見て」ヴィクトリアがショウの腕に触れた。彼女の目は空を見上げていた。

イヌワシが空高く舞い上がろうとしていた。きっと少し前にショウが目撃したのと同じ個体だろう。イヌワシは縄張り意識の強い動物だ。縄張りはおよそ二百平方キロメートルもあり、そこに入りこんだ羽毛のある生物にはかならず災いが降りかかる。イヌワシは地球上の鳥類で二番目に速い。獲物を見つけて急降下する際の速度は時速三百キロを超える。イヌワシより速く飛べるのはハヤブサだけだ。

しかしこの個体は、透き通った青空をのんびりと横切っていこうとしていた。

イヌワシを目で追ったあと、ヴィクトリアは言った。「復讐ではないの」

「え?」

ベンチの上で少しだけ遠くに離れ、体ごとショウのほうに向きを変えてから、ヴィクトリアは言った。「復讐のために、ずいぶんと大きなリスクを引き受けようとしているとあなたは言ったわよね。イーライを殺すために財団に侵入するなんて危険が大きすぎるって。でも、目的は復讐ではないの。それよりも社会福祉なのよ」

ショウは話の先を待った。

「軍にいたころ、海外に駐在してた。駐留軍で尊敬できる人と出会った。あなたは軍の経験は?」

「ない」

「だったら、知らないかもしれない。敵は二種類いるのよ。一種類は、いわゆる〝敵〟ね。もう一種類は同僚兵士——上官も含めた自軍の兵士よ。男に言ったってわからないと決めつける女性も世の中にはいるだろうけど、そういうつもりは私にはないわ。相手が何かを理解してくれないとして、理解できないのは男性だからかもしれないし、ほかに理由があるのかもしれないわよね。だからわかってくれとは言わない。でも、私たちは二種類の敵と戦わなくてはならない。女性はみんなそう。グレタは私を守ってくれる存在で、友達でもあった。私たちはタリバンと戦うと同時に、ジョージ・ワッツ二等軍曹やウェイン・デヴォン一等兵曹、ブラッドリー・J・ギボンズ中尉とも戦っていた。このギボンズって人は、紹介のときミドルイニシャルの〝J〟を忘れられると子供みたいに癇癪《かんしゃく》を起こした。

　毎日というわけではないし、全面戦争というほどでもなかった。レイプ未遂までもいかなかった。ちょっとしたセクハラの積み重ね。必要もないのに体を寄せてきたり、叱責されたり、嫌がらせをされたり。一人前の〝根性《ボールズ》〟があると納得するまでやめないのよ。おかしいわよね、みんなそう言うのよ。タマ《ボールズ》って。女でも男でも。誰もこうは言わない――一人前の〝卵巣〟がある」

　ヴィクトリアは唇の端をかすかに持ち上げた。ショウも小さな笑みを浮かべた。

「グレタはそれに対抗することを……違うわ、対抗するにはどうしたらいいかを教えてくれた人なの。どんな場合に〝イエス・サー〟〝イエス・マアム〟と言うべきか。ノーと言うべき場合、理由を尋ねるべき場合。おかしいと指摘すべき場合。おかしいと思っても、それが全員の仕事のうちだから我慢すべき場合。ちょっと抽象的よね」

「いや、言いたいことはわかる」

　ヴィクトリアはショウの表情を探るような目をした。

「そんなとき、ＩＥＤに遭遇した。ＩＥＤというのは――」

　ショウはうなずき、ＩＥＤが何であるか知っていることを伝えた。ＩＥＤとは〝即席爆発装置《インプロヴァイズド・エクスプローシヴ・デイヴァイス》〟の略語で、路上などに仕掛けられている自家製爆弾を指す。懸賞金ビジネスで、行方不明になったＩＥＤを探す仕事をした経験もショウにはあった。

「第一次世界大戦の大砲と、第二次世界大戦中にドイツに重量二百五十キロの爆弾を投下したＢ－17との違いは何？　たぶん大した違いはないわ。でも、ＩＥＤは別よ。大砲と違って、地平線から大きな爆発音が聞こえて、物体が飛んでくるのが見えたりしない。空襲警報も鳴らない。ただのアスファルトの路面があるだけ。くず入れ、電話カードの自動販売機、遊んでいる子供、ヤギの群れ。それだけよ。ＩＥＤがどこに仕掛けられているか、誰にもわからない。車輪が一つなくなったベビーカー。グレタのチームがやられたのはそれ。三人が死んだ。グレタは助かった。神にパンチを食らったみたいだったって言ってた。何もかもが変わってしまった。全世界が変わってしまった。こんな話、退屈よね」

「いや」

「グレタは帰国した。復員軍人病院、民間病院、カウンセリング。可能なかぎりの治療を受けた。グレタが試したなかの一つがオシリス財団だった。私は除隊後にグレタの近くに引っ越した。

いまから二カ月くらい前、グレタと食事をしたの。すごく明るい顔をしてた。もう何も心配はないんだって言った。何もかも許されるんだって。自分はしくじったとか、注意を怠ったとか、本人はどう思っていたにせよ、全部許されるって。もしかしたら、よそ見をしていてベビーカーを見逃したのかもしれない。メールを見てたのかもしれない。何が起きたのかは誰にもわからない。でもね、許されるかどうかの問題じゃないのよ。ハンドブックがあるわけじゃない。どうやって殺すか、どうやって殺されずにすませるか、どうやって情報を集めるか、どうやって車に燃料を入れるか、どのくらい煮沸すれば飲料水になるか。それは書いてある。でも、その後の人生をどうやって生きるかなんて、どこにも書いてない。

別れ際に、グレタは私を抱き締めて言ったの。〝さようなら、〈明日〉また会えるまで〟。そしてあの敬礼をした」

ヴィクトリアはゆっくりとショウから目をそらし、空を見上げた。さっきのイヌワシを探しているのだろうか。

「グレタは家に帰ってすぐ拳銃自殺した。その直前まで、あんなに楽しそうだったのに。あんなに落ち着いていたのに。なのに、一時間後には死んでしまった。何があったのか、知らずにはいられなかった」

ヴィクトリアは続けた。「弟さんが来てグレタのアパートを片づけるとき、私も手伝ったの。そこで財団のノートを見つけた。〈マイナス〉、〈プラス〉。悔やんでいるできごと。来世では幸せになれるはずだって書いてあった。だから〝旅立つ〟んだって。あのとき死んでしまった部下と再会できるし、お母さんや甥っ子ともまた会えるって書いてあったの。私ともまた会えるって」

ヴィクトリアはそこで口をつぐんだ。風が吹きつけて木々の葉や枝を揺らした。ヴィクトリアはベストの前をしっかりと合わせた。

「女性の年間自殺率は、民間人では十万人につき五人くらい。現役軍人や退役軍人では、二十九人よ。あなたがオマハ在住の母親だったとして、子供のサッカーの練習後にホールフーズに買い出しに寄ったら、入口前の新聞の売店が爆発して、四人が巻きこまれて死んだ。ボルチモアのビジネスウーマンだったとして、レストランで友達とカニを食べながらおしゃべりしていたら、銃声一つ聞こえなかったのに、友達が狙撃されて死んだ。

そんな経験をしたら、あなたの人生は永久に変わってしまうわよね。二度と元には戻れない。でも、軍服を着ているというだけで、私たちは特別で、何があっても何も感じないと思われる。私たちは特別じゃないわ。同じようにショックを受けるのよ。他人に言われて一番傷つく言葉は、〝もう忘れなよ〟〝来世では幸せに暮らせるよ〟。イーライみたいな人をのさばらせておけない」

一瞬の沈黙があって、ヴィクトリアは暗鬱な空気を払いのけるように微笑み、こう言った。「一つお願いしてもいい？」

「何かな」

ヴィクトリアは携帯電話を差し出した。「私の写真を撮って」

彼女は野原に出て、こちらを向いた。ショウは携帯電話を構え、何枚か写真を撮った。光の具合がちょうどよく、背景は壮大な山並みだ。きっとヴィクトリア本人も気に入るだろう。

ヴィクトリアは向こうを向いて空を見上げた。「さっきのイヌワシはどこ？　せっかくだから写真に入ってもらいたいのに」

ショウは空を見回した。「いないな」

「彼のエージェントに電話して」ヴィクトリアは冗談を言って笑った。「撮影の仕事が入ったって伝えて」

もう一度カメラレンズをヴィクトリアに向けようとしたとき、ショウの背後で茂みが揺れる音がした。振り向くと、林の奥から人影が猛然と走ってくるのが見えた。まもなく財団のユニフォーム姿の太った男性が野原に飛び出してきた。真っ赤な顔に汗が流れている。肩で息をしていた。ここに上ってくる斜面はかなり傾斜がきつい。

ジャーニーマン・サミュエルだった。ショウを見、次に彼よりも近くにいるヴィクトリアを見た。それから彼女めがけて走り出した。

「ヴィクトリア！」ショウは叫んだ。「右！　気をつけろ！」

ヴィクトリアが振り返った。

遅かった。防御の構えを取る暇さえなかった。丸々と太ったサミュエルの体重とスピードがヴィクトリアを突き飛ばす。仰向けに投げ出されたヴィクトリアは、とっさに身動きも息もできずにいる。

ショウは携帯を放り出して走った。「よせ、サミュエル！　よせ！」

サミュエルはベストをつかんでヴィクトリアを崖の縁まで引きずっていき、一瞬の迷いもなく投げ落とした。空《くう》を切り裂く甲高い悲鳴を残して、ヴィクトリアは三十メートル下へと落ちていった。

サミュエルは立ち上がってショウを見た。涙をいっぱいにためた目は、悲しみと怒りの両方を浮かべていた。そしてささやくような声で言った。「さようなら、〈明日〉また会えるまで」次の瞬間、ヴィクトリアを追って虚空へ身を投げた。

第三部　やまびこ山

72

6月20日

　今回のガラガラヘビは本物だ。一週間ほど前、ダルトン・クロウがショウのレンタカーのミシュランタイヤに穴を開ける口実に使った架空のヘビとは違う。

　コルター・ショウは、カリフォルニア東部に一家が所有する広大な敷地のはずれ、岩と土と砂利でできた小さな踏み分け道をたどっている。その道の真ん中に、大きなガラガラヘビがとぐろを巻いて座っていた。くつろいだ様子から察するに、昼飯にネズミを食って満腹なのだろう。それでも自衛のため、いつでも飛びかかれる姿勢でいる。いざ攻撃するとなれば、目にもとまらぬ速さで、しかも正確だろう。ヘビの体は筋肉のみでできているに等しい。

　ショウが気づいて立ち止まると同時に、ヘビは尾を鳴らし始めた。よくもこんな不思議な生物が生まれたものだ。尾を鳴らして敵を威嚇する機能の完成には、何万年、何十万年という歳月がかかったに違いない。その音は、〝止まれ、さもないと撃つぞ〟と端的に伝えてくる。

　ショウは一人きりではなかった。がっちりとした体格の黒と茶色のロットワイラー、〝チェース〟を連れていた。別の犬種ならおそらく本能的に飛びかかっているだろう——一九六〇年代の西部劇映画をＹｏｕＴｕｂｅで見て、この音が何を意味するか予習できるわけではないのだから。チェースは身がまえたが、ショウの「待て」の命令を受けてぴたりと止まった。

　ガラガラヘビから身を守る方法は、ゲートルを履くなど数えるほどしかない。ペッパースプレーは役に立たない。ガラガラヘビの目はアイキャップと呼ばれる透明の膜で守られていて、人間なら失明させかねないトウガラシの成分も、ヘビにとっては水と変わらない。さらに、ヘビを狙って催涙スプレーを噴射したことがある人々の多くが証言するとおり、スプレーが届く距離まで近づくということは、おそらく自分もヘビの射程圏内にいる。

犬の生理機能は、人間のそれに比べてヘビ毒に弱い。しかしこのハイキングに備え、ショウはチェースにあらかじめヘビ毒ワクチンを投与した。何年も前、父アシュトンが末っ子のドリオンにこう出題したときの記憶がふと蘇った。「ドリオン、ワクチンを接種した犬がガラガラヘビに咬まれて生き延びる確率はどれくらいだ」

九歳のドリオンは目を細めて考えた。「犬とヘビの大きさにもよるし、どこを咬まれたかにもよるけど、だいたい八〇パーセントくらい」

「正解だ。では、ワクチンを接種した犬が、死んだヘビと遭遇して生き延びる確率は？」

「ほぼ一〇〇パーセント」

「よろしい」

「でも、ヘビを殺すのはいやだな、パパ」

「誰だってそうさ。しかし、自分かヘビか、どちらか一方しか助けられないとしたら？　答えは考えるまでもなく決まっている。自分を優先することだ」

ショウは腰のホルスターにコルトの三五七口径マグナム・リボルバーを持っている（偶然にも、この銃のニックネームはやはりヘビの名前――〝パイソン〟だ）。しかし、ドリオンと同じく、ヘビを撃ち殺すのは気が進まない。ショウの頭のなかでは、自分とチェースがヘビの住まいの裏庭に入りこんだのであって、その逆ではなかった。それに、ヘビは悪気があって尻尾を鳴らしているのではない。単にヘビらしくふるまっているだけのことだ。

そこで、別の戦術を採用した。回り道だ。

ショウは長さ一メートル強のおおよそまっすぐな木の枝を拾い、ケイバーナイフでよけいな葉や小枝を落とした。

ヘビがいそうな藪にトレッキングポールを持たずに入るべからず。ポールがあれば、行く手の植物をあらかじめよけられるし、万が一、ヘビが攻撃してきても咬まれるのはポールだ。

「つけ《ヒール》」ショウはチェースに命じた。一人と一匹は左に進路を変え、鬱蒼とした森に踏み入った。ショウは藪をポールでつついて安全を確かめながら進み、チェースはショウの左のももに顔を寄せるようにして歩いた。まもなくヘビを無事に迂回し、今回のミッションを果たすべく先へと歩き続けた。

今回のミッションは、ここ数週間、ショウの頭のなかに居座ってきた二つのミッションのうちの一つ――エリックとアダムを追跡するため、そしてその結果としてオアシス財団に潜入するために先延ばしにしたほうの一つだ。

父親のアシュトンが何年も前、一家が所有する広大な敷地の起伏に満ちた一角に隠したものを探すのが目的だった。

ショウはカリフォルニア大学の書庫で見つけた手がかりを読み解き、郊外の小さな町一つがすっぽり入りそうなこの一角に、父の謎のメッセージが隠されていることを突き止めた。ふつうの人ならば気の遠くなるような話だろう。ショウも隠し場所の正確な位置がわかっているわけではない。それでも、探し方なら知っていた。

この小道はやまびこ山の頂上に続いている。そこは何年も前、父の動向をずっと追いかけていたブラクストンという女が手の者を派遣し、アシュトンを尾行して拷問し、秘密の在処《ありか》を聞き出せと命じた場所だ。アシュトンはしかし、尾行に気づいて一計を案じ、その男の背後に回った。やがてやまびこ山の頂上で格闘になり、アシュトンは足をすべらせて転落死した。遺体を見つけたのは、まだ十代のコルター少年だった。少年がハイスピードの無意味な懸垂下降をした現場はここ、やまびこ山で、崖下の小川のほとりに横たわった父のもとへ急いで行こうとしたからだった。

これまで、アダムのことを〝崖の上の男〟だと思っていた。だが、自分もそうではないかといま思い当たった。それを言ったら、アシュトンも。

ブラクストンが、父を殺した男に鉄槌を下していたことは最近になって知った。その男はすでにこの世にない。ブラクストンという女は、無能な人物が我慢ならないようだ。

その男の跡を継いだのが、エビット・ドルーンだった。皮肉なことに、ブラクストンとドルーンは、アシュトンが秘密をここに隠したとは想像だにできずにいる。その可能性に思い当たっていれば、とうの昔に舞い戻ってきて捜索しているだろうが、いまだに来ていなかった。

やまびこ山に行くには、一家が住むキャビンのそばを通り、母メアリー・ダヴが夫の死の直後に導入したセキュリティシステムを通過しなくてはならない。ブラクストンは、秘密はアシュトンの活動の中心だったサンフランシスコのどこかに隠されていると信じているだろう。彼らにとってやまびこ山は、ショウの父親を待ち伏せし、知っていることを吐けと脅すのにうってつけの、人里離れた場所にすぎないのだ。

チェースが身をこわばらせて左を、スズカケノキやクログルミ、バンクスマツがそびえる奥を見た。低木も茂っている。ロベリアソウ、ハマビシ、ハウチワマメ、セッコウボク。

音が聞こえなかったか。ガラガラヘビの尾の音ではない。乾いた葉が崩れるような音。シカか。それともクマか。後者の場合、回り道はできない。ショウは拳銃に手をやった。しかし、正体のわからない動物はどこかへ遠ざかったようだ。森の住人の九九パーセントは、人間の立てる物音や姿、においに気づくと、自分のほうが立ち去る。ショウとチェースは歩き続けた。ショウは踏み分け道から目を離さないようにしながら、ときおり携帯電話のGPSマップで現在地を確認した。

ショウの胸のなかで、狩りをしていて獲物との距離が縮まったときと同じように、期待が急速にふくらみ始めた。父は何を見つけたのだろう。それを手に入れるために人を殺しても――あるいは自分が死んでも――かまわないと思う者が何人も出てくるような秘密とは、いったい何なのか。

携帯電話の道案内に従い、ショウとチェースは崖とは反対の方角に進路を取り、森のなかへと進んだ。そろそろ猟場の東の端だ。父が遺した緯度経度には三キロ平方メートルほどの一帯が該当する。そこにあるのは鬱蒼とした森と藪、低木、棘を持つ植物の茂み、岩層、小川、そして池だ。

その一帯に到着し、ショウは広大な森を見渡した。

「よし、始めようか」

犬が理解できる命令ではなかったが、それでもチェースは要点を理解し、一人と一匹は森へと分け入った。

73

アメリカン・ケンネル・クラブの分類によれば、ロットワイラーは〝使役犬〟で、このカテゴリーに属するのは、警護、小型の荷車やそりの牽引、捜索救助に当たる大型の犬だ。最後の捜索救助には追跡も含まれる。

　ショウはバックパックからビニール袋を取り出した。なかに入っているものは木片に見えるが、実際は再生プラスチック片だ。

　アシュトン・ショウが子供たちに教えたサバイバル技能の一つは、味方だけが発見できるように品物を隠す知識だった。アシュトンは、当然ながら電子機器は使用せず、ごく単純な手法に頼った。サバイバリストがよく使うのは、追跡犬だけが嗅ぎ分けられるような特徴的なにおいを持つもので隠したいものをくるむテクニックだ。隠した数日後に探すのであれば、犬は隠した人物のにおいをたどる。しかしアシュトンは化学反応により数日をはるかに超える期間にわたってにおい分子を発する物質を選んだ。プラスチック――なかでも独特の強いにおいを放つ再生プラスチックだ。

　小型の嗅覚計――たとえば〝ノーズ・レンジャー〟というそのものずばりの商品名の機械――があれば、そのにおいを感知できるかもしれない。しかし、犬ほど正確ににおいのもとをたどれるものはほかにない。犬を使うチャンスが向こうからやってきたとき、ショウは迷わず飛びついた。

　この山にどんな秘密が隠されているにせよ、その秘密は、これだけの歳月を経てもなお独特のにおいを放ち続けているに違いない。ショウが再生プラスチック片を鼻先に近づけると、チェースは一心に鼻を動かした。チェースの引き綱を長いものに交換してから、犬にも通じる命令を発した。「探せ《ファインド》」

　チェースはいきなり走り出したりはせず、岩から岩へ、木から茂みへ、小走りでジグザグに進み始めた。ショウは犬のすぐ後ろを急ぎ足でついていった。手はつねに拳銃の近くに置いておく。追跡中は、敵に出くわしても迂回が間に合わない。万が一、ガラガラヘビに遭遇したら、今度こそ撃つしかない。

　チェースは空中に浮かんでいるものを追うかのように鼻を持ち上げていた。埋蔵された宝は、風雨から守るため、どこかの洞窟に置かれているだろう。

　何分かが過ぎ、やがて数時間が過ぎて、どうやらはずれだったかとショウは思い始めた。捜索の根拠となる情報が間違っていたのではないか。頭が混乱する日が増えていたアシュトンは何かをどこかに隠したつもりでいたが、実際には何もしていなかったのかもしれない。

　しかしまもなく、そうではなかったことが判明した。チェースが急ブレーキをかけるようにして止まった。それはターゲットを発見したとき、あらゆる捜索犬がするとおりの行動だ。捜索犬は前足を上げて指し示す《ポイント》ことはしない。吠えたりもしない。ただその場に座る。

　すぐ先に小さな洞窟があった。土砂崩れがあったらしく入口はふさがりかけていたが、上のほうに十五センチほどの隙間が開いている。ショウはチェースに鹿肉のジャーキーを食べさせたあと、しゃがみこんで軍用のハロゲン懐中電灯で洞窟を照らした。ヘビはいない。土と岩。そして砕けた岩が積み上がった入口から二メートル半ほど奥に、二十五センチ×三十センチほどの白い箱のような物体があった。厚さは三センチくらいだろうか。素材は、思ったとおり、再生プラスチックだ。継ぎ目は接着剤で閉じてあった。おそらく工業用の耐水接着剤だろう。

　岩を取り除こうとすると、ミニ土砂崩れが起きた。シャベルとつるはし、入口を支えるための木材がないと危ない。父親の秘密を探す旅を、生き埋めになって終えたくはなかった。必要な道具を持って出直そう。特徴的な樹木など目印を頭に叩きこんだあと、チェースを連れ、キャビンに戻る一時間超のハイキングに出発した。斜面を慎重に下っていく。傾斜は急で、ところどころ砂利が浮いていた。それに、客人――とぐろを巻き、警戒心が強く、通りがかりの人間に道を譲るような優しい気分ではない生き物――が踏み分け道のど真ん中で待ち構えていないともかぎらない。

74

「チェースが活躍してくれたよ」広く深い谷に抱かれた一家のキャビンに帰ったショウは、玄関前のポーチでくつろいでいたカップルに報告した。

　そしてチェースの耳の後ろをなでてやった。

「当然だろう。俺がじきじきに調教したんだから」テディもチェースの耳の後ろをかく。

　ヴェルマは笑いながら夫のほうにうなずいた。「自分がネットフリックス三昧《ざんまい》しているあいだ、足もとでおとなしく寝そべっているように訓練しただけでしょうに」

　テディはだみ声だが、ヴェルマの声は低くてうっとりするほど耳当たりがよい。

　テディが鼻を鳴らした。「その訓練がいつかきっと役に立つぞ。たとえ目の前にスーパーヒーローがいきなり降ってきて、片手片膝を地面につくあの着地をしたとしても、うちのチェースは毛の一本も動かさないんだからな。それにしても、スーパーヒーローってのはどうして決まって三点着地をするのかね」

　テディが何の話をしているのか、ショウにはさっぱりわからなかった。

　ヴェルマとテディ・ブルーインはフロリダ州在住のショウの隣人で、いまは旅行で西海岸を訪れている。ショウとブルーイン夫妻の土地——それぞれ数エーカーずつと広大だ——は、フロリダ州の北部寄りにある絵葉書のように美しい大きな湖に面している。その湖には、伝えられるところによれば、ワニは棲息していない。

　ワニなんかいませんよと言って湖に面した土地を売りつけようとする人物を信じるべからず。

　実際、ワニを見かけたことはまだ一度もないとはいえ、ショウはこのルールは的を射ていると思っている。

　六十代はじめのテディは、丸々と太り、薔薇色の頬をしていて、ラストネームとニックネームにふさわしく、どことなくクマを思わせる（テディもブルーインも〝クマちゃん〟を連想させる）。南北戦争の将軍が好んだような長いあごひげもそのイメージに拍車をかけていた。今日はオーストラリア軍の制帽風のつばの広い茶色の帽子をかぶっている。ライフルを肩に担いだときぶつからないよう、つばの右側を折り曲げてピンで留めてある。といっても、それが役に立つのは観兵式場でパレードをするときくらいのものだろう。その証拠に、テディの顔の日焼け具合は左右がひどくアンバランスだ。

テディとほぼ同年代のヴェルマは、灰色まじりの金髪を一九六〇年代のビーハイブ風——たしかそういう名前で呼ばれていたはずだ——に盛り上げてスプレーで固めている。そして夫と同じく、トレッキング向けのカーキのスラックスを穿いていた。

二人は〝隣人〟の語義どおり隣の家の住人だが、ショウにはそれ以上の存在でもあった。ショウの懸賞金ビジネスの本業以外の側面——たとえばメディアをチェックして懸賞金の告示を探したり、やはり懸賞金を探すボットを管理したり——を引き受けてくれている。財務面の管理も任せてあった。帳簿つけはコルター・ショウにとっては退屈な仕事でしかなく、したがって不得手な分野だ。

ワシントン州西部全教会会議から受け取った五万ドルを全額ヤング家に渡してしまった件は、まだヴェルマには話していなかった。懸賞金の設定者が経済的な苦境にあるとわかると、ショウはつい値引きしたり、分割払いに応じたりしてしまう。ヴェルマはショウのその気前のよさをよしとせず、自分の経済的安定をまず優先せよと口を酸っぱくして言う。

ブルーイン夫妻とチェースは、キャンピングカーで大陸を横断する旅の途中だ（ショウがウィネベーゴ購入を思い立ったのは、夫妻のキャンピングカーに試乗させてもらったのがきっかけだった）。せっかくカリフォルニア州まで来たのだから、少し寄り道をしてコンパウンドのショウと母メアリー・ダヴを訪ねるのは当然だ。

ショウはテディのポケットから突き出している物体をじっと見つめた。

「それはもしかして警笛《エアホーン》か？」ショウは尋ねた。

「クマ避けのな」テディがだみ声で答えた。

カリフォルニア州のアメリカクロクマの生息数はおよそ四万頭とかなりの数に上る。過去にクマによる襲撃事件が起きてはいるが、ショウが知るかぎり、アメリカクロクマが関連する死亡事故は近年では一件だけで、しかもクマが殺したのは、ハイキング客に襲いかかったクーガーで、おかげで人間は救われた。そのアメリカクロクマは悠然と現場から立ち去り、間一髪救われた人間は安堵の息をつくと同時に、動画を撮らなかったことを後悔した。

アメリカクロクマは概しておとなしく、臆病だ。そして事実、大きな音を嫌う。しかし、とくに子育ての季節にクマと遭遇したらと心配であれば、ショウならペッパースプレーを持っていく。

ヴェルマが夫をからかうように言った。「エアホーン対クマ。それってナイフを……」そこまで言って間を置いた。

その慣用句ならショウも知っている。〝ナイフで銃に立ち向かうようなもの〟。

ところが、ヴェルマはこう締めくくった。「……持って戦いに行ったら、相手はもっと大きなナイフを持ってきてた、みたいな話じゃない？」

テディとショウは笑った。

ヴェルマが続けた。「とりあえずまだ見ていない。クマの話ね。見てみたかったけど」何か思い出したらしく、ヴェルマは眉をひそめた。「そうだ、コルター。額面一千六十ドルの小切手が届いてる。エリック・ヤングの家族が設定した懸賞金ね。でももう一つの高額のほうはまだなのよ。五万ドル。どこかに問い合わせたほうがいい？」

くそ、ばれたか……

「その件なんだが、ヴェルマ」

本当のことを白状するしかなかった。

ヴェルマは溜め息をついた。「話を整理させて。あなたは五万ドルの懸賞金を受け取ったのに誰かにあげちゃった。それでもって、懸賞金なんて出やしないとわかっているのに、マンソン・ファミリーばりのカルトに潜入して、あやうく殺されかけた」

反論の根拠を探したが、一つも見つからなかった。

「まあ、そんなところかな」

「あのね、コルター。あなたはそこまで大金持ちじゃないでしょうに」

「私はバークリーの犬のぬいぐるみを買ってきたよな？」ショウは、オシリス財団からの帰り道にヴェルマにと買ったぬいぐるみに顎をしゃくった。

「ええ、ありがたくて涙が出そうよ」ヴェルマはうなるように言った。それでも彼女のとろけるような声は耳に心地よかった。「いいからちょいとお座りなさいな、コルター」

「西部暮らしが板についてきたな、ヴェルマ」テディが笑った。「〝ちょいとお座りなさいな〟だって？　そんな古くさい言葉遣い、いままでは一度もしたことがないじゃないか」

ヴェルマは両手を広げた。「だって、見てごらんなさいよ。西部劇の時代に戻ったみたいじゃないの」

ショウは言った。「いまのうちにやっておかなくちゃならないことがある。夕食のときにまた」

キッチンに行くと、メアリー・ダヴが野菜を刻んでいた。

灰色の髪を三つ編みにして背中に垂らしたメアリー・ダヴは、西部開拓時代のほっそりとした女性を連想させた。前途有望な医学部教授と研究代表者を兼任しながらベイエリアで精神科と内科の開業医をしていたころから、外見はさほど変わっていない。物静かでありながら心の強さを感じさせる言動も変わっていなかった。アシュトンの死後、メアリー・ダヴはサンフランシスコでのかつての生活に戻るだろうと親戚はみな思っていた。しかしコルターは、母は戻らないと確信していた。案の定、メアリー・ダヴはここに残り、内科診療と物理療法を行い、女性の健康や精神病理学をテーマに研修会を開催し、ときには赤ん坊を取り上げたりしている。

「どうだった？」メアリー・ダヴはやまびこ山の方角に曖昧に手をやって訊いた。やまびこ山は何キロも離れていて、キャビンからは見えない。

「見つけたよ」ショウは箱があった場所を説明し、明日の朝あらためて取りに行く予定だと話した。

メアリー・ダヴが驚きを顔に表すことはめったにない。それでもその目がかすかに――そうとはわからないほどかすかに――見開かれたのがショウにはわかった。

「そのあとでまた相談しましょう。決めなくてはならないこともあるでしょうから」メアリー・ダヴの声はこわばっていた。何と言っても、ショウがやまびこ山で発見した秘密が理由で、アシュトンやほかの何人かが命を落としたのだ。メアリー・ダヴは決して執念深い人物ではない。ヴィクトリアもほのめかしていたとおり、復讐は時間の浪費でしかないし、最悪の場合、災難を招きかねない。一方で、一家は自己防衛とサバイバルを何より重要視する。ショウは母が30－30弾を装填したライフルを冷静沈着に構え、狂犬病にかかったオオカミを一発で仕留める姿を見たことがある。アシュトンの秘密がわかれば、どんな相手が何の理由で一家の命を狙っているのかもわかる。リスクの性質がわかれば、それを最小限にする対策を講じられる。

あるいは、リスクを完全に排除できるかもしれない。

メアリー・ダヴはマグ二つにコーヒーを注ぎ、少量のミルクを加えた。ショウはマグを受け取り、リビングルームに行って窓の外を眺めた。「昔からこの景色が好きでね」

「いい眺めよね」ソファからヴィクトリア・レストンが言った。ショウは湯気の立つマグの一方を彼女に渡し、隣に腰を下ろした。

75

ヴィクトリアが転落した先は、岩場ではなく、水だった。

怒りゆえか、あるいは失意ゆえか、サミュエルは攻撃対象を事前に決めておらず、成功率が高そうなターゲットをとっさに選んだ。コルター・ショウに勝てないことはわかりきっている。そこでヴィクトリアを崖から投げ落とした。真下にあるのは湖の岸の岩場だと思っていたのだろう。もしかしたら何一つ考えていなかったのかもしれない。

ところがヴィクトリアが実際に落ちた先は、かなたの高い山々の麓まで続く深い湖だった。

ショウは崖の縁に駆け寄って下をのぞいた。ヴィクトリアは仰向けで水面に浮かび、波に揺られていた。

サミュエルも近くに浮かんでいたが、背中を上に向けていた。

ショウはＦＢＩのスレイ捜査官に電話をかけ、現在地を伝えて要請した。「大至急、救急隊を」それから高さを見積もった。二十五メートル。飛びこめない高さではないが、軌跡を緻密に計算し、練習を繰り返してからでなくては危険だ。

だが、そんな時間はない。ショウはシャツと靴と靴下を脱いだ。そして崖の縁から十メートルほど下に張り出したせまい岩棚まで、クライミングのスキルを使って下りた。

岩場に立って下を見た。水の色具合から言えば、深さは充分にありそうだ。

確率を比較検討している暇はない。ヴィクトリアはいまにも水面下に沈んでしまいそうだ。

ショウは跳んだ。両腕を振り回して垂直の姿勢を維持しようとした。だが、経験から知っている。その作戦は頭で考えるほどにはうまくいかない。十五メートルの高さから飛びこむと、着水時点でのスピードは時速四十キロに達する。三秒間の降下中、ショウの頭にあったのは、たとえ両方の足首を折ってもまだ、水に浮くくらいはできるだろうということだった。

着水の衝撃が全身に響き渡った。骨と筋肉と内臓の一つひとつに圧力がかかった。水にぶつかる直前に、大きく息を吸って肺をふくらませておいた。しかし、肺から空気を押し出したのは、刺すような水の冷たさだった。

足の裏が破裂しそうに痛かったが、複雑な構造をした足首は無事だった。水は骨を砕かず、湖の底ははるか下にあった。

水を蹴ってヴィクトリアに近づき、ライフガードのように背中と脇を支えて岸まで運んだ。

それから振り向いた。サミュエルも水に落ちたときはまだ息があったかもしれない。だが、いまはもう死んでいるだろう。いずれにせよ、サバイバルには優先順位づけ《トリアージ》がつきものだ。助かる確率が高いのは、そして低いのは誰なのかを見きわめなくてはならない。次の瞬間には、ショウの頭からインナーサークルのジャーニーマン・サミュエルは消えていた。

まもなく救助隊が来て、ショウとヴィクトリアを崖の上に引き上げた。救急隊員がヴィクトリアを診察し、必要な検査を行って、大きな怪我はないと判断した。背骨も脚も折れていない。ただ、肩を強打していた。ひょっとしたら脱臼しているか、回旋腱板《かいせんけんばん》を損傷しているかもしれない。救急隊は、腕が思いがけず動いたりしないよう薄茶色の包帯でヴィクトリアの腕を上半身に固定した。鎮痛剤をのませようとしたが、これはヴィクトリアが断った。

近くの病院への搬送も断った。

「もっとひどい怪我をしたことがある。これくらい何でもないから」

着替えをしたあと、ヴィクトリアがいいほうの手でショウの腕につかまり、二人は〈YESTERDAY, TODAY, TOMORROW〉のゲートに戻った。ゲート前に仮設された司令本部はまだごった返していた。ＦＢＩと州警察の鑑識員が、所得税申告期限を翌日に控えた会計士のように忙しく、かつ無駄なく動き回っていた。ほかの捜査員は、魔法のように出現したテントの下で、コンパニオンやスタッフの事情聴取を進めていた。

ショウはあることに気づいて苦笑した。捜査員の多くは財団のスタッフが持ち歩いていたのと同じようなタブレット端末を使っていた。

ヴィクトリアがショウの腕を離し、いいほうの腕でバックパックを拾い上げた。

ショウは尋ねた。「車で来たんだろう?」

「ピックアップトラックでね。あそこに駐まってるあれ。黒い車。マニュアルシフトだから、当面、自分では運転できそうにない。行けるところまでバスで行くわ。そこから両親か弟か友達に連絡して迎えに来てもらう」

「家はどこだ?」

「実家はグレンデール」

ショウの質問の答えになっていない。元軍人で現在はセキュリティコンサルタントであるようなこの年代の女性が、いまだにママやパパと一緒に暮らしているとは思えない。かといって、何もかも正直に話す理由もないだろう。ショウにしても、自分の個人情報をいますぐヴィクトリアにすべて開示するつもりはなかった。

ヴィクトリアは続けた。「ちょっとした冒険旅行ね。長距離バスの停車場の真向かいにあるホテルに泊まるなんて、大学を卒業してすぐヨーロッパに貧乏旅行して以来よ。きっと近所にジャック・イン・ザ・ボックス(ファストフード・チェーン)があるだろうな」

ショウは自分のトラックのキーをポケットから取り出

した。「一つ提案がある」

ヴィクトリアがショウを一瞥した。その目には用心深い色が浮かんでいた。

ショウは提案の内容を話した。ヴィクトリアは迷っているような表情をしていたが、まもなく答えた。「いいわ」

一時間後、二人はタコマに向かっていた。タコマに着いたら、レンタルのシボレー・シルヴァラードを返却し、ウィネベーゴで再出発する予定だった。

タコマへの道中、ショウはヘアピンカーブが連続する道を慎重に運転し、ヴィクトリアは電話係を引き受けて、デヴィッド・エリスとヒュー——ラストネームは〝ガーナー〟と判明した——の追跡に関する最新情報を集めた。

しかしFBIも州警察も、有力な手がかりをこれといって入手できていなかった。

ウィネベーゴに乗り換え、南に向けて出発した。順調に距離を稼いだ。最初に休憩をしたのは、オレゴン州の南の境界線を過ぎ、カリフォルニア州に入ってかなり走ったところにあるバークリー・ハイツという小さな町だった。町の〈ようこそ〉の看板には、犬のイラストが描いてあった。上を向いて口を大きく開け、舌をだらりと垂らしている。

「吠える犬がシンボルマーク？　あまり友好的な町ではなさそうだな」ショウは言った。

「だったらオットセイでもいいのにね。オットセイも吠えるでしょう」ヴィクトリアが指摘する。

「半径六百キロ以内にオットセイはいないと思うね」

「ロジックと都市計画はかならずしもうまく調和するとはかぎらない」彼女は言った。

二人はレストランかバーを探した。

「町とは名ばかりだな。何もないぞ」ショウは言った。

「きっと犬のバークリーのぬいぐるみやTシャツは死ぬほど売ってると思う。賭けてもいい」

車を駐め、大通り沿いに一軒だけ見つかったダイナーに入った。

ヴィクトリアが賭けに勝った。

76

いま二人はコンパウンドの古びたソファに並んで座っている。ソファにはアメリカ先住民風のブランケットがかかっていた。ショウはコーヒーを一口味わってから尋ねた。「大丈夫かい？」

「映画シナリオ史上最悪のせりふよね、それ」ヴィクトリアが言った。

「え？」

「映画の話。激しい銃撃戦。車のクラッシュシーン。竜巻。サメ。エイリアン。アクションの合間に、ちょっとした休憩が入る。ヒーローA、つまりあなたが、ヒーローB、私に尋ねる。〝大丈夫かい？〟。オリジナリティのかけらもないせりふ。脚本家が仕事中に居眠りしてたとしか思えない」

「まあ、陳腐かもしれないな。しかし、いま訊くべき質問であるのも事実だ。何と言ってもきみは崖から転落したんだから」

「投げ落とされたのよ」

「で、返事は？」

ヴィクトリアは答えた。「日々回復中。お母さんのおかげよ。前にも何度か理学療法を受けたことがあるの。だから、本物のプロは見分けられるつもり」

二人は東を向いていた。背後で沈みゆく太陽が山並みを美しく燃え立たせていた。穏やかなこの季節でも、意地っ張りの雪がとがった山頂を優しく包んでいる。

ヴィクトリアが配偶者と子供を亡くして悲嘆に暮れる女性だと信じていた時点では、メアリー・ダヴに引き合わせて心理療法を受けさせたらいいのではないかとショウは考えていた。その計画は、真実によって打ち砕かれた——ヴィクトリアは、自殺しようとしているのではなく、他殺を目論んでいたのだから。しかしサミュエルに襲われる一件のあと、コンパウンドでしばらく静養しながら母の理学療法を受けるといいのではないかと思いついた。

「彼女、どうするって？」ヴィクトリアが訊いた。カルトの専門家、アン・デステファーノの話だ。ショウはあれからデステファーノにふたたび連絡を取り、オシリス財団について詳細に説明した。

デステファーノはこう話していた。「永遠の命を売りにするカルトはたくさんある。でも、その理屈が本物かどうか、試してみろと奨励するカルトはそう多くない。そこにいた人たちは信じているようだった？」

「ええ、かなりの人数が」ショウはそれについても詳しく話した。

「さっそく脱洗脳に取りかかるわ。ほとんどのメンバーは加入して間もないから——洗脳開始からたった三週間よね——さほど苦労なくダメージの大半を解消できると思う。ただ、終生プランで何度もセッションを受けている人については、少し時間がかかるかもしれないわね」

デステファーノは、コンパニオンの事情聴取を行っている警察機関に連絡し、自分の名前や、コンパニオンの居住地の近くで活動している心理学者や脱洗脳の専門家の名前を伝えてもらうように手配すると言っていた。ショウはそのことをヴィクトリアに伝えた。

ウォルターとサリーからも連絡を受けていた。二人は無事にシカゴの自宅に帰りついている。アビーは当面、二人の家に滞在しているが、まもなく本来の居住地の児童保護局に引き渡されるという。またフレデリックとも何度か電話で話した。彼はイーライとヒューの有罪の証拠集めを進めている警察に協力している。

そのとき、二人の左側で何かが動いた。チェースだ。犬は目的ありげにやってきて、空港のゲートに接近する飛行機のように進路を変え、減速して、二人のあいだで立ち止まった。それからぺたりと床に座り、ヴィクトリアのスニーカーを履いた足に顎を乗せた。

ヴィクトリアは空を見上げた。「あ、あれ。もしかして……今度もイヌワシ？」

ショウは目を細めた。「ああ、そのようだ」

二人のマスコットだ——そう思ったが、口には出さなかった。

翼を広げた濃い茶色の輪郭は、力強い動きで旋回し、森や崖のほうへと戻っていった。「オスだな。ちょうど繁殖期だから、母ワシは一月くらい、卵のそばを離れられない。イヌワシはいわゆる巣を作らないんだ。岩棚に木の枝や葉を敷いてそこで暮らす」

「パパは食料品の買い出しに行ってきたのね、きっと」

ヴィクトリアが言った。「ところで、〝輝ける星〟と子分の最新情報は？」

ショウは首を振った。「手がかりはまだない。ＦＢＩのスレイによれば、国境を越えてカナダに逃れたところまでは確認できたが、その先の足取りがつかめないそうだ」

当局は王立カナダ騎馬警察隊に連絡を取った。先方は親身な態度を示したものの、ブリティッシュコロンビア州南部はとにかく面積が広いうえ、イーライとヒューの足取りを追うような大規模捜索に割く人手がなかった。

そのときショウの携帯電話に着信があった。何カ月か前に親戚の結婚式で一度だけ顔を合わせたいとこのように、なんとなく見覚えがなくもない番号だった。

「もしもし」

「ミスター・ショウ。ボブ・タナーです」

ワシントン州タコマのエリック・ヤングの弁護士だ。

「エリックが不起訴になったことだけお伝えしておこうと思いましてね。警察のその後の捜査で、タコマ市内のネオナチ・グループの若者が二人捕まりました。教会の落書きの塗料と、二人が所持していたスプレー塗料の成分が一致したそうで。二人は容疑を認めています。それから、信徒伝道者の事情聴取が行われました。あなたがおっしゃったとおりでしたよ。管理人が先にエリックとアダムに向けて発砲し、アダムはそれに応戦しただけだった。二人が逃げたあと、管理人は隠してくれと言って信徒伝道者に銃を渡したそうです。許可証を持っていなかったから」

ショウは弁護士に礼を言って通話を終えた。ヴィクトリアもエリックとアダムの懸賞金のあらましをすでに知っている。ショウはその一件が落着したことを伝えた。

それからしばらく沈黙が続いた。

「念のために言っておくけど、私はもう人を殺そうなんて思っていないから」

「母はもう包丁をしまいこんでおかなくていいというわけか」

ヴィクトリアはちっちっと舌を鳴らした。「異常はときに日常の延長上にあるのよ」

国中を旅し、謎から謎へと渡り歩いてきたコルター・ショウはそれが真実であることをよく知っていた。同じ謎でも、人によっては解決できず、また人によっては関心さえ持たず、さらにまた人によっては解決されては困るような謎は、日常のなかにいくらでもある。

携帯にメールが届いた。ショウは二度読んでから立ち上がった。「ちょっと急用ができた」

ヴィクトリアが言った。「夕飯には戻る？」

「いや、おそらく戻らない」

77

ショウは移動の手段として、ウィネベーゴかオートバイを好む。だが、その二つに限定せず、その時々の目的に沿った乗り物を選ぶようにしている。

ショウはいま地上一万四千フィート——およそ四千二百メートル——の高度を飛んでいた。ショウが乗っているリアジェットは現行より古い型のもので、ややくたびれているが、信頼はできる。費用はかかったものの、飛行機をチャーターすれば高くつくのはしかたがないし、こうするよりほかになかった。今回は時間が勝負であり、商用便を利用していては目的地に着くのがだいぶ遅れてしまう。

飛行中、ショウはやまびこ山に隠された箱のことを考えた。あの中身はいったい何だろう。

何が入っているにせよ、人を殺してでも手に入れたいものであるのは確かだ。拷問にも値する。ショウの膝に銃口を向けたときのエビット・ドルーンの顔、なんとしても宝を手に入れてみせるという決意を浮かべた顔が頭に浮かんだ。

コクピットから声が聞こえた。「そろそろ着陸です、ミスター・ショウ」

飛行機は滑走路に向けて一直線に降下を始めた。進路に対して機首が大きく横を向いている。強い横風に流されないよう着陸するための斜め飛行《クラブ》だ。ショウは小型飛行機に乗り慣れているから驚かないが、ふつうなら恐怖を感じるだろう。リア機はぎりぎりのタイミングで姿勢をまっすぐに直し、機首を引き上げて、なめらかに着陸した。運航支援事業者《FBO》前にタキシングし、エンジンが停止した。

ショウは立ち上がって伸びをし——といっても天井の

低い機内で可能なかぎり、だが——搭乗口へ向かった。

「すぐに戻ります」

「飛行計画書はどのようにしておきます？」

「まっすぐ家に帰る選択肢が一つ。目的地が変わる場合は」ショウは肩をすくめた。「わかりしだい連絡します」

「了解、ミスター・ショウ。行ってらっしゃい」


その農場はショウが想像したとおりの場所だった。増築を繰り返した平屋建ての家。ガレージが二つと作業場が一つ付属している。家の裏にある小屋は、映画『悪魔のいけにえ』のセットの着想源はこれではと思うような代物だった。レンタカーで砂利の私道を進んでいくと、途中に粗末な作りの射撃練習場があり、黒い鉄の的が数十個も並んでいた。弾が命中したら、きっと銅鑼《どら》のような音が鳴り渡るだろう。

背後にモンタナ州の丘陵地帯が広がり、涼しげな森が敷地を取り巻いている。しかし敷地そのものは管理が行き届いていない印象で、雑草だらけだった。芥子色によどんだ沼から切り株や木の枝が突き出している。外観にふさわしいにおいが立ちこめていた。


しかし目に麗しい特徴がないわけではない。入念に作られた池には、黒や白、鮮やかなオレンジ色をした流線型の優雅な鯉が十数匹泳いでいた。しかもどういうわけか、放置されて錆びかけたV型エンジンの隣にイーゼルがあり、その上のキャンバスに山の頂上と旋回する鳥を描いたみごとな油絵があった。ちなみに鳥はイヌワシではなかった。

ショウがポーチの手前十メートルまで近づいたところで玄関の網戸が開いた。肉づきのよい手と木の幹のような腕だけがまず見え、続いてなかから声が聞こえた。

「おやおや、俺の旧友のお出ましじゃないか」

笑顔のダルトン・クロウが現れ、板張りのポーチを横切ってきた。彼の体重でポーチがたわむ。先週、ショウがレンタルした起亜《キア》車のタイヤを銃撃したときと同じ服装と見えた。カモフラージュ柄の胸当てつきズボンに格子縞柄のネルシャツ。幅の広い腰の高い位置に装着したホルスターに、四五口径の自動拳銃がある。

「わざわざお越しいただけるとはなあ、ショウ」クロウはショウの全身を眺め回した。客を歓迎する笑みというより、いい気味だとにやついているような表情だ。ショウはここに来るのに金と労力を費やした。クロウもそれを知っている。

「さっそくだが」ショウは財布を取り出し、小切手を一枚抜き出してクロウに差し出した。

クロウは携帯電話で小切手の写真を撮った。携帯電話のアプリを使って銀行口座に小切手を入金する様子は、バイク乗りの山男には不似合いに思えた。とはいえ、ショウがここに来たのは、クロウが最新のテクノロジーに通じているおかげだった。

「よっしゃ」クロウはショウに紙片を差し出した。「そのアプリをダウンロードしな。ユーザーIDとパスコードもそこに書いてある」

IDは――〝トラブルマン666〟。

ショウは紙片をポケットに入れて車に戻ろうとした。

クロウが低い声で言った。「今回は厚意でしてやっただけだからな、ショウ。例の懸賞金の貸しはまた別だ。五万ドル。おまえがズルなんかしなけりゃ、俺があの二人を捕まえてたんだ。覚えてろよ」

立ち止まらず、振り返りもしないまま、ショウはイーゼルを顎で示した。「なかなか悪くない絵だな、クロウ」


一時間後、ショウはまた新たなレンタカーで何キロも離れた場所にいた。今回借りたトヨタ・ランドクルーザーはいま、街灯のない砂利道を大揺れしながら進んでいた。ショウはあわてずゆっくり運転した。

ナビの表示を確かめる。さらに一キロ半ほど進んだところで、ぼんやりとした明かりが見えてきた。山間の小さな町の明かりだ。町の名はムーディ。近くに湖があり、町の唯一の産業は釣りのようだ。店のウィンドウに出ているポスターを見ると、あらゆる店で釣り餌を販売している。例外はアイスクリーム店と古書店、聞いたことのない会社の携帯電話販売店くらいだった。

町で唯一信号機のある交差点で右に折れ、レーク・ヴュー・モーター・インを目指す。その少し手前で脇道に入り、車を駐めてエンジンを切った。

モーテルの立地は、ショウの計画にうってつけだった。裏手から伸びる未舗装道路を行けば町に戻れ、そこからさらに南へ伸びていて、格好の脱出ルートになる。グーグル・アースや地形図で事前に確認したところ、SUVなら問題なく走破でき、しかもそれなりのスピードで逃げられそうだった。

ショウは車を降りてドアを閉めた。ロックはしなかった。厚手の空の持ち手つきビニール袋をジャケットのポケットに忍ばせた。今回はいつものスポーツコートは着てきていない。ブラックジーンズに、黒いミリタリージャケットだ。薄手の革の手袋もはめていた。

藪をかき分け、薄暗いモーテルに近づいた。湖とごみのにおいがする。その二つが互いに関連しているのかどうかはわからない。朽ちかけた柵があった。門を押し開けようとすると、門ごとはずれて地面に落ちた。

モーテルの客室は独立したコテージになっている。ショウは現在地と方角を確かめた。物陰から物陰を伝い歩き、七号のコテージに近づく。下見板張りのコテージは、このモーテルのなかでは広めの一つで、真っ暗な湖に突き出した栈橋に続く専用の歩道がついていた。少しだけ遠回りをして栈橋をのぞいてみた。穏やかな湖の雑草だらけの岸には、シートがかかった手こぎボートが一艘あるだけだった。

コテージに戻り、足音を立てないよう用心しながら建物と低木の植え込みのあいだを進んだ。黄みがかった柔らかな光を放っている窓の下に来たところで立ち止まり、室内をのぞいた。スイートルームで、二つある寝室の奥まで見えた。

誰もいない。

床の上にスーツケースとバックパック、段ボール箱がある。テレビはついているが、消音モードになっていた。映っているのは地元のニュースのようだ。

よし、行くか。

ポケットから、マイナスドライバーに似た工具を取り出した。窓の錠のオープナーだ。オシリス財団のさまざまな建物に忍びこむのに使ったディナーナイフに似ているが、この工具はそれ専用に設計されていて、使い勝手がはるかにいい。薄い鍛造チタンでできている。数秒で錠が開き、ショウは窓を押し開けた。アビーの宿舎の部屋に忍びこんだときと同様に、窓枠に体を引き上げ、頭から回転して床に下りた。立ち上がって室内を見回す。

宿泊者はおそらく夕食に出かけていて、まもなく戻ってくるだろう。

ビニール袋を広げ、室内を歩き回りながら集めたものを袋に詰めた。

五分後、手を止めて聞き耳を立てた。それから入口に近づいてチェーンと本締錠をはずし、ドアを勢いよく開けて外に飛び出した。

この部屋に泊まっている二人とあやうく正面衝突するところだった。二人のほうも、少し離れたところに車を駐めて歩いてきたようだ。

〝マスター・イーライ〟ことデヴィッド・エリスが驚いて息をのみ、レストランで食べ残しを詰めてもらったらしい袋を取り落とした。

一緒にいた男、ヒュー・ガーナーの反応は素早かった。とっさに戦闘姿勢を取り、固めた拳固をショウのみぞおちに叩きこんだ。

78

ショウは動かなかった。重心を落とした防御姿勢をあえて取らずにいた。

その結果、ヒューの力強い拳は、ショウのミリタリージャケットに内蔵された防弾プレートを直撃した。こん、という音が響き、ヒューは驚いて目をしばたたくと、苦痛のうめき声を漏らした。

ヒューは目にもとまらぬ速さで拳をふたたび引き、二発目のパンチを繰り出そうとした。狙いは頭だ。今度はショウも反応した。室内のものを詰めこんだビニール袋を外の草むらに——二人から手の届かない距離に放り投げた。それから戦闘姿勢を取り、ヒューの拳が飛んでくると、軽やかな足さばきで脇によけた。拳はショウの肩をかすめた。

さほどの痛みはなく、反動で背中からドア枠にぶつかっただけだった。

ヒューの背後で、イーライが銃を構えていた。「撃つぞ……ヒュー、そこをどけ」

ショウが想定していたのとは逆の事態だった。銃を持っているのはヒューだろうと考え、その銃を奪い取るつもりでいた。イーライが銃の狙いを定めた。ショウは考えうる唯一の戦術に出た——腰を落としてヒューに飛びかかった。肩からヒューの腹をめがけて突っこんだ。ヒューが後ろによろめいたところで、レスリングの経験と、子供のころアシュトンから教わった格闘スキルを生かし、ヒューの脚をつかんでバランスを崩させ、もろとも地面に倒れた。

「くそ」ヒューがうめいた。

「どけ！　離れろ！」イーライの大声が聞こえた。ショウはヒューを逃がすまいとした。二人がからみ合っているかぎり、イーライは撃たないはずだ。

ヒューがショウの背中や肩や頭に手刀を打ちつける。痛かったが、ヒューを放すほどではない。反撃すると、一発が運よくヒューの耳に命中した。ヒューが叫び声を上げた。

どうせなら鼓膜が破けているといいと思ったが、おそらくそこまでの威力はなかっただろう。

二人は土の地面を転がった。イーライが近づいてくる。銃を持つ手が危なっかしい。「どけ！　離れろ！」

「よせ、撃つな！」ヒューが低い声で言った。「銃声はまずい」

ショウはイーライの迷いを利用した。ヒューから離れ、重心を落とし、両手を前に伸ばして、円を描いて移動した。映画で見たことのあるカンフー風の姿勢を取る。それ自体に意味はない。ヒューもそれに気づいてにやりと笑った。

イーライが言った。「ヒュー、撃つぞ――」

「だめだ。こいつは俺が始末したい」ヒューが言った。

それは本心だろう。ショウは、ヒューの実入りがよくて苦労のない生活をぶち壊しにしたのだから。とはいえ、この戦いに勝ったからといって取り返せるものは何もない。

ショウは右に行くと見せかけて反対に動き、猛然と走ってイーライに体当たりした。イーライが地面に叩きつけられた。イーライの目に浮かんでいた激しい怒りはいま、恐怖に変わった。その目を見てショウは気づいた。思ったとおり、イーライの瞳のとうてい自然のものとは思えなかったあの美しい色は、コンタクトレンズの効果だった。実際にはありふれたブルーの目をしている。

「くそ、何やってんだよ！　銃をよこせ。こっちに投げろ」ヒューの声には嫌悪が満ちていた。ショウが正々堂々、一対一の戦いに挑もうとしないことに向かっ腹を立てているのかもしれない。

イーライがグロックを放ってヒューに渡そうとしたが、

ショウはその銃をむしり取り、横に転がってイーライから離れた。スライドを引き、薬室に一発目があるのを確認してから、二人に交互に銃口を向けた。

ヒューは掌を前に向けて両手を上げた。「待て。金ならやる。大金を渡す」そう言ってビニール袋のほうにうなずいた。「書類は――証拠は置いていけ。いますぐ現金を渡す。五万ドル。十万ドルでもいい」

ショウの脳裏に記憶が次々に閃いた。崖から身を投げる寸前にサミュエルの顔に浮かんでいた悲しみ。

うちの父母の件では、マスター・イーライに本当に救われたよ……

ベンチで肩を落としていたアデルの表情。

二年前に赤ちゃんを亡くしたんです……

グレタの自殺を語るヴィクトリアの声も聞こえた。

ショウはグロックの銃口をイーライに定めた。イーライは身をすくめ、片手を上げた。「頼む、よせ……よせ」

父親のルールの一つを思い出した。

トリガーを引く気がないのなら、銃を他人に向けるべからず。

コルター・ショウはトリガーを引いた。

79

レンタルのSUVで未舗装道路を跳ねるように走りながら、コルター・ショウはある事実を知った。

二人はもう一丁、銃を持っていた。

イーライが運転するダークグレーのSUVでショウを追跡しながら、ヒューがこちらに向けて撃ってくる。

こうなったのは、モーテルで発砲したせいだ。ひと思いにイーライを殺してしまいたい誘惑に駆られたが、ショウはイーライに向けて発砲するのを思いとどまった。その代わりにヒューのふくらはぎを撃ち、銃を湖に投げこみ、ビニール袋を拾ってレンタカーに駆け戻った。おそらくイーライがいったんモーテルの部屋に戻ってもう一丁の銃を持ち出し、車に乗りこんでショウの追跡を開始したのだろう。

また銃声が轟いた。

どれほど好条件がそろっていても、拳銃の狙いはどちらかといえば不正確で、未舗装道路とショウのジグザグ運転という悪条件が重なっているいま、放たれる銃弾は一発たりともランドクルーザーには当たらなかった。

暗い道を飛ばし、ショウはモーテルからの距離を着実に稼いだ——三キロ、四キロ、五キロ……二台の車はそれぞれ時速九十キロと百十キロで突っ走っている。ヒューとイーライのＳＵＶ——〝マスター・イーライ〟が必死の形相で運転する車は、じわじわと距離を詰めてきていた。

ナビの表示を一瞥する。一キロ半ほど先にヘアピンカーブが迫っていた。どのくらい減速すれば曲がれるだろうか。

ショウはとっさに身をかがめた。ついに一発がランドクルーザーに当たったのだ。怪我はなく、車にも大きなダメージはなかった。もちろん、穴は一つ開いただろうが。ショウはこれまでよりさらに車体を左右に大きく振り回しながら走った。

まもなくヘアピンカーブにさしかかった。グーグル・マップに描かれている以上にきついカーブだった。車のどこかから何か固い物体がはじける音が響いて、ランドクルーザーは道路をはずれ、砂利と藪と砂のような腐葉土に覆われた法面に突っこんだ。砂利を巻き上げながら法面《のりめん》を横切った先で、前輪が砂とゆるんだ土にはまりこんだ。エアバッグがふくらむ。めったにできない強烈な体験だった。

イーライの車が急停止したのが音でわかった。ショウはビニール袋をつかんで車から飛び出し、レンギョウとアメリカヒイラギに覆われた小さな丘の向こう側に身を伏せた。

「カーター……いや、別に名前があるのかもしれないが、よく聞け」イーライは路肩に立っている。ボンネットにもたれたヒューは、汗をかき、顔をしかめていた。「その袋を捨てろ。そうすれば見逃してやる。こっちに投げるんだ。それだけでいい。それで一件落着だ」

ショウは持ち手をつかんでビニール袋を野原に放った。丘の上に駐まったＳＵＶのヘッドライトの光を横切って、袋が真っ白く輝いた。

イーライはヒューから受け取った拳銃を握り、法面を横切って野原に下りた。周囲に用心深く目を配っている。むろん、ショウを探している。見つけるなりショウを撃ち殺すつもりだろう。

ショウは携帯電話を取り出してメッセージを送信した。五秒とたたず、ナイトゲーム開催日のスタジアムのように、野原全体が明るくなった。

拡声器から声が聞こえた。「デヴィッド・エリス、ヒュー・ガーナー！　ＦＢＩだ。銃を置いて地面にうつ伏せになれ！　いますぐだ。さもないと撃つ」

声の主は、ＦＢＩのロバート・スレイ捜査官だ。

「銃を捨てろ。地面に伏せるんだ！　早く！　撃つぞ！」

イーライは一瞬迷っただけで即座に銃を捨てた。しかし地面に伏せずに立ったままでいた。「ここはＦＢＩの管轄外のはずだ！　違法だろう。ここでは……」そこで声が途切れた。ヒューの視線を追っている。ヒューは道沿いに後ろを確かめたあと、指示どおり地面に伏せた。

「やられた」ヒューが吐き捨てた。

イーライがつぶやく。「ああ、ちくしょう《ジーザス・クライスト》……」

〝生き返り〟を商売にしている男の口からそんな言葉が漏れるとは、皮肉な話だとショウは思った。

二人が伏せている位置から三十メートルほど後ろに、カナダとアメリカの国境を示す小さな石の標識があった。イーライとヒューはショウを捕らえようと躍起になるあまり、国境を越えてアメリカ側に入っていた。

捜査官たちが駆け寄って二人に手錠をかけ、銃創を負ったヒューをそっと抱え起こした。

救急車が駆けつけてきて、救急隊員がヒューに応急手当を施した。二人は被疑者の権利を読み聞かせられた。

ショウは斜面を登り、革手袋をはずしてポケットに入れ、スレイ捜査官に合流した。もう一人、別の警察機関の捜査員も来ていた。サンフランシスコ市警の豊かな低音の持ち主ローラン・エトワール刑事だ。彼が拡声器で呼びかける役割をになわなかったのは意外だった。連邦と州の捜査権争いの結果なのだろう。

イーライが憤然と言った。「おとり捜査ではないか！」

二人が乗っていたＳＵＶの捜索にかかっていたスレイが顔を上げた。「え、何だって？」上の空といった風に訊き返す。

「これはおとり捜査だと言った」

「いや、違うね」スレイはそっけなく答えて捜索を続けた。

イーライとヒューは、カナダに不法入国した。したがってカナダの保護を求める権利はない。どのみち自らの意思でふたたび国境を越え、アメリカの刑事司法管轄区に戻っている。

ショウが武装していない相手の脚を銃撃したことはちょっとした問題ではあるが、ほかに方法がなかった。イーライとヒューの両方をアメリカに連れ戻す必要があったからだ。仮にビニール袋を抱えてただ逃げていたら、追ってきたのはヒュー一人だったかもしれない。しかしヒューの脚を撃てば、イーライが車を運転して追跡するしかなくなる。

イーライが言った。「それは証拠にならん。盗んだわけだからな。違法行為だ！」

ショウはイーライを見ながら、自分なりのルールを一つこしらえた。〝べからず大王〟アシュトンのルールほど役に立ちそうにはないが。

芝居がかった振る舞いをするべからず。

しかし、やりたいようにやらずにはすまない場面もある。ショウは芝居がかった身振りでビニール袋を逆さにし、引っくり返し、中身を地面にぶちまけた。たくさんの車両のヘッドライトのなか、イーライは地面に落ちた新聞やレストランのテイクアウトメニュー、観光スポットの宣伝チラシを呆然と見つめた。〈カナダ太平洋鉄道博物館〉〈ホグワース・メープルシロップ会社　見学ツアー参加者募集中！〉〈ブリティッシュコロンビア州ムーディの隠れた歴史〉。

イーライとヒューがオシリス財団のキャンプから持ち出した書類——犯罪を裏づける証拠を破棄したあとに残ったであろう書類——はただの一枚もなかった。もしもショウがそういった書類を盗み出していたら、それは事実、違法行為だっただろう。

「起訴に足りる証拠はもう充分以上にそろっている」エトワール刑事が言った。

スレイも言った。「あと必要なのは、おまえたちをアメリカ合衆国に連れ戻すことだけだった」

「くそ」ヒューが顔を歪めた。

二人がわずかでも証拠を持っていたほうが簡単ではあっただろうが、警察当局はすでにヒューとイーライをかなりの長期間、刑務所に入れておけるだけの証拠を手に入れていた。アーニャ、裏切られたインナーサークルの幹部や〈AU〉ら、証言の意思を表明している証人が大勢いる。スティーヴのノートは宝の山だ。

「どうして居場所がわかった？」イーライがスレイに訊いた。

スレイはショウに顎をしゃくった。「彼が見つけた」

ショウは肩をすくめただけで説明はしなかった。心のなかでは、自分一人の手柄でなく、チームでやり遂げたことだと思っていた。ショウの今回の相棒は、あろうことか、ダルトン・クロウだった。

イーライの追跡は、イーライとヒューがオシリス財団のキャンプを出発する前から始まっていた。二人がカルフーン保安官のSUVに荷物が積みこまれるのを待っているあいだに、ショウはバックパックからノートを出して自分の名前と連絡先を書き留め、保安官に渡した。だが、それは単なる誤導だった。実際には、エリックとアダムを追っていたとき、ショウの起亜車《キア》にクロウがこっそり取りつけたGPS追跡装置をバックパックから取り出すのが目的だった。ショウは追跡装置のスイッチを入れ、保安官のSUVの荷台にすでに積まれていたイーライの非常持ち出し袋の底に忍ばせた。

ショウは追跡装置の存在をスレイに伝え、スレイはクロウに連絡して、追跡装置のアプリのログインIDとパスコードを教えてほしいと頼んだ。ところがクロウは、エリックとアダムの懸賞金を取りそこねた一件を腹に据えかねていて、一方的に電話を切った。スレイは追跡アプリのデベロッパーに必要な情報を開示させるための令状を取ろうとしたが、クロウとイーライには何のつながりもないため、判事は令状発行を拒否した。

そこでショウは自分でクロウにメールを送り、交渉ののち、追跡アプリのIDを一万ドルで借りる約束を取りつけた。コンパウンドのリビングルームでヴィクトリアといたとき受け取ったメールは、最終的な条件を了解したとのクロウからの返信だった。

夕飯には戻る？

いや、おそらく戻らない……

ただ、クロウは一つ条件を加えた。ショウが自分で小切手を届けに来ること（支払いを確実にする意味もあるだろうが、その要求に意地の悪い満悦が含まれているのは明らかだった。しかしショウは意に介さなかった）。

GPS追跡アプリにより、イーライとヒューは国境を越えてブリティッシュコロンビア州ムーディにいると判明した。そこに滞在しながら、もっと遠く、もっと異国情緒あふれる場所に、痕跡を残さず高飛びしようと画策しているに違いない。

ショウとスレイは、正規のルートでカナダ騎馬警察隊の協力を取りつけるには長い時間がかかり、二人に逃走の時間を与える結果になるのではないかと懸念した。そこで今回の作戦を立案し、ショウが二人を国境のこちら側に誘い出す役割を演じることになった。

ショウはここから数キロ先の地点で合法的に国境を越えていた。いま、アメリカ合衆国税関・国境警備局の制服を着た男性が近づいてきた。「コルター・ショウ？」

「そうです」

「パスポートに入国スタンプを捺《お》しましょう。ムーディのモーテルに戻って一晩過ごしたいなら明日にしますが。なかなかきれいなところらしいですからね」

「いいや、今夜は別の宿を探しますよ」ショウは青いパスポートを差し出した。

ヒューを銃撃する現場を目撃した証人は九割方いないだろうが、残りの一〇パーセントに該当した場合、災難と言わずとも面倒なことになる。念のため国境のこちら側にとどまっていたほうが無難だ。

少々残念ではあるが。

ショウはメープルシロップ工場を見学したことがまだ一度もなかった。

80

6月21日

やまびこ山での即興の発掘作業を終え、コルター・ショウは父が遺した箱を抱えてキャビンに帰った。

チェースだけを連れ、何年も前に父が書斎として使っていた部屋に入った。

飾られている数十枚の写真をざっと眺めた。とりわけ上出来な写真が一枚ある。ピントが正確に合っていて、色も鮮やかだ。映っているのはショウ家の三兄妹で、腕と腕をからめている。ドリオン、コルター、ラッセル。三人とも明るい笑みを浮かべていた。

ショウは机の一角を空け、そこに箱を置いた。一瞬ためらった。何が入っているのだろう。複数の人々が命を落とした理由をいま、目にしようとしているのだ。これを取り巻く事実が示唆するほどに重要な意味を持つものなのか。それとも、何の意味もないもの、父の混乱を来し始めていた知性の産物にすぎないのか。とうに期限の切れた食料品店の割引クーポンの束とか？　まさか、空っぽということはあるだろうか。

継ぎ目をふさいだ接着剤は分厚く、固くて、剝がすのは無理そうだった。ショウは折りたたみナイフで蓋の部分を切り開いた。なかから防水布の袋を取り出し、これも切り開く。箱を切ったときより慎重に刃を動かした。

大型封筒が出てきた。封を切った。出てきたのはアシュトンの筆跡で埋められた紙六枚、記事を印刷したもの、サンフランシスコのベイエリアの地図。そしてリングについた鍵が二本。住宅かオフィスの鍵らしい。一番上に父の筆跡の手紙があった。ショウは乾燥した音を立てる紙を開いて読み始めた。

こんにちは。

私の名前はアシュトン・ショウ。元大学教授で、アマチュアの歴史学者で、政治学を研究している者だ。大学で教鞭を執りながら個人的な調査と執筆を続けて歳月が経つうち、合法と違法、民主主義と独裁制の狭間で暗躍する多くの政治家やロビイストのみならず、世の大半の大企業や団体、個人に対して疑惑を抱くに至った。そしてそういった不正を暴く論説を数多く執筆し、抗議活動を組織し、デモに参加してきた。

当然の帰結として、私が違法性を指摘した組織の一部から脅迫を受けた。家族の安全を守るためにベイエリアを離れ、自衛がより容易な土地に居を移す一方で、目立たぬ形で活動を続けてきた。家族にはつらい思いをさせることになったが、ほかに方法はなかった。

志を同じくする一握りの同僚と協力し、政府やビジネス界に存在する不正や堕落を告発することを通じて、社会のとがった角をいくらか丸めることができたのではないかと自負している。

　しかし数年前、ブラックブリッジ・コーポレート・ソリューションズという会社の存在を知った。

　そのころ、大手製薬会社がもたらす危険について調査した際、低層中産階級が多く暮らす地域の一部で、これまでは薬物依存とは無縁だったのに、患者数が文字どおり一夜にして急激に増加する地区があることに気づいた。薬物依存症者が増加した結果、犯罪発生率が急上昇し、一帯の不動産価格は急激に低下していった。ある時期を境に、住むに適さない地域となったのだ。

　さらに調査を進めると、驚いたことに、この傾向は貧困層が多く住む地域に共通する自然の経過ではないと判明した。違法薬物が蔓延したのは、ブラックブリッジの暗躍の結果だった。ブラックブリッジはロサンゼルスに本拠のある超秘密主義の民間諜報会社だ。かつては小規模な会社だったが、現在は国外にも拠点を持ち、元企業幹部や情報コミュニティのメンバー、軍人、傭兵で構成され、犯罪者まで関わっている。クライアントのリストには世界有数の企業が並ぶ。

　そういった企業のいくつかがブラックブリッジを雇い、狙いを定めた特定の地域の不動産価格を下落させる工作を依頼し、実際に暴落するのを待って特売価格で土地を買い占めたのである。その際、ブラックブリッジが採用した手法は、薬物問題を人工的に生み出すというものだった。工作員がターゲット地区の密売組織にただ同然で薬物を大量に流した。ときにはメスやフェンタニル、メタドンを誰彼かまわず──子供にも──配布した例もあった。この結果、違法薬物と犯罪により数百人が命を落とし、数千の住人が家を失い、多くはホームレスとなった。

　この地上げ計画は、ブラックブリッジが全世界の顧客に代わって展開している数十の不正なプロジェクトのうちの一つにすぎない。

　似たような会社はほかにいくらでもあるに違いない。そのなかでなぜブラックブリッジが、私と同僚たちの──たとえるなら──〝白鯨〟となったのか。

　答えは単純だ。私や同僚の教え子のなかでもとりわけ優秀な大学院生の一人で、卒業後は弁護士事務所に就職し、のちにサンフランシスコ市議会議員に選出された者がいた。彼、トッドとは頻繁に連絡を取り合った。トッドと私は親しい友人になった。自分の選挙区で違法薬物の流通量が不可解な増加を始めていると私に話してくれたのも彼だった。

トッドが調査を開始した矢先、彼と妻が殺害された。強盗事件に見せかけられていたが、奪われたものはほとんどなく、警察の捜査で、犯人と街に出回り始めていた新しい薬物との関わりを示唆する証拠が発見された。

ブラックブリッジは、口封じのためにトッドを殺したのだろうと私は考えている。少なくとも、彼の選挙区に違法薬物をばらまいたという意味で、責任があるのは確かだ。

我々が接触したブラックブリッジの従業員のほぼ全員が証言を拒んだ。告発の結果を恐れたからだ。しかし会社の手法に嫌気が差し、私と話をしてもいいと手を上げた者が何人かいた。自ら証拠を引き渡そうとはしなかったが、元従業員のエイモス・ゴールという人物のことを教えてくれた。ゴールは会社の文書をひそかに持ち出しており、ブラックブリッジはそれを取り返そうと躍起になっていた。その文書にはブラックブリッジを破滅させ、結果的に彼らの顧客である悪徳企業をも倒す力があるとされていた。

ゴールは問題の文書をサンフランシスコ一帯のどこかに隠したらしいが……当局に接触する前に自動車事故で死んだ。これも単なる事故ではないだろう。

ゴールが隠した文書を探し出すこと。寝ても覚めてもそれが頭から離れなくなった。

やがて、ブラックブリッジが我々の動きを察知した。公然とした、あるいは婉曲《えんきょく》な脅迫を受け、我々の改革運動の同志は一人、また一人と撤退した。さらに二人が、自然死と見えなくもないが、偶然にしてはできすぎた状況で命を落とした。

我々を特定し、証拠の探求を中止させる――我々が入手した場合にはそれを盗み出す――任務を担当するブラックブリッジの工作員は、アイリーナ・ブラクストンという名の女だ。近所のおばあちゃんといった風貌をしているが、その実、冷酷そのもので、作戦の一環として迷わず身体的な攻撃を指示するような人物だ。元副官の手で殺されたものとこちらは考えていたが、あいにく、その報告は誤っていたようだ。ブラクストンはいまも我々を探し続けている。

　さて、ここからはきみの話をしよう。

　きみは私が残したパンくずを頼りにやまびこ山にたどりついたのだろう。そしていま、この手紙を読んで一部始終を知った。

　この危険な仕事を引き継いでくれときみに頼むなど、私にはできない。理性的な人間であればそのようなことはしないはずだ。だが、もしもきみに引き受ける覚悟があり、中断した私の調査を再開する気があるなら、きみはブラックブリッジとその顧客によって命を奪われた者、取り返しのつかない影響をこうむった者に代わって正義をなし、将来、同じ運命に苦しめられていたかもしれない数千の人々を救うことになる。

　同封した地図についた印は、エイモス・ゴールが証拠を隠した可能性がある地点を示している。これからこの手紙と添付書類一式を隠したあと、私はサンフランシスコに戻り、いっそうの手がかりを集める努力をするつもりでいる。そうやって集まった手がかりは、サンフランシスコのアルヴァレス・ストリート六一八番地にある。

　最後に一つだけ——自分は安全と油断するべからず。

A・S

81

　アメリカでは、原則として天気は西から東へ移動する。ただし、南カリフォルニアを起点に、コンパウンドが位置する谷を含めた北部を巻きこんで吹く空っ風〝サンタアナ〟が発生したときだけは例外だ。

　父の書斎の開け放した窓から、乾いたそよ風が吹きこんできた。ゆるく渦を巻きながらキャビンのある谷をのんびりと抜けていく熱い風。六月に吹くのは珍しい。サンタアナは例年、十月から四月にかけて見られる現象だ。しかしここ近年は吹き始めが早く、吹き終わりは遅くなっている。以前に比べていっそう熱く強くなっていることは、カリフォルニア州で頻繁に起きる山火事で家を失ったすべての人が、悲しみとともに証言するところだ。

窓の外に目をやると、メアリー・ダヴが大きな野原を歩いていくのが見えた。ショウもよく知っている野原だ。父の葬儀はそこで行われた。父が遺した葬儀の指示は、晩年の父の精神は完全に壊れていたわけではないことを裏づけていた。

アッシュの灰《アッシュ》は三日月湖に撒いてほしい。

一家は以前、面積十エーカーのその野原で野菜を栽培していたし、母はいまも栽培を続けている。そこは一家の狩り場でもあった。野生のシチメンチョウやキジ。シカも数えきれないほど倒した。〝ここは世界一安全な住みかとはいえない〟という危険情報は、彼らの遺伝システムを通じて下の世代に受け継がれてはいないらしい。

母がいまたどっているのは、実際、今夜の食事に続く道筋だった。

メアリー・ダヴは一家でもっとも優秀なハンターだ。手入れが行き届いたウィンチェスターのライフルを構え、両目を開けた状態でニコンの傷だらけのスコープをのぞき、獲物に狙いを定める母の姿が思い浮かぶ。そういうとき、ライフルはかならず安定した木の枝や岩、フェンスの柱で支えられていた。

緊急時を除き、長銃をフリーハンドで発射するべからず。

メアリー・ダヴは、確実に一発で仕留められる絶対の自信がなければトリガーを引かない。昔から何度も母と狩りに出かけてきたが、ショウは母が弾をはずすところを一度も見たことがないし、一発で獲物を倒せなかったところも見たことがない。

今晩の献立は何だろう。いつもなら、母が持っている銃の種類でだいたい予想がつく。ショットガンなら、キジかカモ。ライフルならイノシシかシカ。しかし、今日のメアリー・ダヴは銃を持っていなかった。ペンを構え、配達トラックの運転手に受け取りのサインをして、食料品の詰まった箱を受け取った。トラックは私道の入口にある郵便受けのすぐ隣に停まっている。

メアリー・ダヴは運転手にチップを渡した。ホワイトサルファースプリングスからここまで四十キロの道のりだ。かなり大きな箱なのに、メアリー・ダヴは羽毛と空気が入った箱か何かのように軽々と持ち上げ、キャビンに戻ってきた。

ショウの携帯電話が鳴った。スー・バスコム、オシリス財団での体験を本に書こうと思うと話していた女性からだった。

同じような被害に遭う人を増やしたくありませんから……

「ミスター・ショウ？」バスコムの声ははずんでいた。「イーライが逮捕されたんですって。もう一人のあの恐ろしい人、ヒューも。ご存じでした？」

「ええ、そんなような話を聞いたように思います」

「この前お話しした本、さっそく取材を始めました。話をしてもいいって言ってくれてる元コンパニオンが二十人以上いるの。まだ取材を受けていただけるようでしたら、あなたからもぜひお話をうかがいたくて」

ショウはいいですよと答えた。前回と同じ但し書きをつけて——匿名とすること。

バスコムはかまわないと言った。ジャーナリストとして、匿名の情報源に取材することも珍しくない。物議を醸しそうな証言については、発言の根拠が確かであるかぎり、名前を伏せるのが倫理にかなっている。

取材の場所を決めた。バスコムはシアトルに住んでいるという。そこでタコマで会う約束をした。ショウにはやり残した仕事があって、どのみち近くタコマに行く予定だった。

ショウは立ち上がって母のところに行った。母はステーキ肉や鶏肉、何やら手のこんだパイなどを箱から取り出していた。

メアリー・ダヴは、どうだったというように片方の眉を吊り上げた。

ショウはアシュトンが隠した宝の中身を見せた。母は手紙に丹念に目を通し、同封されていたほかの書類をざっとめくった。それから眼鏡を押し上げ、サンフランシスコの地図を見たあと、首を振って息子に視線を戻した。

「ブラックブリッジ。初めて聞く名前ね」メアリー・ダヴは溜め息をついた。「だけど、トッド・フォスターとは奥さんのキャシーが亡くなったときのことは覚えてる。とてもショックだった。アッシュはトッドととても親しかったの。これでいろんなことに説明がつく」そう言って指先でそっと手紙に触れた。「アッシュが心配していたことは事実だったのね。病気のせいじゃなかった」

ショウはうなずいた。父が抱えていた妄想じみた猜疑心や現実と乖離《かいり》した認識は、父に大量の意味不明な文章を書かせた。しかしこの手紙やそのほかの資料は、理路整然としていて、実際に起きたできごとに基づいている。父の懸念は本物だったのだ。

それに、ショウ自身が数週間前、ブラックブリッジの殺し屋エビット・ドルーンに遭遇し、一悶着《ひともんちゃく》経験している。そのこともこの文書類が本物であると裏づけていた。

ショウは外に目をやった。熱い風に吹かれて、ニードルグラスや優しいピンク色をしたネズミガヤが一方にかたむいている。風は野原の端の土を控えめに巻き上げた。ショウの脳裏にドルーンのサメのような目と、銃を扱い慣れた手つきが蘇った。ショウを訪れた目的の非情さも。

痛めつけるのは楽しい。相手が変わるような痛めつけ方をする。相手が永遠に変わるような痛めつけ方だ……

「父さんから、アルヴァレス・ストリートの家の話を聞いたことは？」

「一度もない」

配偶者が秘密の隠れ家を用意していたと知らされたら、女性によっては即座にこう考えるだろう――愛人との密会場所。夫の浮気を疑うはずだ。しかしメアリー・ダヴは別だった。アシュトン・ショウほど妻に誠実な人物はいない。

ショウは携帯電話を取り出し、ついさっき調査員のマック・マッケンジーから送られてきたメールを母に見せた。

> アルヴァレス・ストリート６１８番地にあるのは三階建ての一軒家。面積およそ１１０平方メートル。所有者は、何年も前にカリフォルニア州内で設立された会社、ＤＣＲホールディングス。税金や維持費は投資運用利益から支払われている。このまま半永久的に土地家屋を維持できるだけの資産と所得あり。近隣の会社や商店にざっと話を聴いたところ、しばらく前からときおり30代の男が出入りしているとのこと。家の管理サービスのスタッフの可能性もあり。現時点での情報は以上。

メアリー・ダヴが微笑む。「ＤＣＲホールディングス」

ドリオン、コルター、ラッセルの頭文字を並べた会社名。

父は隠れ家を用意していた。そこで同僚と会い、ブラックブリッジを倒す作戦を話し合った。その隠れ家は、いまも稼働している。

ショウは言った。「この二人――ブラクストンとドルーン――は、おそらく母さんやドリーのことも把握している。トム・ペッパーに連絡しておくよ。コネを使って警護を手配してくれると思う。ここと、ドリーの家の前に」

「断る理由はないわ。でも……」メアリー・ダヴはブラウスの裾を持ち上げた。腰のホルスターと四五口径のグロックの握りが見えた。「とりあえずは大丈夫」ブラウスの裾を下ろしてまな板に向き直ると、心配事など何一つないかのようにこう言った。「二時間で夕飯よ。みんなにそう伝えてきて」

82

コルター・ショウとヴィクトリア・レストンは、玄関前のポーチに座っている。そろそろ真夜中になろうかという時刻で、インクのように黒い空の高いところに美しい三日月が浮かんでいた。

空っ風は休息に入ったらしく、その名残のそよ風はほんわりと暖かい程度で心地よかった。聞こえるのは、細長い草が揺れるさわさわという音、フクロウの声やかなたのコヨーテの遠吠え、ときおり吠えるオオカミの声だけだった。

ショウはビールの、ヴィクトリアはワインのグラスをそれぞれ持っていた。チェースは二人の足もとに座っている。ときどき耳をぴんと立てた。物音が聞こえたのか、侵入者かもしれないにおいが漂ったのか。しかし、立ち上がったり、戦闘態勢を取ったりすることは一度もなく、ショウが小さな声で「大丈夫だ、チェース」と声をかけるだけですんだ。首輪に引き紐がつないであり、引き紐はショウが座っている椅子の足に巻きつけてある。夜は肉食獣の時間帯だ。チェースが勝ち目もないのに自分の王国を守らんと飛び出していくのを防ぎたかった。

キャビンにはほのかな明かりが灯っているだけで、静まり返っていた。二人以外の全員がすでに床についている。

二人の話は尽きなかった。体験談を次から次へと分かち合った。

ショウは父の〝べからず集〟の話をした。父が子供たちに教えたサバイバル・スキルの話も。ヴィクトリアが軍で受けた訓練と重なっている部分も多かった。

「所属は？」ショウは尋ねた。

「デルタフォース」

陸軍のテロ対策特殊部隊だ。

第1特殊部隊デルタ作戦分遣隊、通称〝ユニット〟は、三十年以上前から、事務職ではなく戦闘要員として女性兵士を採用してきているのだとヴィクトリアは話した。

ショウは懸賞金ビジネスの、ヴィクトリアはセキュリティコンサルタントの仕事での武勇伝を披露し合った。氷のように冷たい水に潜ったこと。バラの木で武器を──それもとりわけダメージの大きな武器を──作ったこと。戦場であり合わせの材料で作った、吐き気を催すような、だが体力回復には貢献した食事の数々。

ショウは、オオカミの群れに追われ、十四歳だった妹と高さ百メートルの断崖を懸垂下降した経験を話した。

「オオカミが狩りをするのは夜だけよね」ヴィクトリアの反応はそれだった。

「そのとおりだ」

「ふうん」ヴィクトリアは言った。「とすると、暗いなかで懸垂下降したわけね。月は出てた？」

ショウは出ていなかったと答え、きみはふつうではない状況で崖を下りた経験はあるかと尋ねた。

「何度か」ヴィクトリアは話をそらそうとする蚊のように言った。

「一番高かったのは？」

「覚えてない。四百くらい？」

「すごいな」

一瞬のためらいがあって、ヴィクトリアは続けた。

「フィートじゃなくて、メートルで」

四百フィート（約百二十メートル）ではなく、四百メートルか。

ショウは言った。「降参だ。きみの勝ちだ」

しばらく沈黙が続いた。やがて彼女が伸びをし、顔をしかめた。痛めた肩に思いがけず負担がかかったのだろう。

「そろそろ疲れたわ」ヴィクトリアが言った。

ショウも疲れを感じた。

かつてドリオンが使っていた寝室までヴィクトリアを

送っていった。室内の装飾のテーマは主にアメリカ先住民柄、野生動物、犬、そしてなぜか旧式の機関車だ。子供のころの一時期、ドリオンはなぜか機関車にはまっていた。

　ドアの前で立ち止まり、ヴィクトリアが振り向いた。ヴィクトリアの動作は自信と確信にあふれ、誤解の余地はなかった。ヴィクトリアは顔に落ちた髪を払った。コルター・ショウは彼女の痛めていないほうの肩に手を置き、わずかに身をかがめて、熱のこもったキスをした。彼女がもたれかかった。チェースは、犬にしかできないあの理解と困惑が入り交じった目で二人を見上げていた。あっという間の十五秒が過ぎ、ヴィクトリアが体を離した。

「おやすみ」そうささやいて、彼女は寝室に消えた。

83

6月22日

ギグハーバーの天候は、前回来たときと様変わりしていた。

　太陽がまぶしい。霧や雲は気配すらなかった。マツの葉の緑はまぶしく、海はサファイアのように青く輝いている。

　ショウはウィネベーゴのハンドルを切って入口ゲートを抜けた。鋳鉄の門扉を支えている左右の支柱はコンクリートで、それぞれてっぺんに天使の彫刻がある。どちらもかわいそうに黒く汚れ、翼は風雨に磨かれてつるりとしていた。

　ブレーキをかけ、駐車場を見回す。目当ての傷だらけの緑色のピックアップトラックは少し先の区画に駐まっていた。そのすぐ後ろの区画にウィネベーゴを入れて駐めた。隣のシートに置いてあった二十センチ×二十五センチの封筒を取って車を降り、真新しい墓の前にたたずむ男性に近づいた。

「ミスター・ハーパー」

　肩幅の広い男性はびくりとした。ウィネベーゴが来て駐車する音が聞こえていなかったのだろう。眉をひそめ、少し考えてから言った。「ショウ――だったか」

　アダムの墓石はシンプルなデザインだった。名前と誕生日、死亡日が刻まれているだけだ。天使の彫刻はなく、オシリス財団のスタディ・ルームにあったようなレリーフもない。

隣の墓石には〈ケリー・メイ・ハーパー〉と刻まれていた。

ショウは言った。「お話ししたいことがありまして」

アダムの父親はたくましい肩をすくめた。

「奥さんが亡くなったあと、アダムが三週間ほどいなくなった時期があったとおっしゃっていましたね」

スタン・ハーパーは小さくうなずいただけだった。

「帰ってきたとき、だいぶ明るくなっていたともおっしゃった」

「子供のころに、まだ幸せだったころに戻ったみたいだった。いろんな問題が出てきたのは、十代になってからだった。だが、それが何だと言うんだ、ショウ?」足もとの墓石を見やる。そしてかすれた声で言った。「息子は戻ってこない」

「行方不明だった三週間。アダムはカルトにいました」

「カルト?」

「いま盛んに報道されているカルトです。オシリス財団」

スタンはうつろな目を地面に向けたままぼそりと言った。「で?」

「そのカルトの教義は、人は死後に復活するというものでした」

「それは……生まれ変わりみたいな話か」

ショウは答えた。「ええ、そんなような話です」

「で、アダムはそれを信じたのか」

「はい。それに慰められていた。亡くなる前、家族にまた会えると信じていたんです。来世で。お母さんやあなたと再会できると」

スタンは低い笑い声を漏らした。この奇妙な知らせをどう受け止めたのか、本心はわからなかった。

「くだらない。どれもでたらめだ。教会が教えてることだってそうさ。天国に地獄。私はもう地獄に来た気分でいるがね。ケリーが死んでからずっと」

「アダムには意味のある教えだったんです」

スタンは無言だった。

「これを」ショウは封筒を渡した。スタン・ハーパーはなかをのぞき、アダムが使っていたオシリス財団のノートを引き出した。フレデリックがショウに預けたものだ。

スタンは表紙を見た。〈プロセス〉。

「アダムのノートです。日記のような。頭に浮かんだことや思い出したことを書いていました。これまでの人生で楽しかったこと、つらかったこと」

好ましくない感情――怒り、恐れ、悲しみ。好ましい感情――喜び、愛、安らぎ。ここではそれぞれ――いかにも気の利いた表現だろう？――〈マイナス〉と〈プラス〉と呼ぶ……

ショウもなかをざっと見ていた。文法の誤りだらけで、話はあちこちに飛んで脈絡がなかった。無関係ないたずら書きもあった。しかし〈プラス〉には、父親との思い出がいくつか挙げられていた。

「こんなものはいらん。こんなもの、どうしろと？」スタンはノートを封筒に戻してショウに返した。それから墓石を一瞥した。「どうして来たのか、自分でもわからない。来れば何か感じるんじゃないかと思った。何か考えが浮かぶんじゃないかと」

「さよなら、ミスター・ハーパー」

スタンは黙っていた。

ショウはウィネベーゴに戻ろうと歩き出した。半分くらい来たところで、声が聞こえた。「ちょっと待ってくれ」

スタンがこちらに歩いてくる。「やはりもらっておこうかと思う。もしかしたら……ともかくもらっておくよ」

ショウは封筒を渡した。

スタンはポケットからキーを取り出しながら、自分のピックアップトラックに戻っていった。

84

ウィネベーゴはタコマ郊外のスーパーマーケットの駐車場に駐まっている。

ショウはスウェットシャツにジーンズという服装で車内の小さなダイニングテーブルについていた。テーブルには〈アシュトン・ショウ資料〉というラベルを貼った分厚いファイルがある。その上に置かれたサンフランシスコのベイエリアの地図は、皺と汚れだらけだ。ショウは十八カ所あるX印を眺めていた。大部分は北部――マリン郡とその北側のナパやソノマといったワインカントリーに集中していた。

同封した地図についた印は、エイモス・ゴールが証拠を隠した可能性がある地点を示している。

ショウはホンジュラス産の極上のコーヒーを飲んでいた。絶妙の量のミルクを加えてある。どんなときも難しいのはそれだ。少なければ足せばいいが、多すぎたときは手の打ちようがない。

ドアを叩く音が聞こえた。

「ミスター・ショウ？　スー・バスコムです」

ショウは地図をファイルに戻してドアを開けた。バスコムが乗りこんできて、キャンピングカーがわずかに沈みこんだ。ずんぐりした体格のバスコムは、深緑色の長袖ワンピースに黒いニットのカーディガンという出で立ちだった。

コーヒーを勧めたが、バスコムは遠慮した。二人は小さなテーブルをはさんで腰を下ろした。バスコムが用意してきた質問をし、ショウの答えを携帯電話のアプリに録音する。手書きのメモも取っていた。ショウは個人情報を明かすのを全面的に拒み、ヴィクトリアについてはもちろん一言も触れなかった。

それでも記者のクラインに対する暴行や、ジョンが無残に殺された一件は詳しく話した。アビーの情報は伏せたまま、性的虐待が行われていたことも話した。バスコムはこの辺りのディテールにとりわけ深い関心を示した。

三十分ほどしたころ、バスコムが言った。「いいお話をうかがえたわ、ミスター・ショウ」

「〝コルター〟でけっこうですよ」

「参考になりました。とても参考になったわ」いま取ったメモをめくりながら、バスコムが補足の質問をしようとしたとき、駐車場から怒鳴り声が聞こえた。

二人は跳ねるように立ち上がった。「あらら、火事みたい。車から火が出てる」バスコムはカーテンの隙間から外をのぞいて言った。ショウは運転席の近くから消火器をつかんで外に出た。

近くに駐まったSUVが炎に包まれていた。煙の黒い竜巻が空へ立ち上っている。たったいま再現していたジョンの恐ろしい死の現場に引き戻されたようだった。

何ごとかと、店舗や駐車場の車から大勢が飛び出してきた。

「なかに人がいるぞ！　ほら！」

「誰か九一一に通報して！」

「下がれ！　爆発するかもしれないぞ！」

　ショウは車に駆け寄り、消火剤を噴射した。大して効果はなかったが、部分的に火の勢いが弱まったおかげで、車内は無人だと見て取れた。誰かが人と見間違えたものは、積み上げられた荷物だった。

　大きな破裂音が何度か響いた。

「銃弾だ！」男性が叫び、人々が逃げた。

　ショウは間違いを訂正しなかった。炎に炙られた弾丸はあんな音を立てない。いま聞こえたのはおそらく、食品の容器が爆発した音だ。

　遠くからサイレンの音が聞こえた。

　ショウは空になった消火器を駐車場の分離帯の芝生に放り出し、新しい消火器を取りにウィネベーゴに戻った。ステップを上ってなかに入ったところで足を止めた。バスコムが消えていた。

　消えたのは、バスコムだけではなかった。

〈アシュトン・ショウ資料〉のラベルを貼ったファイルも消えていた。

85

　ウィネベーゴを下りて見回す。バスコムが乗ってきた車は影も形もない。

　走り去るのがちらりと見えたような覚えもあるが、バスコムの仲間はウィネベーゴの風上で車に火を放った。おかげで濃い煙が文字どおり煙幕になり、ショウは彼女が逃走する瞬間を見ていなかった。

　利口なやり方だ。

　ショウは車に戻り、ほかになくなっている持ち物がないか、手早く確認した。寝室は鍵がかかったままだった。複雑な錠前だから、ピッキングする時間はなかったはずだ。それでも調べないわけにはいかない。

　あるべきものはすべてあった。非常持ち出し袋（サバイバリストは〝急いで逃げろバッグ《GTHO》〟と呼ぶ。子供がその場にいなければ〝クソ急いで逃げろ《GTFO》バッグ〟だ）。銃――三五七口径のコルト・パイソン、四〇口径のグロック。偏愛するライフル、リー・エンフィールドNo.４Mk２も無事だ。このイギリス製のボルトアクション・ライフルは六十年前のモデルで、へこみ傷やすり傷だらけではあるが、〝鉄ブロック〟のＶ８型エンジンのように信頼性が高く、悪魔のように精確だ。何箱もの弾丸、清掃キット、いちばん頼りにしているニコンの望遠照準器もちゃんとそろっていた。

　これほどの銃や弾が必要になるだろうか。まだわからない。

　だが、父の手紙にこうあった。

　自分は安全と油断するべからず……

　携帯電話が震えてメールの着信を知らせた。ヴィクトリアからだ。

　目を通した。めったに笑わないショウの口もとがゆるむ。

　少し考えてから返信を送った。

　よし、仕事にかかろう。

　ワシントンＤＣで待機しているマック・マッケンジーにメールを送った。

　　このあとメールで写真を送る。

　マックからの返信。

　　了解。

　ショウはキッチンカウンターの前に立ち、コーヒー豆の袋やカップの奥からソニーのデジタルカメラを持ち上げた。ＳＤカードを抜き取り、パソコンで映像を確認し、いまから十分ほど前、カメラから二メートル半の位置に座っていた女の顔を正面からとらえたシーンを切り出した。

　その静止画像を暗号メールでマックに送る。

　ほどなく携帯電話の着信音が鳴った。

　　検索中。

　マックが雇っているインターネットのエキスパートは、

顔認識システムを使い、オンラインで検索可能なあらゆる場所から一致する画像をかき集め、ショウのウィネベーゴを訪れた人物の身上調査書を作成するはずだ。

　その人物は、スー・バスコム、オシリス財団のアプレンティスではありえない。それはただの偽名だ。あの女こそアイリーナ・ブラクストンに違いないとショウは確信している。アシュトンと同僚たちが探していた決定的証拠を回収し、その過程で彼らを抹殺する目的に長い歳月を費やしてきた、ブラックブリッジの工作員。

　初めから疑っていたわけではない。キャンプでイーライや財団の危険性について本を書きたいと持ちかけられたときは、本人が言っているとおりの人物なのだろうと思っていた。

　しかし数日後に電話をかけてきたとき、自分はジャーナリストだとほのめかした。ショウに接近するにはうってつけの隠れ蓑《みの》ではある。ただし、彼女が知らないことが一つだけあった――イーライが記者をコンパニオンとしてキャンプに迎え入れるはずがない。つまり、彼女は嘘をついている。

　父は手紙でブラクストンについてこう書いていた。


近所のおばあちゃんといった風貌をしているが、その実、冷酷そのもので……


　そこでショウは、彼らはどうやって資料を盗もうとするだろうかと考えを巡らせた。

　ブラクストンとドルーン――SUVに放火したのはおそらくドルーンだろう――は、オシリス財団のキャンプまでショウを尾行したか、電話やメールを傍受して、ショウの計画を知ったに違いない。ショウはしじゅう携帯端末を換えたりプリペイド携帯を利用したりしているが、元FBIの友人、トム・ペッパーが言うとおり、「本気で盗聴したいと思えば何だって盗聴できる」。

　キャンプを見下ろす丘陵から偵察すれば、財団がどんな性質の団体かは把握できただろう。イーライの正体を暴いたショウのスピーチも聞いたに違いない。そしてブラクストンは、ショウに接近する絶好のチャンスと見て取った。警察当局が到着したあと、混乱にまぎれてキャンプに入りこみ、その辺で拾ったアミュレットを着け、ショウに近づいてこの体験を本に書きたいと話した。

　ブラクストンの目的は、言うまでもなく、アシュトンがすでに集めていたエイモス・ゴールの証拠を探すための手がかりについて、ショウが持っている情報を奪取することだ。

　対抗手段は、あらゆる可能性を考慮して立案する必要があった。今日の午後、約束の時間に現れた二人が暴力でショウを抑えつけ、拷問するおそれも考えなくてはならない。ショウはその用心もしておいた。スウェットシャツの下にボディアーマーを着け、三八〇口径のグロックを背中側のウェストバンドにはさんでいる。加えて、〝バスコム〟と話しているあいだずっと、マックとの電話をつないだままにしておいた。暴力沙汰に発展した場合、マックからタコマの警察に通報する手はずになっていた。

　だが、初めから暴力沙汰を避けられればそれが一番安全ではないか。そう考えたショウは、彼らの仕事を簡単にしてやった――わざと目につくところに〈アシュトン・ショウ資料〉のファイルを出しておいた。

　むろん、中身は偽物だ。

　ショウは本物の文書の写真を撮り、暗号化したうえで、自分とマックがそれぞれ管理するセキュアサーバーにアップロードし、本物はウィネベーゴの床下の秘密の空間に隠した。

　偽のファイルにはさんだ地図には、偽の印を描き入れた――本物の地図で印がついていた、エイモス・ゴールがブラックブリッジとその顧客を破滅に導く証拠を隠した可能性のある地点が密集している地区とはまったくかけ離れた一帯に。

　偽のファイルの残りの文書は、アシュトンや同僚たちが犯罪の証拠を精力的に探していた時期の文書をネットで探してダウンロードしたものにすぎず、いずれも無意味で、彼らの目を誤った方向に導くような内容だ。

　ブラクストンが持ち去ったファイルは、彼らをいたずらに駆けずり回らせるだろう。

　ショウはウィネベーゴのエンジンをかけ、ギアを入れて駐車場の出口に向かった。駐車場は緊急車両と煙、そしてくすぶり続けるＳＵＶを背景に自撮りしている興奮した買い物客であふれていた。

　車を南に向けた。七時間から八時間で、今回の旅の最終目的地に着くだろう。サンフランシスコに。アルヴァレス・ストリートの父の隠れ家に。

　快適で安心なウィネベーゴで高速道路を順調に飛ばし

ながら、コルター・ショウが考えていたのは、父アシュトンが誰に託すつもりで白い箱を隠したのかということだった。同僚の誰かがいつか見つけるだろうと思っていた可能性もある。身元を知られる危険を冒してブラックブリッジにふたたび戦いを挑もうと決意した同僚の誰かが。

しかしもしそうだとすれば、わざわざやまびこ山に隠した理由がわからない。ベイエリアのどこかに隠せばすんだはずだ。

考えれば考えるほど、あの手紙は、同僚ではなく、三人の子供たちのいずれかが読むことを期待して書かれたのではないかと思えてくる。父の思考様式――たとえばにおいを手がかりにするなど――を確実に理解できるのは、ほかの誰でもなく、その三人だ。

その三人だけが、ブラックブリッジがもたらすリスクに立ち向かえるだけの知恵と技能を備えている。三人は子供時代を通じて、父からサバイバルのスキルを徹底的に叩きこまれているのだから。

では、三人のうち誰を想定して手紙を書いたのだろう。ショウが書く文字よりさらに几帳面な筆跡で助力を懇願する一文をしたためたとき、父の頭にあったのは自分ではないか――〝一つところに落ち着いていられない〟コルターだったのではないか。そんな気がした。

果たして本当にそれがアシュトンの意図だったのか。断言はできない。確率は九〇パーセントかもしれないし、一〇パーセントかもしれない。

だが、いまとなってはどうでもいいことだ。コルター・ショウはすでに心を決めたのだ。父の探求の旅はいま、息子に引き継がれた。

（了）

著者あとがき

カルトおよびカルトに類する組織――アメリカ国内で現在活動中の組織は数万とも数十万とも言われる――をテーマに数多くの本や記事が書かれ、ドキュメンタリー番組が製作されてきた。以下に、『魔の山』執筆に当たって私が参考にした作品を挙げた。ご興味のある読者は、ぜひ参照されたい。

American Messiahs by Adam Morris
Banished: Surviving My Years in the Westboro Baptist Church by Lauren Drain
Born into the Children of God: My Life in a Religious Sex Cult and My Struggle for Survival on the Outside by Natacha Tormey
Cartwheels in a Sari: A Memoir of Growing Up Cult by Jayanti Tamm
Daughter of the Saints: Growing Up in Polygamy by Dorothy Allred Solomon
Girl at the End of the World: My Escape from Fundamentalism in Search of Faith with a Future by Elizabeth Esther
Going Clear: Scientology, Hollywood, and the Prison of Belief by Lawrence Wright
Heaven's Gate: America's UFO Religion by Benjamin E. Zeller

『わが父　文鮮明の正体』洪蘭淑著・林四郎訳（文藝春秋）
A Journey to Waco: Autobiography of a Branch Davidian by Clive Doyle, with Catherine Wessinger and Matthew D. Wittmer
Manson: The Life and Times of Charles Manson by Jeff Guinn
Prophet's Prey: My Seven-Year Investigation into Warren Jeffs and the Fundamentalist Church of Latter-Day Saints by Sam Brower
Radical: My Journey out of Islamist Extremism by Maajid Nawaz
The Road to Jonestown: Jim Jones and Peoples Temple by Jeff Guinn
Ruthless: Scientology, My Son David Miscavige, and Me by Ron Miscavige
Seductive Poison: A Jonestown Survivor's Story of Life and Death in the Peoples Temple by Deborah Layton
Shattered Dreams: My Life as a Polygamist's Wife by Irene Spencer
The Sound of Gravel: A Memoir by Ruth Wariner
Stolen Innocence: My Story of Growing Up in a Polygamous Sect, Becoming a Teenage Bride, and Breaking Free of Warren Jeffs by Elissa Wall with Lisa Pulitzer
Stories from Jonestown by Leigh Fondakowski
A Thousand Lives: The Untold Story of Jonestown by Julia Scheeres
Troublemaker: Surviving Hollywood and Scientology by Leah Remini
Massacre at Waco: The Shocking True Story of Cult Leader David Koresh and the Branch Davidians by Clifford L. Linedecker

The Unbreakable Miss Lovely: How the Church of Scientology Tried to Destroy Paulette Cooper by Tony Ortega

『信仰が人を殺すとき』ジョン・クラカワー著・佐宗鈴夫訳（河出書房新社）

『アンダーグラウンド』村上春樹著（講談社）

The World in Flames: A Black Boyhood in a White Supremacist Doomsday Cult by Jerald Walker

訳者あとがき

本書『魔の山』は〝懸賞金ハンター〟コルター・ショウを主人公とする新シリーズの第二弾。懸賞金ハンターとは、著者がショウのために用意した職業で、よく耳にする〝賞金稼ぎ《バウンティハンター》〟が主として逃走中の犯罪者を連れ戻して成功報酬を受け取るのに対し、懸賞金ハンターが対象とするのはより広い意味での行方不明者で、事件性の有無は関係なく、報酬は行方不明者の家族や当局が出す懸賞金だ。

ディーヴァーが今作について語っているＹｏｕＴｕｂｅ動画によると、コルター・ショウというキャラクターの造形は、往年の西部劇映画『シェーン』からインスピレーションを得ているという。すなわち——町にふらりと現われたよそ者が事件に遭遇してそれを解決し、弱きを助けたあと、馬（ショウの場合はキャンピングカー）に乗って夕陽の地平線へと去る。

ほかにキャリア初期の〝ロケーション・ハンター〟シリーズの主人公ジョン・ペラムのキャラクターに通じるものがあるなとぼんやり思っていたのだが（淡い灰色の瞳の女性に弱いところまで共通している！）、やはり意識した部分があるとのことだった。ペラムを現代風にバージョンアップして二十一世紀に再登場させたのが、コルター・ショウということになるのかもしれない。

今回ショウが最初に向かうのは、アメリカ西海岸ワシントン州の小さな町。前作『ネヴァー・

ゲーム』の結末でちらりと触れられていた、銃撃事件を起こして逃走した若者二人の追跡を始めたところ、事情あって、人里離れた美しい谷に研修施設を持つカルトに潜入することになる。無害な自己啓発グループを装うその集団の真の目的は何か。そこで命の危険にさらされている人々を、果たして無事に救い出すことができるのか。

サバイバリストだった父親から、どのような状況に置かれても独力で生き延びる術を叩きこまれて育ったコルター・ショウは、そのスキルを活かしてカルトの危険を生き延びながら、その真実に迫っていく。


さて、アメリカではショウ・シリーズの第三作 *The Final Twist* が二〇二一年春にすでに発表されている。

シリーズ第一作のショウは、連続誘拐事件を追って比較的オーソドックスな探偵役を演じ、この第二作ではカルトと大自然を相手にサバイバリストの本領を発揮しているが、第三作はまた少し雰囲気が変わり、アメリカの民主主義の根幹を揺るがしかねない秘密をめぐって、ある組織と戦う〝スパイアクション〟風の仕立てになっている。満を持して兄ラッセルが登場、三部作を貫いているショウ一家をめぐる謎も解き明かされる。また、筆跡鑑定の専門家パーカー・キンケイドや、リンカーン・ライム・シリーズの『ブラック・スクリーム』からも彼らしき人物がちらりと登場するなど、ディーヴァー作品の愛読者には楽しい仕掛けがいろいろと盛りこまれている。邦訳は二〇二二年刊行予定。

また、ショウ・シリーズのＴＶドラマ化も決定している。日本でも視聴できるかなど、詳しくは未定のようだが、期待しながら続報を待ちたい。

邦訳ではほかに、第三短編集 *Trouble in Mind* の二〇二二年前半の刊行が予定されている。過去二つの短編集（『クリスマス・プレゼント』『ポーカー・レッスン』）とはやや趣が異なった、よい意味でディーヴァーらしからぬ作品も含め、短編・中編が十二編収録されている。

最後に、二〇二一年秋にもう一冊、リンカーン・ライム・シリーズの三年ぶりの新作 *The Midnight Lock* のアメリカでの刊行が予定されていることをお伝えしておきたい。

魔《ま》の山《やま》

二〇二一年九月二十五日　第一刷

著　者　ジェフリー・ディーヴァー
訳　者　池田《いけだ》真紀子《まきこ》
発行者　花田朋子
発行所　株式会社文藝春秋
〒102―8008　東京都千代田区紀尾井町三―二三
電話　〇三―三二六五―一二一一
印刷所　凸版印刷
製本所　加藤製本

万一、落丁乱丁があれば送料当方負担でお取替えいたします。小社製作部宛お送りください。

定価はカバーに表示してあります。

ISBN978-4-16-391440-4